Santiago Gamboa

Verlieren ist eine Frage der Methode

UT *metro* wird herausgegeben von Thomas Wörtche

Zu diesem Buch

Capitán Aristófanes Moya, Polizeihauptmann in Bogotá, leidet an Übergewicht und beschäftigt sich hauptsächlich damit, wie er in seiner Selbsthilfegruppe die Sucht nach Süßigkeiten wieder loswerden kann. Die Untersuchung eines grausamen Mordes am Sisga-See bei Bogotá überlässt er gerne dem schüchternen, melancholischen Polizeireporter Víctor Silanpa, den gerade seine Freundin verlassen hat. Dem einsamen Silanpa bleibt als Gesprächspartner nur eine alte Schneiderpuppe, der er kleine Zettel anheftet mit Botschaften wie »Verlieren ist eine Frage der Methode« oder »Über dem Leben liegt ein rätselhafter Schatten«. Von Moya auf die Fährte gesetzt, kommt Silanpa auf seinen Tag- und Nachtreisen durch die kolumbianische Hauptstadt, durch ihre Bars, Motels und Friedhöfe, bald einem Fall von Grundstückspekulation auf die Spur, in den Baulöwen, eine anrüchige Nudistengruppe und korrupte Politiker verstrickt sind.

»Gamboa inszeniert die Mythen der Großstadt hochgradig unterhaltsam – selbst vor der Folie des gewaltgeplagten Kolumbien.«
Kersten Knipp, Neue Zürcher Zeitung

Der Autor

Santiago Gamboa, geboren 1965 in Bogotá. Er studierte spanische Philologie, promovierte mit einer Arbeit über kubanische Literatur und arbeitete als Radio- und Zeitungsjournalist. Zur Zeit lebt er als Korrespondent für die kolumbianische Tageszeitung »El Tiempo de Bogotá« in Rom. »Verlieren ist eine Frage der Methode« ist sein zweiter Roman und wurde in mehrere Sprachen übersetzt.

Mehr über Buch und Autor im Anhang
oder auf *www.unionsverlag.ch*

Santiago Gamboa

Verlieren ist eine Frage der Methode

Aus dem Spanischen von
Stefanie Gerhold

Unionsverlag

Die Originalausgabe erschien 1997
unter dem Titel *Perder es cuestión de método*
bei Grijalbo Mondadori in Barcelona.
Die deutsche Erstausgabe erschien 2000
im Verlag Klaus Wagenbach, Berlin.

Die Übersetzung aus dem Spanischen
wurde mit Mitteln des Auswärtigen Amtes
unterstützt durch die Gesellschaft
zur Förderung der Literatur aus Afrika,
Asien und Lateinamerika e.V.

Auf Internet
Aktuelle Informationen
Dokumente, Materialien
www.unionsverlag.ch

Unionsverlag Taschenbuch 202
Diese Ausgabe erscheint mit freundlicher
Genehmigung des Verlags Klaus Wagenbach,
Berlin

Rieterstrasse 18, CH-8027 Zürich
Telefon 0041-1-281 14 00, Fax 0041-1-281 14 40
mail@unionsverlag.ch

Umschlaggestaltung: Heinz Unternährer, Zürich
Umschlagbild: Ferdinando Dolfo, Verona
Druck und Bindung: Clausen & Bosse, Leck
ISBN 3-293-20202-0

Die äußeren Zahlen geben die aktuelle Auflage
und deren Erscheinungsjahr an:
1 2 3 4 5 - 04 03 02 01

In Erinnerung an den Fotografen Ricardo Gamboa, der ein leidenschaftlicher Leser von Dickens und Vargas Llosa war und den ich so sehr liebte. Mit dem legitimen und zugleich unerfüllbaren Wunsch, ihm dieses Buch zu schenken.

Erster Teil

1

»Alles, was geschieht, hat eine Bedeutung«, dachte Víctor Silanpa, als er feststellte, daß dieser Morgen anders war als sonst. Er hatte die beiden Bände *Hotel Schanghai* von Vicki Baum beendet, und obwohl er mit brennenden Augen bis zum Morgengrauen gelesen hatte, wußte er immer noch nicht, ob ihm das Buch gefiel. Er wußte noch nicht einmal, warum er es gelesen hatte. In der Nacht hatte er wieder einmal seinen Vorsatz gebrochen, mit dem Rauchen aufzuhören, und zu allem Überfluß mußte er auch noch mit dieser Hämorrhoiden-Salbe anfangen, die ihn von der Konsole aus dem Bad anstarrte. Voller Haß blickte er auf die kleine rote Tube, schraubte den Plastikdeckel herunter, und mit weichen Knien hielt er sich die Tube an den entsprechenden Körperteil und drückte die kalte, flüssige Masse heraus.

Das Telefon schepperte schrill auf dem Tisch neben dem Eingang.

»Hallo?« Silanpa hielt den Hörer mit dem Daumen und dem kleinen Finger.

»Ich weiß, es ist Sonntag, aber die Sache ist sehr ernst.« Er erkannte die Stimme von Polizeihauptmann Moya. »Um die fünfundfünfzig Jahre alt, am Sisga-See gepfählt und nackt, wie Gott ihn schuf. Keine Papiere, von Kleidern keine Spur. Nichts.«

»Wann wurde er gefunden?«

»Heute morgen, aber er ist da wohl schon mehrere Tage. An einer Stelle des Stausees, die abseits von der Straße liegt. Ein paar junge Kanufahrer haben ihn gefunden. Beeilen Sie sich, ich habe angeordnet, daß man ihn erst runternimmt, wenn Sie da sind. Ein starkes Stück, nicht wahr?«

»Ja, Hauptmann. Ich bin schon unterwegs.«

Er schlüpfte in eine alte Drillichhose, winkte zum Abschied der Schneiderpuppe zu, auf deren Gesicht die Sonne fiel und die einen wunderschönen Anblick bot, auf ihrem Sockel neben der Bibliothek. Sekunden später raste er bereits die Avenida Chile hinunter in Richtung Autobahn.

»Silanpa. Presse.« Er zeigte seinen Ausweis.

»Fahren Sie weiter, dort lang.«

Von weitem sah er aus wie Jesus mit Übergewicht. Wie ein bleicher, von einem Kind gemalter Elefant.

»Halten Sie sich das hier vor die Nase.« Der Beamte reichte ihm ein mit Ammoniak getränktes Stück Watte. »Dort unten stinkt es schlimmer als in einem Pumakäfig.«

Er hielt sich die Kompresse vor die Lippen; mit tränenden Augen arbeitete er sich durch Gestrüpp und Binsen, bis er am Tatort anlangte. Der Körper der Leiche war violett angelaufen, aufgedunsen und voller getrockneter Erde. Die Pfähle, die ihn durchbohrten, zeichneten die Form eines Kreuzes. Unwillkürlich schüttelte es Silanpa, und er spürte einen heftigen Stich.

Er malte eine Skizze in sein Notizbuch, zeichnete den genauen Fundort der Leiche ein, ein paar Meter vom Ufer entfernt zwischen den Binsen, und anschließend machte er sich an die abscheuliche Aufgabe, sich den Körper des Toten genau anzusehen. An seinen Handgelenken und am Hals waren Abdrücke zu erkennen. Mit Sicherheit hatte man ihn gefesselt und dann herumgeschleift. Der Beamte reichte ihm eine Malerleiter, und er näherte sich, halbtot vor Ekel, dem Gesicht. Die Augenhöhlen waren leer, aus dem halb geöffneten Mund quollen Erde und Sand. Dann zog er seine kleine Nikkormat heraus und schoß einige Fotos.

»Er sieht eher aus wie ein Ertrunkener als wie ein Gepfählter, nicht wahr?«

»Ja«, antwortete der Beamte. »Und sehen Sie ihn sich von hinten an: Sind das nicht Algen, die ihm da raushängen?«

»Ja, man könnte meinen...« Silanpa stieg die Leiter wieder herunter. »Gut, jetzt sind Sie an der Reihe. Sagen Sie Piedrahíta, daß ich morgen früh gleich zu ihm kommen werde.«

Er ging zur Straße hinauf und betrachtete von der Brücke aus den See. An dieser Stelle hatten sich schon viele hinabgestürzt, Menschen, die verzweifelt auf einen Anruf warteten, auf ein Zeichen von jemandem, der nie erschien, oder etwas ersehnten, das nie eintrat. Ihn fröstelte. Ein feuchter Windstoß formte auf der Wasseroberfläche ein Relief aus parallelen Linien. Von einem Streifenwagen aus rief er den Hauptmann an.

»Hier Aristófanes Moya«, drang vom anderen Ende der Leitung zu ihm. »Hauptmann 40. Brigade, ja bitte?«

Silanpa nannte seinen Namen. Die Zigarette zitterte ihm zwischen den Fingern.

»Ein Ertrunkener«, sagte er. »Man hat ihn aus dem See gezogen, um ihn aufzuspießen. Ziemlich merkwürdig, finden Sie nicht?«

»Haben Sie irgendwelche Spuren entdeckt?«

»Die Beamten haben im Umkreis von zweihundert Metern alles durchgekämmt und nichts gefunden. Nicht ein Zweiglein ist geknickt.«

Der Hauptmann räusperte sich, seine Stimme klang jetzt freier.

»Schön, ich werde ja Ihren hübschen Artikel lesen. Haben Sie ein aktuelles Foto von mir?«

»Aber selbstverständlich, Hauptmann Moya.«

Dann rief er in der Redaktion von *El Observador* an.

»Esquível? Hier Silanpa, es ist dringend. Sie müssen mir auf der Titelseite Platz freihalten für ein Farbfoto, und in den Polizeinachrichten eine ganze Seite.«

»Soll ich vielleicht auch noch *Hay humo en tus ojos* für Sie singen?«

»Eine brandheiße Sache, glauben Sie mir, Esquível, ein Gepfählter am Sisga-See. Ich bin sofort da und zeig Ihnen alles.«

Auf der Rückfahrt nach Bogotá rauchte er eine Zigarette nach der anderen, immer noch benommen vom Anblick der Leiche, von den aufgerissenen Augenhöhlen, dem entstellten Gesicht. Ihm grauste bei der Vorstellung, daß diese Gestalt einmal ein Mensch gewesen war wie er, ein Mensch, dem andere zuhörten, die Hand gaben, ihn vielleicht liebten. Der letzte Zug an der Zigarette hinterließ einen bitteren Geschmack in seiner Mundhöhle, und er kurbelte das Fenster hinunter, um auszuspucken. Es war nicht gut, so nah bei den Toten zu sein.

Als er über die dritte Brücke fuhr, warf er einen Blick auf die Uhr und sah, daß es schon fast fünf war: Mónica wird stinksauer sein, sagte er sich. Er beschleunigte bis zur Avenida 127, raste zur Calle Nizza hinunter, und währenddessen warf er sich vor, daß es immer dasselbe mit ihm war: Er besaß keinerlei Zeitgefühl, er war unfähig, eine Verabredung einzuhalten, als ob die Ziffernfolge einer Uhr ihm eine vollkommen fremde Sprache sei. Er hatte ihr versprochen, mit ihr am Radweg zu joggen, aber dafür war es nun zu spät.

Mónica machte ein langes Gesicht, als sie ihm öffnete, und ging in die Küche, um sich Kaffee einzuschenken. Sie trug ihre Sportkleidung.

»Wo hast du dich denn herumgetrieben? Ich habe bei dir zu Hause angerufen. Und die in der Zeitung haben mir gesagt, sie hätten dich auch nicht gesehen.«

»Ich mußte an den Sisga-See fahren. Dort hat man am Ufer eine gepfählte Leiche gefunden. Einfach schrecklich.«

»Gepfählt?« Sie sah ihn erschrocken an, während sie in den Dampf über ihrer Tasse pustete. »Und wer steht dahinter? Ein Killerkommando, Drogenmafia, Guerilla?«

»Du weißt, daß ich mich in solche Sachen nicht einmische.« Er goß sich ein Glas Milch ein. »Vorläufig wird die Angelegenheit wie ein einfacher Mord behandelt. Bist du joggen gewesen?«

»Ja, mit Óscar. Warte kurz, ich gehe duschen.«

Sein Blick folgte ihr bis ins Zimmer, und dabei dachte er an Óscar. Óscar war vor ihm mit Mónica zusammengewesen und hat sich nie damit abgefunden, daß er sie verloren hatte. Er lief ihr hinterher, war stets zuvorkommend …, ging auf jede ihrer Launen ein, in der heimlichen Hoffnung, daß sie eines Tages zu ihm zurückkehren würde.

Durch die halboffene Tür sah er, wie sie sich die Hose auszog und nun nur noch ihren blauen Slip anhatte, was seine Wirkung auf ihn nicht verfehlte. Mit einem Satz stand er vor ihr und sah ihr in die Augen, aber in ihrem Blick lag keine Spur von Zärtlichkeit. Eher ein klein wenig Wut.

»Verzeih mir. Wie wär's mit nächstem Sonntag?«

»Versprochen?«

»Versprochen.«

Er umarmte sie stürmisch, fuhr mit seinen Händen über ihren Körper, bis sie sich von ihm losmachte.

»Ist ja schon gut! Friede!« sagte sie und lachte. »Warte, ich zieh mich noch aus.«

Es war jetzt schon drei Jahre her, daß Silanpa sie kennengelernt hatte, an dem Tag, als er von der Halbinsel La Guajira zurückkehrte, wo er für eine Reportage über einen rätselhaften Unfall recherchiert hatte. Ein Frachtflugzeug voller Blumen war mitten über den Dünen abgestürzt, aber von Toten oder Überlebenden gab es keine Spur. Waren die Piloten mit Fallschirmen abgesprungen? Hatten sie sich vor Ankunft der Bergungsmannschaft befreien können? Ein Rätsel ... An keinem Flughafen des Landes war der Start registriert worden, und man fand nichts außer dem ausgeglühten Skelett des Flugzeugs inmitten eines Haufens verkokelter, unter Ruß und Asche begrabener Nelken und Rosen. Auf seinem Rückflug in einem Cessna-Flugzeug, das die Zeitung gemietet hatte, kam Silanpa in den Sinn, noch eine Weile am Flughafen zu bleiben und die Meldung gleich dort zu schreiben, denn er bildete sich ein, der Fluglärm würde ihn inspirieren. Das tat er dann auch, und so saß er über zwei Stunden in einem Schnellrestaurant, dem *Presto*, bis eine Frau an seinen Tisch kam und ihn fragte, was er da die ganze Zeit mache, und warum. Um mit ihm ins Gespräch zu kommen, erzählte sie ihm, sie warte auf einen Freund aus Panamá, dessen Flug Verspätung habe, und nachdem Silanpa seinen Artikel telefonisch durchgegeben hatte und der Flug aus Panamá wegen technischer Schwierigkeiten endgültig in Medellín landen mußte, setzten sie ihre Unterhaltung fort. Er, der eher schüchtern war, spürte, wie die Wörter in ungekannter Beredsamkeit aus ihm hervorsprudelten, während sie, die mittlerweile schon Mónica war, ihm zuhörte, wie er das Flugzeugwrack beschrieb, die schweigenden Gesichter der dort ansässigen

Menschen, die die Explosion gehört und Alarm geschlagen hatten, die Rekonstruktion der mutmaßlichen Flugroute, usw. Er blickte sie mit leuchtenden Augen an, als sie zu vorgerückter Stunde und nach einigen Bieren, dazu übergingen, über sich selbst zu sprechen, von ihren Sehnsüchten und Entbehrungen, von ihren Obsessionen und kleinen Ticks. Sie fanden immer mehr gemeinsame Vorstellungen vom Leben, so daß Mónica auf einmal einen Finger an die Lippen legte und ihn zu sich nach Hause einlud, mit einem Satz, den Silanpa noch nie gehört hatte und der der erste von vielen wurde, die er auf Zettel schrieb und in eine der Taschen seiner Schneiderpuppe steckte: »Ich will, daß du mich nackt siehst.« Das Flugzeug aus Panamá, in dem Óscar saß, kam nie in Bogotá an, und als er mit einem Koffer voll *Milky Way* und kleinen Parfümfläschchen von Dior schließlich auftauchte, setzte Mónica ihm einen Kaffee vor und sagte in unheilvollem Ton: »Wir müssen reden, inzwischen ist einiges passiert.«

Jetzt stieg Mónica aus dem Bett, um duschen zu gehen. Ihm lief ein kalter Schauder über den Rücken, und seine bohrenden Gedanken kehrten zurück. Wer bloß konnte die unbekannte Leiche sein? Wie war sie an diesen Ort gelangt? Er stellte sich die Hände vor, die sie pfählten und dort zurückließen, dem Regen und Wind ausgesetzt. Grausame Hände, an den Tod gewöhnt.

Während Mónica duschte, zog er sich an.

»Ich gehe in die Redaktion, die Meldung schreiben. Gehen wir nachher in die Spätvorstellung?«

»Ja gerne. Was willst du anschauen?«

»Weiß ich nicht, ist mir egal. Und du?«

»*Bodyguard* soll gut sein. Er läuft im *Astor Plaza*.«

»Okay, ich ruf dich an.«

Als er in der Redaktion ankam, wurde es schon dunkel. Er brachte den Film ins Labor.

»Sehen Sie.« Silanpa berührte mit ausgestrecktem Zeigefinger das Negativ; Esquível rückte sich die Brille auf der Nasenspitze zurecht.

»Starker Tobak.«

Sie brachten die Fotos ins Layout, und Silanpa setzte sich vor den alten IBM in seinem Büro. Er steckte sich eine Zigarette an und begann, mit den Fingern in die Tastatur zu hacken.

Gepfählter am Sisga

Sisga-Stausee, Cundinamarca, (16. Oktober). – Gestern wurde am Südufer des Sisga-Stausees die Leiche eines bislang nicht identifizierten Mannes gefunden, der Opfer einer der haarsträubendsten Sühnetaten geworden ist, die die Menschheit jemals ersonnen hat: der Pfählung. Die 40. Polizeibrigade, Einsatzgebiet Bogotá, unter der Leitung unseres Julius Cäsar der Öffentlichen Ordnung, Hauptmann Aristófanes Moya (siehe Foto 1, oben) nahm unmittelbar im Anschluß an den Fund die Ermittlungen auf. »Die Bevölkerung kann beruhigt sein«, erklärte Hauptmann Moya dem hier schreibenden Reporter, »die betreffende Person oder das verbrecherische Subjekt, das sich mit der Urheberschaft dieser Barbarei brüstet, wird seine verdiente Strafe erhalten.«

Inzwischen laufen die ersten Ermittlungen, und obwohl sachdienliche Hinweise vorliegen und zahlreiche Spuren verfolgt werden, wird hier auf nähere Angaben verzichtet, um die Geheimhaltung der polizeilichen Ermittlungen zu gewährleisten. Welche Identität verbirgt sich hinter der rätselhaften Leiche? Was ist das Motiv dieses schrecklichen Verbrechens? Man wird warten müssen, bis Hauptmann Aristófanes Moya und seine Männer uns die Antwort geben.

Aber kommen wir noch einmal auf einen für die Aufklärung des Falles nicht unerheblichen Punkt zurück: Was genau ist die Pfählung, diese düstere, vom Balkan ererbte Methode, einst die Domäne des Grafen Dracula, auch »der Herr von Transsylvanien« genannt? Empfindsame Gemüter sollten die folgende Ausführung besser nicht lesen: Bei dem makabren Brauch wird tatsächlich ein Pfahl vom Anus aus schräg durch den Torso gerammt, bis er an der anderen Seite des Körpers das Schlüsselbein durchbricht. Der zweite Pfahl wird spiegelbildlich eingeführt, jedoch nicht durch den Anus, sondern etwas weiter oben, auf der Höhe der Nieren. Auf diese Weise entsteht das schauderhafte X, dazu bestimmt, das Körpergewicht des Durchbohrten zu tragen (siehe Abbildungen 1 und 2).

2

Im Hörsaal des Gerichtsmedizinischen Instituts platzte als Folge der Feuchtigkeit die Deckenfarbe ab, so daß bereits Risse und kleine Hohlräume sichtbar wurden. Aus einem von ihnen ragten die winzigen Fühler einer Kakerlake.

»So etwas Abscheuliches wie die Scheiße, die ich gestern abend bekam, habe ich mein Lebtag noch nicht gesehen.« Piedrahíta nahm einen Schluck Kaffee und biß in eine Zuckerschnecke, ohne sich die Gummihandschuhe von den Händen zu streifen.

»Woran ist er gestorben?«

»An ihm ist so gut wie alles hinüber. Die Wirbelsäule ist gebrochen, der Magen geplatzt, er hat Wasser in den Lungen und eine zerquetschte Gurgel. Halb soviel hätte gereicht und: *ciao, mi negro.*«

Silanpa betrachtete mit Schaudern die Formalinflaschen, in denen Piedrahíta seine Trophäen aufbewahrte: ein Herz mit drei Einschüssen, eine von Zirrhose zerfressene Leber, eine Hand, die ein Messer umklammerte ...

»Donnerwetter. Gibt es irgendeinen Hinweis auf den Todeszeitpunkt?«

»Zwei Wochen ist es bestimmt her, wenn nicht länger. Bei diesem Grad an Verletzungen kann man das schwer feststellen. Das höchste, was ich bei ihm veranschlagen würde, wenn man bedenkt, daß er im Wasser gelegen hat, sind zwei Monate. Länger, und er hätte sich aufgelöst.«

»Zwischen zwei Wochen und zwei Monaten?«

»Ja.«

»Gut. Wenigstens haben wir damit einen ungefähren Zeitraum. Wie alt schätzen Sie ihn?«

»Zwischen fünfzig und sechzig. Soviel Fett sammelt man nicht von heute auf morgen an.«

»Persönliche Merkmale?«

»Ein Weißer. Graues Haar, Koteletten, am Hinterkopf kahl. Einen

Meter achtundsechzig groß. Ich habe bereits alles an Hauptmann Moya weitergeleitet, sie sind bestimmt schon dabei, das Phantombild anzufertigen.«

»Und das, was in seinen Körperöffnungen steckte, die Erde, die Algen?«

»Habe ich alles gleich ans Labor geschickt. Wenn wir Glück haben, morgen nachmittag.«

»Danke. Wenn es etwas Neues gibt, sagen Sie mir Bescheid.«

»Ja, bis dann.«

Hauptmann Moya sah aus wie jemand, der wenig für seine Gesundheit tat und die Fünfzig schon überschritten hatte. Seine Gesichtszüge verrieten zu viel Essen und zu wenig Schlaf: gerötete Augen, dunkle Tränensäcke, starke Ausdünstung. Eine Knollennase, von unzähligen Adern durchlaufen, die über den schmalen, wie mit einem Stift gezogenen Lippen zu zerplatzen drohten. Dieses Gesicht schien zu sagen: Hier steht ein Mann, der gelitten hat, den das Schicksal geohrfeigt hat, aber der trotz allem immer noch an das Gute im Menschen glaubt; hier steht ein Märtyrer, der inmitten der Flammen gelächelt und den tiefen Sinn von Opfer und Hingabe begriffen hat.

Vor Moya auf dem Tisch lag die Zeichnung des Gepfählten. Sie zeigte einen Mann mit sympathischen Gesichtszügen.

»In dieser Mappe haben Sie alles, was ich Ihnen geben kann. In erster Linie die Liste der Vermißten. Sie sagten zwei Monate?«

»Ja, für den Anfang.«

»Wir haben die männlichen Personen über fünfundzwanzig herausgesucht. Klar, nur unseren Distrikt. Heute morgen wollte ich bereits die landesweiten Daten abrufen, aber die Computer sind überlastet. Wenn ich mich nicht täusche, gibt es aus Chocontá noch ein paar Namen.«

»Irgendwo muß man ja anfangen.«

Der Hauptmann lehnte sich schnaufend in seinem Sessel zurück und unternahm den vergeblichen Versuch, die Beine übereinanderzuschlagen. Das Armeehemd spannte über seinem enormen Bauch, und ein Frosch im Hals erstickte ihm die Stimme, die jetzt rasselnd und heiser klang.

»Señor Silanpa, erlauben Sie mir noch eine persönliche Frage«, sagte er. Moya blickte Silanpa fest in die Augen und strich sich dabei übers Kinn. »Ich rede jetzt als Freund zu Ihnen, Silanpita, von Mann zu Mann, denn bei aller Bescheidenheit, ich bereite mich auf eine tiefgreifende Erfahrung vor ... Kennen Sie den Verein *Das letzte Abendmahl*?«

»Ja, Hauptmann, das ist eine evangelische Gesellschaft, eine Art Bibelkreis, der sich der Gewichtsreduzierung verschrieben hat«, antwortete Silanpa. »Warum fragen Sie?«

»Na ja, meine Frau hat sich in den Kopf gesetzt, daß ich dort hingehen soll. Aber ich weiß nicht recht, ich traue solchen Sachen nicht.«

»Vielleicht bringt es Sie ja weiter. Heutzutage haben solche Gruppen enormen Zulauf. Wann fangen Sie an?«

Moya sah auf seinen Bauch und bemühte sich ihn einzuziehen. Die Sessellehne quietschte, und er setzte sich wieder aufrecht hin.

»Ich weiß noch nicht. Der Haken daran ist, wie ich mir habe sagen lassen, daß man in der ersten Sitzung den andern Teilnehmern von sich erzählen soll, ihnen erklären muß, warum man gekommen ist ... Und Sie kennen mich doch, ich bin furchtbar schüchtern. Ich kann nicht vor Leuten reden.«

»Schließlich kommt es auf die Ergebnisse an«, sagte Silanpa. »Soll ich sehen, ob ich in der Zeitung für Sie etwas über den Verein herausbekommen kann?«

»Nein, nur wenn es irgendwelche besonderen Informationen gibt. Ich bin noch ganz unentschlossen.«

Silanpa trat auf die Straße hinaus und schlug die Mappe auf, die Moya ihm gegeben hatte. Jeder Akte war ein Foto beigelegt, Angaben zum Lebenslauf und Aussagen von Angehörigen über die Lebensumstände, geistige Verfassung und mögliche Hintergründe des Verschwindens. Er betrat einen Burger, um eine Kleinigkeit zu Mittag zu essen und bestellte einen Super-Cheese. Doch als er sich gerade mit den achtunddreißig Akten am Fenster niedergelassen hatte, überkam ihn mit einem Schlag eine bleierne Trägheit. Wo anfangen? Er versuchte sich zu konzentrieren, aber der Straßenlärm lenkte seinen Blick immer wieder nach draußen. Mehrmals las er ein Schild, das ganz oben an der Ampelanlage hing: »Bogotá gehört allen. Nehmen Sie Rücksicht!« Die Uhr am Einkaufszentrum *Granahorrar* zeigte zwei Uhr nachmittags, und auf der anderen Seite der Avenida hatte jemand auf den bröckelnden Putz einer Mauer voller alter Wahlplakate geschrieben: »Ich bin zwar nicht Don Johnson, aber auch nicht Don Depp!«

Als er mit den Akten ins Kommissariat zurückkehrte, teilte Hauptmann Moya ihm mit, daß man ab zwei Uhr nachmittags im Leichenschauhaus Leute erwartete, die, so hoffte man, die Leiche identifizieren würden.

»Die Verwandten von denen hier?« Er winkte mit der Mappe.

»Ja. Gehen Sie ruhig hin. Sie werden bestimmt etwas herausbekommen.«

Piedrahíta reichte ihm einen Kittel und forderte ihn auf, Platz zu nehmen. Als erster kam ein junger Mann, um die Siebenundzwanzig.

»Name der von Ihnen vermißten Person und Ihre verwandtschaftliche Beziehung?«

»Tulio Poveda Bejarano. Ältester Sohn.«

»Kommen Sie!«

Sie führten ihn zu der Bahre und zogen das Leintuch zurück. Der junge Mann verzog angeekelt das Gesicht, aber nach gerade mal drei Sekunden sagte er entschlossen: »Nein, er ist es nicht.«

»Sehen Sie sich ihn genau an«, drängte Piedrahíta.

»Er ist es nicht, habe ich doch gesagt.«

»Der Körper ist schwer zugerichtet, darf ich Sie fragen, was Sie so sicher macht?«

»Der Mund, Señor. Mein Vater hatte nur noch den linken Eckzahn.«

Silanpa, der von hinten zuhörte, machte einen Vermerk in die Akte. Als nächste war eine Señora in Begleitung eines jungen Mannes an der Reihe.

»Marcos Nemqueteba Carrero. Ehefrau und Neffe.«

Sie traten näher. Der junge Mann blieb zurück, als er sah, wie das Leintuch abgenommen wurde.

»Er ist es nicht.«

»Sind Sie sicher, Señora?«

»Ja.«

»Dürfen wir erfahren, warum?«

»Vergeben Sie mir das, was ich Ihnen jetzt sage«, sie senkte die Stimme und näherte sich seinem Ohr. »Seien Sie sich im klaren, daß ich es nie aussprechen würde, wenn Sie mich nicht danach gefragt hätten ... Eine Frau kennt ihren Mann, meinen Sie nicht?«

»Hier handelt es sich um eine polizeiliche Ermittlung, Señora, würden Sie mir jetzt den Grund sagen?«

Die Frau rückte noch dichter an Piedrahítas Ohr.

»Mein lieber Marco hatte nur einen Hoden ... Es war schrecklich. Er kam normal auf die Welt, mit allem drum und dran, aber dann, als wir schon verheiratet waren, hatte er den Unfall. Stellen Sie sich vor, im Llano schlug er beim Reiten gegen einen Zaun, stürzte und blieb im Stacheldraht hängen. So wurde mein Marco zum Krüppel. Aber wissen Sie, trotzdem war er noch ein ganzer Mann ...«

»Danke für Ihre Mitarbeit, Señora.«

Am späten Nachmittag waren schon mehr als die Hälfte der Leute dagewesen, aber die Antwort war immer die gleiche: Er ist es nicht.

»Arturo Carrizo Sinoco. Schwager.«

Sie zeigten ihm den Toten, und der Mann schüttelte den Kopf.

»Warum?«

»Es muß ein Irrtum vorliegen, Señor. Mein Schwager war weder so fett noch so alt, und als wir ihn zum letzten Mal sahen, war er schwarz.«

»Dann muß in der Tat ein Irrtum vorliegen. Der nächste.«

»Ósler Estupiñán Juárez. Jüngerer Bruder.«

»Sehen Sie sich ihn in aller Ruhe an«, sagte Piedrahíta.

»Darf ich?« Er begann, ihn prüfend zu betrachten, und sah ihn sich von oben bis unten genau an. Er zögerte.

»Auf den ersten Blick sieht er nicht so aus, aber es besteht eine Ähnlichkeit.«

»Sehen Sie ihn sich gut an. Wir haben so viel Zeit, wie Sie benötigen.«

»Er könnte es sein, ja.«

»Gehen Sie dorthin, mein Assistent wird Ihnen ein paar Routinefragen stellen.«

Silanpa ließ ihn an einem kunststoffbeschichteten Tisch Platz nehmen. Der Mann war gedrungen, er trug einen Nadelstreifenanzug, dazu einen blauen Schlips aus Wolle. An seinen Schuhen klebte Schlamm.

»Ihrer Aussage in dieser Akte zufolge verschwand ihr Bruder vor eineinhalb Monaten. Stimmt das?«

»Ja.«

»Ihr Bruder war alleinstehend, fünfzig Jahre alt, er lebte in Fontibón, litt unter keiner psychischen Störung und war Taxifahrer im Stadtgebiet. Er fuhr einen Chevrolet Baujahr 66 mit dem Kennzeichen FT 3643. Richtig?«

»Ja. Einen Chevrolet Baujahr 66, 1973 generalüberholt.«

»Sie sagen hier, daß Sie ihn seit Februar vergangenen Jahres nicht mehr gesehen haben. Stimmt das?«

»Jawohl.«

»Jetzt haben wir Oktober, das heißt, Sie haben ihn vor einundzwanzig Monaten zum letzten Mal gesehen. Können Sie Näheres zu Ihrer Begegnung damals sagen?«

»Eine unglaubliche Geschichte. Also, ich arbeite bei der Stadtverwaltung. An jenem Tag habe ich es eilig, aus der Arbeit zu kommen, und will den Bus nach Bosque Izquierdo nehmen. Während ich in der Avenida El Dorado an der Haltestelle stehe, sehe ich, wie ein

Taxi hupend heranfährt. Am Anfang dachte ich, jemand an der Bushaltestelle hätte es herangewunken, aber als das Fahrzeug näher kam, erkannte ich, daß der Fahrer mir mit der Hand Zeichen machte. Ich ging auf ihn zu, und siehe da, es war Ósler. Gut, ich gebe zu, daß ich ihn nur erkannt habe, weil er sich mir vorgestellt hat, denn ich hatte ihn in der Tat nicht mehr gesehen, seit ich nach Cartagena gegangen war, stellen Sie sich vor, das war bereits neun Jahre her.«

»Nach Cartagena?«

»Ja. Eine wundervolle Stadt«, fuhr Estupiñan fort. »In Bogotá lief alles so beschissen für mich, daß ich nicht lange zögerte, als mir eine Firma an der Küste, die *Royal Crown Limonaden*, eine bescheidene Anstellung anbot. Eine anständige Arbeit, als Lagerleiter bei einer der Vetriebsfirmen, nicht besonders gut bezahlt, aber auch nicht hundsmiserabel. Es reichte, um die Miete zu bezahlen, einmal im Jahr neue Klamotten zu kaufen, und, unter uns, um es sich ab und zu besorgen zu lassen, unten bei der alten Stadtmauer, wo es so dunkel ist, daß man leider nicht groß was sieht, aber verglichen mit Bogotá ist es spottbillig. Die Püppchen dort, verzeihen Sie meine Ausdrucksweise, legst du auf der Stelle flach. Du lädst sie auf ein *Bavaria* ein, kaufst ihnen eine leckere *Chuspita de maíz* und eine einzelne Zigarette, steckst ihnen ein Tausender-Scheinchen in den Ausschnitt, und schwupp! spreizen sie wie auf Knopfdruck die Beine, haha! Wo waren wir stehengeblieben?«

»Bei Ihrem Bruder. Er tauchte auf, als Sie auf den Bus warteten.«

»Ach ja. Wie gesagt, ich habe ihn kaum wiedererkannt. Er aber hatte mich gesehen und forderte mich auf einzusteigen. Da ich an diesem Tag sehr beschäftigt war, weil ich außerhalb meiner Arbeitszeit einen kleinen Auftrag in Bosque Izquierdo zu erledigen hatte, hatten wir nicht viel Zeit. Aber am folgenden Wochenende trafen wir uns an der Calle 23, Ecke Carrera Séptima und gingen zusammen Mittag essen. Wir haben uns im *Punto Rojo* den Bauch vollgeschlagen, wo, wie ich gehört hatte, viele Angestellte der städtischen Verkehrsbetriebe hingehen.«

»Und die Leiche, die wir Ihnen vorgeführt haben, ist er es nun oder nicht?«

»Nein, ich glaube nicht. Oder doch. Vielleicht schon.«

»Sagen Sie, was, glauben Sie, könnte mit ihrem Bruder passiert sein?«

»Das ist mir ein Rätsel. Er trank wenig, Zocken war auch nicht nach seinem Geschmack, und was die Weiber anging, nur das Allernötigste, um der Geschlechtsbezeichnung ›männlich‹ gerecht zu werden, Sie verstehen?« Er lachte anzüglich. »Wirklich, keine Ahnung. Er war ein feiner Kerl, ein Mann ohne Feinde.«

»Denken Sie an eine Entführung?«

»Aber nein ... Wer würde schon einen Taxifahrer entführen, der noch nicht einmal der Besitzer seines Taxis ist.« Er holte Luft und beugte sich vor bis dicht an Silanpas Ohr. »Es muß etwas anderes passiert sein: Den Wagen fand man ordentlich abgestellt, ohne irgendwelche Spuren von Gewalt. Seine Wohnung war picobello. Wirklich, ich habe keine Ahnung. Aber sagen Sie, ist es normal, daß Assistenten einen so ausfragen?«

Silanpa zog eine gefälschte Polizeimarke aus der Brieftasche und streckte sie ihm hin.

»Ah, verstehe schon ... Geheimpolizei?«

»Ich arbeite mit der Polizei zusammen. Darf ich Sie bitten mich anzurufen, falls Sie von Ihrem Bruder etwas erfahren? Wenn wir uns gegenseitig helfen, finden wir ihn vielleicht.«

»Klar, Chef. Ich rufe Sie an. *Keep in touch*.«

»Sie sprechen Englisch?«

»Wissen Sie, irgendwann würde ich gerne auswandern. Waren Sie schon mal drüben?«

»Nein, leider nicht, aber ich habe es fest vor.«

Entmutigt verließ Silanpa das Gebäude. Niemand von den Leuten hatte die Leiche wiedererkannt, und er sah schon die Aktenberge aus dem ganzen Land vor sich. Als erstes rief er Moya an und unterbreitete ihm die Ergebnisse, dann ging er nach Hause und fand folgende Nachricht auf dem Anrufbeantworter: ›Señor Silanpa, hier Señora Gallerín. Ich habe mich bereits mit meinem Anwalt beraten, und er ist einverstanden. Er meint, daß die Fotos ausreichen. Legen Sie also los, und bringen Sie mir die Bilder so schnell wie möglich. Danke.‹

Er ging zu der Schneiderpuppe und flüsterte ihr verheißungsvoll zu: »Heute abend gehen wir zusammen aus«, dann warf er ihr einen Kuß zu. Er blickte auf die Uhr und sah, daß er noch viel Zeit hatte. In aller Ruhe genehmigte er sich ein Bier und sah dabei noch einmal die Fotos des Gepfählten und einige Akten durch. Dann fiel ihm ein, daß er Guzmán schon seit Tagen nicht mehr gesehen hatte.

Also fuhr er ihn besuchen.

Fernando Guzmán hatte mit ihm zusammen das Gymnasium besucht. Sie hatten beide Journalismus studiert und direkt im Anschluß in einem günstigen Moment bei der Zeitung *El Observador* angefangen. Guzmán kam sofort zu den Polizeireportern, denn er hatte die beste Aufnahmeprüfung abgelegt und durfte es sich aussuchen, während Silanpa zunächst ein Volontariat in der Redaktion der Sonntagsbeilage durchlaufen mußte.

Guzmán war das As unter den jungen Journalisten: ein gebildeter Mensch mit Intuition und Beharrlichkeit. Wenn Silanpa ihn mit seinen Kollegen aus der Redaktion über die verschiedenen Fälle diskutieren sah, empfand er Stolz. Das ist mein Freund, sagte er sich, und dabei ging ihm durch den Kopf, wie Guzmán alle in Schach hielt, wie er immer er selbst blieb, draufgängerisch und unverbraucht, und das bedeutete, daß nichts für ihn unlösbar war, denn er ging allen Fragen auf den Grund und verfolgte jede Fährte, kurzum, er wußte, wie und wo er zu suchen hatte.

Als Silanpa schließlich auch bei den Polizeireportern anfangen konnte, war Guzmán bereits zum Redaktionsleiter aufgestiegen, ein Amt, das für ihn das Selbstverständlichste auf der Welt war und das er dank seines Engagements und seines Scharfsinns eigentlich schon längst ausgeübt hatte. Von diesem Tag an trafen ihn die Frühschichtler, die mit den ersten Bussen in die Zeitung kamen, mit geröteten Augen vor dem Bildschirm sitzend an, bei schwarzem Kaffee und Zigaretten. Guzmán gestikulierte beim Sprechen, er war wie besessen von der Wirklichkeit und jagte ihr hinterher wie einer Beute. Er wollte ihr zuvorkommen, sie durchschauen, ja fast, sie verführen ...

Er arbeitete bis spät in den Abend hinein. Wenn die letzten Redakteure gegangen waren, war Guzmán immer noch da, mit verrutschtem Schlips, in Hemdsärmeln und eine *Pielroja* nach der anderen rauchend; jetzt erteilte er den Redakteuren der Spätschicht Anweisungen, gab Recherchen in Auftrag, erledigte Telefonate, ging noch einmal seine Verbindungsmänner durch, und gelegentlich nahm er die Jagd nach irgendeinem wichtigen Mosaiksteinchen auf, das noch fehlte.

Er ging, wenn es schon fast Mitternacht war, manchmal mit Silanpa, der mit den Leuten aus der Lokalredaktion noch bei einem Rum auf ihn wartete, manchmal auch allein, und wenn Guzmán einmal nicht da war, spürte jeder, daß etwas Bedeutendes fehlte, daß die Zeitung eine ihrer tragenden Säulen vermißte.

Durch seinen raschen Aufstieg wurde Guzmán zunehmend versponnener. Die Arbeit vereinnahmte ihn völlig, und während jemand zu ihm sprach, verdrehte er die Augen nach oben zur Zimmerdecke, so als würde er seinen umherschwirrenden Gedanken nachblicken. Seine nächtlichen Erkundungsgänge führten ihn zunächst zum Alkohol und von dort (darüber erlangte Silanpa allerdings nie wirkliche Gewißheit) zu den Drogen ... Es hieß, er nähme Drogen, um das viele Arbeiten durchzustehen und Tag und Nacht wach und präsent bleiben zu können. Von seinem Redakteursposten bei den Polizeireportern hatte Silanpa ihn aus der Ferne im Auge, und seine Bewunderung für ihn wurde noch größer. Doch bei näherem Hinsehen erkannte er, daß Guzmán allmählich das Ruder aus den Händen glitt. Mit jedem Tag begann er früher zu trinken, und jedes Mal wurden die Schlucke aus der Rumflasche größer.

Gegen zehn Uhr abends dann sah Guzmán aus wie Lackmuspapier: Seine Wangen wirkten aufgedunsen, und seine Nase glich einer roten Paprika. Silanpa behauptete, das sei wahrscheinlich der Preis, den er für seine Intelligenz bezahlte, und alle nahmen es so hin. Um elf herum, wenn Guzmáns Augen völlig gerötet waren und seine Stimme nur noch wie das Echo einer verzerrten Tonbandaufnahme klang, wankte er auf die Toilette. Bei seiner Rückkehr war er wie ausgewechselt: Kaltes Wasser im Nacken hat seine Wirkung doch noch nie verfehlt, sagte er.

Silanpa kam jeden Tag um neun in die Redaktion, und bei einer Tasse Kaffee unterbreitete ihm Guzmán, was für den Tag anstand, mit Linien und kleinen Zeichnungen, die seine Gedanken bildlich umsetzten, denn er gehörte zu den Leuten, die so auf Bilder versessen sind, daß sie nichts sagen können, ohne ihre Worte durch irgendwelche Kritzeleien zu ergänzen.

Eines Tages bemerkte Silanpa, daß Guzmán schon morgens eine Fahne hatte, und erschrak.

»Du hast doch nicht etwa um diese Uhrzeit schon getrunken?« fragte Silanpa. »Es ist neun Uhr morgens ... Ist etwas passiert?«

»Ach was, ein kleines Schlückchen, um die Stimme zu ölen.«

»Du bist betrunken. Sieh mal an ...«

Er entdeckte eine Flasche Rum neben dem Papierkorb.

»Reg dich nicht auf!« Mit zittrigen Händen zündete sich Guzmán eine Zigarette an. »Ich bin wie diese Flasche: voller Alkohol, aber nicht betrunken. Kommen wir zur Sache?«

Die Dinge überstürzten sich, als er eines Tages behauptete, riesige Kakerlaken zu sehen, und sämtlichen Lampen und Geräten in der Redaktion Fußtritte verpaßte. Die Psychiater meinten, der Streß, die Drogen, der Alkohol und die Arbeit hätten sein Hirn zerfressen ... Und daß sie ihn einweisen müßten, um ihn von der Redaktion fernzuhalten.

Seitdem befand er sich in einem Pflegeheim in Chía, in völliger Abgeschiedenheit. Silanpa fuhr ihn hin und wieder besuchen.

Er stellte den Renault 6 auf dem Parkplatz beim Eingang ab, ging zu dem Gittertor und rief nach einer der Nonnen.

»Ich komme Fernando Guzmán besuchen. Ich bin ein Freund der Familie.«

Die Nonne begleitete ihn zu dem Zimmer.

Als er ihn sah, schnürte es ihm, wie jedes Mal, fast die Kehle zu.

»Behandelt man dich gut hier?« Er reichte ihm eine Tüte Kräcker und Weintrauben.

»Ja ...« Er blickte ihn mit scharfen Augen an und wartete, bis die Nonne hinausging. »Schön, daß du da bist, gestern habe ich einen wichtigen Fortschritt in Richtung Freiheit errungen.«

»Und zwar?«

»Ich habe sie überredet, mich Zeitung lesen zu lassen ...«

»Aber das wird dir nicht guttun!« entgegnete Silanpa aufgebracht. »Der Arzt hat dir jede Art von Information strikt verboten.«

»Warte, warte, es ist so: Ich habe ihnen vorgeschlagen, mich eine Zeitung pro Tag lesen zu lassen, aber nicht der Nachrichten oder aktuellen Information wegen, sondern aus geschichtlichem Interesse, verstehst du?«

»Nein.«

»Sie geben mir jetzt jeden Tag eine alte Zeitung, aus dem Jahr, in dem ich ins Heim kam ... So bekomme ich die Dinge mit mehreren Jahren Verspätung und in kleinen Dosen mit, aber ich bekomme eben etwas mit.«

Silanpa sah ihn staunend an. Wieder einmal hatte er seinen Willen durchgesetzt.

»Ich bin gerade bei der Besetzung des Justizpalasts, das ist doch zum Verzweifeln, nicht? Dieses Land siecht dahin. Entweder läßt sich Betancur auf eine Volksabstimmung ein, oder er dankt ab.«

»Gar nicht auszudenken, was da noch auf uns zukommt ...«

»Kein Sterbenswörtchen darüber, Poet«, ermahnte ihn Guzmán. »Wenn es in Bogotá ein zweites Mal gekracht hätte, hätte ich das mitbekommen.«

Tränen verschleierten Silanpa den Blick, so daß er sich von Guzmán abkehrte. Er trat ans Fenster und blickte traurig auf die Berge. Da beschloß er, von dem Gepfählten zu erzählen.

»Ich weiß weder, wer er ist, noch, woher er plötzlich aufgetaucht ist. Ein glitschiger Klumpen voller Sand und Algen ...«

»Man muß herausbekommen, ob etwas Ähnliches schon einmal vorgekommen ist«, folgerte Guzmán, »in den Polizeiarchiven nachsehen, ob es schon einmal einen Gepfählten oder Gekreuzigten gegeben hat, oder einen Erhängten, den man unter freiem Himmel baumeln ließ. Man muß einen Anhaltspunkt suchen, die Identifikation der Leiche allein führt nicht weiter.«

»Die Sache ist ganz schön verworren.« Silanpa steckte sich eine Zigarette an und öffnete das Fenster. »Ich gehe die Akten der vermißt Gemeldeten durch, Moya hilft mir dabei, und im Gegenzug arbeite ich ihm zu.«

»Hinter solch einer Tat steht immer Haß, Víctor, tief sitzender Haß. Das ist nicht einfach ein Verbrechen. Da spielt Demütigung mit, Verachtung, Niedertracht.«

Die Pflegerin kam herein, um Guzmán seine Tablette zu bringen, und musterte ihn mißtrauisch. Silanpa spürte, daß er besser gehen sollte. Sie verabschiedeten sich mit einem Händedruck, der ihm durch und durch ging, und, wie schon so oft, vermied er es, ihm in die Augen zu sehen.

Während er gemächlich nach Bogotá zurückfuhr, dachte er an die Nachmittage, an denen er, Guzmán, Negro Ferreira und Juan Carlos Elorza bei ihm zu Hause gepaukt hatten. Sie analysierten einzelne Zeitungsartikel, diskutierten über die pointierte Darstellung von Nachrichten und sahen sich bereits in der Redaktion einer bedeutenden Tageszeitung vor dem Bildschirm sitzen, den Telefonhörer permanent am Ohr, wie sie eine mündlich durchgegebene Erklärung mitschrieben, die die Wirklichkeit am nächsten Tag in ein ganz anderes Licht tauchen würde. Alle spürten, daß in ihren Adern Druckerschwärze floß, und daß eine gedruckte Seite eine Dehnung der Zeit war, für die sie Nachmittage lang fieberhaft arbeiten und Nächte gemeinsam bis zur Erschöpfung durchmachen würden.

Er sah auf die Uhr: Es war sechs Uhr abends. Señor Gallarín machte nicht vor halb acht Feierabend, aber es war besser, ein wenig früher dazusein. Er vergewisserte sich, daß das Buch von Cioran im Handschuhfach lag, das der mit ihm befreundete Philosoph Tabo Chirolla ihm geliehen hatte, und raste in einem Affenzahn zur Klinik.

Um Schlag halb acht verließ die BMW-Limousine von Gallarín den Parkplatz. Er fuhr vor bis zur Calle 100, Ecke Carrera 19, und an der Ampel gabelte er wie gewohnt sein Liebchen auf. Anschließend fuhr er die Calle 100 hinunter bis zur Autobahn und bog Richtung Estadero del Norte ab. Silanpa kontrollierte noch einmal seine Nikkormat und warf einen letzten Blick auf den Grundriß des Motels. Gallarín nahm immer eines der Zimmer zum Innenhof hin, mit Minibar und Sauna. Er tastete in seiner Hosentasche nach dem Dietrich und steckte sich eine Zigarette an, während er die Lichter des BMW, ein paar Meter vor den Scheinwerfern seines eigenen Wagens, im Auge behielt.

Als Silanpa bei dem Motel ankam, setzte er die Schneiderpuppe auf den Beifahrersitz, legte ihr einen Poncho um und lehnte sie gegen seine Schulter. Er fuhr bis zum Tor vor und hupte zweimal. »Willkommen im Tempel von Malpighi«, sagte er ihr ins Ohr, und er hatte den Eindruck, als würde sie lächeln. Auf der Stelle öffnete ihnen ein junger Mann und wies sie an, der Beschilderung zu folgen. Er hielt sich links, um die nach innen liegenden Zimmer zu suchen, und sah im Vorbeifahren, daß der BMW vor der Nummer sieben stand.

Mit der Puppe im Arm stieg er aus und ging auf sein Zimmer, den auf der Innenseite verlaufenden Gang fest im Blick. Von dort aus würde er hineingehen. Im Zimmer sah er sich in dem Spiegel, kontrollierte seine Ausrüstung und nahm sich sein Buch. Er wollte sie auf frischer Tat ertappen, und dafür mußte er ein paar Minuten warten.

Dann ging er noch einmal auf die Toilette und drückte seine Zigarette aus. »Warte hier auf mich«, sagte er zu der Puppe und setzte sie vor den Fernseher. Vor der Zimmertür angelangt, zitterten ihm die Knie. Er hörte Stöhnlaute und sagte sich: »Jetzt sind sie mittendrin.« Er zog den Fotoapparat auf, stieß die Tür auf, und während er einen Blitz nach dem anderen auf sie losjagte, schrie er: »Keine Bewegung, Polizeeiii!«

Gallarín kniete auf allen vieren. Er trug einen rosa Spitzenbüstenhalter, silberne Pumps, und seine Arme waren mit Nylonstrümpfen an den Bettrahmen gefesselt. Hinter ihm stand der schwarze Zoltán, der zum Reinigungspersonal der Klinik gehörte, mit einem um den Nabel ausgeschnittenen Netzhemd.

»Lächeln Sie, und halten Sie still!« schrie Silanpa und schoß immer weiter Fotos.

Augenblicklich löste sich der schwarze Sodomit von Gallerín und baute sich mit seinem wippenden schwarzen Baum vor Silanpa auf.

»Sachte, sachte ... Polizei.«

Er hatte seinen Satz noch nicht zu Ende gesprochen, da rollte er schon infolge eines gehörigen Schlags über den Boden. Der Äthiopier hatte eine flinke Faust.

»Zoltán, du Grobian, was zum Teufel tust du da? Laß ihn, mach nicht alles noch schlimmer!« Gallarín gab sich Mühe, Haltung anzunehmen.

Lädiert stand Silanpa auf, und der Schwarze ließ von ihm ab, mit haßerfülltem, zugleich ein wenig gedemütigtem Blick.

»Die Polizei hat das Motel umstellt«, log er und versuchte, seinen Worten einen aggressiven Ton zu geben. »Es handelt sich um eine Routinedurchsuchung, also rühren Sie sich nicht vom Fleck, bis der Hauptmann kommt.«

»Zoltán, ab ins Bad. Ich möchte mit dem Herrn reden.«

Der Schwarze verschwand und verriegelte die Tür.

»Ich weiß nicht, wer Sie sind, mein Kleiner, aber ich kann es mir denken. Von dieser Geschichte mit der Polizei glaube ich kein Wort, ich vermute viel eher, Sie sind von dieser Sorte Detektive, die fremdgehende Ehemänner überwachen. Irre ich mich?«

Silanpa sagte weder ja noch nein. Statt dessen streichelte er seinen geprellten Wangenknochen und vermied es, den nackten, schweißbedeckten Mann anzusehen.

»Ich weiß, daß meine Frau Sie schickt, und darum können wir offen reden: Wieviel?«

»Wieviel was?«

»Jetzt spielen Sie mir nicht den Dummen. Also, wieviel hat Ihnen meine Frau gezahlt?«

»Berufsgeheimnis.«

»Zum Teufel mit Ihrem Berufsgeheimnis. Los, wieviel für den Film? Verlangen Sie von mir, was Sie wollen. Wie wär's mit zweihunderttausend Pesos?«

Silanpa überlegte, daß er genau diese Summe kassiert hatte, und daß er das Geld bereits ausgegeben hatte für eine Reparatur an der Elektrik seines Renault.

»Für die paar müden Kröten kratz ich mich noch nicht mal hinterm Ohr, mein Freund. Außerdem ist das, was Sie mir vorschlagen, nicht legal.«

»Ist es vielleicht legal, sich in das Leben fremder Leute einzumischen?«

Er verspürte Scham, nahm sich aber zusammen.

»Sie tun nichts Geringeres, als Ihre Frau zu betrügen, mein Freund, halten Sie mir also keine Vorträge! Was Sie hier mit dem Bimbo treiben, steht schon in der Bibel unter Strafe.«

Er streichelte sich die Wange. Dann machte er auf dem Absatz kehrt und schritt in Richtung Tür.

»Warten Sie ... Wie wär's mit einer halben Million?« gab Gallarín klein bei.

Silanpa blickte auf den Fotoapparat und verriet sich durch seine aufmerkende Miene.

»Na los, ich fülle Ihnen hier sofort den Scheck aus.«

Der Mann wickelte sich das Laken um. Er ging zu seinem Jackett, aus dem er einen Füllfederhalter zog.

»Hier, nehmen Sie. Geben Sie mir den Film!«

Silanpa griff nach dem Scheck und händigte ihm die Filmkapsel aus. Er machte kehrt, und während er auf die Tür zuging, nahm er sich vor, daß dies das letzte Mal gewesen sein sollte. Das Privatleben anderer Leute übte eine große Faszination auf ihn aus, aber er sagte sich: Ich bin Journalist, verdammt. Auf was lasse ich mich da ein?

3

Mein Name ist Aristófanes Moya. Ich bin 1,80 Meter groß und wiege einhundertvierundzwanzig Kilo. Die einen oder anderen kennen mich vielleicht als, nun ja, Mann der Öffentlichkeit, ähm ..., der bescheiden und selbstlos sein Leben in den Dienst der Nächsten stellt. Aber wir sind ja nicht hier, um über unser Tun in der Welt draußen zu sprechen, sondern über das, was uns in diesem Kreis, in dieser ehrwürdigen Einrichtung zusammenführt.

Essen oder nicht essen, wer soll das entscheiden? Das Maß war voll, als ich eines Tages zusätzlich zu den drei regulären Mahlzeiten allen möglichen Müll in mich hineinfutterte, mit Verlaub, meine Damen, siebzehn *Jet*-Schokoladenriegel, vierzehn Tüten *Chito*-Erdnußflocken und elf *Chocorramo*-Schokotörtchen. Und das sind nur die Süßigkeiten, denn auch Herzhaftes schaufelte ich wie ein Weltmeister in mich hinein: neun Teigtaschen, sechs Fladen mit Pfeffer und vier Hamburger mit Käse und jeweils einer Portion Pommes, Ketchup und Senf. Das alles plus die dreimal tägliche Heimsuchung des gedeckten Tischs nach Maßgabe der Katholischen Kirche, macht mehr als neuntausend Kalorien, das Dreifache dessen, was ein Mann durchschnittlicher Statur an Nahrung benötigt. Ich habe nur eine bescheidene Schulbildung genossen, aber deshalb bin ich noch lange kein Analphabet. Ich sehe fern und höre Radio. Jeden Tag lese ich die Zeitung, und obwohl ich immer am Sportteil hängenbleibe, entgeht mir nichts von dem, was über Politik geschrieben wird, was über Verbrechen oder gesellschaftliche Ereignisse berichtet wird. Einmal im Monat beziehe ich, und zwar auf den Rat meiner verehrten Frau, *Reader's Digest*, und unbeirrt von ihren Kommentaren, mit denen sie sich hin und wieder über mein Abonnement lustig macht, lese ich so manchen Artikel und nicht nur die Seite mit den Witzen. Dort bekam ich auch den ersten Anstoß, mir meines Problems bewußt zu werden, genau gesagt von einem Beitrag mit dem Titel »Ich, Juans Magen«. Kurz und gut, ich begriff, daß ein Magen eine Sache ist, und eine Mülltonne eine andere. Und jetzt gebrauche ich, mit Verlaub, eine weitere Übertreibung: Meine Frau, die ein Engel ist und mit dem Kochlöffel wahre Zauberkünste vollbringt, sagt mir immer: »Nimm dir den kleinen Rest Suppe, der noch da ist, ja? Sieh doch, sonst muß ich sie wegkippen. Tu dir noch ein bißchen Reis zu der feinen Soße auf, dann kommt er weg, soll ich ihn dir noch einmal aufwärmen?«, und das den lieben langen Tag. Und ich, den vor einem Teller mit Essen eine Gier überkommt wie ein an der Brust nuckelndes Baby, tue ihr also den Gefallen. Einmal habe ich gelesen, auch im *Reader's Digest*, daß Raubtiere das Fleisch, das sie erbeuten, stets ganz auffressen. Daß ein Tiger oder ein Panther die erlegte Beute immer bis auf den letzten Rest verschlingt, um keinem anderen etwas zu überlassen. So ein Tier kann bis zu fünfunddreißig Kilo Fleisch fressen, und es hört nicht eher auf, als bis die Knochen blitzblank geleckt sind. Aber dieses Verhalten ist natürlich, und das macht den Unterschied. Und da sagte ich mir: Aristófanes, du bist eben kein Tiger oder Panther. Obwohl ich dazusagen muß, daß meine Arbeitskollegen mich manchmal »Tiger« nennen, aber aus anderen Gründen, die hier nichts zur Sache tun. Kurz und gut, ich bin eben kein Tier und kann denken, und darum, weil ich denken kann, bin ich hier und suche Ihre Hilfe, die Hilfe der Gesellschaft *Das letzte Abendmahl.* Ich glaube nicht, daß es ein Zeichen von Schwäche ist, um Hilfe zu bitten, oder? Wenn irren menschlich ist, ist es auch menschlich, ein Problem als solches zu erkennen und zu der Einsicht zu gelangen, daß man es, nun ja, der Ausdruck verrät mich, nicht einfach hinunterschlucken soll.

4

Der Rock stand ihr gut. Zwar war der Stoff nicht besonders edel, aber er war sorgfältig verarbeitet und hatte eine schöne Farbe, und mit den kleinen Änderungen, die sie zu Hause mit der alten Singer ihrer Großmutter vorgenommen hatte, umschloß er ihre Kurven wie ein Galahandschuh. Hinten fiel er gerade, seitlich lag er eng an, und ein hauchzarter Spitzenbesatz zierte den Saum. Er erinnerte an ein Werbeplakat mit dem Slogan: »Die Welt gehört dir. Trau dich.« Sie traute sich.

Nancy stolzierte wie ein Pfau in die Anwaltskanzlei *Barragán & Co*, die schüchterne Zurückhaltung der ersten Arbeitswoche hatte sie bereits abgelegt.

»Da ist ja unsere Prinzessin« zischelte Trini, die zweite Sekretärin, der Telefonistin Nacha ins Ohr. »Sieh sie dir an. Die legt es drauf an.«

»Sei nicht so gehässig«, erwiderte Nacha. »Sie ist doch furchtbar schüchtern.«

»Schüchtern? Die scheuen Häschen sind doch die schlimmsten.« Sie nahm einen Schluck schwarzen Kaffee. »Die Schüchternheit, meine Liebe, ist das Vorzimmer der Hurerei. Wollen wir wetten? Ich wette, daß sie den Chef noch vor Monatsende so weit gebracht hat, du weißt schon.«

»Schon gut, der Chef ist ja auch nicht gerade ein Jesuitenpfarrer. Wenn ich für jeden Kniff in den Hintern einen Peso bekäme, würde ich schon längst in Acapulco Champagner schlürfen.«

Plötzlich ging die Tür auf, und die Gestalt Emilio Barragáns erfüllte den Raum, ein eleganter Vierziger, das Toupet, mit dem er seine schütteren Stellen kaschierte, aus Italien importiert, Anwalt der Rosario-Gesellschaft, gefürchteter Risk-Spieler und im Jockey-Club bekannt als begnadeter Erzähler schmutziger Witze. Eine Duftschwade, *Obsession*, von Calvin Klein, pflegte sein Herannahen anzukündigen.

Trini und Nacha blickten ihn mit offenem Mund an. Tomate, der dritte Sekretär, und Domitilo, das Mädchen für alles, ließen alles stehen und liegen und wandten sich ihm zu:

»Guten Morgen, Doktor Barragán!« riefen alle vier.

»Guten Morgen«, erwiderte er geschäftig.

Tomate fiel die Harmonie zwischen dem reinweißen Hemd und dem Krawattenknoten auf, einem makellosen rechten Winkel von einem Zentimeter Höhe, der Emilio Barragán das Flair selbstverständlicher Eleganz verlieh. Plötzlich kam in Tomate Neid auf und er sah in dem Bild, das er selbst abgab, nichts als die Gestalt eines niederen, dem biologischen Verfall ausgelieferten Geschöpfes.

»Wo ist die Neue? Wie heißt sie noch?« fragte Barragán und blieb kurz stehen, bevor er die Tür zu seinem Büro öffnete.

»Nancy? Keine Ahnung, Doktor Barragán, sie ist vorhin gekommen, aber jetzt hat sie sich in Luft aufgelöst.«

In diesem Augenblick öffnete sich die Toilettentür und Nancy betrat den Raum. Sie hatte nicht schlecht daran getan, noch einmal zu verschwinden, um sich den Lippenstift nachzuziehen, die Wimpern nachzutuschen und die Knitterfalten an ihrem Rock glattzustreichen, ein Andenken an die achtundvierzig Minuten Fahrt mit der Buslinie 98A, bei der bestimmt irgendein Dreckskerl eine Schweinerei zu ihr gesagt hatte, die ihr wie immer ein Schmunzeln entlockt haben mußte. Etwa: »Schenk mir deine süßen Strümpfe, Kleine, aber erst, wenn sie richtig schmutzig sind.«

»Guten Morgen, Doktor Barragán«, grüßte sie höflich.

»Guten Morgen, Nancy.« Er blickte ihr in die Augen, legte einen Finger an die Schläfe und sagte: »Suchen Sie mir die Akte in Sachen Pereira Antúnez. Kopieren Sie mir die Einträge, und bringen Sie sie mir ins Büro. Trini, verbinde mich mit Doktor Marco Tulio Esquilache, im Senat.«

Trini blickte zu Nacha, grün vor Neid. Domitilo sah lüstern zu Nancy und warf Tomate einen messerscharfen Blick zu. Tomate richtete seine Pupillen auf Nancys Beckenregion und sah sie nackt, mit gespreizten Beinen, und sich selbst sah er, wie er sich ein Kondom überstreifte und dabei sagte: »Gleich, mein Zuckermäulchen, gleich ist es soweit«. Sie schluckten ihren Unwillen hinunter, und Tomate fuhr sich mit der Hand in die Hosentasche.

Der Senator Marco Tulio Esquilache betrachtete durch das Fenster seines Büros die sich türmenden Wolken und war erstaunt darüber, daß zu dieser Uhrzeit durch den Smog hindurch überhaupt noch ein Stückchen Himmel zu sehen war. »Harte Schläge teilt das Leben aus«, rezitierte er laut aus dem Gedächtnis, als das Telefon klingelte.

»Barragán auf der drei, Doktor Esquilache«, hörte er seine Sekretärin sagen.

»Warte noch eine Minute, und stell ihn dann durch«, antwortete er ruhig.

Er zog die untere Schublade auf, nahm eine *Montecristo* heraus und zündete sie gelassen an. Wieder sprach er zu sich: »Sollte es heute dazu kommen, daß ein bißchen gelogen werden muß, müssen mindestens eine Million Pesos rausspringen.« Dann hob er den Hörer ab.

»Emilio, was für eine Freude, dich so früh am Tag zu hören.«

»Ganz meinerseits, Marco Tulio. Hast du schon die Zeitung gelesen?«

»Natürlich. Nichts als Lappalien, wie immer ...«

»Hat die Meldung von dem Gepfählten dich nicht aufmerken lassen?«

»Ach, diese Geschichte. Du weißt doch, solche Sachen passieren hier jeden Tag.«

»Mir hat das schon zugesetzt, Marco Tulio. Weißt du etwas darüber?«

»Du bist immer schon rührselig gewesen, Emilio. Wie geht es Catalina?«

»Marco Tulio, bitte. Ich habe dir eine Frage gestellt.«

»Ich stelle aber die Fragen, du Dummerjan. Wie geht es Catalina?«

»Gut, gut. Sie fragt ständig, wann du mal zum Essen kommst.«

»Und Juanchito und Cata?«

»Beide im Gymnasium. Cata hat in Französisch eine Auszeichnung bekommen.«

»Dann ist ja alles in Ordnung.« Esquilache holte Luft, blickte durchs Fenster auf den Berg Guadalupe und rülpste. »Als erstes kommt die Familie, du elender Dummkopf. Und jetzt raus mit der Sprache, also, was ist mit der Geschichte von dem Gepfählten?«

»Nachdem ich in *El Observador* die Einzelheiten darüber gelesen habe, werde ich den Gedanken nicht los, daß eine Reihe von merkwürdigen Koinzidenzen vorliegt.«

»Das Leben ist voll von Koinzidenzen, Emilito, hast du nie Goethes *Wahlverwandtschaften* gelesen?«

»Ich bitte dich, Marco Tulio.«

»Du solltest sie lesen, denn dort wird das mehr oder weniger erklärt. Was also geht dir nicht aus dem Kopf?«

»Mir geht nicht aus dem Kopf, daß die Geschichte etwas mit Pereira Antúnez zu tun haben könnte.«

»Pereira war ein Idiot. Ein Frühreifer der besonderen Sorte: Von Kind an war er ein Dummkopf.«

»Ich habe Angst, Marco Tulio.«

»Man braucht vor der Angst keine Angst zu haben, mein Lieber. ›Ein Mann, der keine Angst hat, ist ein Idiot.‹ Federico Fellini.«

»Ich meine das ganz im Ernst.«

»Ich meine das auch im Ernst. Richte Catalina aus, sie soll Sonntag etwas Feines kochen. Du besorgst eine Flasche *Casillero del Diablo*, und ich bringe die Nachspeise und die *Montecristo* für hinterher mit. Ja? Dann reden wir. Und bis dahin, mein Lieber, hör mit dem Geflenne auf! Hol tief Luft und bemühe dich, den zwei Bällen, die unter deinem Penis baumeln, alle Ehre zu machen, ja?«

Esquilache knallte den Hörer auf die Gabel. Elende Welt, dachte er, die jungen Kerle wissen nicht einmal mehr, wo ihre Eier hängen. Dieser Tag war anders als sonst. Das hatte er schon beim Aufstehen festgestellt, als er im Radio die Nachricht von den Überschwemmungen im Süden Bogotás hörte. Es war ihm ein Rätsel, wie es in jenem Teil der Stadt so aus Kannen schütten konnte, während dort, wo er wohnte, strahlender Sonnenschein herrschte. Aufgebracht von dem Telefonat trat er ans Regal und zog ein altes Wörterbuch von Covarrubias heraus. Er schlug es beim Buchstaben *F* auf und suchte nach einem Eintrag: »Feigling: Mensch, dem es an Mut fehlt und der zu übermäßiger Angst neigt.« Dann griff er nach seinem Telefonverzeichnis und blätterte mehrere Seiten durch: Valdés, Vareloa, Vargas Vicuña ... Er hob den Hörer ab und wählte.

»Hallo?«

»Doktor Vargas Vicuña, bitte.«

»Sie sind ...?«

»Marco Tulio Esquilache, vom Senat von Bogotá.«

Während er durchgestellt wurde, zündete er seine *Havanna* neu an, nahm einen kräftigen Zug und drehte sich zum Fenster.

»Wie geht es Ihnen, verehrter Doktor Vargas Vicuña?« fragte er mit weicher Stimme.

»Marco Tulio, ich glaubte schon, Sie würden gar nicht mehr anrufen. Wie läuft es im Senat?«

»Wie immer.«

Eine Schweißperle trat ihm auf die Lippen. Eine weitere rann ihm den Rücken hinab und hinterließ auf seinem Hemd eine feuchte Spur.

»Ich wollte eine Kleinigkeit mit Ihnen besprechen, Doktor Vargas Vicuña«, überwand er sich schließlich zu sagen. »Sie leiten doch ein großes Unternehmen, sind der Kopf einer der größten Baukonstruktionsfirmen des Landes, beraten Sie sich eigentlich mit jemandem über die gesetzlichen Baubestimmungen?«

»Aber sicher, Marco Tulio. Ich habe drei Anwälte, die mir schön brav jede Nuß knacken. Was soll die Frage?«

»Ach, wie das Leben so spielt, Doktor Vargas. Hier vor meinen Augen liegt ein Gutachten von unserem Justitiar, in dem es zusammenfassend heißt, daß die Grundstücke in Bosa, wo Ihre Firma die Siedlung *Leben in Harmonie* plant, ein paar Mängel aufweisen, die die Tragfähigkeit des Bodens beeinträchtigen. Des weiteren zeigt das Gutachten, daß Ihr Bauvorhaben, das heißt eine Einheit von neun Gebäuden mit je sechs Stockwerken, keinesfalls durchführbar ist, weil aufgrund des stark tonhaltigen Untergrunds nicht sichergestellt werden kann, daß das Ganze länger als fünf Jahre stehen würde. Können Sie sich den Ärger vorstellen?«

»Was erzählen Sie mir da, Marco Tulio?«, erwiderte er räuspernd. Eine unbehagliche Stille machte sich breit. Esquilache mußte kräftig schlucken und blies den Qualm gegen das Fenster. Vargas Vicuña fuhr fort: »Auch ich habe eine Bodenuntersuchung in Auftrag gegeben, einen Mordsstapel mit allen möglichen Stempeln von mehreren *Gringo*-Firmen und sogar von einem Labor der *Universidad Central.* Glauben Sie denn, mein lieber Marco Tulio, ich würde mir so ein Gelände anlachen, ohne die entsprechenden Vorkehrungen zu treffen?«

»Auf Sie war schon immer Verlaß, Doktor Vargas Vicuña, keine Frage. Aber da ist noch das Problem, daß aus der Kopie der notariellen Kaufurkunde, die ich hier habe, hervorgeht, daß Sie für das Grundstück den Preis für Bauland der Kategorie B entrichtet haben, das heißt für maximal drei Stockwerke. Verstehen Sie? Gegen das Vorhaben selbst ist ja nichts einzuwenden, aber wir müssen dafür einfach das Doppelte von Ihnen nehmen.«

»Sie machen vielleicht Witze, Marco Tulio.« Er stieß mehrere Seufzer in den Telefonhörer. »Sehen Sie her, Sie wissen nur zu gut, daß niemand dieses Grundstück wollte und daß der Distrikt es mir nur verkauft hat, weil sich sowieso niemand gefunden hätte, der in dem abgelegenen Eck auch nur einen müden Peso investieren würde. Wollt ihr mit eurer Politik nun die Stadt attraktiver machen oder nicht? In mir habt ihr einen, der dort investiert, wo niemand hin will, in Grundstücke im Überschwemmungsgebiet, in ödes Brachland ...«

»Doktor Vargas Vicuña, verstehen Sie mich ...«

»Ich verstehe Sie doch, Marco Tulio. Und wenn da von drei Stockwerken die Rede ist, dann machen wir eben drei Stockwerke. Wir werden uns doch nicht über das Gesetz hinwegsetzen und die zukünftigen Mieter gefährden, stimmt's?«

»Das wollte ich von Ihnen hören.«

»Zermartern wir uns nicht länger den Kopf«, schloß Vargas Vicuña. »Schicken Sie mir die Unterlagen zu dem Bauvorhaben, und wir ändern die sechs Stockwerke einfach in drei um. Und die Sache ist vom Tisch. Und den *Gringos*, die mir die Bodenstudie angefertigt haben, schieb ich jedem einzelnen eine Stange Dynamit in den Hintern, was meinen Sie?«

»Haha... Hervorragend, Doktor Vargas Vicuña.« Esquilache mußte lachen. Inzwischen hatte er sich ein wenig beruhigt. »Und wenn das jetzt nicht indiskret ist, verraten Sie mir eine Sache: Haben Sie in der Gegend noch weitere Bauvorhaben in petto?«

»Davon lebe ich, mein lieber Senator. Ich werde Sie davon unterrichten, sobald es soweit ist.«

Sie verabschiedeten sich, und Esquilache atmete auf. Sogar mit einem gefährlichen Feind wie Vargas Vicuña konnte er umgehen. Beide hatten sie ihre Rollen tadellos gespielt.

Von der Straße drang ein Hupkonzert zu ihm herauf. Ein Milchlaster versuchte, über den Bürgersteig zu wenden, während ein Linienbus in entgegengesetzter Richtung vorrückte.

Weit weg von alledem ließ Emilio Barragán, während er mit den Schlüsseln seines Peugeot 605 spielte, seine Gedanken schweifen. Und abgesehen von dem befremdlichen Gespräch mit Esquilache hatte der Morgen ja auch gut angefangen: Sonnenschein, ein frisches Lüftchen, das von den Bergen herunterkam, und ein klarer, wolkenloser Himmel. Er öffnete das Fenster und blickte durch die Bäume hindurch auf die Stadt. Beiläufig strich er sich über die Hüften und stellte mit Widerwillen fest, daß er wieder ein paar Gramm zugenommen hatte. Er zog den Bauch ein und hielt die Luft an, dann fuhr er sich mit den Händen über den Brustkorb, spannte die

Muskeln an, hob das Kinn und betrachtete sein Profil, das sich schwach in der Scheibe spiegelte. Warum behandelte Esquilache ihn auf diese Weise? Klar: Weil er ihm immer wieder Aufträge verschaffte, weil er ihn für einen dummen Jungen hielt, weil er Catalinas Onkel war und ihm schon zu Studienzeiten die Steigbügel hingehalten hatte, um ihm bei seinem Fortkommen zu helfen. Er fuhr sich mit dem Finger über den Hals und anschließend an die Nase. Mit einer nervösen Handbewegung zog er die dritte Schreibtischschublade von oben auf, holte einen Parfümflakon heraus und tupfte sich ein paar Tropfen auf.

Die Geschichte von dem Gepfählten beunruhigte ihn. Es war schrecklich, daß solche Dinge sich in unmittelbarer Nähe der zivilisierten Menschen zutrugen. Aus diesem Grund verfolgte er leidenschaftlich die fixe Idee, auszuwandern und in London zu leben. Er träumte von Hemden von *Harrods* und von dem Antiquitätenmarkt in Camden Town. Oder Paris: die Geschäfte in der Rue Saint-Honoré, die Boutiquen entlang der Champs-Elysées und tausendundein Geschäft im Viertel um die Oper. Das war das Leben, und nicht dieses abgeschmackte und fade Dasein, das er Tag für Tag in Bogotá über sich ergehen ließ, mit all den Unannehmlichkeiten und häßlichen Dingen, die man an jeder Ecke ansehen mußte. Gestern, um ein greifbares Beispiel zu nehmen, hatte man ihm im Club erzählt, was der Frau von Cansino Prada passiert war, nämlich daß ein Krüppel, der an einer Ampel Scheiben wusch, durchs Fenster ins Auto gefaßt hatte. Er hielt ihr einen Scheißhaufen vor die Nase und brüllte sie an: »Wenn Sie nicht Scheiße fressen wollen, Señora, schieben Sie ein Zehntausend-Pesos-Scheinchen rüber!« Sie habe fast einen Herzanfall bekommen, erzählte man ihm, und das verstand er. Wie gräßlich.

5

Als Víctor Silanpa nach Hause kam, fand er auf dem Anrufbeantworter eine Nachricht von Mónica vor: »Schon wieder bist du verschollen. Es ist halb neun, und ich stehe hier wie eine Bescheuerte im *Centro Granahorrar* und warte auf dich. Wenn du nicht in zehn Minuten kommst, rufe ich Óscar an.« Er blickte auf die Uhr: Es war zehn.

Er fühlte sich allein mit dem quälenden Gedanken, gerade mit ansehen zu müssen, wie ihm etwas Großartiges abhanden kam. Er ging in die Küche und schenkte sich ein halbes Glas *Viejo de Caldas* ein, legte eine Scott-Joplin-CD auf und setzte sich hin, um wieder einmal die Sätze zu lesen, die er in den Taschen seiner Schneiderpuppe aufbewahrte: Zitate aus Büchern, Versprechungen, Aussprüche von Mónica, Sätze von Guzmán oder von ihm selbst, die er mit seiner elektrischen *Underwood* tippte oder auf lose Zettel schrieb und jetzt wahllos hintereinander las, während er den Zigarettenqualm zum Rhythmus der Musik ausstieß und am Rum nippte. »Die einzige Hoffnung ist der nächste Schluck«, Malcolm Lowry. »Reize mich nicht, wenn du nicht willst, daß ich dich mit meinen Hörnern aufspieße«, Mónica. »Der Spießer Clavé schenkte mir einen Degen, und ich habe ihn damit aufgespießt«, Virgilio Piñera. »Ich habe verloren. Immer schon habe ich verloren. Weder erbittert noch bekümmert mich das. Verlieren ist eine Frage der Methode«, Luis Sepúlveda. »Besiegt von meinen Mißgeschicken, zur Armut herabgewürdigt trotz der ungeheuren Berge an Arbeit, mit einer verrückten Frau im Krankenhaus, für die ich den Unterhalt nicht zahlen kann, ich nehme mir den Strick«, Emilio Salgar. »Über dem Leben liegt ein rätselhafter Schatten«, Trio Matamoros.

Die Schneiderpuppe war ein Einfall von Guzmán gewesen. Sie hatten sie eines Tages im Schaufenster eines Hutgeschäfts entdeckt, nahe der Plaza de Bolívar. Sie trug ein schwarzes Kleid und über dem Gesicht einen Spitzenschleier.

»So eine Puppe, und du bist nie wieder allein«, sagte er.

Silanpa fügte dem nichts hinzu, aber am nächsten Tag fuhr er in seinem Renault hin und kaufte sie zu einem angemessenen Preis: eine Holzbüste auf einem Ständer, mit zwei Armen, einem Gesicht aus Gips und kohlschwarzen Glasaugen.

Er holte die Protokolle über den Gepfählten heraus und machte sich daran, sie noch einmal durchzusehen, während er nebenher Wurstscheiben aß. Er dachte an das, was Guzmán gesagt hatte: Die Identifikation der Leiche allein führt nicht weiter. Was war zu tun? Die Geschichte von Estupiñán war sein einziger Anhaltspunkt. Morgen würden vielleicht die Berichte aus den anderen Landesteilen kommen, und dann würde er weitersehen. Träge nahm er den Telefonhörer ab, wählte Mónicas Nummer und ließ es klingeln. Sie war nicht da, und er wußte das.

»Glotz mich nicht so an«, sagte er zu der Schneiderpuppe, »ich weiß schon, daß ich selber schuld bin und sie nicht verdiene.«

Er trat zu der Puppe, griff in die Tasche ihres schwarzen Hängerkleides (eine alte sevillanische Stickarbeit) und zog auf gut Glück einen weiteren Zettel heraus. Er las: »Ein angesehener Herr genießt eine feste Anstellung, ein gutes Einkommen ... Stets besitzt er irgendwo etwas, wie Sie ihr Hotel. Die Lebemänner ..., nun ja, wir schlagen uns da und dort so durch, in den Bars ... Wir gehen mit hellwachen Augen und gespitzten Ohren durch die Welt.« Das Zitat stammte von Graham Greene.

Zu welcher Sorte Mann gehörte er selbst? Mónica hätte ihn gerne als angesehenen Herrn gesehen, er hingegen wollte unbedingt ein Lebemann sein. Er ging in die Küche und schenkte sich noch einen senkrechten Finger *Viejo de Caldas* nach: Er war weder das eine noch das andere. Für einen Bummler hatte er zuviel Geld, aber um eine Respektsperson zu sein, reichte es wiederum nicht aus.

Gerne hätte er ein Thema gehabt, um darüber zu schreiben. Die Geschichte des Gepfählten juckte ihn in den Fingern, aber er dachte, das würde zu nichts führen. Jedenfalls setzte er sich vor seine *Under-*

wood und spannte ein Blatt ein: »Heute abend habe ich nichts zu sagen. Hoffentlich träume ich etwas.« Er wandelte den Satz mehrmals ab: »Ich kann nichts schreiben, weil nichts passiert.« Er nahm einen großen Schluck Rum, blickte zum Fenster, zog tief an seiner Zigarette und tippte weiter: »Am liebsten wäre mir ein anständiger Alptraum, aber nicht der mit dem Koffer voller Schlangen. Der versetzt mich in Panik.« Und dann noch: »Es ist etwas faul im Staate Dänemark, aber hier ist nichts los.«

In den frühen Morgenstunden schepperte das Telefon auf dem Metalltisch, und Silanpa tastete in der Dunkelheit nach dem Hörer.

»Hallo?«

»Es ist dringend, Detektiv. Emir Estupiñán am Apparat.«

»Wer?«

»Der Bruder des Verschollenen, erinnern Sie sich? Der aus dem Hörsaal.«

»Schießen Sie los ...«

»Ich habe eine Spur. Können Sie auf der Stelle herkommen?«

»Es ist drei Uhr morgens. Ist es so dringend?«

»Am Telefon kann ich es Ihnen nicht sagen. Ich bin in der Bar *Lolita*, hinter dem Santander-Park. Kommen Sie schnell!«

Das Gespräch riß ab, und Silanpa sprang verstört mit einem Satz auf, was dazu führte, daß er vor Schmerzen aufheulte. Er untersuchte die Stelle mit dem Finger und stellte entsetzt fest, daß die Hämorrhoiden schlimmer geworden waren, die Knoten waren nun härter und wuchsen wie ein Geschwür nach innen weiter.

Er warf sich irgend etwas über, verließ vor Kälte bibbernd die Wohnung und rannte die Avenida Circunvalar entlang bis zum Santander-Park.

Der Ort stank nach Katzenpisse. An der Tür stand ein Taubstummer, der ihn gestisch einlud, über eine schmale Treppe nach oben zu gehen. Als Silanpa eintrat, faßte sich der Mann an die Hoden, womit er ihm mitteilen wollte, daß dort oben gute Frauen zu haben waren.

Die Treppe führte ihn in das obere Stockwerk. Dort befand sich eine schwarze Tür mit einer Klingel.

»Ja?« Ein Mann öffnete eine Türklappe.

»Guten Abend ... Darf ich?«

Der Mann musterte ihn mißtrauisch von oben bis unten.

»Ich komme auf Empfehlung, man hat mir die Adresse auf diesen Wisch geschrieben, aber ich kann sie nicht lesen.« Er reichte ihm einen Tausender.

»Da hat man Ihnen einen guten Tip gegeben, kommen Sie.«

Es war zappenduster. Seine Augen mußten sich erst an die Dunkelheit gewöhnen, dann begann Silanpa, sich nach Estupiñán umzusehen. Auf seinem Weg nach vorne zur Bar stieß er gegen einen in der Dunkelheit kaum sichtbaren Tisch, an dem ein Mann mit Schlips saß, den Kopf vor einem Glas Schnaps. An den übrigen Tischen lungerten schlaftrunkene Frauen, und Männer, die sie betatschten. Aus einer Jukebox dröhnten folkloristische Schlager. Hinten, am Ende eines Gangs, sah er das Billardzimmer.

»Einen Rum.«

Der Barmann beäugte ihn zuerst mißtrauisch, doch dann war er freundlich.

»Hier, extra gut eingeschenkt. Jetzt setz dich, ich schick dir gleich ein Mädchen.«

»Danke. Ich such mir lieber selbst eine aus.«

Er ging bis zu dem beleuchteten Billardraum durch und sah, daß auf der rechten Seite mehrere Spieltische standen. Von Estupiñán keine Spur, so daß er schon ungeduldig wurde, als ihn von hinten jemand ansprach.

»Gehen Sie weiter bis zu dem Tisch am Fenster, und nehmen sie sich einen Queue. Ich komme dann zu Ihnen.«

Er folgte der Anweisung und warf im Vorübergehen durch das Fenster einen Blick auf die Straße. Keine Menschenseele war zu sehen. Der feuchte Asphalt war bedeckt mit dem Laub der Urapanbäume.

In dem Spielsalon hingegen herrschte reger Betrieb: Vierertische voller Karten und Banknoten, Domino, Würfel, Roulettekreisel, Mensch ärgere dich nicht. Eine echte Spielhölle. Die Frauen kamen und gingen, hoben die Röcke, ließen sich für ein Bier oder einen Tausender von den Gästen anfassen.

»Wie wär's mit einer kleinen Partie?«

Estupiñán begrüßte ihn mit einer Verbeugung.

»Gerne.«

Ohne weitere Vorreden fingen sie an zu spielen. Während der ersten fünfundzwanzig Karambolagen sprach Estupiñán kein Wort. Plötzlich sagte er:

»Sehen Sie. Der dort.«

Er zeigte ihm einen Mann, der an einem der Tische saß.

Auf seinem Schoß hatte er zwei Frauen: eine siebzehnjährige Schwarze und eine ältere, mit gefärbten Haaren, die ihm den Nacken kraulte.

»Er ist schon seit vier Tagen ununterbrochen hier. Er bezahlt für die Musik, trinkt Schnaps und läßt sich von der *Chicharronería* gegenüber hin und wieder etwas zu essen bringen. Die Nutten hat er erobert, indem er ihnen ständig Geldscheine in die Slips steckt. Er spielt mit jedem, der will, und schert sich auch nicht darum zu verlieren, weil seine Brieftasche vor Geld nur so überquillt.«

»Und was soll mit dem sein?«

»Vorhin, als ich herumgestanden bin und mich umgeschaut habe, habe ich ihn von irgendeinem Auftrag reden hören, den er erledigt hat.«

Silanpa trat näher und ließ den Queue sinken.

»Hören Sie nicht auf zu spielen, nehmen Sie Ihren Queue!«

»Was für einen Auftrag?«

»Irgendeine merkwürdige Ladung, die er mit einem Lieferwagen von einem Ort zum anderen gefahren hat.«

»Hat er gesagt, was für eine Art Ladung?«

»Nein.«

»Und was soll das dann?«

»Er sprach über eine Fahrt von Tunja nach Chocontá, und das ist ganz in der Nähe des Sees, wo die Leiche gefunden worden ist, nicht wahr?«

»Oh, mein Gott ...«

»Darum habe ich Sie angerufen.«

»Können wir mit ihm reden?«

»Wenn er fertig gespielt hat, laden wir ihn auf einen Drink ein und zocken eine Runde mit ihm.« Estupiñán blickte verstohlen zu ihm hinüber. »Er ist von der Sorte Menschen, die leicht zum Reden zu bringen sind, weil sie stolz auf ihre Taten sind und sie gerne erzählen. Das sehe ich ihm an, warten Sie nur ab.«

Der Mann brachte die Partie Domino zu Ende, zog seine Brieftasche hervor und nahm drei Tausend-Pesos-Scheine heraus, um sie seinem Gegner zu geben. Mit derselben Selbstverständlichkeit nahm er zwei weitere Fünfhunderter und schob sie den Mädchen unter die Röcke.

»Los, Musik!« brüllte er.

»Eine kleine Partie?« Silanpa wandte sich freundlich an ihn.

»Setzen Sie sich. Was spielen Sie?«

»Was Sie wollen ...«

»Hmmm ... Mensch ärgere dich nicht?«

»Gut.«

»Lotario Abuchijá, Lastwagenfahrer. Zu Ihren Diensten.« Er streckte ihnen seine Hand entgegen.

»Emir Estupiñán, Buchhalter, und mein Freund ist Don ...«

»Víctor Silanpa.«

Sie begannen zu spielen und plauderten über belanglose Dinge. In der Mitte des Spieltischs lagen drei Tausend-Pesos-Scheine.

»Wie herrlich ist doch das Leben, nicht wahr?« sagte Estupiñán unvermittelt.

»Und wie«, bestätigte der Mann. »Saufen, zocken und vögeln. Schätzchen, bist du so lieb und zeigst meinen Freunden deinen Allerwertesten?«

Die Jüngere der beiden hob ihren Rock bis zur Taille, und zum Vorschein kamen knackige schwarze Pobacken.

»Ach ... Schade nur, daß alles so vergänglich ist«, sagte er und blickte zur Decke.

»Aber das Glück meint es gut mit Ihnen.« Silanpa sprach, ohne ihn anzusehen. »Sie wär ich auch gerne.«

»Sie sind ...?«

»Versicherungsvertreter.«

»Vermutlich spielen Sie deshalb so gerne.«

»Und Sie?«

»Ich mache Transporte.«

Estupiñán stupste Silanpa unter dem Tisch mit dem Fuß an.

»Das stelle ich mir als eine interessante Tätigkeit vor, nicht wahr? Was transportieren Sie denn?«

»Alles. Meinetwegen auch Scheiße, wenn jemand dafür bezahlt.«

Sie lachten. Silanpa würfelte, zog und ging vor bis zum weißen Feld.

»Ätsch!« schrie Estupiñán. »Mit dem hier habe ich Sie schlagen können.«

»Oh!«

Silanpa winkte den Kellner heran, und sie bestellten eine Runde Bier.

»Man scheint Sie ja immer gut zu bezahlen. Wie könnten Sie sich sonst diesen Luxus leisten?« Dabei blickte er zu den Mädchen.

»Manchmal ist ein dicker Fisch dabei.« Er zwinkerte ihm zu.

»Nicht schlecht. Bei mir ist immer alles dasselbe.«

Von einer Bank weiter hinten baumelten Frauenbeine mit Stöckelschuhen. Silanpa bekam Stielaugen.

»Und was sind das dann, die dicken Fische, wenn ich fragen darf?«

»Nichts Schlimmes, denken Sie bloß nicht ... Ganz harmlose Sachen, die einfach mehr einbringen.«

Estupiñán sah den Augenblick nahen: Der Mann wollte reden, aber man mußte ihm noch einen letzten Schubs geben. Er hob zu einem Trinkspruch an, zwinkerte ihm zu, packte ihn kumpelhaft am Arm und sagte grinsend:

»Raus mit der Sprache, wir sind doch unter Freunden.«

»Ich weiß es doch selbst nicht.« Er nahm einen tiefen Schluck, und seine Augen leuchteten vor Stolz.

»Alles mögliche, manchmal ein bißchen heikel, aber oft weiß ich es auch nicht.«

»Ich zahle, und dann kriege ich was zu sehen«, sagte Silanpa unvermittelt, wobei er einen Fünftausend-Pesos-Schein auf den Spieltisch flattern ließ.

»Sie haben sich in dem Spiel geirrt«, entgegnete der Lastwagenfahrer. »Es gibt nichts zu sehen.«

»Eine gut erzählte Geschichte ist sehr wohl etwas, das man anschauen kann«, sagte Silanpa.

»Ein Mann wie Sie mag Geschichten?«

»Wissen Sie, in meiner Kindheit gab es keine Geburtstagsfeste ...«

»Ach so ...«

Abuchijá fuhr sich übers Kinn und blickte auf den Geldschein, dann befühlte er ihn mit den Fingern und hielt ihn sich an die Nase. Er blickte nach allen Seiten, beugte sich mit dem Gesicht zur Mitte des Spieltischs und hob feierlich an zu sprechen.

»Gut, aber daß ja nichts diesen Tisch hier verläßt ...«

»Niieee«, beteuerten Estupiñán und Silanpa entrüstet.

»In der Tat, es war ein Glücksfall ...« Er räusperte sich und blickte sie verschmitzt an. »Kürzlich habe ich den Auftrag bekommen, für einen saftigen Batzen Knete ein formloses Etwas von Tunja nach Chocontá zu bringen. Die Anweisung lautete, daß ich die Fahrt nachts und ohne anzuhalten machen mußte. Ich wußte nicht, was es war, aber das heißt noch lange nicht, daß ich nicht anständig wäre. Beziehungsweise: meine Nase ist anständig. Wenn ich den Eindruck habe, daß eine Sache irgendwie stinkt, schlage ich sie aus. Aber uns schlafen hier ja noch die Füße ein. Wer ist dran?«

»Ich«, sagte Estupiñán und griff nach den Würfeln. »Chocontá ist recht hübsch. Waren Sie auf der Plaza und haben Schokolade mit Kräcker bestellt? Einfach göttlich.«

»Ach was, in dem Ort selbst bin ich so gut wie nicht gewesen. Ich kannte ihn gar nicht.«

»Und wie haben Sie sich dann zurechtgefunden?«

»Sie hatten mir eine Karte gegeben, die Adresse und ein paar Orientierungspunkte.«

»In der Nacht den Weg zu finden, ist bestimmt nicht leicht.«

»Sie hatten mir alles aufgeschrieben. Außerdem gab es im ganzen Umkreis des Ortes nur diese eine *Bodega.* Aber los, spielen wir weiter. Und stecken Sie Ihre Scheine wieder ein, die Geschichte geht auf meine Rechnung.«

Silanpa notierte sich alle Einzelheiten im Kopf und betrachtete währenddessen weiter die Beine der Frau. Dann stand er auf.

»Sie entschuldigen, ich gehe auf die Toilette.«

Er sah sie sich im Vorübergehen genau an, sie war ein junges Mädchen, das mit dem Kopf auf den Armen schlief. Zurück am Tisch sagte er zu Estupiñán:

»Mir ist nicht wohl, das Bier ist mir nicht bekommen.«

»Gehen wir raus, frische Luft schnappen.«

»Gehen wir.«

Sie entschuldigten sich, steckten ihre Scheine wieder ein und steuerten zum Ausgang der Bar. Als sie an den Toiletten vorbeigingen, hörten sie die Klospülung rauschen, daraufhin Schritte und Husten. Die Tür öffnete sich, und sie sahen das Mädchen mit den schönen Beinen herauskommen, gerade dabei, den Rock hochzuschieben und sich die Strümpfe zu richten.

»Wie heißt du?« überwand Silanpa sich zu fragen.

»Quica, aber für heute mache ich Feierabend.«

»Ein andermal?« Ihm gefielen ihr jugendliches Gesicht, ihr feiner Mund und ihre Katzenaugen.

»Komm am Freitag, ein bißchen früher, um sieben.«

Sie traten hinaus in die Kälte, und Silanpa sah auf die Uhr: halb fünf Uhr morgens. Sie stiegen in den Renault, und in stillschweigendem Einverständnis, ohne ein Wort zu wechseln, nahmen sie den Weg zur Autobahn.

6

Und an diesem Punkt der Geschichte muß ich wohl oder übel einen Abstecher machen, um ein paar Dinge nachzutragen: In meiner Kindheit hatten meine Eltern auf dem Marktplatz des in meinen Erinnerungen verschwommenen Städtchens Neiva eine Imbißbude, an der es *fritanga* und kleinere Gerichte gab, und Getränke wie Bier und *avena*. Kaum ein Nahrungsmittel, das so kolumbianisch, so ursprünglich und nobel ist wie die *fritanga*, diese knusprigen kleinen Schweinestücke, aber wie soll ich sagen, ich will ja unserem Vaterland nicht zu nahe treten, es ist einfach Gift für den Blutdruck und den Cholesterinspiegel. Dort also bin ich aufgewachsen und habe unbeobachtet alles mögliche in mich hineingefuttert, in Avocado getunkte Speckgrieben, kalt gewordene frittierte Würstchen und Lungenhaschee, die restlichen Krümel von ausgebackenem Bauchspeck, und das alles hinter dem Rücken meiner geplagten Eltern, die, das sei nebenbei gesagt, eine spartanische Vorstellung von Kindererziehung hatten und mir immer nur einen kümmerlichen Teller Reis mit Salat und einem Fitzelchen trockenen Fleisches zu essen gaben. Und wie Sie mir so zuhören, werden Sie sich sicher schon nach den näheren Hintergründen solch einer harten Kindheit fragen. Nun, der Grund ist der, daß ich, so wahr ich Aristófanes Moya heiße, ein Mann, der heute eine bedeutende Rolle in der Gesellschaft in einer ihrer ehrwürdigsten Bastionen ausübt, der die Uniform eines Hüters der Öffentlichen Ordnung mit gebührender Würde zu tragen versteht ..., kurz und gut, daß ich, so wie ich hier stehe, mein Leben in der Gosse begonnen habe.

Mein bester Lehrmeister war, neben dem Leben selbst, das aufgeschlagene Buch des Marktplatzes. Dank der Schule in Neiva lernte ich Lesen und Schreiben, aber da es sich selbstredend um eine einfache Volksschule handelte, gelangte ich nicht über die fünfte Klasse hinaus. Das war jedoch nicht weiter schlimm, denn ich war aus gutem Holz geschnitzt, und es bedurfte nur noch des letzten

Schliffs, und damit lasse ich diese Seite meiner Person auch schon auf sich beruhen, die ich, meine geschätzten und verehrten Herrschaften, nicht etwa aus Eitelkeit angeführt habe, sondern weil sie den Grundstein meiner eigentlichen Geschichte bildet. Meine Kindheit bewegte sich zwischen zwei Polen: auf der einen Seite Einsamkeit und Hunger, auf der anderen Unbeschwertheit und Essen. Und das ist es, was sich tief in mein Inneres eingegraben hat, meine Damen und Herren, begreifen Sie das? Und das blieb natürlich nicht ohne Folgen. Einmal, als ich elf Jahre alt war, hörte ich meinen Papa sagen: »Aristófanes taugt zu gar nichts. Das einzige, was er tut, ist fressen. Ich schäme mich für ihn.« Dieser Satz schlug in meine zarte, jugendliche Seele ein wie ein Blitz: Drei Wochen lang habe ich nichts gegessen, buchstäblich keinen Bissen, und zwar nicht etwa aus Groll oder Demütigung, nein, mein Magen war wie zugeschnürt, als ob er sich von innen verschlossen hätte. Am Ende wog ich nur noch achtundzwanzig Kilo, und die Pfleger im Krankenhaus sahen mich an wie jemanden, der nicht mehr da ist, wie jemanden, wie wir auf dem Revier sagen, der sich dünne macht.

Und wie endete die Sache? So menschlich und, wenn Sie erlauben, schön, wie man es sich nur denken kann: Als ich nur noch ein Nichts war, am ganzen Körper nur noch Haut und Knochen, kam mein Vater und verbrachte die Nacht bei mir im Krankenhaus. Irgendwann in den frühen Morgenstunden wurde ich von einem Schluchzen geweckt: Es war mein lieber Papa, der weinte. Dabei müssen Sie wissen, was ein Menschenkind fühlt, wenn es seinen Vater weinen sieht. Das ist etwas so Ergreifendes und Elementares, daß die ganze Welt aus den Fugen gerät, es ist wie der Ursprung jeder Ordnung, etwas, das alles Vorangehende dem Vergessen übereignet. Und da war auf einmal alles wie weggeblasen. Am nächsten Tag löste sich meine Blockade, ich konnte wieder essen. Aber die Folgen meiner Erkrankung waren nur zu offensichtlich, denn von nun an flößten die Wörter mir Angst ein. Mir wurde bewußt, was für einen Schaden ein Satz anrichten konnte, und sicher werden Sie sich fragen, wie ist es möglich, daß Aristófanes Moya Angst vor Wörtern hat? Ja doch, meine Herrschaften, große Angst sogar. Mehr als vor dem Messer eines Halunken oder der Kugel eines Ganoven, die hier anwesenden Damen mögen mir verzeihen. Denn die Verletzungen, die die Wörter zufügen, kann man nicht in Hortúa mit Alkohol und Blutserum verarzten, sondern Linderung verschafft einzig und allein das Trauern, und sie bluten nicht, sondern verbergen sich heimtückisch und verharren still, bis sie sich irgendwann auf uns stürzen wie diese Spinnen, Sie erlauben mir den Vergleich aus der Tierwelt, die in der Dunkelheit auf der Lauer liegen, um über alles herzufallen, was ihnen ins Netz geht. Und von da an fürchtete ich mich davor, die Unterhaltungen der Erwachsenen mit anzuhören, und darum ging ich lieber auf die Straße hinaus Steine schmeißen, oder zum Fluß, dem strömenden Wasser zusehen, oder ich kletterte auf die Bäume und spähte in der Gegend umher, eben die üblichen Beschäftigungen einer gesunden Kindheit auf dem Lande. Denn die einzigen Klänge, die mir keinen Schrecken einjagten, waren das Vogelgezwitscher, der rauschende Wasserfall und die Busse, in die die Leute stiegen und nach Bogotá fuhren. Und von weitem blickte ich mit großer Ehrfurcht diesem bunt gestrichenen Bus nach, denn ich wußte, daß eines Tages auch ich einsteigen würde, um in die Hauptstadt zu fahren...

7

Der Morgen brach an, als sie am Sisga-See ankamen, und Estupiñán wurde allmählich unruhig.

»Ich treibe mich hier herum, als hätte ich nichts Besseres zu tun, als Räuber und Gendarm zu spielen, dabei muß ich in zwei Stunden im Büro sein.«

»Keine Sorge, ich werde das in einer Minute erledigt haben. Schreiben Sie mir die Telefonnummer und den Namen Ihres Vorgesetzten auf diesen Zettel.«

Hinter dem Ortseingang von Chocontá hielten sie an einer Telefonzelle, von der aus Silanpa Hauptmann Moya anrief.

»Hauptmann Moya? Ja, ich weiß, es ist früh. Ich bin immer noch hinter der Angelegenheit mit dem Gepfählten her und verfolge eine heiße Spur. Aber Sie müssen mir einen Gefallen tun: Rufen Sie folgende Nummer an, schreiben Sie mit: 248 39 26, fragen Sie nach dem Leiter der Buchhaltung, ein Herr Teófilo Mejorado, und erklären Sie ihm, daß Emir Estupiñán heute nicht zur Arbeit kommen kann, weil er von der *Policía Nacional* dringend zur Auflösung eines Falls gebraucht wird, der geheimgehalten werden muß. Tun Sie das für mich?«

»Und wer ist dieser Estupiñán?«

»Der Bruder eines der Vermißten, Hauptmann Moya; alles Weitere erzähle ich Ihnen später.«

»Okay, Silanpa. Und noch eine Kleinigkeit: Würde es Ihnen viel ausmachen, mir ein paar *mogollas chicharronas* mitzubringen?«

»Gerne doch, Hauptmann, wie viele von diesen Speckbrötchen wollen Sie denn?«

»Fünfzehn, können auch mehr sein, als Verpflegung hier auf dem Kommissariat.«

Es war sechs Uhr morgens. Durch die Straßen gingen Landarbeiter mit Poncho und Hut, es war kalt, ein leichter Nieselregen fiel, der wie ein Netz aus Wasser in der Luft hing. Silanpa sah den Pfarrer entlangkommen.

»Hochwürden, verzeihen Sie. Wir sind aus Bogotá und suchen die *Bodega.*«

»Die *Bodega*, den Schuppen? Sie meinen wohl den Getreidespeicher.«

»Richtig, genau. Wissen Sie, ich bin die ganze Nacht durchgefahren und weiß schon nicht mehr, was ich sage.«

»Folgen Sie dieser Straße bis zum Ortsausgang. Dort sehen Sie einen Weg, der an einem Steinbruch vorbei in die Berge hinaufführt. Nach ungefähr fünfhundert Metern biegen Sie rechts ab. Dort ist ein Weg mit einem Hinweisschild.«

»Danke, Hochwürden.«

Als sie die Wegkreuzung erreichten, schwoll der Nieselregen gerade zu einem Wolkenbruch an. Weit und breit war keine Menschenseele zu sehen, so daß sie beschlossen, den Wagen unter einer Baumgruppe stehenzulassen und zu Fuß weiterzugehen.

»Haben wir keine Regenschirme?« Estupiñán sah unter dem Sitz nach.

»Nein, aber lassen Sie das meine Sorge sein. Sie warten hier auf mich.«

»Kommt gar nicht in Frage. Das Auto hat kein Radio, und außerdem tröpfelt es durchs Dach.«

»Ich übernehme keine Verantwortung für das, was Ihnen möglicherweise zustößt.«

»Schon gut, Detektiv. Ich begleite Sie auf eigene Verantwortung.«

Die Anlage stammte vom Anfang des 20. Jahrhunderts, erbaut aus Holz und Zement. Sie bestand aus einem Hauptgebäude mit der Aufschrift *Getreidespeicher La Unión*, in dem sich mehrere Verwaltungsräume befanden. Daneben stand eine Halle mit Giebeldach und hohen Gitterfenstern. Nichts regte sich, es war wie ausgestorben. Fahrzeuge waren auch keine zu sehen.

»Wir schauen uns das mal von hinten an.« Silanpa rannte von Baum zu Baum, um nicht naß zu werden.

Estupiñán öffnete eine von der Feuchtigkeit morsche Holztür, und sie betraten eine ehemalige Küche. Von dort aus gelangten sie in einen Raum mit eingestürzter Decke, in dem es nach Erde roch, und da sahen sie nebeneinander aufgereiht die Silos, mit riesigen Zylindern, aus denen das Getreide auf flache Kupferwannen lief.

»Das stinkt.«

»Das stinkt nach einem furzenden Wasserschwein«, präzisierte Estupiñán.

»Merkwürdig, daß hier niemand ist.«

Die Säcke trugen alle auf dem Bauch einen Stempel mit den Buchstaben »lu«, und weiter unten stand in schwarzen Lettern: »Chocontá-Boyacá.«

Das Knarzen einer Tür veranlaßte sie, sich rasch hinter den Säcken zu verstecken.

»Das ist die Ware«, sagte eine Stimme. »Wie viele Säcke sagten Sie noch?«

»Sechzig. Um wieviel Uhr kann ich mit dem Laster kommen?«

»Wann Sie wollen. Wenn Sie jetzt gleich möchten, können Sie ihn vor dem Regen in der Garage unterstellen, ich mache Sie Ihnen auf.«

»Sagen wir lieber, um zehn Uhr hier. Heute morgen bin ich versorgt.«

Als sie wieder allein waren, krochen sie aus ihrem Versteck hervor und sahen sich in dem Raum um. Ihnen fiel nichts auf.

Silanpa erspähte den Lieferwagen, mit dem der Besucher hergekommen war. Auf der Heckklappe war zu lesen: »Großbäckerei Boyacá Real«. Der Mann schloß die Tür und stieg in das Führerhäuschen.

Beim Heraustreten aus dem Getreidespeicher entdeckte Silanpa einen angrenzenden Schuppen, der durch ein Gatter aus Maschendraht mit dem Anwesen verbunden war. Sie traten ein und sahen Bänke aus modrigem Holz herumstehen, mehrere Kohleöfen, zerbrochene Spiegel und kaputte Tische. Auf dem Überrest einer Tür war zu lesen: *Das Irdische Paradies* – Türkisches Bad.

Über einen kleinen Umweg kamen sie zu ihrem Renault zurück und fuhren eilends zum Kommissariat von Chocontá. Silanpa legte seinen Presseausweis vor, verbürgte sich für Estupiñán, und sodann empfing sie Oberstleutnant Camargo höchstpersönlich in seinem Büro.

»Wie wär's mit einem Täßchen Kaffee?«

»Danke.«

»Sie sind also Journalist?«

»Ja.«

Estupiñán sah Silanpa erstaunt an: Journalist?

Jemand brachte ein Tablett mit drei Tassen Kaffee und einem Korb voller Speckbrötchen.

»Probieren Sie die *mogollas*. Ein Gedicht. Was kann ich für Sie tun?«

»Ich möchte Sie eine Sache fragen. Wer ist der Besitzer des Getreidespeichers *La Unión*?«

»Des Getreidespeichers? Doktor Ángel Vargas Vicuña, Sie kennen ihn bestimmt. Ein hervorragender Mann, ein redlicher Arbeiter, ein Mustersohn unserer Stadt. Er wird sich doch nicht in irgendwelche Schwierigkeiten gebracht haben?«

»Umgekehrt. Wir haben eigens gefragt, um ihn davor zu bewahren. Weiter nichts. Und die *mogollas*, sind die von hier aus Chocontá?«

»Ja, was sagen Sie dazu?«

»Einfach himmlisch, Oberstleutnant. Angesichts dieser Gaumenfreuden möchte man gar nicht mehr weg von hier.«

Beim Weggehen stellte Silanpa fest, daß er bereits eine Seite seines Notizbüchleins vollgeschrieben hatte:

»Billard *Lolita*. Lotario Abuchijá. Überschlag: um die 300000 Pesos für Nachtfahrt Tunja–Chocontá. Nachforschen. *Bodega* suchen. Quica. Freitag früher Abend. *Getreidespeicher La Unión*. 60 Säcke an *Großbäckerei Boyacá Real. Das Irdische Paradies* – Türkisches Bad. Doktor Vargas Vicuña. Oberstleutnant Camargo – Chocontá.«

Sie fuhren auf der Autobahn zurück nach Bogotá, und Estupiñán, der die ganze Zeit geschwiegen hatte, sagte auf einmal:

»Erlauben Sie mir eine Frage, Señor Silanpa, haben Sie Journalist gesagt?«

»Ja, ich arbeite bei *El Observador.*«

»Sieh an, ich dachte, Sie seien von der Geheimpolizei.«

»Ach was, das einzige, was an mir geheim ist, ist meine Angewohnheit, Aspirin zu frühstücken.«

Als sie nach Chía kamen, sagte er zu Estupiñán:

»Setzen Sie sich in dieses Lokal, in einer halben Stunde bin ich zurück.« Er hielt am Straßenrand vor einer Plakatwand. »Ich werde bei jemandem vorbeischauen, der mir bei der Lösung des Falls behilflich sein kann.«

»Zu Befehl, Chef. Darf ich Sie mit Chef anreden?«

»Reden Sie mich an, wie Sie wollen. Ich bin gleich wieder da.«

Estupiñán setzte sich an einen der Tische draußen vor dem Lokal, und Silanpa betrat das Pflegeheim. Während er die Treppe in den zweiten Stock hochging, blickte er über die friedvollen Gärten: Neben einem Brunnen saßen ältere Menschen in ihren Rollstühlen in der Sonne, und eine rankende Bougainvillea sorgte für rosa und violette Farbtupfer.

»Das mit Armero ist doch eine verdammte Scheiße!« Guzmán hatte wieder etwas in der Zeitung gelesen und war außer sich. »Ich hätte alles erwartet, nur das nicht ... Wirklich, ich sage dir, dieses Land ist total am Arsch.«

»Was danach kommt, ist noch schlimmer.«

»Das ist nicht dein Ernst, noch schlimmer?«

»Ich erzähle dir nichts.« Er setzte sich aufs Bett und warf einen Blick auf die vergilbten Ausgaben von *El Tiempo*, *El Espectador* und *El Observador*, die neben dem Nachttisch gestapelt lagen. »Eigentlich bin ich gekommen, damit du mir bei dem Fall mit dem Gepfählten hilfst.«

Guzmán sah ihn mit seinen Luchsaugen scharf an.

»Dazu mußt du mir alles erzählen, was du weißt, du mußt mir genau beschreiben, was du gesehen hast: den Tatort, den Zustand des Körpers, alles.«

Silanpa fing an zu sprechen, während Guzmán, der sich Papier und Bleistift zurechtgelegt hatte, mitschrieb und kleine Zeichnungen zu Papier brachte. Silanpa beschrieb ihm das Gelände an dem See, wo sich die Leiche befunden hatte, und die Holzart der Pfähle, er berichtete ihm von Estupiñán, von der *Lolita*-Bar und dem Lastwagenfahrer. Er erzählte ihm die Fahrt nach Chocontá und gab ihm sämtliche Angaben, die er in sein Notizbüchlein geschrieben hatte.

»Gut, jeden Moment wird die verdammte Nonne hereinschauen, es ist also besser, du gehst.« Aus Guzmáns Augen sprühte Feuer. »Laß mich ein paar Tage über alle diese Angaben nachdenken.«

»Vielen Dank noch mal.«

Traurig ging er weg, während er darüber fluchte, daß ihm so leicht die Tränen kamen, eine Veranlagung, die ihn immer wieder daran hinderte, Herr seiner Gefühle zu sein.

8

Nancy betrat mit den Unterlagen in der Hand Barragáns Büro. Der Anwalt hatte das Jackett abgelegt, an seinen Hemdsärmeln prangte ein Paar eleganter Manschettenknöpfe in Ankerform. Das ganze Büro strahlte eine geradezu einschüchternde Betriebsamkeit aus, die Nancys Ehrfurcht noch verstärkte.

»Ah ja, vielen Dank. Setzen Sie sich doch.« In seiner geschäftigen Art wies er ihr einen Stuhl neben dem Schreibtisch.

Wortlos ging er die Kopien durch, dann sagte er auf einmal mit fester Stimme:

»Señorita, ich möchte mit Ihnen etwas bereden, das mit der Kanzlei zu tun hat, etwas Vertrauliches. Darum bitte ich Sie, mit mir zusammen mittags essen zu gehen ... Die Wände hier haben Ohren.«

»Wie Sie möchten, Doktor Barragán.«

»Sie gehen hinaus, und ich komme nach. An der Straßenecke treffen wir uns. Kurz gesagt geht es um folgendes: Ich habe ein paar Umstrukturierungen vor und brauche dazu die Meinung von jemandem wie Ihnen, die Sie neu bei uns sind und noch keine vorgefertigte Meinung haben. Sie haben für alles noch einen klareren Blick als irgendwer von uns.«

Nancy wurde rot, und ihr zitterten die Beine.

»Gut, ... wenn ich Ihnen helfen kann ...«

»Aber eins müssen Sie mir versprechen: kein Sterbenswörtchen zu den Damen im Vorzimmer.«

»Versprochen«, sagte sie, stolz darauf, mit Doktor Barragán ein Geheimnis zu teilen.

Mit erhitzten Wangen ging sie hinaus. Trini und Nacha durchbohrten sie mit ihren Blicken, sahen dann einander an und wechselten eine eigenartige Geste, die Nancy grob und abstoßend fand. Tomate gaffte wie immer auf ihren Rockschlitz.

Sie ging zu ihrem Schreibtisch, sortierte die Unterlagen in die Kartei ein, und währenddessen ging ihr durch den Kopf, daß sie über

Leute würde reden müssen, die sie kaum kannte. Also bemühte sie sich, die anderen den Vormittag über zu beobachten, heimlich ihr Verhalten zu studieren und sich ein mehr oder minder genaues Bild von jedem einzelnen zu machen. Um halb eins stand sie von ihrem Platz auf, nahm ihren Blazer und verließ ohne ein Wort die Kanzlei.

»Kommst du nicht mit uns essen, Nancy?« sprach Nacha sie an und hob den Blick von ihrer Schreibmaschine.

»Nein, ich bin mit einer Cousine zum Essen verabredet.«

»Ach so ...«

Sie ging bis um die nächste Ecke, vergewisserte sich, daß niemand ihr nachspionierte, und lief schnellen Schritts zum Einkaufszentrum. Vor dem Schaufenster eines Stoffgeschäfts blieb sie stehen, und während sie sich die Stoffe anschaute, hörte sie die Stimme Emilio Barragáns. Er öffnete ihr die Wagentür, und sie legte sich rasch den Blazer über den Arm, bevor sie einstieg.

»Danke, daß Sie gekommen sind, Nancy.«

»Doktor Barragán ...«, sagte sie verlegen, mit hochroten Wangen.

Zum Mittagessen fuhren sie in ein Restaurant, das erhöht in Richtung La Calera gelegen war. Sie wählten einen Tisch im zweiten Stock am Fenster, und Barragán zeigte ihr den traumhaften Blick über die Stadt. Wieder errötete Nancy und dachte, wie albern sie doch war, denn so liebenswürdig und wohlerzogen, wie Doktor Barragán war, brauchte sie wirklich nicht verlegen zu sein.

»Kennen Sie New York, Nancy?«

»Nein, Doktor Barragán. Bislang bin ich nicht weit herumgekommen.«

»Wissen Sie, dieser Ort hier ist New York so ähnlich wie kein zweiter in unserem Land. Die Aussicht hat mich immer an ein kleines feines Restaurant in New Jersey erinnert. Von den Fenstern aus blickt man auf die Gebäude von Manhattan.«

Beim Essen kamen sie zur Sache: Barragán fragte sie nach ihrer Meinung über die Leute in der Kanzlei. Sie bemühte sich, kompetent zu urteilen und treffend die Gedanken wiederzugeben, die sie sich den Vormittag über gemacht hatte.

»Domitilo wirkt auf mich zuverlässig, gewissenhaft bei der Arbeit. Er ist aufrichtig, anständig und hilfsbereit.«

Doktor Barragán stimmte mit einem Lächeln zu, bestellte noch einen Weißwein und hörte ihr wieder aufmerksam zu, wobei sein Blick hin und wieder in ihren Ausschnitt wanderte. Er ließ nicht locker:

»Sagen Sie mir, welche Erfahrungen Sie persönlich gemacht haben.«

»Trini machte auf mich zu Beginn einen etwas mißtrauischen Eindruck«, sagte sie und befeuchtete sich die Kehle mit einem Schluck *Tacama blanco*. »Ich wurde aus ihren Blicken nicht schlau, bis mir bewußt wurde, daß das nicht an ihr lag, sondern an meiner Schüchternheit. Sie ist in ihrem Beruf sehr gut, glaube ich, immer über alles auf dem laufenden, und die Kanzlei kennt sie wie ihre eigenen vier Wände.«

»Haben Sie sich angefreundet?«

»Nein, sie ist viel mit Nacha zusammen, und zugegeben, wenn ich die beiden zusammen sehe, habe ich immer das Gefühl zu stören, und darum halte ich mich lieber fern.«

»Und Tomate?«

»Der gefällt mir richtig gut. Freundlich und zuvorkommend. Er war es, der mir alles Notwendige erklärt hat, damit ich mich in der Kanzlei zurechtfinde. Manchmal begleitet er mich zur Bushaltestelle.«

»Sehr gut, Nancy, ich verfolge aufmerksam, was Sie mir erzählen ...« Wieder sah er sie an, diesmal in die Augen. »Und Paris, kennen Sie Paris auch nicht?«

»Nein, Doktor Barragán. Was würde ich darum geben!«

»Paris ist ein Traum. Überall reizende Restaurants mit Blick auf die Seine. Ich gehöre zu denjenigen, die der Meinung sind, daß Reisen einfach zur Bildung gehört, Nancy, das ist der Grund, warum ich so viel von anderen Ländern rede.«

»Wie recht Sie haben, Doktor Barragán.« Sie fühlte sich beschämt.

»Darum ... wissen Sie was? Bei meiner nächsten Dienstreise ins Ausland werde ich Sie bitten, mich zu begleiten. Ich lege Wert auf die Bildung meiner Angestellten, und es gibt Dinge, die lernt man nicht aus Büchern.«

»Ich bin dankbar für Ihr Zutrauen, Doktor Barragán.«

Kurz vor zwei Uhr nachmittags kehrten sie zurück in die Kanzlei. Barragán dankte ihr für ihre Mitarbeit, die, so versicherte er, ihm von größtem Nutzen gewesen sei. Dann setzte er sie zwei Häuserblocks vorher ab, um bei den Türstehern des Gebäudes keinen Verdacht zu wecken. Nancy war stolz auf sich. Sie hatte über niemanden schlecht gesprochen, nichts hatte sie angeprangert, außer der Geheimnistuerei zwischen Trini und Nacha, ihr Getuschel, bei dem sie sich den Hals nach ihr ausrenkten, sie mit ihren Blicken auszogen und dabei Lachsalven losließen, so daß sie immerhin nicht mit anhören mußte, was sie über sie sagten.

Zurück in der Kanzlei erhielt Barragán einen dringenden Anruf.

»Doktor Barragán, Señor Vargas Vicuña auf der fünf. Soll ich ihn durchstellen?«

»Sagen Sie ihm, er möge einen Augenblick warten, da ich gerade ein Ferngespräch führe.«

Nervös nahm er in seinem Sessel Platz. Er öffnete eine der Schubladen und nahm einen Zahnstocher in der Form eines Toledanischen Schwerts heraus. Er fuhr sich in die Zahnzwischenräume, zupfte sich ein Haar aus, und schließlich drückte er die Verbindungstaste.

»Okay, stellen Sie ihn mir jetzt durch.«

»Mein lieber Emilio, was für eine Freude, dich zu hören ...«

»Ganz meinerseits. Bitte verzeihen Sie, daß ich Sie habe warten lassen, aber ich habe gerade mit New York gesprochen. Wie komme ich zu der Ehre?«

»Wie es so geht im Leben ... Am liebsten würde ich mich mit dir über Literatur unterhalten, über Musik, über Oper. Über all das, worin du dich so gut auskennst und dem meine ganze Bewunderung gehört. Aber die unbarmherzige Wirklichkeit zwingt mich zu mehr Bodenständigkeit. Ich will mit dir über diese Grundstücke am See sprechen.«

Barragán spürte die Adern an seinem Hals pulsieren. Über seiner Oberlippe traten drei Schweißperlen hervor.

»Ach ja ...? Ich bin ganz Ohr, Doktor Vargas Vicuña.«

»Ein kleines Paradies, wirklich ein Traum. Weißt du, was ich meine? Ich spreche von den vierhundert Hektar, die die *Kinder der Sonne* am Sisga-See haben.«

»Sehen Sie, Doktor Vargas Vicuña. Ich habe mich in den Fall Pereira Antúnez noch gar nicht richtig eingearbeitet. Rufen Sie mich kommende Woche an, dann kann ich mehr dazu sagen, denn bis dahin werde ich mein Gedächtnis aufgefrischt haben.«

»Das Gedächtnis ist doch etwas Unglaubliches, findest Du nicht? Man muß es warten wie die Bremsen am Auto, damit es einen nicht im Stich läßt.«

Barragán spürte, wie sein Hemdkragen feucht wurde. Er lockerte hastig den Krawattenknoten und öffnete den obersten Knopf.

»Wenn du willst, kannst du mit Senator Esquilache reden. Der ist ein guter Ratgeber in Sachen Gedächtnis«, fuhr Vargas Vicuña fort. »Red mit ihm, und ruf mich dann an. Ja? Auch ich finde es schön, wenn meine Freunde mich anrufen.«

»Auf jeden Fall, Doktor Vargas Vicuña. Kommende Woche. Versprochen.«

»Hör mal, um ehrlich zu sein habe ich vor kurzem mit Esquilache gesprochen. Aber ich wollte die Grundstücke nicht erwähnen, bevor ich nicht sicher mit dir rechnen konnte.«

»Nun, ganz so einfach ist die Sache nicht, Doktor Vargas Vicuña. Sie wissen ganz genau, daß solche Schriftstücke zu manipulieren nicht unbedingt, nun ja, rechtschaffen ist, und das braucht Zeit.«

»Rechtschaffenheit ist was für alte Omis und kleine Bullen. Denk lieber an die Welt, in der wir leben. Wie schwierig ist es doch, unsere Wirklichkeit zu begreifen, findest du nicht?«

»Ja, Doktor Vargas Vicuña. Aber ich brauche Zeit.«

»Zeit haben wir, Emilio, Gott sei Dank.«

»Also warten Sie auf meinen Anruf.«

Barragán legte den Hörer auf und sprang wie elektrisiert von seinem Sessel auf. Er hatte es nicht gewagt, die Sache mit dem Gepfählten anzusprechen, dann aber dachte er, daß seine Träume von dem Antiquitätenmarkt in Camden Town in London oder von der Rue Saint-Honoré vielleicht gar nicht mehr in so weiter Ferne lagen.

9

»Auu!« Silanpa schrie vor Schmerz auf, als der Arzt mit der kalten Pinzette seine Hämorrhoiden untersuchte. »Ist es sehr schlimm?«

»Nun ja, wenn sie sich weiter ausbreiten, werden Sie sich zum Sitzen ein Luftkissen anschaffen müssen.«

»Und was kann man dagegen machen?«

»Je nach dem. Haben Sie die Kleietabletten genommen?«

»Ja ... Na ja, mehr oder weniger.«

»Haben Sie aufgehört, kohlensäurehaltige Getränke zu sich zu nehmen, Spirituosen, Fettes und Scharfes?«

»Mehr oder weniger, Herr Doktor.«

»Da haben wir es. Wenn Sie mit Ihrer Mehr-oder-weniger-Diät so weitermachen, werde ich Sie operieren müssen.«

»Ist die Operation sehr schmerzhaft?«

»Wie sich die Mandeln herausnehmen zu lassen, nur eben am Hintern.«

Wie betäubt verließ Silanpa das Sprechzimmer, mit den Gedanken bei Chocontá und den Aufzeichnungen in seinem Notizbuch. Es war Donnerstag. Estupiñán würde ihn um drei Uhr nachmittags anrufen.

Der Datenzugriff blieb weiter blockiert, so daß sich keine Verbindung zu den anderen Kommissariaten herstellen ließ, aber wenn es nach ihm gegangen wäre, hätte er den Fall gerne vor dem Wochenende abgeschlossen, denn er wollte mit Mónica nach Melgar fahren und ein paar Tage von allem abschalten, in einem der Bungalows, wo sie im vergangenen Jahr so glücklich gewesen waren: er in einem Liegestuhl, in die wunderbare Lektüre von Joseph Roth versunken, und sie mit einem Buch von Virginia Woolf am Swimmingpool.

Polizeihauptmann Moya hatte zu ihm gesagt: »Immer mit der Ruhe, es gibt keinen Grund zur Hektik«, und Mónica war spurlos verschwunden. Er hatte mehrmals bei ihr angerufen, aber niemand ging ran, und auch im Labor wußte keiner, wo sie steckte. Er kannte ihre Art, mit der sie ihm zu verstehen gab, daß sie wütend auf ihn war, weil er sich unmöglich benommen hatte, und er wußte, daß die Devise jetzt lautete abzuwarten. Also entschied er, ihr als Nachricht eine Verabredung für den nächsten Tag vorzuschlagen und nach Hause zu gehen. Dann zog er sein Adreßbüchlein heraus und suchte eine Nummer.

»Hallo? Auskunft?«

»Ja, Sie wünschen?«

»Ich hätte gerne die Rufnummer des Türkischen Bades – *Das Irdische Paradies*.«

»Einen Moment.«

Nachdem er die Nummer notiert hatte, bedankte er sich und legte auf.

Er steckte sich eine Zigarette an und sagte mit Blick auf die Schneiderpuppe: »Einen Scheißdreck laß ich mich operieren, was meinst du?« Er ging in die Küche und schenkte sich ein Glas Rum ein. Dann kehrte er ins Wohnzimmer zurück und hob erneut den Hörer ab.

»Türkisches Bad – *Das Irdische Paradies*, was kann ich für Sie tun?«

»Guten Tag. Können Sie mir bitte Ihre Öffnungszeiten sagen?«

»Sind Sie Mitglied im Club *Kinder der Sonne*?«

»Nein.«

»Dann brauche ich sie Ihnen gar nicht zu sagen, der Eintritt ist nur für Clubmitglieder.«

»Und an wen muß ich mich wenden, um Mitglied zu werden?«

»Schicken Sie uns einen schriftlichen Antrag per Post. Unserem Antwortschreiben können Sie dann alle nötigen Informationen entnehmen.«

»Die Adresse?«

»Landstraße Chocontá–Machetá, Kilometer achtzehn. Ihren Antrag senden Sie aber besser an unsere Verwaltung, Postfach 32505.«

»Danke.«

Gleich nachdem er aufgelegt hatte, klingelte schon wieder das Telefon. Ihn durchfuhr der Gedanke: Das ist Mónica.

»Detektiv, hier spricht Estupiñán. Over.«

»Sie sind schon soweit?«

»Ja, und ich habe mit Mejorado gesprochen. Er hat mir bis Montag freigegeben.«

»Dann warten Sie an der Avenida Chile, Ecke Caracas auf mich, ich werde Sie in einer halben Stunde abholen.«

»Wohin fahren wir?«

»Zum Sisga-See wieder einmal.«

»Na, dieser See scheint es Ihnen ja angetan zu haben. Gibt es eine Spur?«

»Das erzähle ich Ihnen auf der Fahrt.«

»In Ordnung, Chef. Over und Ende.«

Die Autobahn war leer. Vereinzelt Lastwagen und Busse.

»Erlauben Sie mir eine Frage, Chef«, sagte Estupiñán, während er sich am Kinn kratzte: »Glauben Sie, daß die Liberalen Sozialdemokraten sind?«

»Ich weiß nicht, Estupiñán, warum fragen Sie?«

»Ach wissen Sie, kürzlich habe ich in *El Tiempo* gelesen, wir Kolumbianer hätten keine politische Bildung. Darum komme ich gerne von Zeit zu Zeit auf das Thema zu sprechen, um vielleicht ein wenig zu lernen.«

»Tja, ich weiß nicht, der Haken ist doch, daß ich selbst Kolumbianer bin.«

Das Anwesen war von dichtem Piniengehölz umgeben. Über dem Eingang hing eine Holztafel mit roten Lettern: *Das Irdische Paradies.* Es dämmerte bereits, und Silanpa versuchte, über das Eingangstor hinweg einen Blick nach innen zu werfen. Weiter hinten, am Ende eines Kieswegs, glaubte er ein Licht zu erkennen.

»Komm, gehen wir nach hinten«, forderte er Estupiñán auf.

»Und wenn da Hunde sind?«

»Wenn da Hunde sind, haben wir verschissen.«

Auf einem Pfad, der zu einem Hügel hinaufführte, umrundeten sie das Piniengehölz. Am Ende trafen sie auf ein Gebäude, und weiter unten, nachdem sie einem kleinen steinigen Weg gefolgt waren, gelangten sie an einen freien Durchgang.

»Hier können wir hinein.« Silanpa sah sich stirnrunzelnd um.

»Nein, die Stelle ist bestimmt besonders gut überwacht. Besser, wir klettern über die Mauer.«

»Los, ich leiste Ihnen Hilfestellung.«

Silanpa stellte einen Fuß in Estupiñáns Hände und stieß sich ab, bis er den Mauerrand zu fassen bekam. Anschließend hob ihn Estupiñán weiter hoch.

»Was sehen Sie?«

»Überhaupt nichts. Warten Sie hier auf mich.«

Er streifte sich die Schuhe ab und schlich auf dem Ziegeldach vorwärts. Durch die Kraftanstrengung, mit der er sich nach oben gezogen hatte, waren seine Hämorrhoiden von einem elektrisierenden Stich durchzuckt worden, und das tat weh. Bei der Dachrinne angelangt, sah er neben einem Schornstein, aus dem Dampf quoll, ein beschlagenes Wetterdach aus Glas. Das ist das türkische Bad, dachte er. Weiter drüben erspähte er einen Innenhof und sagte sich, bis dorthin gehe ich, dann kehre ich zurück. Vorsichtig kroch er weiter, gelangte zu einem weiteren Schornstein und reckte den Kopf vor. Ihm blieb der Mund offen.

»Allesamt splitternackt. Um die dreißig. Männer und Frauen. Sie waren splitternackt, unterhielten sich und lachten.« Silanpa steckte sich eine Zigarette an, während Estupiñán ihn staunend ansah.

»Splitternackt? Sie meinen ... ohne etwas an?«

»Ja. Sie wandelten durch den Garten, oder lasen und rauchten. Alle splitternackt.«

»Verzeihen Sie die Frage: die Frauen auch?«

»Ja, alle.«

»Nächstes Mal gehe ich hoch.« Estupiñán rutschte auf dem Sitz des Renault hin und her. »Mann, Sie brauchen mir das nur zu erzählen, da bekomme ich schon einen Ständer.«

»Sie waren ganz entspannt ...«

»Daher also der Name *Das Irdische Paradies.*«

»Jetzt wird mir klar, warum die am Telefon so zugeknöpft waren.«

»Aber, ging überhaupt nichts ab? Ich meine, die Männer mit den Frauen ... nein?«

»Nein. Sie unterhielten sich und spazierten durch den Garten.«

»Bullshit! Dann ist das wohl ein Tuntenladen. Das ist schon merkwürdig, mein lieber Silanpa.«

»Wir müssen ein andermal wiederkommen.«

Estupiñán ließ sich an der Avenida Suba, Ecke Calle 127 absetzen, und Silanpa fuhr weiter zu Mónicas Wohnung. Trotz seiner für den nächsten Tag vorgeschlagenen Verabredung wollte er sie sehen, in vollem Bewußtsein, daß er damit gegen ihre rituell festgelegte Schmollfrist verstieß.

Während er im Aufzug nach oben fuhr, suchte er in seinen Hosentaschen nach dem Schlüssel, den sie ihm gegeben hatte und den er so gut wie nie benutzte. »Wenn sie nicht da ist, genehmige ich mir ein Gläschen Rum und warte in der Badewanne auf sie.« Aber Mónica war sehr wohl da. Er hängte seine Jacke über das Sofa und betrat ihr Schlafzimmer.

»Was machst du hier?« Mónica sah ihn überrascht an.

Nackt und mit zerzaustem Haar lag sie auf der Bettdecke: Ihr Atem war erregt, und ihre Wangen waren hochrot.

»Hast du auf mich gewartet?«

Silanpa verschlang sie mit seinem Blick, und sie schlug, um die rechten Worte verlegen, die Augen nieder. Plötzlich bannte ihn ein Geräusch: Jemand betätigte die Klospülung.

»Wer ...?«

Er konnte seinen Satz nicht beenden, da erschien Óscar in der Badezimmertür, splitternackt. Silanpa sah mit an, wie er gelassen hereinschlenderte, sich dabei die Haare richtete und am Sack kraulte.

»Es ist nicht so, wie du meinst ...« Mónica sprach ohne rechte Überzeugung.

Óscar setzte an, etwas zu sagen, aber Silanpa ließ ihn wortlos stehen. Er knallte die Tür hinter sich zu und verließ die Wohnung.

Es regnete, und der Wind brachte kalte Luft von den Bergen.

Von düsteren Gedanken umhüllt, konnte Silanpa an nichts anderes denken als an eine Stelle aus einem Buch, an einen der Sätze von Graham Greene, die er in dem Kleid seiner Schneiderpuppe aufbewahrte: »Solange man aufgewühlt ist, leidet man kaum.« So war es. Und das war der Zustand, in dem er sich jetzt befand. Er mußte schnell etwas unternehmen. Außerdem erinnerte er sich an etwas, das sein Philosophenfreund Chirolla irgendwann einmal zu ihm gesagt hatte: »Die Alte wird dich noch sitzenlassen.«

Der Türsteher vom *Lolita* erkannte ihn sofort wieder und öffnete ihm die Tür. Silanpa ging hinein und trat an die Bar.

»Einen Whisky. Nein, lieber einen Rum.«

An den Tischen saßen Frauen ohne Begleitung und sahen gähnend zu ihm hinüber. Es war Donnerstag, elf Uhr abends. Um diese Zeit war wenig los.

»Und Quica?« fragte er den Barmann.

»Sie ist in der Küche. Soll ich sie holen?«

Silanpa nickte, nahm an einem der Tische Platz, und kaum war eine Minute vergangen, saß das Mädchen neben ihm.

»Du bist früher gekommen als verabredet, Onkelchen. Ich habe Freitag gesagt.«

Silanpa blickte sie wortlos an.

»O je, es scheint ja schlimm um dich zu stehen. Kann ich einen Wein bestellen?«

»Bestell, was du willst.«

Sie trug einen rosa Badeanzug, unter dem sich ihre Pobacken abzeichneten. Über ihrem festen Bauch fiel ihre schlanke Taille ins Auge. Silanpa trank den Rum in einem Zug und bestellte noch einen.

»Wieviel, um aufs Zimmer zu gehen?«

»Achttausend.«

»Komm.«

Er signalisierte dem Barmann, ihm einen letzten doppelten Rum auszuschenken.

Sie gingen einen Korridor entlang bis zum Zimmer Nummer sechs. Quica ging als erste ins Badezimmer.

»Mach es dir bequem. Deine Kleider kannst du dort an die Garderobe hängen.«

Nachdem er sie hinter der Türe hatte verschwinden sehen, zog er sich Schuhe, Hemd und Hose aus. Dann wartete er in der Unterhose auf dem Bett.

Quica erschien nackt, legte sich neben ihn und bot ihm den Anblick eines makellosen, mit Muttermalen übersäten Hinterns.

»Möchtest du, daß ich etwas mache, oder willst du gleich selbst?«

»Das ist mir egal.«

Die Zimmerdecke über seinem Kopf drehte sich. Eine Glühbirne, die an einem Kabel hing, zog Motten und Fliegen an. Er nahm einen weiteren Schluck und bemerkte, daß Quica bereits auf ihm saß und kräftig hin und her wippte. Er sah sie wie durch eine Scheibe hindurch an.

»Das kommt davon, wenn du soviel trinkst.«

»Das macht nichts, mir gefällt es auch so.«

Zurück an der Bar trank er weiter Rum, einen nach dem anderen. Als es schon nach drei Uhr morgens war, sackte sein Kopf auf die Theke, und so blieb er liegen. Er nahm nichts mehr um sich herum wahr, hörte nicht, wie der Lokalbesitzer alle zum Gehen aufforderte, und merkte nicht, wie der Türsteher ihn packte, in die Kälte hinausbeförderte und auf dem Gehweg sitzen ließ.

10

An dieser Stelle meiner Lebensgeschichte, als das erste Morgenlicht meiner Adoleszenz am Horizont aufleuchtete, trat meine ehrwürdige Großmutter Doña Simona de Moya, sie ruhe in Frieden, auf den Plan. Doña Simona war verwitwet, nachdem sie eine dieser schwierigen, dumpfen Ehen geführt hatte, die jedoch darum nicht weniger glücklich sind. Vor allem ihre elf nach katholischem Ritus getauften Kinder schenkten ihr Frohsinn am heimischen Herd, trotz so mancher Scherben und Verstimmungen, den üblichen und allzu menschlichen Begleiterscheinungen jeder ernst zu nehmenden Beziehung, die auf Dauer angelegt ist. Daran war insbesondere die Schwäche meines Großvaters für Gerstensaft, schnelles Glück, lange Beine und tiefe Ausschnitte schuld, jene Zutaten also, die bekanntermaßen seit Jahrhunderten in unserer Heimat das Bild von Männlichkeit prägen. Mein Großvater, der alles andere als eine gute Erziehung genossen hat, gehörte der Sorte Pioniere an, die ihre Familie aus eigener Kraft hochbringen: Als Küchenjunge fing er in einer Gaststätte in Armenia an, und als er bereits verheiratet war, siedelte er nach Barranca um und wurde Fischer am Río Magdalena. Später ging er zurück in den Süden und arbeitete als Lastwagenfahrer für *La Línea*, als Automechaniker in Ibagué, nahm Kurs in Richtung Meer und wurde Seemann am Pazifik, später arbeitete er in einer Reederei in Buenaventura und schließlich, nachdem er sich eine Knöchelverletzung zugezogen hatte, die ihn an den Stock brachte, wurde er Damenschneider in der Stadt Barranca und war damit an den Ausgangspunkt zurückgekehrt. Wie beim Mensch ärgere dich nicht, wenn Sie mir den Vergleich gestatten ... Das Mensch ärgere dich nicht des Lebens. Und bitte verzeihen Sie mir, wenn meine lyrische Ader etwas zu stark hervorgetreten ist.

Dorthin also hatte es mich im Alter von elf Jahren verschlagen, als Doña Simona ihre Kinder bereits alle auf den Weg gebracht hatte, bis auf ihre jüngste Tochter, die in solidarischer Aufopferung an der

Seite ihrer Mutter geblieben war und ihr im Haushalt und an einem kleinen Süßwarenstand half, der genügend einbrachte, um den täglichen Bedarf zu sichern und den Unbilden im Überlebenskampf zu trotzen. Dort lernte ich die Erlesenheit und Tücke des süßen Geschmacks kennen, der so anders war als alles, was ich bis dahin auf dem Marktplatz gegessen hatte, der vom ersten Augenblick an wie ein Lockstoff auf meinen Geist einwirkte, auf meinen schlummernden und erst im Entstehen begriffenen Geist. Schon bei meinem ersten Löffel *mielmesabe* reckten sich die Fühler meines Bewußtseins, und ich sagte mir: was für eine göttliche Süßspeise, wie Nektar und Ambrosia.

Meiner bescheidenen Erfahrung nach – ich habe ja bereits erklärt, daß die freie Schule des Lebens mein einziger Lehrer war – löst das Süße in einem Kind so etwas wie einen Erdrutsch aus. Kennt jemand von Ihnen ein normal veranlagtes Kind, das nicht vollkommen verrückt wäre nach Honigplätzchen, Lutschern oder Schokoladenkuchen? Nein, dieses Kind soll mir einer zeigen. Doch woran liegt es, daß das Süße den Heranwachsenden in Versuchung führt? Ganz einfach: Süße Speisen lutscht man, schleckt sie vom Finger und nuckelt daran, allesamt Verhaltensweisen, die vor allem der Kindheit anhaften. Und erlauben Sie mir, hier in dieser auserwählten Runde anzuführen, daß der Mensch, der Mensch in der Begrifflichkeit der Anthropologen und Geistlichen, achtzehn Jahrhunderte lang ohne Zucker gelebt hat. Das habe ich im *Reader's Digest* in einem Artikel gelesen, der den Vorgang erklärt, warum die Hypophyse gemeinerweise dieses Magengift ausschüttet, das für die Speicherung von Fett und für die Verformung unseres Körpers verantwortlich zeichnet. Diese Verformung nämlich bringt, nebenbei gesagt, so die Philosophen der Antike, eine Reihe von Schädigungen des Geistes mit sich, aber damit komme ich vom Thema ab ... Also, um fortzufahren, wo ich begonnen habe: Der natürliche Zucker, wie er in Früchten und Lebensmitteln vorkommt, die die Natur dem Menschen geschenkt hat – nicht der Rede wert. Schädlich ist der andere, der verdorbene Zucker, der

Bastard, die anwesenden Damen entschuldigen, eben die rieselnden weißen Kristalle, die wir jeden Morgen in unseren Milchkaffee rühren und verwenden, um unzählige unserer Nachspeisen zu vergiften, und die dessenungeachtet den gastronomischen Ruhm unseres Landes über seine Grenzen hinaus erstrahlen lassen ... Der Zucker, meine Herrschaften, ist tödliches Gift, denn sobald der Gaumen ein einziges Mal von ihm gekostet hat, lechzt er danach wie der Geist nach der Sünde, wenn Sie mir den moralischen Vergleich gestatten, und daher rührt die Schwierigkeit, ihm zu entsagen. Sogar jemand wie ich, an Disziplin gewöhnt, sage mir: »Einmal probiert, für immer verloren. Und jetzt bleibt mir nichts anderes, als den Weg der Schmerzen zu beschreiten.« Im selben Maß, in dem die straffe Muskulatur meinen jugendlichen Körper härtete und formte, nahm ich sämtliche geistigen und moralischen Kräfte zusammen, um mich von dem Verderben fernzuhalten, das meine Großmutter und meine Tante jeden Tag aus den Töpfen zauberten und womit sie, Ironie des Schicksals, meinen Unterhalt sicherstellten. Aber alle Qualen und Anstrengungen halfen nichts, denn wenn ich mich am Ende doch gehen ließ und den Verführungen der Sahnekaramels oder Honigkuchenzöpfe hingab, dann kam es mir vor, als ginge die Sonne auf, als wäre das Leben erst jetzt wirklich Leben und der Mensch doch mehr als nur ein jämmerlicher Affe. Sogleich aber stellte sich das Schuldgefühl ein, es zog einem Geier gleich seine Kreise, bis es dort zustieß, wo die Seele am verwundbarsten ist, und so griff ich durch eine Operation, deren demütigende und beschämende Einzelheiten ich Ihnen erspare, auf das Mittel des Erbrechens zurück, denn das war der einzige Weg, den Leib von der schädlichen Substanz zu reinigen.

11

»Wo bin ich?« stammelte Silanpa und öffnete vorsichtig ein Auge. Er sah ein Fenster, durch das Lichtstrahlen hereinfielen, einen verbeulten Metallschrank, einen zersprungenen Spiegel, einen grünen Sessel, Postkarten und Schwarzweißfotos, mit Nadeln an die Wand geheftet. In dem Zimmer war es stickig, die Luft war verbraucht und voller winziger Staubpartikel. Er versuchte sich aufzurichten, doch da spürte er auf seinem Kopf etwas Schweres und Kaltes. Er schwitzte. Das Licht blendete ihn.

Die Tür, die mit einem bunten Stoff bespannt war, ging plötzlich auf. Es war Quica, in Jeans und weißem T-Shirt mit dem Aufdruck »I Love Girardot«.

»Und? Wieder nüchtern? Du warst hackedicht, mein Lieber.«

»Was ist passiert?«

»Du bist eingeschlafen, und Ulises hat dich auf die Straße geschleppt. Dein Glück, daß sie in deiner Brieftasche genügend Kohle für die Zeche gefunden haben, die hätten dir sonst die Fresse poliert.«

»Wie spät ist es?« Wieder versuchte er sich aufzurichten, aber sein Kopf wollte ihm zerspringen.

»Ganz ruhig, Schnuckelchen. Du bist bei mir zu Hause. Es ist noch früh.«

»Hast du mich gestern mit zu dir genommen?«

»Ja, du schuldest mir noch das Taxi. Der Taxifahrer nahm das Doppelte, dafür, daß er mir geholfen hat, dich hineinzuhieven.«

Schließlich gelang es Silanpa doch aufzustehen.

»Wo ist das Bad?« fragte er beschämt.

»Dort« entgegnete sie. »Wenn du Warmwasser brauchst, mußt du am Herd Wasser aufsetzen.«

Er schöpfte sich mehrere Handvoll kalten Wassers ins Gesicht, fuhr sich mit der noch feuchten Hand über Nacken und Hals und fühlte sich langsam besser. Da erwachte in ihm die Erinnerung an

Mónica, und er preßte die Lippen zusammen. Das konnte nicht wahr sein, er mußte schlecht geträumt haben.

Das Bad besaß ein winziges Fenster zum Hof. Während in der Ferne, wie ein dunkler Fleck hinter den Wolken, die Silhouette der Berge zu sehen war, befand sich direkt gegenüber eine Zeile Wohnblocks aus Beton, vor deren kleinen Fenstern Wäscheleinen gespannt waren und einzelne Fahrradreifen herumlagen, zerschlissene Fußabstreifer.

»Wo zum Teufel bin ich hier?«

»Im Kennedy-Viertel, Schnuckelchen. Bist du noch nie hiergewesen?«

»Doch, irgendwann einmal.« Er kramte nach seiner Armbanduhr und warf einen Blick darauf. Es war zwei Uhr mittags. »Kann ich kurz anrufen?«

»Klar, immer doch, vorausgesetzt, du hast eine Zehn-Pesos-Münze. An der Straßenecke ist ein Telefon.«

Sie tranken Kaffee, dann begleitete Quica ihn zur Telefonzelle. Er wählte die Nummer von *El Observador*.

»Esquível? Hier Silanpa.«

»Wo verdammt noch mal stecken Sie?! Ich rufe schon seit zwei Stunden bei Ihnen zu Hause an. Heute morgen kam Solórzano in die Redaktionssitzung, und wir mußten uns schnell irgendeine Entschuldigung für Sie einfallen lassen.«

»Ich bin hinter der Sache mit dem Gepfählten her. Aber ich brauche Zeit und Ihr Vertrauen.«

»Bewegen Sie sich hierher, und erklären Sie das selbst den Herren Chefredakteuren! Ich bin es leid, Ihren Anwalt zu spielen.«

Er verabschiedete sich von Quica, drückte ihr zum Dank einen Fünftausend-Pesos-Schein in die Hand und ging zur Avenida de las Américas, um ein Taxi zu nehmen.

Während der Fahrt erinnerte er sich wieder an das gräßliche Bild: Mónica nackt, und Óscar, der aus dem Bad kam. Ihm war übel, und er spürte einen heftigen Druck auf dem Magen, so daß er das Fenster herunterließ, um Luft zu schöpfen. Gerne hätte er mit Gúzman gesprochen, sein Spott und sein Zynismus hätten ihm das Herz erleichtert. Aber Geschichten über Liebeskummer sind banal. Immer dieselbe Leier, nur nicht für den, der gerade darunter leidet.

Als er in der Zeitung ankam, ging er als erstes in die Cafetería und kippte drei Tassen Kaffee hinunter. Jetzt fühlte er sich besser.

»Polizeihauptmann Moya hat mich um Diskretion gebeten, bis alle Einzelheiten aufgeklärt sind. Ich verfolge mehrere Fährten.«

Aus dem Redaktionsbüro drang das Klappern der Tastaturen.

»Welche Fährten?« Solórzano sah ihn auf einem Bleistift kauend an.

»Darüber kann ich im Augenblick keine Auskunft geben.«

»Ich bin der Chef vom Dienst, Silanpa. Ich habe ein Recht darauf.«

»Wenn ich es versprochen habe ...«

»Ich bin doch kein Anfänger. Und wissen Sie was? Ich habe den Eindruck, bei der Sache stimmt etwas nicht. Klar, den Gepfählten haben wir gesehen, aber ich weiß nicht ...« Solórzano drehte sich um und sah aus dem Fenster. »Durch Ihre Ermittlungen hier und dort kommen Sie auf weniger Stunden, und das ist der Punkt, der mir an der ganzen Sache nicht gefällt, denn ich frage mich: Macht sich dieses Schlitzohr nicht vielleicht einen schönen Tag, während die anderen schuften?«

Silanpa sagte daraufhin nichts, packte den Aktenkoffer und ging zu seinem Schreibtisch. Wutentbrannt schaltete er seinen IBM ein, doch er mußte feststellen, daß er nichts zu schreiben hatte. Sein Kopf dröhnte, er wäre am liebsten weit weg gewesen, aber er versuchte sich zusammenzunehmen.

Rätselhafte Leichen

Redaktion Bogotá. – Der Gepfählte am Sisga-See verspricht bereits jetzt zu einem der schauerlichsten Rätsel zu werden, über die an dieser Stelle jemals berichtet wurde. Im Leichenschauhaus des Gerichtsmedizinischen Instituts, wohin die Leiche gebracht worden war, nahm eine beachtliche Anzahl von Familienangehörigen vermißter Personen den Gepfählten in Augenschein, doch keiner von ihnen erkannte in ihm den gesuchten Angehörigen. Mit anderen Worten: Die Leiche bleibt stumm. Der Tod, der alles mit sich fortnimmt, scheint in diesem Fall die Vergangenheit und Identität dieses fettleibigen, circa fünfundfünfzig Jahre alten Herrn mit gutmütiger Ausstrahlung (siehe Abbildung) ausgelöscht zu haben. Aber auch wenn wir nicht in Erfahrung bringen können, wer er war und was der Grund für sein tragisches Ende gewesen ist, so können wir uns sehr wohl die unsäglichen Leiden vorstellen, die er durchgemacht haben muß, die Grausamkeit, deren willkürliches Opfer er geworden ist, und die Unerbittlichkeit, mit der die Mörder seinen Körper gegeißelt haben.

Solange die Ermittlungen zu dem Fall in Gang sind, über die wir an dieser Stelle laufend berichten werden, möchten wir Ihnen, liebe Leser, eine andere unbekannte Leiche in Erinnerung rufen, und zwar den Fall »Silberjunge«, der sich seinerzeit in Dollarton zutrug, einer Ortschaft in British Columbia, im Westen Kanadas. Der »Silberjunge« wurde im Winter 1978 von Skifahrern gefunden. Die gefrorene Leiche ließ einen dreizehnjährigen Jungen mit großen blauen Augen und spitzen Zähnen erkennen. Sofort stellte sich die Frage: Wer ist das, was ist mit ihm passiert? Aber in ganz British Columbia hatte niemand das Verschwinden eines Jungen mit diesen Merkmalen gemeldet. Die Nachricht gelangte nach Ottawa, durchquerte das Land bis nach Montreal und wurde zu einem Mysterium, das ganz Kanada beschäftigte: Wer ist dieser bildhübsche Junge? Die Radio- und Zeitungsredaktionen erstickten in Anrufen und Briefen von Frauen, die behaupteten, die Mutter des Jungen zu sein, aber in keinem Fall konnte ein Beweis erbracht werden. Über das vermutliche Leben des Jungen wurden viele Geschichten geschrieben, jede mögliche Hypothese wurde eingehend geprüft, aber das Mysterium blieb bestehen.

Bis eine junge Journalistin von *Le Soir de Montreal*, mit Namen Valerie Neier, des Rätsels Lösung fand: Der »Silberjunge« – so hatte die Presse in den acht Monaten, die das Mysterium dauerte, die Leiche getauft – war Schweizer und hieß Karl Aspern. Er und seine Eltern waren sieben Jahre zuvor im nördlichen Seengebiet mit einem Sportflugzeug abgestürzt und allesamt für tot erklärt worden. Nach Meinung der Journalistin war Karl vor dem Aufprall der Maschine in den Schnee gestürzt, wodurch seine Leiche in gefrorenem Zustand konserviert blieb. Im Lauf der sieben Jahre war der Körper des Jungen von den Winterstürmen bis zu einem kleinen Flußlauf getrieben worden, von wo aus er in einen unterirdischen Kanal gelangte, der ihn Jahre später bei Dollarton an Land spülte. Die Fotos von Karl Aspern, die Angehörige aus Zürich zur Verfügung stellten, bestätigten die Vermutung, und die Journalistin fand im Unfallregister auch den genauen Ort. Karls Leiche hatte also in sieben Jahren 978 Kilometer zurückgelegt, bis sie ans Tageslicht kam.

Am anderen Ende des Raums klingelte ein Telefon, und sein Kopf wollte ihm zerspringen.

»Silanpa, für Sie, auf der zwei.«

Zitternd griff er zum Hörer: Ob sie es war?

»Hallo?«

»Estupiñán am Apparat. Wo haben Sie gesteckt? Gestern habe ich noch einmal mit dem Lieferwagenfahrer Lotario Abuchijá gesprochen. Wir sind mit ihm um sechs Uhr nachmittags im *Caracas* zum Billard verabredet.«

»Gibt es etwas Neues?«

»Er hat mir gesagt, er würde mir diese Fahrt nach Chocontá in allen Einzelheiten erzählen.«

»Wir sehen uns dort.«

Die Hämorrhoiden taten ihm weh, und er scheute sich, auf die Toilette zu gehen. Sobald er den Blick fixierte, wurde ihm nur noch mulmiger.

Er ging in die Cafetería hinunter.

»Pochi, hast du ein Alka-Seltzer für einen armen Kranken?«

»Klar, Don Víctor, was hast du? Einen Brummschädel?«

»Einen geistigen Brummschädel, Pochi. Stell dir vor, die haben mich auf dem Kieker.«

»Echt?«

»Na ja, ist eigentlich nicht so schlimm, aber lästig ist es trotzdem.«

»Warte eine Sekunde.« Sie ging in die Küche und trug etwas auf einen Teller auf. »Trink die feine Fleischbrühe vor dem Alka-Seltzer, und du wirst sehen, damit wird alles wieder gut.«

Er schrieb ein paar Polizeimeldungen, die über die Agentur *Colprensa* hereingekommen waren, gab die drei Seiten ins Layout und ging zur Carrera Séptima, um ein Taxi zu nehmen.

Zu Hause warteten vier Nachrichten von Mónica auf ihn. Er drückte die Taste auf dem Anrufbeantworter und setzte sich mit einer Dose *Clausen* aufs Sofa.

»Víctor. Das gestern abend hat seine Erklärung. Rufst du mich mittags an? Ciao.« Dann: »Mittag ist schon vorbei, und du hast nicht angerufen. Bist du sehr böse? Ich habe dich in der Zeitung angerufen, und man hat mir gesagt, du bist nicht da. Ich bin noch bis zwei im Labor. Ruf mich an. Wir müssen reden.« Das Band spulte weiter. »Es ist fünf nach zwei. Ich gehe jetzt Lorena in der Praxis besuchen und danach, um halb vier, nach Hause. Ich warte auf deinen Anruf. Ciao ciao.« Und noch eins weiter: »Ich bin zu Hause, und von den Nachrichten, die für mich da waren, war keine von dir. Wirst du vielleicht gar nicht mehr anrufen? Ich werde den ganzen Nachmittag hierbleiben, bis du anrufst. Ich würde dich gerne heute abend sehen, damit wir reden können. Ich verstehe, daß du böse bist. Ciao.«

Silanpa steckte sich eine Zigarette an und nahm die letzten

Schlucke seines Biers, während Mónicas Stimme noch immer in seinem Kopf nachklang. Er bekam feuchte Augen bei dem Gedanken, daß er selbst schuld war: Ständig kam er zu spät, ständig versetzte er sie. Aber sie anrufen wollte er auch lieber nicht, aus Angst, sich auf eine Diskussion einzulassen, die sich stundenlang hinziehen würde, und außerdem war Schweigen jetzt sicher die beste Waffe. Er blickte zu der Schneiderpuppe, die blasser aussah als sonst, hob den Schleier, um ihr in die Augen sehen zu können, und sagte zu ihr: »Ich weiß, du hast es schon immer gesagt. Ich bin ein verdammter Idiot.« Dann sah er auf die Uhr und ging hinunter zum Parkplatz.

Der Eingang zum Billardsalon *Caracas*, Ecke Calle 57, lag zwischen einer Hot-Dog-Bude und einem Zigarettenstand. Keuchend trat Silanpa ein.

»Sie kommen aber spät, Chef.« Estupiñán blickte durch den Lichtkegel der Lampe hindurch zu ihm.

»Der Verkehr ...«, sagte Silanpa und hielt Lotario Abuchijá die Hand hin. »Schön, Sie wiederzusehen.«

»Ganz meinerseits. Emir, oder besser gesagt, Detektiv Estupiñán hat mir erklärt, wer Sie beide wirklich sind. Ihre Arbeit ist bestimmt ganz schön aufregend, nicht wahr? Allein die Decknamen, die Sie benutzen, wie Batman oder Robin ...«

»Mehr oder weniger«, entgegnete Estupiñán von der anderen Seite des Tischs aus. »Herr Abuchijá«, fuhr er fort, »hat die Berichte über den Gepfählten gelesen und ist auf dem laufenden. Darum sind wir hier mit ihm zusammengekommen. Und er tut gut daran, nicht wahr? Es ist nämlich besser, habe ich ihm erklärt, sich auf krumme Geschichten gar nicht erst einzulassen.«

»Ich bin ein Ehrenmann, Señor.«

»Schon gut, erzählen Sie uns, was passiert ist.«

»Ich habe meine alte Klapperkiste, wie ich Ihnen schon erzählte, und verdiene mir den Lebensunterhalt mit Transporten. Sucht irgendwer jemanden, der nach Neiva, Villao oder Cúcuta fährt,

Lotario ist zur Stelle. Oder wenn es darum geht, eine Ladung Obst von Honda nach Bogotá zu fahren: Lotario. Die übrige Zeit stehe ich mit meinem Wagen an der Calle 58, Ecke Avenida Caracas, wo ich auf Transporte oder sonst welche Aufträge warte. Ich habe ein paar Stammkunden, die sich direkt an mich wenden: mit einem zu transportierenden Möbel, einer Fuhre nach Paloquemao, einem ganzen Umzug ...«

»Schön, überspring das weitere für den Herrn Journalisten, lieber Lotario. Kommen wir zur Sache«, forderte Estupiñán und rieb seinen Queue mit Kreide ein.

Abuchijá nahm am Fenster Platz, steckte sich eine *Nacional* mit Filter an, nahm feierlich einen Zug und begann zu erzählen:

»Am Nachmittag des zehnten Oktober stand ich an meinem üblichen Platz, zehn Meter hinter der Kreuzung Calle 58, Ecke Avenida Caracas, aß eine Orange und alberte mit Stachelschwein herum, einem Typen aus Pasto, der einen Chevrolet kutschiert. Da kam eine gutgekleidete Señora und rief mich. ›Arbeiten Sie auch außerhalb Bogotás?‹ wollte sie wissen. Ich sagte natürlich ›Ja, ich fahre wohin Sie wollen‹, denn wissen Sie, meine Herrn, in der heutigen Situation kann man es sich als Transportunternehmer nicht erlauben, Bedingungen zu stellen. Wenn man etwas auszusetzen hat, schnappt sich der nächste den Auftrag, und damit Sie sich überzeugen, daß ich nicht spinne, kann ich Ihnen sagen, daß Stachelschwein, diese miese Sau, sich fast den Hals ausrenkte, während ich mit der wirklich verdammt gut aussehenden Señora redete, um zu sehen, ob ich etwas an Land zog. Am Anfang dachte ich: Der kann sich von dem Hintern der Lady ja gar nicht mehr losreißen, was verständlich und ja auch menschlich gewesen wäre; in Wirklichkeit aber lauschte er unserem Gespräch, um im geeigneten Moment dazwischenfunken und ›Ja, ich‹ sagen zu können. Nein, mein Lieber, schwor ich mir und nahm den Auftrag an, ohne überhaupt die Bezahlung angesprochen zu haben. Ich fragte: ›Und wann?‹ Da sagte sie mir im Weggehen: ›Heute abend noch, fahren Sie hinter mir her.‹ Kaum hatte sie das gesagt, stieg sie in einen Mitsubishi und lotste mich in die Garage vom *Unicentro*. Sie selbst sah ich gar nicht mehr wieder, denn als ich zwischen den Reihen geparkter Autos hinter ihr herfuhr, tauchte plötzlich ein Señor auf und machte mir Zeichen anzuhalten. Er trug mir auf, nach Tunja zu fahren, drückte mir einen Stadtplan in die Hand und zeigte mir den Weg zu einem Einkaufszentrum. Dort, an der Tankstelle, würde mich jemand ansprechen. Dann sagte er wortwörtlich zu mir: ›Nun los und viel Glück! Die Sache ist weder illegal noch gefährlich, aber ziemlich wichtig.‹ Und anschließend gab er mir einen Umschlag, in dem hunderttausend Pesos steckten. Mir blieb die Spucke weg, das könnt ihr mir glauben, als ich die Menge Geldscheine sah, und in dem Augenblick sagte er zu mir: ›Wenn Sie in Tunja ankommen, bekommen Sie noch so ein Tütchen mit dem Rest und die Ladung. Und keine Sorge, alles Weitere erklärt man Ihnen dort.‹ Ich fuhr in einem Stück durch und dachte die ganze Zeit an Lupe, einen scharfen Zahn aus dem *Lolita*. Um elf Uhr abends kam ich in Tunja an und fuhr, wie sie es mir aufgetragen hatten, zu dem Parkplatz. Keine Menschenseele. Ich blieb ein Weilchen mit laufendem Motor stehen, aber als sich nichts tat, machte ich ihn aus und sagte mir: ›Denen liegt bestimmt was an der Sache, sonst hätten sie mir den Batzen Geld nicht gegeben. Früher oder später wird schon jemand kommen.‹ So war es auch, denn fünf Minuten später klopfte jemand an die Scheibe, und ich schreckte auf. Vor mir stand ein älterer Mann, der mit der Hand auf eine Garage zeigte. ›Stellen Sie den Lieferwagen dort rein‹, wies er mich an und deutete auf ein sich öffnendes Tor. Also stellte ich den Wagen ab und stieg aus. Der Mann kam auf mich zu und führte mich in ein Lokal gegenüber dem Einkaufszentrum. Er meinte, daß er müde sei und gerne eine Limonade trinken oder vielleicht auch etwas essen würde, und ich war einverstanden, denn in dem Augenblick fiel mir ein, daß ich außer der Orange vom Anfang der Geschichte nichts, rein gar nichts im Bauch hatte. Bei unserer Rückkehr in die Garage staunte ich nicht schlecht, als ich den Lieferwagen mit hochgezogener Plane sah, und der Mann sagte zu mir: ›Noch ein bißchen Geduld. Wir sind am Einladen.‹ Dann fügte er hinzu: ›Auf der Ladefläche wird einer mitfahren und die Ware bis zu eurer Ankunft in Chocontá im Auge behalten.‹ Und da sagte ich: ›Chocontá?‹ Und gleichzeitig dachte ich: Warum haben die nicht irgendeinen Fahrer von dort beauftragt? Aber da erinnerte ich mich an das Tütchen und an Lupes Beine und hielt lieber die Klappe und sagte nur ›ja, ja‹. Sie gaben mir den nächsten Batzen Geld, diesmal fünfzigtausend Pesos, erklärten mir den Weg zu dem Getreidespeicher, den ihr ja schon kennt, und ich fuhr los. Bei der Ankunft war es dasselbe: Ich mußte den Lieferwagen in der Garage abstellen, anschließend sollte ich aussteigen, und nach einer Tasse Kaffee mit Speckbrötchen bedankten sie sich und gaben mir einen Umschlag mit der restlichen Knete. Und ciao, das war's, denn alles Weitere fand im *Lolita* mit Lupe statt, und das erzähle ich euch jetzt nicht.«

»Würden Sie die Personen, die Sie gesehen haben, wiedererkennen?« Silanpa steckte sich eine Zigarette an und zog sein Notizbuch hervor.

»Ja, die Señora vor allem, den Mann in Tunja und den in Chocontá.«

»Welche Farbe hatte der Mitsubishi?«

»Blau.«

»Hell oder dunkel?«

»Hell.«

»Mittelblau oder hellblau?«

»Hellblau.«

»Haben Sie zufällig auf das Nummernschild geachtet?«

»Nein.«

»War an dem Mitsubishi irgend etwas Auffallendes, vielleicht ein Aufkleber, ein Wimpel, Suchscheinwerfer, Sportfelgen, irgend etwas?«

»Kann mich nicht erinnern.«

»Was trug die Señora?«

»Ein Schneiderkostüm. Die Einzelheiten fragen Sie am besten Stachelschwein, der hat sie von oben bis unten eingehend studiert, vor allem auf Höhe der Taille.«

»Und die anderen Personen?«

»Gewöhnliche Straßenkleidung.«

»Die Frau war blond, schwarzhaarig, brünett?«

»Blond.«

»Ihre Augen waren blau, grün, schwarz ...?«

»Blau.«

»Mittelblau oder hellblau?«

»Hellblau.«

»Wie groß?«

»Größer als ich, und ich bin eins achtundsechzig.«

»Alter?«

»Eine guterhaltene Vierzigerin.«

»Hautfarbe?«

»Weiß.«

»Woher, würden Sie sagen, war sie, aus Bogotá, Boyacá, Medellín, von der Küste, aus dem Llano?«

»Aus Bogotá.«

»Und der Mann in Tunja?«

»Groß, Schnauzbart, fünfzig Jahre, Bluejeans und eine marineblaue Stoffjacke. Er sah auch aus wie aus Bogotá.«

Auf einmal stand Abuchijá von der Bank auf, stemmte die Hände in die Hüften und blickte sie an.

»Sind Sie auch nicht vom CIA?«

»Neeiiin ...«, antworteten sie beide.

»Dann ist ja gut. Wir können weitermachen.«

»Würden Sie die Garage in Tunja wiederfinden?«

»Möglich, obwohl die Tore alle fünf identisch waren, die Garagen gehörten nämlich zu einer Wohnanlage.«

»Von meiner Seite ist das alles«, sagte Silanpa. »Estupiñán?«

»Noch zwei Kleinigkeiten ... Haben Sie auf der Fahrt irgend etwas

Ungewöhnliches wahrgenommen, etwas, das anders war als sonst? Roch es zum Beispiel nach Leichengift oder nach Formalin?«

»Nein, um ehrlich zu sein, es roch nach Brot. Und ich kann mich erinnern, daß ich mir gedacht habe: Die werden mich doch nicht bei Nacht und Nebel über die Landstraße schicken, um zweihundert Kilo *mogollas* irgendwo abzuliefern.«

»Warum zweihundert Kilo?«

»Ich kenne meinen Lieferwagen, Detektiv. Wenn er nicht mehr richtig zieht, kann ich das Gewicht ganz gut schätzen.«

»Und noch eine Frage: Haben Sie die Person, die hinten mitfuhr, zu Gesicht bekommen?«

»Nein. Ich habe sie noch nicht einmal gehört, stellen Sie sich vor.«

»Danke, das ist alles.«

Estupiñán wendete sich von ihnen ab und schritt feierlich zum Fenster. Er hob den Zeigefinger und deklamierte mit geschwellter Brust:

»Über den Häuptern dieser Halunken schwebt das Schwert des Demosthenes!«

»Demosthenes?« wunderte sich Silanpa. »Sie meinen wohl Damokles.«

»Egal, Chef. Damals trug jeder eine Waffe.«

12

»Onkel Marco!!« Die Kinder von Barragán fielen über Esquilache her. »Was hast du uns mitgebracht?«

»Wie immer, einen Kuß für jeden, ihr Lieben, und dann noch was zum Naschen.« Er holte eine Schachtel Pralinen *coffee delight* hervor. »Aber die sind für nach dem Essen, damit das klar ist.«

In der Küche bereitete Catalina, Barragáns Frau, Spaghetti Carbonara vor und kam mit umgebundener Schürze zur Tür, um Esquilache zu begrüßen.

»Was für ein fröhliches Zuhause, Cata. Es gibt im Leben nichts Schöneres als den Familienkreis«, gab der Senator zum besten. »Sag mal, wo steckt eigentlich dein Göttergatte?«

»Er kommt gleich, Marco.« Sie warf einen Blick zwischen den Treppen hindurch nach oben. »Emilio! Marco Tulio ist schon da! Er hat einfach furchtbar viel Arbeit, und dann verbarrikadiert er sich immer in seinem Arbeitszimmer.«

Barragán kam die Treppe herunter. Er trug eine weiße Freizeithose und ein langärmliges Polohemd von Lacoste.

»Wie geht es dir, Marco Tulio? Schön, dich zu sehen.«

»Versprochen ist versprochen, hier sind die Havannas.« Er legte eine Kiste *Montecristo Nr. 5* auf den Tisch.

»Versprochen ist versprochen«, sagte Emilio und entkorkte eine Flasche *Casillero*.

Beim Essen gaben sie ihre Prognosen zum möglichen Fortgang einer *Telenovela* ab und hörten sich die Geschichten an, die die Kinder aus der Schule erzählten.

»Unsere Französischlehrerin hat einen Schnurrbart, Onkel, und sie hat zu mir gesagt, wenn ich weiter so gute Noten schreibe, kann ich mit denen aus der fünften nach Paris fahren.«

»Dort mußt du unbedingt hin, Juancho, und lern immer schön fleißig weiter. Eure Eltern tun alles, damit ihr nur das Beste bekommt.«

Nach dem Essen zogen sich Barragán und Esquilache ins Wohnzimmer zurück.

»Schreib dir gut hinter die Ohren, was ich dir jetzt sage, Emilio. Dieser Gepfählte hat mit uns nicht das geringste zu tun, auch nicht mit Pereira Antúnez. Pereira ist vor zwei Wochen beerdigt worden, oder erinnerst du dich vielleicht nicht mehr daran?«

»Doch, Marco Tulio, natürlich schon ... Aber irgendwie, ich weiß nicht, das Bild in *El Observador*, das Foto des Gepfählten, ich weiß nicht, aber ... .«

»Aber Emilio, wer könnte denn überhaupt auf die Idee kommen, Pereira Antúnez so etwas anzutun, hä? Konzentriere du dich bloß auf deine Arbeit. Wie steht es mit der Hinterlassenschaft der Grundstücke?«

»Darüber wollte ich auch mit dir sprechen. In den Unterlagen, die ich erhalten habe, in der Vermögenserklärung, die du mir geschickt hast, steht kein Sterbenswörtchen über diese vierhundert Hektar.«

»Wie bitte?!« Die Havanna fiel auf den Teppich.

»Du hast richtig gehört. Kein Sterbenswörtchen. Sie tauchen in der Vermögensaufstellung nicht auf.«

»Das kann nicht sein, Emilio, hast du die Seitenzahlen kontrolliert? Fehlt da nicht vielleicht ein Blatt?«

»Ausgeschlossen, ich habe alles noch einmal durchgesehen. Unter den Vermögensgütern, die die Anwälte festgesetzt haben, befindet sich auch nicht ein Quadratmeter Grund.«

»Vierhundert Hektar können nicht von heute auf morgen verschwinden, Emilito, und bei den Verrückten, die sich dort breitgemacht haben, schon gar nicht.«

»Pereira Antúnez selbst war Mitglied der Nudisten, Marco Tulio, darum hat er das Grundstück auch den *Kindern der Sonne* zur Nutzung überlassen. Keine Ahnung. Man wird Nachforschungen anstellen müssen.«

»Aber wir können uns doch nicht geirrt haben. Im Grundbuch steht eindeutig er als Eigentümer.«

»Marco Tulio, du bist doch darüber informiert, daß Vargas Vicuña hinter diesen Ländereien her ist, oder nicht?«

»Das weiß ich von dir. Er selbst hat mir nichts dergleichen gesagt.« Esquilache kaute an einem Fingernagel und erinnerte sich voller Wut an das Gespräch mit dem Bauunternehmer. »Bestimmt hat Vargas Vicuña uns übers Ohr gehauen. Und weiß man bereits irgend etwas über diese *Kinder der Sonne*?«

»Nein. Noch haben wir mit niemandem gesprochen, aber kommende Woche werden wir möglicherweise den Geschäftsführer treffen.«

»Wer ist das?«

»Eine Frau, sie heißt Susan Caviedes.«

»Wir müssen dieses Grundstück ausfindig machen, Emilio. Die Firma GranCapital hat schon einen vollständigen Entwurf für eine Wohnanlage am See vorgelegt, fünfundvierzig Landhäuser mit Golfplatz, Wasserski und einem Wäldchen zum Jagen. Wenn ich die hängenlasse, entziehen sie mir ihre Unterstützung im Senat. Mehr brauche ich dir dazu wohl nicht zu sagen.«

»Hast du ihnen schon etwas fest versprochen?«

»Das habe ich dir alles in dem Bericht vom ersten Oktober dargelegt. Hast du den etwa nicht gelesen, du Lackaffe?« Esquilaches Stimme wurde lauter.

»Ganz ruhig, Marco Tulio. Alles der Reihe nach, wir sollten die Beute erst verkaufen, wenn wir sie erlegt haben.«

»Die Beute ist bereits verkauft, Emilito, und jetzt sagst du mir, daß sie noch gar nicht erlegt ist.«

»Was willst du damit sagen?«

»Ich will damit sagen, daß GranCapital im letzten Jahr meinen Wahlkampf mit finanziert hat, und sollten wir jetzt diese Grundstücke nicht bekommen, werden sie uns, na, du weißt schon was, abschneiden und als Steak vorsetzen.«

»Aber... und was ist mit Vargas Vicuña? Ich dachte, was diese Grundstücke angeht, würdest du für ihn arbeiten ...«

»Vargas Vicuña schulde ich überhaupt nichts, aber GranCapital sehr wohl. Und du rede keinen Blödsinn, ich arbeite schon seit Jahren nicht mehr für Vargas Vicuña.«

»Weiß er das?«

»Das habe ich dir hier zu Hause erzählt, zum Abschluß eines Sonntags im Kreis der Familie. Wenn irgend etwas davon aus diesen vier Wänden dringt, ist deine Karriere beendet, verstanden?«

»Komm mir bloß nicht mit Drohungen, Marco Tulio. Wir sitzen beide im selben Boot. Das Problem ist, daß Vargas Vicuña mich in dieser Sache auch ständig anruft, und darum wollte ich wissen ...«

»Du wirst dich nach den Papieren dieser Grundstücke auf die Suche machen müssen, Emilito. Ich weiß nicht, wo man da sucht, du bist der Anwalt. Aber wir müssen sie unbedingt finden, um die Grundstücke beim Distrikt als vergeben eintragen zu lassen, und dann übergeben wir sie GranCapital, hast du verstanden?«

»Ich kann nichts versprechen... Wenn Vargas Vicuña den Daumen drauf hat, wird es unmöglich sein, sie zurückzubekommen.«

»Und wenn die *Kinder der Sonne* sie haben?«

»Dann ist es vielleicht einfacher, deren Bekanntschaft habe ich noch nicht gemacht.«

»Mit denen muß man auch vorsichtig sein. Die mögen vielleicht splitternackt wie Steinzeitmenschen herumrennen, aber von gestern sind sie nicht.«

»Und was machen wir mit dem restlichen Vermögen von Pereira Antúnez?«

»Da sehe ich kein Problem. Wenn keine Erben da sind, wird uns auch niemand dreinreden. Mein lieber Emilio, es geht hier nur um die vierhundert Hektar, um nichts anderes.«

Esquilache verabschiedete sich um etwa sechs Uhr abends, und Barragán ging nach oben, um sich umzuziehen. Er hob den Telefonhörer ab und tätigte mit leiser Stimme einen Anruf. Kurze Zeit später kam er im marineblauen Jackett mit bordeauxrotem Einstecktuch nach unten.

»Du gehst?« Catalina sah ihn an und nahm Catica hoch.

»Ich gehe auf ein Gläschen ins Country, Schatz, aber vorher muß ich noch kurz in die Kanzlei, für Marco Tulio ein paar Unterlagen durchsehen.«

»Komm nicht so spät, die Kinder wünschen sich so sehr, daß du da bist, wenn sie ins Bett gehen.«

»Keine Sorge.«

Beim Hinausgehen hinterließ er eine Duftwolke Rasierwasser.

Er hatte sich mit Nancy vor der Kanzlei verabredet. Sie aßen jetzt fast jeden Tag zusammen zu Mittag, und Emilio hatte ihr erzählt, daß sie derzeit eine ziemlich verzwickte geschäftliche Angelegenheit zu bewältigen hätten. Sie stieg ein, und er fuhr weiter Richtung Norden.

»Eins verstehe ich nicht, Doktor Barragán«, sagte Nancy zu ihm, ein wenig verwundert darüber, am Sonntagabend mit ihrem Chef zusammenzusein, »warum mußten wir hierher fahren, um uns zu unterhalten?«

Das Licht war schummrig, in der Mitte der Tanzfläche drehten sich zwei Paare.

»Ich werde verfolgt, Nancy. Ich fürchte, daß man mich abhört, und darum bleibt mir nichts anderes übrig, als hierherzukommen.«

»Aber ...« Sie bekam es mit der Angst zu tun. »Wer verfolgt Sie denn?«

»Die Mafia, Nancy ... Ich bin Anwalt, das wissen Sie. Und ich habe mit Fällen zu tun, die ... Um die Wahrheit zu sagen, ich traue überhaupt niemandem mehr.«

»Und was habe ich mit alldem zu tun?«

»Sie, Nancy, sind die einzige, die mir helfen kann.«

»Aber wie denn?«

»Ich darf Ihnen nicht viel sagen, um Sie nicht in Gefahr zu bringen. Aber indem Sie heute hier mit mir zusammen sind, erweisen Sie unserem Land einen großen Gefallen.«

Die tanzenden Paare begannen sich zu küssen, und Nancy wurde unruhig.

»Der dort drüben«, sagte Barragán und zeigte auf einen dicken Mann mit gelber Krawatte, »ist ein CIA-Agent. Als ich eben auf der Toilette war, habe ich eine Nachricht erhalten. Aber mehr kann ich Ihnen nicht sagen.«

»Ist es so gefährlich?«

»Sie machen sich keine Vorstellung.« Er rief den Kellner herbei, indem er mit den Fingern schnippte. »Noch zwei *Cuba Libre.*«

»Aber Doktor Barragán, ich habe Ihnen doch gesagt, daß ich nicht trinke.«

»Machen Sie, was ich sage, Nancy, wir befinden uns in einer höchst gefährlichen Lage.«

»Aber mir ist jetzt schon ein wenig unwohl.«

»Das macht nichts. Denken Sie an Ihr Land, an die Demokratie, an unseren Präsidenten. Das alles steht in diesem Augenblick auf dem Spiel.«

»Dieser Mann ist wirklich vom CIA?«

»Schhh, wer weiß, ob sie mich nicht bereits abhorchen und alles mithören.«

»Wer denn?«

»Die Russen, Nancy. Und fragen Sie nicht weiter.«

Mit jedem Wort rückte er näher an ihr Ohr heran. Das *Obsession* von Calvin Klein stieg Nancy in die Nase, als Emilios Hand sie berührte.

»Was machen Sie da, Doktor Barragán?«

»Wir müssen uns verstellen, Nancy, sonst werden sie etwas merken.«

»Ich habe Angst.«

Barragán drückte ihre Hand.

»Ganz ruhig, ich bin bei Ihnen, und der Kellner ist einer meiner Agenten. Er ist bewaffnet, für den Fall, daß sie kommen.«

»Können wir nicht einfach gehen?«

»Nein. Ich muß auf die Nachricht warten.«

»Aber ... haben Sie nicht vorhin gesagt, der Herr mit der Krawatte hätte Ihnen eine Nachricht überbracht?«

»Er hat mir die Nachricht übermittelt, aber nicht den Code. Nancy, es ist besser, Sie stellen mir nicht so viele Fragen. Ihrer Sicherheit zuliebe.«

Barragáns Hand schob sich langsam unter ihren Rock.

»Sie finden das vermutlich befremdlich, aber es muß sein.«

Mit dem Zeigefinger erreichte er ihr Geschlecht und streichelte sie.

»Doktor Barragán ...«

Nancy machte sich von ihm los.

»Vorsicht«, sagte Barragán. »Eben habe ich neben der Toilettentür einen Russen entdeckt.«

»Der dort?«

»Ja, schauen Sie nicht hin.«

»Aber das ist doch ein Schwarzer.«

»Schon, aber er arbeitet für die Russen. Wir sind schon einmal aneinandergeraten.«

»Dann kennen Sie sich also?«

»Warten Sie hier ...«

Barragán stand auf, ging zur Bar und blieb einen Moment lang dort stehen. Anschließend setzte er sich wieder und rückte an Nancys Ohr.

»Vor der Eingangstür ist alles voller Russen. Mein Agent hat mir vorgeschlagen, daß wir uns in den hinteren Räumen verstecken. Kommen Sie ...«

Sie gingen eine schmale Treppe hinauf und gelangten in ein kleines Zimmer. Nachdem sie eingetreten waren, schloß Barragán die Tür ab.

»Wir müssen hier abwarten, bis mein Agent mir ein Zeichen gibt.«

»Aber Doktor Barragán, ich hatte noch nicht einmal Gelegenheit, in der Kanzlei die Unterlagen zusammenzusuchen ...«

»Das war nur ein Vorwand, um wegzugehen, Nancy. Ich habe Ihnen ja schon gesagt, daß ich niemandem mehr traue. Kommen Sie, setzen Sie sich, ich muß kurz weg. Wenn ich in zwanzig Minuten nicht wieder da bin, schlagen Sie Alarm.«

Er verließ den Raum, und Nancy nahm auf einem weinroten Sofa Platz, um zu warten. Sie betrachtete die Lampe, die ein gedämpftes Licht aussandte, die zusammengewürfelten Bilder auf der weißen Tapete, die Brandlöcher von Zigaretten.

Kurze Zeit später kam Barragán zurück. Er brachte zwei *Cuba Libre.*

»Mein Agent konnte mir das hier verschaffen, er meint, wir könnten noch nicht hinausgehen. Wir sollen auf sein Zeichen warten.«

»Wird es lange dauern?«

»Keine Ahnung, am besten warten wir hier ab. Zum Wohl!«

Nancy nahm einen Schluck aus dem Glas, und der Kopf drehte sich ihr. Der Kuß, den Barragán ihr auf den Mund drückte, schmeckte wunderbar. Sie ließ sich gehen, und bald war sie nackt, das eine Bein auf der Rückenlehne des Sofas, das andere auf der Schulter ihres Chefs.

13

Ich mache nun einen Sprung zu meinem sechzehnten Lebensjahr, meine Herrschaften, dem Zeitpunkt, an dem die Jugend in voller Blüte steht, an dem der Junge zum Manne reift und gemäß seiner natürlichen und gesunden Entwicklung mehr und mehr ein Auge bekommt für das schöne Geschlecht: die weibliche Artgenossin. Ich werde nicht weiter in Einzelheiten gehen, denn dafür ist hier nicht der Ort, doch bleibt festzuhalten, daß die Jugend eine Zeit des Zweifelns ist: Und das ist auch der Grund, warum speziell für mich die Frauen so wichtig geworden sind, denn ich verfügte noch über keinerlei Erfahrungen, und meine Lebensumstände, also die Lage meiner alleinstehenden Tante und seligen Großmutter, hatten von mir verlangt, noch lange bevor ich reif dazu war, in die Hosen des Hausherrn zu schlüpfen. Sicherlich, der kleine Marktstand mit Naschwerk und Süßigkeiten brachte genügend ein, um ein Leben in Würde zu führen, doch der Zucker, der sich ständig in greifbarer Nähe befand, verweichlichte mich, und mit der Zeit geschah es dann doch recht häufig, daß ich in meiner Unschuld den Finger in den Teig oder warmen Pudding tauchte. Als junger Mensch macht man sich über die Nahrungsaufnahme keine großen Gedanken, man ist ja gewohnt zu wachsen, aber so wie ich hier vor Ihnen stehe, hatte ich mit sechzehn bereits meine endgültige Körpergröße erreicht, und so führte der leichte Zugang zu den Süßwaren allmählich zu einem Überschuß auf dem Konto meines Verdauungsapparats. Der Grundstein für hartnäckige Depots war gelegt. Sechzehn ist ein schwieriges Alter, weil man das Unmögliche begehrt, und hier, meine verehrten Damen, sollten Sie weghören, denn mit dem Begehren des Unmöglichen meine ich nichts anderes als die Frauen und ihre lockenden Körper, die, das sei nebenbei gesagt, der ganze Stolz unseres Landes sind und auch über die Grenzen hinaus in aller Munde. Ein Mädchen, pflegte meine Großmutter zu sagen, berührt man noch nicht einmal mit dem Blütenblatt einer Rose, und diese Worte knallten wie Peitschenhiebe in den Ohren des jungen Mannes, der in der Hitze seiner Jugend überall nur Frauenbeine sah. Das ist der Grund, und jetzt, meine Damen, sollten Sie in der Tat weghören, daß ich als junger Mann schließlich das Freudenhaus aufsuchte, die Schule unzähliger Generationen von Männern. Bei meinen ersten Besuchen im zarten Jugendalter, Gott möge mir vergeben, begriff ich ein für allemal, was es hieß, dick zu sein. Es begann ganz harmlos, mit einem Kosenamen. »He, Dickerchen, willst du mich nicht auf ein Bierchen einladen?«, sprachen mich die unzüchtigen Damen an, aber mit der Bezeichnung »Dickerchen« verband ich nichts wirklich, als würde das gar nichts über mich aussagen. Doch wie auch immer, die Mädchen nannten mich «Dickerchen«, und bald schon übernahmen meine Freunde aus dem Viertel den Spitznamen, so daß ich mich allmählich an ihn gewöhnte. Und das erzähle ich auch deshalb, weil von da an so selbstverständliche Dinge wie rennen, auf Festen tanzen und Fußballspielen auf dem begrenzten Basketballfeld für mich immer beschwerlicher wurden. Ich nahm alle meine Kräfte zusammen, um flotter zu Fuß zu sein, aber jedesmal gelangte ich an einen Punkt, an dem ich keine Luft mehr bekam und eine Stimme mir einflüsterte, schone dich, du bist eben dick. Da begann alles Zuckrige mich anzuwidern. Ich haßte die süße Droge und schwor, was weiß ich wie oft, den *mielmesabe* zu meiden wie der Teufel das Weihwasser… Aber wenn ich abends nach Hause kam, fragte mich meine Tante so liebenswürdig und einladend: »Aris, mein lieber Junge, wie verschwitzt du bist, soll ich dir ein bißchen Nachtisch auftun?« Als Antwort schüttelte ich den Kopf, denn wenn ich den Mund aufgemacht hätte, hätte ich unter Garantie »Ja« gesagt, aber meine Tante, die meine Bedürfnisse erkannte, strich mir mit der Hand über die Stirn und brachte mir einen Teller, und da fühlte ich mich gemocht, gehätschelt, beschützt und… gleichzeitig elend. Und so ging es ein ums andere Mal, und wenn ich mich in dem Spiegel sah, erkannte ich nicht mich darin, anstatt meiner selbst erblickte ich dieses Dickerchen, wie die Freudenmädchen, Sie verzeihen, mich nannten, so daß ich mich dazu zwingen mußte zu sehen, daß das, was mir der Spiegel beharrlich vor Augen führte, meine eigene Gestalt war, daß ich das war und doch wieder nicht, und so versuchte ich, mich wiederzufinden, meine ursprüngliche Figur wieder zu entdecken. Ich zog meinen Bauch ein, kniff die Lippen zusammen, drehte und wendete mich und wölbte meine Brust, aber vergeblich, von wo aus ich mich auch betrachtete, ich erkannte mich nicht, sondern erblickte immer dieselbe Gestalt: diesen speckigen und schwabbeligen Kloß, über den sich alle lustig machten, der wie eine Dampflok keuchte, wenn er den Berg hinaufstieg, um Steine zu werfen und Wasserschweine zu jagen, der beim Nachtschwärmen schnell erschlaffte und die Freudenmädchen nur zum Grinsen brachte.

14

Die Frau ging nervös zum Taxistand. Ein gelber Dodge Dart hielt an und gab dem Taxifahrer Anweisungen, der die Frau dann vor dem Astor-Plaza-Kino absetzte. Es lief *Bodyguard* mit Kevin Costner. Die Frau trat mit einem Zweitausend-Pesos-Schein an den Schalter, kaufte eine Karte und ging hinein. Nachdem sie den Kinosaal betreten hatte, wählte sie einen Eckplatz im Parkett, wo sich normalerweise nur jemand hinsetzte, wenn das Kino voll war. Kurz darauf, als das Licht gerade ausging, betrat ein Mann den Saal und setzte sich neben sie.

»Hat dich jemand gesehen, wie du aus dem Büro gegangen bist?«

»Nein. Ich glaube nicht.«

»Gut, gehen wir.«

»Ja, ich warte in der Vierzehn auf dich.«

Die Vierzehn meinte das Zimmer Nummer vierzehn im Motel *La Bilirrubina*, das gleich um die Ecke war, zwischen der Avenida Caracas und der Carrera 13.

Die Frau kam zuerst an. Sie betrat das Badezimmer, ging auf die Toilette und stellte sich anschließend mit hochgeschobenem Rock vor den Spiegel, um sich zu betrachten: Sie begutachtete ihre Hüften, drehte sich, biß sich dabei auf die Lippe, um noch mehr sexy zu wirken, und tätschelte sich auf die Pobacken. Dann zog sie den Slip wieder hoch. Es lief gut. Sie zog sich aus, und in Erscheinung traten wohlgeformte Beine und schlaffe Brüste. Wenig später kam der Mann und schlüpfte ohne Umwege in das Bett, wo sie ihn splitternackt erwartete. Ihre Liebkosungen steigerten sich, und als ihr Stöhnen allmählich dem Höhepunkt zusteuerte, platzte Silanpa herein und schoß mit seiner Nikkormat ein Foto nach dem anderen.

»Polizei! Routinedurchsuchung!«

Die beiden erstarrten wie vom Blitz getroffen.

»Mach doch was, José Luis, lieg nicht rum wie ein Idiot!« kreischte die Frau, aber der Mann zog sich die Decke über den Kopf. Aus seinen zuckenden Bewegungen konnte man schließen, daß er heulte.

»Verdammte Scheiße!« kreischte die Frau wieder. »Merkst du denn nicht, daß du alles nur noch schlimmer machst?«

Silanpa sah ihr in die Augen: Der Lidschatten war über ihre Wangen verschmiert, das Haar am Hinterkopf zusammengebunden, und am Handgelenk trug sie ein silbernes Armkettchen. Wie sie so ihren nackten und schweißnassen Körper unter dem Laken verbarg, fand er sie richtig attraktiv. Ihr Gesichtsausdruck war flehend. Dann hinterließ er auf dem Tisch eine Nummer und sagte zu den beiden: »Rufen Sie mich an, wir haben ein Wörtchen miteinander zu reden.« Damit ging er hinaus und haßte sich selbst dafür, daß er dieses Schmierentheater mitmachte; gleichzeitig empfand er Mitleid mit diesem erbärmlichen Paar, das sich in billigen Motels treffen mußte, um einer heimlichen Liebe zu frönen, hastig, mit fahlem Nachgeschmack.

Es war an der Zeit, seine Arbeit als Privatdetektiv endlich an den Nagel zu hängen, dachte er. Er öffnete die Kamera, nahm den Film heraus und warf ihn mitten auf die Fahrbahn. Währenddessen versuchte er sich vorzustellen, wie ihm zumute sein würde, wenn irgend jemand ihm Fotos von Mónica in die Hand drücken würde. Es mußte ein Schmerz sein, dem etwas Perverses anhaftete: sie in den Händen eines anderen zu sehen, der Wucht eines anderen Körpers ausgesetzt. Ein paar Minuten später hielt er vor dem Pflegeheim in Chía.

Guzmán war in ruhiger Verfassung. Silanpa brachte ihm eine Tüte Salzgebäck mit und erzählte ihm in allen Einzelheiten von dem Gespräch mit Abuchijá und von ihrer Expedition zu dem Türkischen Bad.

»Ich habe in der Zwischenzeit nachgedacht, Víctor, und während ich mir die ganze Angelegenheit habe durch den Kopf gehen lassen, ist mir eine Idee gekommen... Etwas derart Abscheuliches hat dieses Land noch nicht gesehen, ja oder nein? Ich will damit sagen, daß die

Leute, die hier Tag für Tag morden, zwar Sadisten sind, aber eine so grauenerregende Tat haben sie nie fertiggebracht. Darum denke ich, daß hier etwas grundlegend anderes dahintersteht und... ich weiß nicht, ich weiß nicht, wie ich darauf komme, daß hier ein Ritual vollzogen worden ist, daß dieser Mord eine Botschaft ist, die sich an jemand ganz Bestimmten richtet, eine eigene Sprache, verstehst du? Die Grausamkeit hat viele Gesichter, aber jemanden zu pfählen ist in gewisser Weise eine Verfeinerung... Möglicherweise irre ich mich.«

»Es stimmt, so etwas ist noch nie dagewesen.«

»Das sage ich doch. Suche in dieser Richtung in den Archiven. Oder lies in einem Geschichtsbuch nach. Wer pfählt Menschen und warum?«

Silanpa legte ihm dar, was er in einer Enzyklopädie nachgeschlagen hatte, und Guzmán machte sich Notizen. Dann sah er ihm in die Augen:

»Ich spüre, daß da noch etwas ist«, sagte er.

»Mehr habe ich nicht herausgefunden.«

»Ich meine dich selbst. Irgend etwas ist los.«

Er blickte zur Decke, auf der Suche nach etwas: einem Schatten, einem Riß im Putz...

»Mónica.«

»Ach herrje.«

»Sie betrügt mich mit Óscar, ihrem Exfreund, erinnerst du dich?«

»Ich habe mir schon gedacht, daß da irgend so etwas ist... Bist du dir sicher?«

»Ich habe sie zusammen erwischt.«

Guzmán kratzte sich an der Wange.

»Und schmerzt es dich sehr?«

»Mir geht es hundsmiserabel, aber ich versuche, nicht zu grübeln.«

»Ist irgend etwas zwischen euch gewesen?«

»Lappalien. Ich habe sie ein bißchen vernachlässigt, vor lauter Arbeit.«

»Das ist keine Lappalie. Das ist das Schlimmste, was man einer Frau antun kann. Habt ihr geredet?«

»Ich will sie lieber nicht treffen, aus Angst vor der Gewißheit.«

»Wenn eine Frau wie Mónica so etwas macht, dann weil in ihrem Innern etwas zerbrochen ist. Ganz tief in ihrem Innern.«

Silanpa blickte ihn schweigend an, und Guzmán sprach weiter:

»Die Liebe ist wie ein Rausch. Solange die Flasche neben einem steht, fühlt man sich glücklich. Aber irgendwann ist sie leer, man legt sich schlafen, und am nächsten Tag erwacht man mit elenden Schmerzen. Dann schwört man sich, nie wieder einen Schluck zu trinken … Liebst du sie noch?«

»Ja.«

»Und sie?«

»Ich glaube, sie fühlt sich schuldig, ich kenne sie so nicht.« Silanpa strich sich über den Kopf. »Ich weiß nicht, was ich tun soll, ich fühle mich haltlos, ich habe Angst davor, sie zu verlieren, wenn ich in der Wunde bohre.«

»Du brauchst keine Angst zu haben. Du hast doch in deinem Leben viel gelesen, Víctor, du weißt, daß das Leben hinter der Wahrheit beginnt.«

»Die Wahrheit kann mir gestohlen bleiben, ich lebe gut und gern im guten Glauben«, sagte er trotzig.

»Wir reden hier über jemanden aus Fleisch und Blut, mein Lieber. Wenn du sie liebst, geh sie suchen, und vergib ihr, vergib ihr alles, und bitte sie um Verzeihung. Entsinne dich, es wird einem im Leben nichts geschenkt. Ziehe aus dem, was passiert ist, eine Lehre. Wenn du sie aber nicht liebst, vergiß sie!«

»Ich habe keine Ahnung, was in ihr vorgeht. Ich weiß auch nicht, was sie will.«

»Wenn sie sich in den anderen verliebt hat, liegt die Sache anders. In diesem Fall kannst du dich betrinken, heulen, um dich ballern, deine Ersparnisse verprassen, Gläser gegen die Wand schmeißen. Du kannst Moby Dick töten und eine Flasche Old Parr darauf trinken, das ist nämlich der Whisky der Piraten. Mehr kannst du nicht tun. Gegen eine Frau zu kämpfen ist aussichtslos. Napoleon, der halb Europa erobert hat, hat einen weisen Satz gesagt: ›Die Schlachten gegen die Frauen sind die einzigen, die man gewinnt, indem man flieht.‹«

»Aber ich will nicht gewinnen.«

»Beschäftige dich mit etwas anderem, lenke dich ab«, beharrte Guzmán. »Zu unserem Leidwesen ist die Liebe wie das Spiel: ein Laster ohne greifbare Substanz. Da ist nichts, wovon man den Körper reinigen könnte, um sich zu entwöhnen.«

Guzmán sprach jetzt lauter, und auf einmal ging die Tür auf. Eine Schwester mit einem Tablett mit Medikamenten trat ins Zimmer. Silanpa beschloß aufzubrechen.

Während der Fahrt dachte er über Guzmáns Worte nach: Aus der Ferne, ohne diesen brennenden Stachel im Fleisch, ließ sich gut reden. Ich bin stocknüchtern, sagte er sich. Er hielt vor einer Bar und kippte drei Schnäpse hinunter. Die Wirklichkeit stellte sich ihm derart massiv entgegen, daß es aussichtslos schien, sie verändern zu wollen. Aber es war sowieso alles sinnlos, redete er sich ein, in Gedanken bei seiner *Underwood*: Wenn es etwas gibt, das man niemals abschütteln kann, dann ist es die Wirklichkeit. Sie holt uns immer wieder ein.

Als er seine Wohnung betrat, entdeckte er einen Briefumschlag, den er am Nachmittag nicht gesehen hatte. Er war an ihn adressiert und trug als Absender: Türkisches Bad – *Das Irdische Paradies*. Er riß ihn auf und fand die Unterlagen, die er angefordert hatte. Mit dem ausgefüllten Formular, Fotos und einem Scheck über zwanzigtausend Pesos konnte er sich um die Mitgliedschaft bewerben. Immerhin, es wurde ihm zugestanden, schon bevor er den Mitgliedsausweis des Nudistenclubs erhielt, gegen Vorlage der Rechnung über die Einschreibegebühr einen Nachmittag lang in dem Bad zu verbringen und alle Einrichtungen zu benutzen. Eine kleine Einschränkung: Es war sinnlos, die Mitgliedschaft allein zu beantragen. »*Das Irdische*

Paradies macht es sich aufgrund seines philosophischen Charakters für das Verhältnis des Menschen zur Natur zum obersten Ziel, die moralischen Werte zu respektieren. Aus diesem Grund werden ausschließlich Paare zur Bewerbung zugelassen.«

Er steckte das Blatt in seinen Aktenkoffer und drückte die Play-Taste seines Anrufbeantworters. »Silanpa, ich bin's, Mónica. Ist es so schlimm? Es ist neun Uhr abends, und ich sitze die ganze Zeit wie eine Bescheuerte neben dem Telefon. Ruf doch endlich an!«

Er schluckte schwer, trocknete sich die Augen und hörte das Band weiter ab. »Hier Emir Estupiñán. Over. Will Lotario Abuchijá dazu überreden, am Sonntag nach Tunja zu fahren und diese verdammte Garage zu suchen. Over und Ende.«

Auf einmal spürte er den tadelnden Blick seiner Schneiderpuppe. »Ist ja gut, ich habe mir auf dem Rückweg ein paar Schluck genehmigt«, schwindelte er, «es waren aber nur zwei. Ehrlich.« Dann ging er in die Küche. Er öffnete den Kühlschrank und schloß ihn gleich wieder, als er sah, daß er nichts zu essen im Haus hatte. Was jetzt? Mónica wollte er nicht anrufen. Ins Kino wollte er auch nicht gehen. Da kam ihm plötzlich eine Idee: Quica. Mit quietschenden Reifen, schlingernd und über rote Ampeln jagend raste er zu ihr.

Quicas Körper war mit einem feuchten Film überzogen, und als er in sie eindrang, war es, als betrete er eine Kirche nach einem Regenguß. Wie alt war sie?

»Je nachdem, für die Polizei zwanzig, für die Kunden sechzehn. Was ist dir denn am liebsten?«

»Die Wahrheit.«

»Die Wahrheit weiß ich nicht einmal selbst.«

Er mußte bitten und betteln, um sie dazu zu bewegen, mit ihm zu kommen, doch schließlich willigte sie ein. Zuerst ging er mit ihr in einem Burger Calle 84, Ecke Calle 15 etwas essen, und anschließend setzte sie sich auf einmal in den Kopf, unbedingt ins *Salomé* Salsa tanzen gehen zu wollen.

»Du hast gesagt, wir machen alles, was ich will.«

»Nun, also schön … .«

Sie bestellten jeder ein Bier und mischten sich unter die Liebespaare, um zu tanzen. Vielleicht war Mónica mit Óscar da, wie früher mit ihm. Vielleicht waren sie vor kurzem gegangen, müde, und plauderten jetzt bei gelöschtem Licht. Wahrscheinlich sprachen sie von ihm. Von der Zeit, als sie seinetwegen voneinander getrennt gewesen waren. Um vier Uhr morgens gähnte Quica, und Silanpa ging zahlen.

»Und wohin jetzt?« fragte Quica.

»Zu mir nach Hause, es ist Zeit, schlafen zu gehen.«

»Schlafen gehen? Du willst mich doch bloß in den Arsch ficken… du Schwein«, sagte sie und sah ihn mit stechendem Blick an. »Euch Männer kenne ich doch.«

Silanpa sagte nichts und führte sie am Arm zu seinem Wagen. Es machte ihn traurig, daß ein so junger Mensch den Betrug bereits so gut durchschaute.

Bei ihm zu Hause riß Quica sämtliche Schubladen auf, öffnete den Kühlschrank, die Tür zur Vorratskammer, die Küchenschränke, schaltete den Fernseher ein und wieder aus, fragte ihn nach der Schneiderpuppe und wollte ihr den Schleier abnehmen, legte auf der Stereoanlage Musik auf und probierte dann eine Weile lang alle Sender durch, schenkte sich eine Coca-Cola ein, die sie nicht trank, steckte sich eine Zigarette an, öffnete eine Dose Oliven und bat um einen Schluck Whisky. Dann ging sie ins Bad und fragte Silanpa, ob sie duschen dürfe, aber schließlich, als sie bereits in Unterhosen dastand, fiel sie mit vor Müdigkeit brennenden Augen ins Bett.

»Morgen habe ich eine Überraschung für dich«, sagte Silanpa.

»Was denn?«

»Wir werden an einen ganz besonderen Ort fahren.«

»Und wo?«

»In der Nähe von Bogotá, aber mehr verrate ich nicht.«

Am nächsten Tag gegen Mittag verließen sie über die Autobahn die Stadt. Quica trällerte zu den Liedern im Radio vor sich hin, und an jedem Straßenstand mußte er für sie anhalten, damit sie Obst kaufen konnte, Milch-Shake, Erdbeeren mit Sahne. Silanpa beobachtete sie dabei und beneidete sie im stillen. Ob sie schon einmal gelitten hatte? Er fragte sie.

»Ja, als mein Bruder umgebracht wurde«, antwortete sie, den Mund voller Erdbeeren. »Er war zwei Jahre älter als ich. In Bolívar haben sie drei Schüsse auf ihn abgefeuert.«

»Warum?«

»Frag mich nicht, ich rede nicht gerne darüber.«

Sie mußten eine Weile suchen, bis Silanpa den Pinienwall von weitem erkannte. Quica mußte lachen, als sie *Das Irdische Paradies* auf dem Schild las.

»Wir müssen uns hier sehr ruhig verhalten, Quica, und du darfst nur mit mir reden, mit niemand anderem. Ich erkläre dir alles nachher.«

Ein Mann mit abweisendem Gesicht öffnete ihnen die Tür. Silanpa überreichte ihm den Umschlag mit der Einladung, und er musterte sie von oben bis unten.

»Kommen Sie mit ins Büro.«

Sie gingen mit.

»Darf ich erfahren, warum Sie dem Club beitreten wollen?«

»Wir haben genug vom Leben in der Stadt, von all der Heuchelei und Scheinwelt … Wir wollen uns zurückziehen, und darum haben wir uns entschlossen, uns der Philosophie der Nudisten anzuschließen.«

»Schon gut. Sie können jetzt weitergehen in das Bad. Die Umkleidekabinen sind dort drüben.«

Quica kam aus dem Staunen nicht heraus. Sie mußte sich splitternackt ausziehen, dann spazierten sie durch diverse Ruheräume, in denen Männer und Frauen, alle nackt, sich unterhielten und Zeitung lasen. Sie fand das alles sehr komisch.

»Komm, wir gehen ins Dampfbad.«

Zuerst mußte sie husten, aber nach einer Weile, als sie spürte, wir ihre Poren sich öffneten und in der Wärme die ganze Anspannung von ihr wich, begann es ihr zu gefallen.

»Was für eine Wohltat, und wie hübsch die Kacheln sind.«

Die Sauna war schwieriger: ein halbdunkler Raum mit Holzbänken, und es war dermaßen heiß, daß ihre Haut brannte. Starker Geruch nach Eukalyptus. Nach wenigen Minuten war sie schweißgebadet.

»Jetzt eine eiskalte Dusche.«

Silanpa schaute sich um: schlaffe Bäuche, behaarte Rücken, Frauen mit enormen, runzlig gewordenen Brüsten, die über die gealterten Bäuche hingen, vereinzelt ein junger Körper … Er erkannte das Wetterdach wieder, über das er geklettert war, und auch den Hof. Aber nichts von dem, was er sah, schien ihm irgendwie verdächtig. Ob er eine falsche Fährte verfolgte?

Er beschloß, eine kleine Runde zu drehen, überquerte den Hof und öffnete eine Tür mit der Aufschrift »privat«. Er ging einen Flur entlang, nahm eine Treppe nach unten und kam an einem Büro vorbei, in dem ein paar Leute ein lebhaftes Gespräch führten. Eine weitere Treppe führte ihn in einen Gang, wo er zu seinem Entsetzen auf einmal Schritte nahen hörte. Wo konnte er sich verstecken? Die einzige Tür führte in eine Garage, und dort schlüpfte er hinein. Er traute seinen Augen nicht: Hinter einem Holzverschlag parkte ein metallicblauer Mitsubishi. Er prägte sich das Nummernschild ein und kehrte zurück nach oben, um nach Quica zu sehen. Während er durch den Flur zurückging, spürte er plötzlich eine Hand auf der Schulter.

»Wohin wollen Sie?«

»Ins Bad.«

Ein Mann öffnete ihm die Tür und wies ihm den Weg in den Hof.

»Das Bad befindet sich auf der anderen Seite.«

»Danke.«

Silanpa begann, nach der Frau zu suchen, die Abuchijás Beschreibung entsprach: blond, hellblaue Augen. Er sah sich überall um, vergebens. Vielleicht gehörte ihr eine der Stimmen, die aus dem Büro gedrungen waren.

Quica war glücklich. Im Dampfbad unterhielt sie sich mit einem älteren Herrn und sah nicht so aus, als hätte sie Lust zu gehen.

»Komm, ich stelle dir Don Alberto vor.«

»Angenehm«, sagte Silanpa.

»Erfreulich zu sehen, daß die Nudistenbewegung auch bei jungen Leuten Anklang findet. Es ist wie ... ein *Neues Leben*, um mit Dante zu sprechen.«

»Sind Sie schon lange dabei?«

»Seit neunzehn Jahren, stellen Sie sich vor. Damals sagte man von uns, wir seien Perverse, wir würden uns doch bloß aufgeilen wollen. Einfach dreist. Als ob man sich nur zum Pinkeln nackt ausziehen dürfte. Später wurde dieser Club und der Verein gegründet, dennoch muß ich Ihnen sagen, daß wir nur in Frieden leben können, weil wir uns schützen.«

»Wann wurde der Club gegründet?«

»Das war Einundsiebzig, also schon ein Weilchen her.«

Silanpa sah sich weiter um, und auf einmal fiel sein Blick auf eine attraktive Frau, die aus einem der Räume auf sie zu kam. Sie paßte in etwa auf Abuchijás Beschreibung. Sie hatte tiefliegende Augen, Fältchen am Hals und Hände voller Sommersprossen.

Als sie Quica erblickte, zuckte die Frau zusammen.

»Susan, darf ich vorstellen ... die Herrschaften hier sind neu«, sagte der Alte. Die Frau setzte sich auf die Holzbank und schlug die Beine übereinander. Feindselig musterte sie Quicas Körper, warf Silanpa einen scharfen, durchleuchtenden Blick zu, und schließlich machte sich auf ihrem Gesicht ein gemeißeltes Lächeln breit.

»Angenehm, und herzlich willkommen.«

»Ich war gerade dabei ihnen zu sagen, wie wichtig es für uns ist, neue Mitglieder, junge Leute, zu gewinnen.«

»Sicher, sicher ... .«

»Sind Sie auch schon seit ihrer Jugend dabei?« fragte Silanpa.

»Ja«, antwortete sie ein wenig nervös. »Entschuldigen Sie mich bitte. Alberto, dich habe ich gerade gesucht … Kommst du kurz mit ins Büro?«

»Klar, gehen wir.«

»Wir sehen uns später, meine Herrschaften, und lassen Sie es sich gutgehen.« Der Blick der Frau verfinsterte sich wieder.

Silanpa blickte ihnen bis zur Tür nach und sah auf die Uhr. Es war vier Uhr nachmittags. Der Besuch hatte sich gelohnt, jetzt war nichts weiter zu tun, als ein wenig zu entspannen.

15

»Türkisches Bad – *Das Irdische Paradies*?« Der Mann kritzelte etwas mit einem abgekauten Bleistift und verschwand daraufhin hinter seinen Akten.

»Danke, Baquetica. Es ist ziemlich dringend, wie Sie sich vorstellen können.«

Der Angestellte im Grundbuchamt hatte zwei häßliche Verunstaltungen: eine verkrüppelte Hand, die er unter seinem Ärmel verbarg, und eine Hasenscharte, die zur Hälfte von einem schütteren Schnurrbärtchen bedeckt war. Baquetica kam jeden Samstag ins Büro, um den staubigen Aktenmief zu atmen und Kreuzworträtsel zu lösen, sich frei und ungezwungen zu fühlen an dem Ort, der während der Woche seine Arbeitsstelle war. Wie er einmal Silanpa anvertraut hatte, graute ihm bei dem Gedanken an die elenden Stunden, die ihn in seiner trostlosen Mietwohnung in Fontibón erwarteten, und so ging er dort nur zum Schlafen hin, vorzugsweise betrunken. Darum vergrub er sich bis sechs in seinen Akten und schlenderte anschließend, wenn er sich dazu noch aufraffen konnte, zum *Copelia*, einen Sexstreifen anschauen. Silanpa kannte ihn, er steckte ihm hin und wieder etwas zu und lieh ihm sein Ohr.

»Hier habe ich den Grundbucheintrag. Die Eigentumsurkunde ist nicht dabei, aber hier steht der Verwalter: Alberto Cossío, Registriernummer soundso. Nützt Ihnen das was?«

»Ja, zeigen Sie her, das notiere ich mir.«

Silanpa las den Grundbucheintrag und sah, daß am Kopf der Seite der zehnte August als Datum angegeben war.

»Die Registratur ist noch keine zwei Monate alt, kann das sein?«

»Ja, dem Datum nach.«

»Aber diesen Club gibt es seit mehr als zwanzig Jahren. Wie ist das möglich?«

»Ich weiß nicht. Ein Grundbucheintrag wird neu angelegt, wenn der Besitzer wechselt, allerdings ist hier nichts dergleichen vermerkt.

Warten Sie, ich schaue mal nach, ob ich unter ›Schenkungen‹ etwas finde. Vielleicht ist das des Rätsels Lösung.«

Das Nachmittagslicht fiel durch die riesigen Fenster herein und bildete Säulen aus Staub. Baqueticas Gestalt wanderte zwischen den turmhohen Aktenstapeln hin und her, von denen einige mit Schnur verzurrt waren und mit Bleistift geschriebene Nummern trugen.

»Hier haben wir es. Sehen sie, es ist eine Schenkung. Hier ist der Vermerk.«

»Eine Schenkung? Von wem?«

»Von Casiodoro Pereira Antúnez an Heliodoro Tiflis. Es war erst vor kurzem, sehen Sie, vor nicht einmal zwei Monaten.«

Silanpa notierte sich sämtliche Angaben und eilte hinaus. Es dunkelte bereits. Quica, die in dem Renault wartete, zog eine verdrießliche Miene.

»Das hat aber lange gedauert, so was macht man nicht mit einer Frau. Bring mich schnell ins *Lolita*, ich komme noch zu spät.«

Vor der Tür des Etablissements verabschiedeten sie sich mit einem flüchtigen Kuß. Als er sie die schmale Treppe hochgehen sah, spürte er ein Ziehen im Bauch, und als kurz darauf der Taubstumme ihr zur Begrüßung einen Klaps auf den Hintern gab, verwandelte sich das Ziehen in Wut und Eifersucht.

Zu Hause erwarteten ihn auf dem Anrufbeantworter mehrere Nachrichten. Er sah das rote Lämpchen über der Taste blinken und drehte sich zu der Schneiderpuppe hin: »Hat sie angerufen? Ich wette um einen neuen Hut für dich, daß ja.« Er drückte auf *play*, hörte seine eigene Stimme die Ansage sprechen, wofür Guzmán den Ausdruck *Induktionsspule* kreiert hatte, und anschließend: »Silanpa. Ich bin's, Mónica. Ich will dir nur sagen, daß ich diesen Affentanz langsam leid bin. Wenn du schon nicht mit mir reden willst, dann habe wenigstens den Mut, dazu zu stehen und es mir zu sagen. Es ist fünf Uhr, und ich bin zu Hause. Ich gehe auch nicht mehr weg. Ruf mich sofort an, wenn du nach Hause kommst.«

Im Anschluß drei Piepser, dann: »Hier Emir Estupiñán, over.

Möchte nur berichten, daß die zweite Unterhaltung mit Lotario Abuchijá für unsere Ermittlungen nichts Neues ergeben hat. Die Verabredung für morgen steht, wir werden diese Garagen in Tunja ansehen, jedoch will Abuchijá lieber nicht mit seinem Lieferwagen fahren. Aus zwei Gründen: erstens, um nicht erkannt zu werden, zweitens, weil das Relais gerade den Geist aufgibt. Das war's. Over und Ende.«

»Piep, piep, piep…«

»Es ist jetzt sieben, Silanpa. Weißt du was? Ich habe eine Idee. Vielleicht willst du nicht reden, weil du mir böse bist oder so, und darum mache ich dir einen Vorschlag. Du kommst zu mir, wir bestellen eine Pizza und schauen uns *Glückliche Samstage* an. Wenn du danach reden möchtest, reden wir, wenn nicht, gehst du wieder. Okay?«

Ihm wurde heiß und kalt, und er sah auf die Uhr. Er wußte sehr wohl, worüber sie reden wollte. Es war zehn nach acht. Er trat ans Fenster, blickte auf die Lichter der Stadt und steckte sich eine Zigarette an. Dabei überlegte er, ob er sie anrufen sollte. »Rufe ich sie an, oder rufe ich sie nicht an?« Zwei Mal hob er den Hörer ab, doch er ließ es bleiben. Dann ging er in die Küche und setzte Wasser auf, um sich Spaghetti mit Öl und Thunfisch zuzubereiten. Als er sich auf den Hocker setzte, drückten ihn wieder die Hämorrhoiden, aber gleichzeitig fiel ihm ein, daß er den ganzen Tag über keine Schmerzen gehabt hatte. War das etwa das Dampfbad? Im Wohnzimmer klingelte das Telefon, aber er griff nach seiner Zigarette und starrte auf den Apparat, ohne abzuheben.

»Schätzchen. Weißt du, wer ich bin? Ich habe mir heimlich deine Telefonnummer aufgeschrieben. Ciao.«

Das war Quica. Eine Minute später klingelte es schon wieder, und er erkannte Esquívels Stimme auf dem Anrufbeantworter: »Ich rufe an, um Sie daran zu erinnern, daß Sie heute Spätdienst in der Redaktion haben. Haben Sie es vergessen? Zu Ihrer Erinnerung, heute um elf.«

Er aß in der Küche, dann entschied er sich, *Glückliche Samstage* anzuschauen, und schleppte den Fernseher ins Badezimmer. Er ließ Wasser ein, zog sich aus und stieg in die Wanne, wobei er sich die Arme rieb. Plötzlich klingelte es. Er wickelte sich ein Handtuch um und ging bibbernd vor zur Tür. Würde sie es sein? Doch durch den Spion sah er, von der Linse verzerrt, eine unbekannte Frau.

»Ja bitte?«

»Señor Víctor Silanpa?«

»Ja ...«

»Ich komme in einer beruflichen Angelegenheit, es ist dringend ...«

»Einen Moment, bitte.«

Er öffnete die Tür und fuhr erschrocken zusammen: Vor ihm stand die Frau aus dem Türkischen Bad, genau die Frau, die der Lieferwagenfahrer Abuchijá ihm beschrieben hatte. Er bat sie herein.

»Ich bin halb nackt, weil ich mich gerade geduscht habe ... Nehmen sie eine Sekunde Platz, dann bin ich für Sie da.«

»Seien Sie unbesorgt, Ich nehme an, der Körper hier vor mir ist derselbe, der bei uns im Dampfbad war.«

Silanpa sah sie spöttelnd an, ging ins Bad, um sich seinen Bademantel überzuziehen, und kam in Badeschlappen zurück ins Wohnzimmer.

»Womit kann ich Ihnen dienen?«

»Ich habe in der Zeitung Ihre Artikel zu diesem Fall gelesen, Víctor. Wie nannten Sie ihn noch ...? Ach ja, ›Der Gepfählte vom Sisga-See‹.«

Ihr plötzlich so vertrauter Umgangston überraschte ihn, und etwas beschämt breitete er den Bademantel über seine dürren und käsigen Beine. Die Frau trug ein weinrotes Kostüm und rauchte eine *Pall Mall 100*.

»Und wissen Sie, was ich Ihnen jetzt sage? Ich vermute, die Ermittlungen zu diesem Fall haben Sie in unseren Club geführt. Irre ich mich?«

»Darf ich Ihnen etwas anbieten ... Ein Bier, einen Drink?«

»Wenn Sie Whisky haben, gerne, sonst nehme ich lieber Kaffee.«

»Ich habe Whisky.«

Die Frau sah ihm zu, wie er aufstand und folgte ihm mit dem Blick in die Küche. Silanpa spürte die Kälte über seinen Rücken kriechen.

»Sie haben meine Frage nicht beantwortet.« Er reichte ihr ein gut eingeschenktes Glas, und sie schubste mit der Zunge die Eiswürfel herum.

»Ich bin Journalist, Señora. Mein Aufgabenbereich in der Zeitung umfaßt sehr viel mehr als nur polizeiliche Nachforschungen. Wissen Sie eigentlich, daß ich auch über gesellschaftliche Themen schreibe? Ihr Club ist kaum bekannt und könnte eine Menge unserer Leser interessieren.«

»Ich bin nicht hergekommen, um mir Ihr Geschwafel anzuhören, Víctor.« Sie sah ihn scharf an, schlug die Beine übereinander und zog kräftig an ihrer Zigarette.

»Wie haben Sie meine Adresse herausgefunden?«

»Sie haben sie in dem Antragsformular für den Club angegeben, wissen Sie das nicht mehr?«

»Doch.«

»Reden wir Klartext. Sie glauben, daß wir mit diesem Gepfählten etwas zu tun haben. Ja oder nein?«

»Ich stecke mitten in den Ermittlungen, Señora. Wenn Sie noch Whisky möchten, schenke ich Ihnen gerne nach, aber ich bin nicht verpflichtet, Ihre Fragen zu beantworten.«

»Ich meine es gut mit Ihnen.«

Die Frau lehnte sich im Sessel zurück, und als Silanpa seinen Blick nach unten richtete, sah er, daß sie unter ihrem Rock nackt war.

»In meinem Beruf treffe ich viele Frauen wie Sie. Elegante Damen, für die es Routine ist, Männer um den Finger zu wikkeln.«

»Ich bin nicht gekommen, um Sie zu verführen, Víctor. Vielleicht –

ich sage es ohne Umschweife – um Sie zu kaufen, und ich kenne Ihre Ansätze und weiß, daß Sie Ihren Preis haben.«

»Und was, bitte, wollen Sie kaufen?«

»Das *Irdische Paradies* hat mit Ihrer Geschichte von dem Gepfählten nichts zu tun, aber so, wie Sie die Dinge einfädeln, kann uns das schaden. Ich biete Ihnen eine Million Pesos, damit Sie uns in Ruhe lassen. Von mir aus besuchen Sie weiter unser Türkisches Bad, aber mischen Sie sich nicht in etwas ein, das Sie nichts angeht.«

»Sie hätten besser daran getan, mich zu verführen, Señora. Eine Million Pesos ist für mich fast eine Beleidigung.«

»Nennen Sie den Betrag.«

Sie zog ein Scheckheft aus der Tasche und sah ihn erwartungsvoll an.

»Aber vorher … würde es Ihnen etwas ausmachen, mir noch einen Whisky anzubieten?«

Silanpa stand auf und ging in die Küche. Von dort aus sprach er mit ihr weiter.

»Stecken Sie Ihr Scheckheft wieder ein, Señora. Es gibt keinen Betrag.«

»Dann werde ich Sie eben doch verführen müssen«, entgegnete sie.

»Ahh, das gefällt mir schon besser.«

Als er ins Wohnzimmer zurückkehrte, betrachtete die Frau aufmerksam die Schneiderpuppe.

»Wie eigenartig, sie hat einen traurigen Ausdruck.«

»Das hängt von der Beleuchtung ab.«

»Ich sehe, Ihnen gefallen leblose Körper, vielleicht interessieren Sie sich deshalb so brennend für den Gepfählten … Sie ist ein schönes Stück, gratuliere.«

Sie nippte mit Eleganz an dem Glas und setzte sich neben ihn aufs Sofa.

»Nun los, kommen Sie neben mich, ich bin gespannt, wie weit ich bei Ihnen gehen kann. Eines sage ich Ihnen gleich: Ich werde Sie verführen, und ich werde sehr direkt sein.«

Sie nahm seine Hand, streichelte seine Fingerkuppen und während sie ihre Oberschenkel spreizte, führte sie seine Hand unter ihren Rock.

»Sehen Sie, den Männern gehen sofort die Argumente aus, sobald sie eine Frau berühren. Wie ich Ihnen gesagt habe, ich weiß, daß wir alle unseren Preis haben.«

»Unseren Preis und unseren Tagesablauf. Ich, zum Beispiel, muß schleunigst an die Arbeit.«

»Wenn Sie jetzt einfach gehen und mich hier sitzenlassen, muß ich an Ihrer Männlichkeit zweifeln.«

»Meine Männlichkeit spielt hier wohl die geringste Rolle. Wie heißen Sie noch mal?«

»Susan.«

»Gestatten Sie, daß ich Sie zur Tür begleite.«

»Kein Mann, der mich anfaßt, läßt einfach so, unverrichteter Dinge, wieder von mir ab. Das hat es noch nie gegeben.«

»Sie haben mich dazu gezwungen.«

»Wie Sie wollen.« Sie griff in ihre Tasche und zückte eine Pistole. Sie setzte sie ihm auf die Brust. Silanpa wurde bleich.

»Vorsicht...« Seine Stimme zitterte. »Das Ding kann losgehen.«

»Sie haben keine Ahnung, wie gefährlich eine Frau ist, der man eine Abfuhr erteilt. Möchten Sie eine Kostprobe?«

»Nein, stecken Sie die Pistole weg.«

Die Frau drückte ihm die Waffe an den Kopf, rückte auf dem Sofa ein Stück weg und schob ihren Rock hoch.

»Na los, ziehen Sie Ihren Bademantel aus und kommen Sie her.«

Silanpa gehorchte ihr, zitternd vor Angst. Angesichts des Pistolenlaufs, den er an seinem Kopf spürte, wurde ihm dermaßen schwindlig, daß an eine Erektion nicht zu denken war.

»Na, Pipimännchen, jetzt zeig, was du kannst!«

Er unternahm mehrere Versuche sich zu konzentrieren, aber die Waffe hemmte ihn.

Die Frau stieß ihn mit dem Fuß.

»He, Pipimännchen. Glaube ja nicht, daß du hier den Unschuldigen spielen kannst.«

Sie stand auf, nahm ihre Tasche und ging zur Tür.

»Wenn Sie meinen, nicht mehr ganz so schlapp zu sein, kommen Sie mich im Türkischen Bad besuchen. Bis dahin spielen Sie lieber mit Ihrer Puppe, und lassen Sie uns in Ruhe!«

Sie ging und schlug die Tür hinter sich zu. Zurück blieb eine Rauchschwade, die unbewegt im Raum stand.

16

»Dieser Tiflis ist mir nicht geheuer, Marco Tulio.« Barragán trank einen Milchkaffee, während sie warteten. »Er ist alles andere als ein guter Mensch. Warum müssen wir uns mit ihm einlassen?«

»Er ist ein guter Verbündeter, Emilito, er wird uns helfen, diese Grundstücke aufzutreiben. Und hör mit dem Unsinn auf, ob jemand ein guter oder schlechter Mensch ist, das hängt immer von den Umständen ab.«

»Ja schön, aber mir wäre es lieber gewesen ...«

In diesem Augenblick betrat Heliodoro Tiflis, gefolgt von zwei Bodyguards, die Cafetería des Hotels *Bacatá*. Als Emilio ihn erblickte, durchfuhr ihn ein eiskalter Schauer. Haltsuchend sah er zu Esquilache, doch auch der war anscheinend nervös.

»Guten Tag, mein verehrter Senator.« Tiflis streckte ihm eine massige Hand hin, und Emilio sah einen stark behaarten Arm vor sich, an dem ein breites Silberarmband prangte.

»Das ist Rechtsanwalt Barragán, Doktor Tiflis, von dem ich Ihnen bereits ...«

»Sehr angenehm.«

»Was wünschen der Herr?« Ein Kellner mit weißer Serviette über dem Arm trat zu ihnen.

»Hmm ... bei der schönen Sonne heute gelüstet es einen nach etwas Hochprozentigem, oder? Bringen Sie mir einen *Cristal*, Zukkerrohrschnaps mit Zitrone, und meinen beiden Freunden auch zwei.«

Barragán schien seine Zunge verschluckt zu haben. Er blickte nach draußen und dachte an Nancy, an den Duft ihres Parfüms, dessen Spuren noch in seinem Peugeot gehangen hatten, und daran, wie er die Fenster heruntergekurbelt hatte, damit Catalina nichts mehr riechen würde, wenn er nach Hause kam. Mit einem Mal überfiel ihn ein heftiges Schuldgefühl, so daß er am liebsten auf der Stelle diese schreckliche Cafetería verlassen hätte und zum Französischen Gymnasium geeilt wäre, um seine beiden Kinder abzuholen, und auch Cata, und zusammen wären sie irgendwohin gefahren, wo es schön war.

»An solch einem strahlenden Tag hat man Lust, sich mit Freunden zu treffen, nicht wahr?« Tiflis schlug Esquilache auf die Schulter.

»Aber ja doch …«

»Und wie komme ich zu der Ehre dieser Einladung?«

»Mein Partner, Rechtsanwalt Barragán, und ich sind auf der Suche nach den Unterlagen zu ein paar Grundstücken in der Nähe des Sisga-Sees. Vielleicht können Sie, Doktor Tiflis, uns ja etwas über dieses Grundstück sagen, ein Besitz des vor kurzem verschiedenen Pereira Antúnez.«

»Der Arme … Wie lange liegt er jetzt schon unter der Erde? Länger als ein Monat.« Der Schnaps wurde serviert, und Tiflis setzte das Glas an die Lippen, um es in einem Zug auszutrinken. »Ich trinke auf diesen großen Mann, möge er mich dort hören, wo er jetzt weilt.«

»Nun, also wie ich Ihnen sagte… Wir sind auf der Suche nach den Papieren zu diesen Grundstücken, denn er ist der Anwalt, der das Erbe von Pereira Antúnez verwaltet, und ich als Senator, nun ja, bin mit der Sache betraut. Da es, wie Sie wissen, Doktor Tiflis, keine Erben gibt, geht das Erbe an den Distrikt.«

»Ja, ähemm …«, räusperte sich Tiflis. »Ja sicher.«

»Gut, die Sache ist nur die, daß wir diese Papiere nirgendwo finden können, was sagen Sie dazu? An sich wäre das noch kein Grund zur Sorge, weil die Grundstücke ja da sind und auch nicht verlorengehen können, aber wir wollen den ganzen Fall korrekt abwickeln und zu den Akten legen und uns natürlich das Ärgernis ersparen, eine neue Eigentumsurkunde und alles, was dazugehört, anlegen zu müssen.«

»Ach so …« Tiflis kaute auf der Zitronenscheibe und drehte sich zu seinen Bodyguards um. »Entschuldigen Sie mich kurz. Darf es noch ein Schlückchen sein, ihr Lieben?«

Er bedeutete dem Kellner, eine weitere Runde zu bringen, und wendete sich ihnen wieder zu.

»Bitte tausendmal um Entschuldigung, erzählen Sie weiter, ich bin ganz Ohr ...«

»Nun, mehr ist da nicht zu erzählen, wir wollten nur sehen, ob Sie, die Sie so viele Verbindungen haben und zu fast allem irgend etwas wissen, uns nicht vielleicht sagen können, was mit diesen Unterlagen passiert ist.«

»Und diese Grundstücke sind ...?«

»Am Sisga-See, am Ufer.«

»Oh, in dieser Lage dürften sie ein Vermögen wert sein, nicht?«

»Da können Sie Gift drauf nehmen, Don Heliodoro.«

»Nun, was soll ich Ihnen sagen? Ich werde mich hier und dort umhören, einverstanden, Herr Senator? Und sobald ich etwas Genaueres erfahre«, Tiflis kippte den zweiten Schnaps hinunter, und Barragán spürte, wie sich ihm die Kehle zusammenschnürte, »sobald ich Genaues weiß, sprechen wir uns wieder.«

»Da ist nur eins, wissen Sie, es kostet mich große Mühe und Not, das Grundstücksamt des Distrikts zurückzuhalten, nicht gleich neue Papiere auszustellen ... Sie machen sich keine Vorstellung, was das den Staat kosten würde. Und wenn sich die Originale auftreiben ließen, wäre es hinausgeschmissenes Geld.«

»Jetzt kommen wir der Sache womöglich langsam näher, Senator, nun ... Halten Sie es für möglich, daß Pereira Antúnez die Grundstücke noch zu Lebzeiten jemandem überschrieben hat? Das müßte man zunächst einmal herausbekommen, und vor allem auch, was man in so einem Fall überhaupt ausrichten könnte.«

»Das ist wirklich kaum möglich, Doktor Tiflis, da Pereira Antúnez bekanntermaßen niemanden hatte, dem er etwas hätte geben können.«

»Wissen Sie, was mich wütend macht, Senator?«

Esquilache und Barragán stellten sich die Haare auf.

»Nein, Señor Tiflis.«

»Es macht mich wütend, daß jemand wie Pereira Antúnez sterben muß, während dieses ganze Verbrecherpack – Sie verzeihen, Herr Anwalt – fröhlich weiter lebt. Was meinen Sie?«

»Ganz Ihrer Meinung, Doktor Tiflis.«

»Ich werde mich kundig machen, was da los ist, und dann rufe ich Sie an, Senator.« Tiflis drehte sich um, bedeutete einem der Männer, die Rechnung zu bezahlen, und ging gemessenen Schritts auf die Straße hinaus.

Barragán und Esquilache blieben schweigend zurück und ließen den leeren Platz, den Tiflis zurückgelassen hatte, auf sich wirken: den Anisgeruch, vier zerkaute Zitronenscheiben und das eingedrückte Kissen auf dem Stuhl.

»Mach nicht so ein abwesendes Gesicht, Emilio«, sagte Equilache auf einmal und erhob sich. »Dieser Kerl wird uns noch retten.«

»Schon, aber… zu welchem Preis?«

»Zu dem Preis, den es kostet, mein Lieber.«

17

Und nun, meine verehrten Brüder und Schwestern, kommen wir zu dem bedeutendsten Augenblick im Leben des Mannes, der hier vor Ihnen steht.

Und bitte, gestatten Sie mir, ein wenig auszuholen. Wenn Sie sich vorstellen, daß der größte Tag im Leben eines Novizen der ist, an dem er seine Weihe empfängt, so war für mich – wenn ich an die in der Ferne verschwommenen Jahren meiner Jugend zurückdenke, in denen meine Berufung zu den Waffen und der Dienst an der Gemeinschaft an oberster Stelle standen –, dieser Höhepunkt, auf den alles zustrebte, oder, wie ein Pfarrer in Barranca zu sagen pflegte, »die dunkle Nacht meiner Seele«, der Tag, an dem ich den Fahneneid ablegte. Mit der Begeisterung aller jungen Männer, die die Zierde und Rettung unseres geliebten Vaterlandes sind, trat ich mit glühendem Eifer meine Ausbildung an. Zuvor jedoch hatte ich einen groben und aufwühlenden Familienstreit durchstehen müssen, der daher rührte, daß meine Großmutter und meine Tante ihren Sprößling, den Mann des Hauses, nicht hinter den Mauern einer Kaserne verschwinden sehen wollten. Meine übermäßige Drüsenfunktion und sich bereits abzeichnende Fettsucht, und hier stoße ich wieder auf unser Thema, bedeuteten körperliche Beeinträchtigung und moralischen Ansporn zugleich. Ich sagte mir: »Aristófanes, das Selbstvertrauen und den Einsatz, den du brauchst, um deine körperlichen Makel zu überwinden, wird dich die straffe Ausbildung in der Polizeischule lehren, und nebenbei kannst du auch noch dem Vaterland dienen«, dem, Sie erlauben, höchsten Gut, das wir besitzen. Und so meldete ich mich, mit der Entschlossenheit eines Mannes, der seiner Bestimmung entgegenblickt.

Ich begann also meine Ausbildung, verehrte Brüder und Schwestern, und damit meinen persönlichen Kampf gegen die Masse an Fleisch, die mein Ich unter sich vergrub und erstickte. Von dem »Dickerchen« der Freudenmädchen, und das ist das letzte Mal, das verspreche ich, meine Damen, daß ich dieses Wort in den Mund nehme, wurde ich zu dem »fetten Moya«, ein Kosename, den meine Kameraden in der Ausbildung mit der für solche Orte typischen Unerbittlichkeit dem hier Anwesenden zugedachten. Ich will keineswegs behaupten, daß das glückliche Jahre gewesen sind, denn das würde der Wahrheit Abbruch tun ... Wegen der Trägheit meines fülligen Fleisches, mit Verlaub, warf so mancher Leutnant und Hauptmann ein besonders strenges Auge auf mich. Das heißt, sie schindeten mich noch mehr, als ich es selbst schon tat, indem ich mir jedesmal weitere Liegestützen auferlegte, zusätzliche Runden um das Fußballfeld lief und unermüdlich sackhüpfte und im Entengang watschelte. Je nachhaltiger der rinnende Schweiß mir meine Defizite vorhielt, desto größer schien mein Ansporn.

Mit der Zeit wurde aus dem »fetten Moya« einer der einsatzfreudigsten und diszipliniertesten Männer der gesamten Schule, und diese Eigenschaft hat der hier Anwesende, das wird Ihnen jeder bestätigen, als Verhaltensregel in seinem ganzen Leben beibehalten. Wenn jemand gebraucht wurde, oben auf dem Hügel eine Fahne zu hissen ... der »fette Moya« war zur Stelle. Wenn jemand gebraucht wurde, im Speisesaal die Tische zu rücken: der »fette Moya«; mit den Putzleuten zum Müll verbrennen zu fahren: der »fette Moya«. Auf diese Weise sahen die Leiter der Schule in mir bald nicht mehr denjenigen, den sie anfangs vor sich glaubten, nämlich einen schwabbeligen Fettsack, so daß schließlich sogar der Hauptmann, der ständig versucht hatte, mich, wie soll ich sagen, zu piesacken, mich anständig behandelte und mir ein guter und geschätzter Freund wurde. Nachdem man mich im ersten Ausbildungsjahr nur den »fetten Moya« genannt hatte, war ich nun auf einmal der »Löwe«, denn dieses Tier ist nicht nur der König der Steppe, und das sage ich ohne die geringste Eitelkeit, sondern ebenso von stämmigem, massigem Körperbau, was seine Wildheit jedoch alles andere als einschränkt.

Der Tag nun, an dem ich den Fahneneid ablegte, wobei meine Tante und meine Großmutter dem Ereignis in vorderster Reihe beiwohnten, und, wie es in Gedichten heißt, »in Tränen aufgelöst« waren, besiegelte endgültig meine Bestimmung als Patriot, als Mann, der sich dem Dienst für die Gemeinschaft verschrieben hat. Die Uniform stand mir, der Aussage meiner Tante nach, formidabel, und ich kann Ihnen sagen, daß, obwohl ich zu meiner Schande der Versuchung einer kiloschweren, mit Likör getränkten Süßspeise erlegen bin, die meine Lieben, das heißt meine Tante und meine Großmutter, eigens zubereitet hatten, daß dieser Tag trotzdem einer der glücklichsten in meinem Leben war.

18

Die Redaktion war leer, nur das Telex ratterte, und der Monitor rauschte. Silanpa sah den Streifen von Colprensa durch und fand nichts. Seine Hämorrhoiden schmerzten ihn. Seine Angst beim Anblick der Pistole der Frau und seine Anstrengungen bei dem Versuch, in sie einzudringen, waren daran Schuld, daß er wieder blutete. Er saß auf einer Gesäßhälfte, spürte die Salbe in seiner Unterhose und verteufelte sein Schicksal. Er dachte an Guzmán, und ein leichter Schauer lief ihm über den Rücken. Würde er enden wie er? Ein unvollendetes Projekt, ein Leben, zu dem niemand so recht Zugang hatte. Aber gewisse Dinge kann man nicht einfach abschütteln, sagte er sich, schon gar nicht, wenn man nicht weiß, was das für Dinge sind, und auch nicht, woher sie kommen und warum. Zwang ihn denn irgend etwas dazu, die Geschichte des Gepfählten weiter zu verfolgen? Wenigstens sollte er versuchen, ein wenig Würde zu bewahren, dachte er. Zwingen tat ihn jedenfalls niemand.

Unter Mühen stand er auf und ging zur Toilette. Auf dem Rückweg steckte er seinen Kopf in die Lokalredaktion. Die Redakteure hatten über den Besprechungstisch ein grünes Tuch gebreitet und spielten Würfeln, in Hemdsärmeln. Durch den Qualm blickte er zu ihnen, er sah die Plastikbecher, die Rumflasche und die auf Taschentüchern aufgehäuften Erdnüsse.

»He, Silanpa… eine kleine Partie?« Bayo, ein dunkelhäutiger Mulatte, hielt ihm die Würfel hin.

»Nein danke, ich schaue lieber zu.«

»Sag mal«, sprach Figueras ihn an, »stammst du eigentlich von den Silanpas aus El Huila ab, von den Stoffhändlern?«

»Nein, ich stamme von den Silanpas aus Finnland ab. Großonkel von mir war Nobelpreisträger. Daß du es weißt.«

Er ging an seinen Schreibtisch zurück, schaltete seinen IBM an und tippte den Zugangscode zum Archiv. Als auf dem Bildschirm »enter name« erschien, gab er ein: »Kinder der Sonne«. Der IBM suchte kurz, stockte, und schließlich erschien die Meldung »not found«. Träge und halb abwesend gab er einen der Namen ein, die Baquetica ihm genannt hatte: Heliodoro Tiflis, der laut Urkunde das Grundstück des Türkischen Bades von Casiodoro Pereira Antúnez, dem vorherigen Eigentümer, als Schenkung bekommen hatte. Dieses Mal wurde der Computer sehr wohl fündig:

»Heliodoro Tiflis. Fußballspieler. Santa Fe, 1960–1961. Fußballclub *Deportivo Quindío*, 1961. Linsenexporteur nach Ecuador, bekannt unter dem Namen ›Der Linsenkönig‹, 1963. Festnahme wegen Trunkenheit am Steuer. 72 Stunden, 24.12.1965. Besitzer des Restaurants *El Faisán Feliz*, in Bucaramanga, 1965. Italienisches Restaurant *La Vita Facile*, Manizales, 1966. Chinesisches Restaurant *Singapur*, Armenia, 1966. Besitzer der Bar *La Perla de Oriente*, Santa Marta, 1967. Besitzer des Zwei-Sterne-Hotels *Amarillo Imperial*, Santa Marta, 1967. Besitzer der Bar *La Estrella de Oceanía*, Armenia, 1967. Besitzer des Drei-Sterne-Hotels *El Cóndor*, Tunja, 1968. Besitzer der Bar *El Cóndor Pasa*, Tunja, 1968. Besitzer des Nachtclubs *El Rey de los Andes*, Tunja. 1969. Besitzer der *Whiskería Condorito*, Tunja, 1969. Besitzer der *Whiskería Los Andes*, in Armenia, 1969. Besitzer des Motels *El Ratico Rico*, Tunja, 1970. Besitzer der *Whiskería El Negro Cosmopolita*, Armenia, 1970. Besitzer des Motels *La Felicidad Ja-Ja*, Armenia, 1970. Besitzer des Nachtclubs *Constelaciones del Placer*, Bogotá, 1973. Besitzer des Motels *Las Murallas de Jericó*, Bogotá, 1973. Besitzer des *Hotel Esmeralda*, Bogotá, 1989. Besitzer der Bar *Lolita*, Bogotá, 1990 …«

Silanpa fiel die Zigarette aus der Hand. Besitzer der *Lolita*-Bar? Er schlug auf den Tisch, mit einer Wucht, daß ihm der Hintern weh tat, und sprang auf. Eilends ging er ins Archiv und sah die Sterbemeldungen durch: Pu, Po, Pe, Pereira. Da war sie: »Mit 62 Jahren starb Doktor Casiodoro Pereira Antúnez an einem Herzinfarkt.« Das war vor dreißig Tagen, vor zwei Wochen wurde er im *Cementerio Central* beigesetzt. Er sah das Foto von der Beerdigung und erkannte Susan Caviedes.

Stolpernd kam Bayo auf ihn zu.

»Gib mir deine Autoschlüssel, uns ist der Rum ausgegangen.«

»Habt ihr schon bei denen in der Druckerei gefragt?`«

»Die haben auch keinen mehr. Heute sind alle in Feierlaune.«

»Du fährst jetzt also Nachschub kaufen?«

»Ja. Figueras meint, ich soll auch ein paar Mädels mitbringen. Was bringe ich dir?«

»Kein Mädel, aber eine kleine Flasche Rum, und zwar *Tres Esquinas*.«

Silanpa reichte ihm einen Geldschein und die Schlüssel.

»Wo steht dein Wagen?«

»Um die Ecke, hinten in der Straße vor dem Billardclub. Und fahr vorsichtig.«

Bayo ging weg, und Silanpa starrte wieder gebannt auf den Bildschirm. Seit einem Monat tot? Er sah noch einmal sein Notizbüchlein durch, in dem Batequitas Angaben standen, dann kritzelte er irgendwelche Spiralen und starrte zur Decke hoch. Er schrieb die Namen aufs Papier und zog Pfeile: Pereira Antúnez schenkt Tiflis seine Grundstücke, vor zwei Monaten. Vor einem Monat stirbt er. Susan Caviedes beauftragt Abuchijá, eine 200 Kilo schwere Ladung in die Nähe des Sees zu transportieren. Sie ist wohl die Verwalterin.

Während er in seine Gedanken vertieft war, hörte er auf einmal Bayo schreien.

»Elende Dreckschweine!« Er warf ihm den Schlüssel hin. »Dein Auto ist voll mit Scheiße und hat platte Reifen.«

»Was?«

Er rannte die Treppen hinunter auf die Straße, und als er um die Ecke bog, sah er bereits die platten Reifen seines Renault 6. Kaum hatte er die Tür aufgemacht, stieß auch er einen Schrei aus: Irgendwer hatte die Windschutzscheibe mit Tomatenketchup vollgeschmiert, um das Auto lagen Speisereste und Bierflaschen. Auf dem Fahrersitz war ein Scheißhaufen, der frisch aussah. Am Lenkrad hing ein Fetzen von einer Serviette mit einer Botschaft: »Wir waren hier.

Wir haben hier gegessen und gekackt.« Durch den Spalt der ein Stück weit geöffneten Motorhaube sah er einen Kabelstrang heraushängen. Sie hatten auch den Motor zerstört.

Silanpa rannte hoch in die Redaktion, benommen vor Panik: Er rempelte den Pförtner an, stieß gegen einen Tisch und schaffte es, ein Tablett mit Kaffee über eine Angestellte zu kippen, die gerade die Treppe herunterkam. Sie waren hinter ihm her. Sie hatten ihn identifiziert. Er hob den Telefonhörer ab und rief im *Lolita* an.

»Hallo?«

»Geben Sie mir Quica, bitte, es ist dringend ...«

»Quica arbeitet gerade.«

»Ich habe Ihnen doch gesagt, daß es dringend ist.«

»Und ich sage Ihnen noch mal, sie arbeitet gerade.«

»Ich rufe vom Polizeikommissariat an, Sie Idiot, ich bin ein Freund von Señor Tiflis.«

»Ich hol sie ja schon ...«

Er hörte Quicas Stimme.

»Wer ist dran?«

»Quica, hier Víctor. Sag nichts, kein Wort. Laß dir auch sonst nichts anmerken. Du bist in Gefahr. Verlaß sofort die Bar und geh zur Avenida Jiménez, Ecke Calle 10. Ich hole dich dort in fünfundzwanzig Minuten ab.«

»Aber ...«

»Quica, jetzt ist nicht der passende Moment, um Fragen zu stellen. Verschwinde, los!«

Er legte auf und rief Polizeihauptmann Moya an.

»Ja, Hauptmann, jemand hat meinen Renault 6 aufgebrochen. Hier, bei der Zeitung. Stellen Sie sich vor, man hat mir den Wagen zerstört. Hineingeschissen.«

»Tja, wer könnte das gewesen sein? Einer Ihrer entlarvten Ehemänner, oder steckt vielleicht etwas mit der Zeitung dahinter?«

Moya hatte den Telefonhörer an die Schulter geklemmt und kaute Kardamom. Auf seinem Schreibtisch lag ein Spielbrett *línea 4,* und gegenüber, in einem Sessel, kratzte sich sein Kompagnon Montezuma die Stirn und fuhr mit den Fingerkuppen über die Spielsteinchen.

»Etwas mit der Zeitung, Hauptmann Moya. Kein Zweifel. Die Sache hat mit dem Gepfählten zu tun.«

»Mit dem Gepfählten?« fragte Moya nach, ohne sich das Lachen verbeißen zu können. »Haben sich nicht vielleicht Ihre Kollegen in der Zeitung einen Spaß erlaubt?«

»Nein, Hauptmann Moya. Glauben Sie mir.«

»Auf jeden Fall müssen wir der Sache nachgehen ... Und Sie, Silanpa, gehen erst einmal in Ruhe nach Hause. Ich kümmere mich darum.«

Polizeihauptmann Moya legte auf und setzte mit wilder Entschlossenheit einen Spielstein.

»Gewonnen!« rief er Montezuma zu. »Caramba, du schuldest mir schon drei gefüllte Maispasteten und zwei Pfund Salzkäse. Noch eine Partie?«

Hals über Kopf stürzte Silanpa aus der Redaktion, und währenddessen dachte er, daß er vielleicht voreilig gehandelt hatte, daß Heliodoro Tiflis, das *Lolita* und sein zerstörtes Auto unter Umständen gar nichts miteinander zu tun hatten. Es mißfiel ihm, daß er im dunkeln tappte, doch er durfte kein Risiko eingehen. Er hielt an der Ecke Carrera Séptima ein Taxi an und bat den Fahrer, ihn zur Avenida Jiménez, Ecke Calle 10 zu bringen.

»Es geht um Leben oder Tod, Señor. Beeilen Sie sich.«

»Schon gut.«

Das Taxi preschte zwischen den Autos durch, schnitt andere Wagen, geriet ins Schleudern, bog gegen die Fahrtrichtung in eine Einbahnstraße ein, fuhr über einen Bürgersteig und, an der Avenída Jímenez angelangt, bremste er so scharf, daß ein Sammeltaxi ihm fast hinten aufgefahren wäre.

»Danke, Chef. Hier, ein bißchen Trinkgeld.« Er reichte ihm einen Geldschein.

Kurz darauf erschien Quica, in ihrem gewohnten schlendernden Gang.

»Was soll die Geheimnistuerei? Es ist zwei Uhr morgens ...«

»Gehen wir zu dir nach Hause, das ist der einzige sichere Ort.«

»Zu mir nach Hause?«

»Ja. Haben die im *Lolita* deine Adresse?«

»Nein, das würde gerade noch fehlen.«

»Also los.«

»Willst du mir nicht sagen, was los ist?«

»Im Taxi sage ich es dir.«

Während Quica sich die Geschichte anhörte, weiteten sich ihre Augen. Das verführerische Blitzen in ihnen verlosch, und zurück blieb ein schutzloses und verschrecktes siebzehnjähriges Mädchen.

»Du hast mich da reingezogen, Víctor. Du mußt mir Geld geben. Außerdem kannst du dir aus dem Kopf schlagen, daß ich nicht mehr ins *Lolita* gehe. Was soll ich denn sonst machen? Wo soll ich arbeiten?«

»Ich sage ja nicht, daß du nie mehr hingehen darfst, du mußt nur heute nacht zu Hause bleiben, so lange, bis wir wissen, was genau passiert ist.«

»Mit dieser Scheiße habe ich nichts zu tun, du mußt mich bezahlen.«

»Soviel du willst, Quica, aber jetzt komm endlich!«

Als sie angekommen waren, suchte er die Nummer von Estupiñán und ging zur Telefonzelle.

»Hallo?« Der Klang von Estupiñáns Stimme erinnerte ihn daran, daß es sehr spät war.

»Ich bin's, Silanpa. Wir müssen uns treffen.«

Er erklärte ihm alles.

»Mit Scheiße? Richtig vollgekackt also?« Estupiñán mußte lachen. »Wie widerlich, Chef, da kann ich Ihnen nur raten, nicht hinzusehen und runterzuspülen.«

»Estupiñán, also bitte ...«

»Entschuldigung, Detektiv. Sie wissen, ich nehme immer alles mit Humor. Und jetzt sagen Sie mir, wozu brauchen Sie mich?«

»Wir müssen uns treffen, Sie sollen zu mir nach Hause gehen. Sie können sich als Hausmeister ausgeben. Ich möchte, daß Sie nachsehen, ob jemand das Haus beobachtet, und daß Sie mir ein paar Sachen holen, die ich brauche.«

»Bullshit, ich soll also den Köder spielen?«

»Es geht doch nur um mich, Sie kennen sie nicht.«

»Ich muß Ihnen eine Bedingung stellen, Detektiv ...«

»Ich höre, Estupiñán.«

»Schwören Sie mir, daß es hier nicht um Drogen geht. Wenn keine Drogen im Spiel sind, gehe ich sogar auf Knien, um das Futter für einen bengalischen Tiger zu spielen. Aber wenn es um Drogen geht, tue ich keinen Schritt.«

»Ich schwöre es Ihnen, Estupiñán.«

»Gut. Und noch etwas: Hat unsere Hübsche aus dem Türkischen Bad endlich die Beine breitgemacht?«

»Ich erzähle Ihnen die Geschichte nachher zu Ende. In einer halben Stunde im *San Remo*?«

»Okay. Ich fliege.«

Silanpa hängte ein und drehte sich um.

»Quica, geh nach oben, und verlaß deine Wohnung nicht, bis ich zurück bin. Es kann sein, daß man dich sucht, und wir gehen besser kein Risiko ein.«

Die Straße war menschenleer. Wo sollte er ein Taxi auftreiben, das ihn ins Zentrum fahren würde? Er wollte einer ziemlich großen Pfütze ausweichen und stolperte im Eifer des Gefechts über den Bordstein. Prompt fiel er auf die Nase und schlug sich das Knie auf, so daß das Blut durch die Hose sickerte. Der Atem stockte ihm, doch er mußte weiter.

Fünfundzwanzig Minuten später war er im *San Remo*. Das Lokal war zur Hälfte voll. Im hinteren Teil standen einige Tische, an denen halbnackte junge Mädchen mit betrunkenen Gästen schmusten. Auf der Tanzfläche tanzten zwei Frauen im Bikini Lambada und machten dazu obszöne Gesten.

Kurz darauf erschien Estupiñán: Er trug einen dunkelblauen Overall, Gummistiefel und einen gelben Helm. Gegen die Kälte hatte er sich einen schwarzen Regenmantel übergezogen.

»Überraschung! Gefällt Ihnen meine Verkleidung?«

»Ja, aber... als was gehen Sie?«

»Als Angestellter der staatlichen Baubehörde. Wie sieht es aus, wollen wir zwei Mädels einladen? Die Auswahl hier läßt nichts zu wünschen übrig.«

»Jetzt müssen wir arbeiten«, gab er zurück. »Später, wenn wir die Sache geklärt haben.«

Sie gingen zu dem öffentlichen Telefon in der Bar, und er rief bei sich zu Hause beim Pförtner an. Ricardo, der die Nachtwache hielt, hob ab, und Silanpa erklärte ihm, daß ziemlich früh ein Angestellter der Baubehörde käme, um die Abflußrohre seiner Wohnung zu kontrollieren, er möge ihn hineinlassen.

»Vergessen Sie nicht, daß wir für neun Uhr morgens mit Abuchijá verabredet sind, um nach Tunja zu fahren«, sagte Estupiñán, während sein Blick auf dem Slip einer der Tänzerinnen weilte.

»Vergesse ich nicht, aber mit welchem Wagen?«

»Das müssen wir noch sehen, jetzt erst einmal das eine. Ich wiederhole: zu Ihrem Haus gehen; darauf achten, ob in der Nähe des Gebäudes irgend etwas verdächtig ist; nachsehen, ob alles in Ordnung ist; die Nachrichten abhören, dazu an dem kleinen Apparat unter dem Telefon die Play-Taste drücken; die gelbe Aktenmappe holen, die sich unter dem Spülkasten hinter der Toilettenschüssel befindet, und die kleine rote Tube, die auf der oberen Konsole liegt. War es das?«

»Perfekt.«

»Und anschließend treffen wir uns um neun an dem Standort von Lotario Abuchijá.«

»Genau. Ich bleibe vorsichtshalber hier. Wenn es irgendwo brennt, rufen Sie mich an.«

Ein feiner Regen setzte ein und benetzte den Asphalt.

Estupiñán nahm ein Taxi, und Silanpa ging, den ersten Schimmer des Morgengrauens wahrnehmend, zurück ins *San Remo.*

Das Gebäude lag im Dunkeln. Estupiñán ging die Treppen nach oben bis in den vierten Stock und schloß die Tür mit dem Schlüssel auf, den Silanpa ihm gegeben hatte. Ihm war mulmig zumute, doch er faßte sich ein Herz und trat ein. Als er das Licht anmachte, erstarrte er vor Schreck ... Die Möbel waren umgeworfen, die Regale am Boden, die Schubladen aufgerissen. Er machte alles so, wie Silanpa es ihm aufgetragen hatte; zuerst ging er zum Anrufbeantworter, der zerstört war, und anschließend ins Bad. Hinter der Kloschüssel fand er die Aktenmappe. Dann betrat er das Schlafzimmer, als er plötzlich einen Laut vernahm: Jemand betrat die Wohnung. Sofort knipste er das Licht aus und versteckte sich.

»Dieser Dreckskerl kommt wohl gar nicht mehr heim ...«, sagte eine Stimme.

»Jedenfalls müssen wir hier warten«, antwortete ein anderer, »das hat der Boß gesagt. Los, mach das Radio an.«

»Weißt du was, ich bin hundemüde, ich glaub, ich lege mich ins Schlafzimmer. Diese Pizza hat mich umgehauen.«

»In Ordnung, wir lösen uns ab.«

Estupiñán spürte, wie ihm die Knie zitterten, und er begann sich umzusehen. Wie konnte er nach draußen gelangen? Als er die Schritte näher kommen hörte, riß er in seiner Verzweiflung das Fenster auf und schlüpfte nach draußen, die Aktenmappe hatte er in den Hosenbund gesteckt.

Es war kalt und regnete, und Estupiñáns Hand, die sich gerade so am Fensterbrett festklammerte, begann abzurutschen. »Heilige Maria«, dachte er, »jetzt stecke ich aber gewaltig in der Scheiße.« Während seine Hand immer weiter abrutschte, wagte er es nicht, nach unten zu blicken, er hörte nur das Motorenbrummen der wenigen Autos, die vorbeifuhren.

Der Mann legte sich auf Silanpas Bett, und Estupiñán gingen mehrere Möglichkeiten durch den Kopf:

»Ich gehe hinein und sage, daß ich von der Baubehörde komme und gerade die Regenrinne überprüft habe, mit einer kurzen Entschuldigung bin ich weg.«

»Ich gehe hinein und sage, daß ich mit dieser Geschichte nichts zu tun habe, daß ich ein Nachbar mit Schlafstörungen bin, der ab und zu auf die Idee kommt, nach den Fenstern zu sehen.«

»Ich gehe hinein und überrumple sie: Dem, der wach ist, trete ich in die Eier, und den anderen ersticke ich mit dem Kopfkissen.«

Aber keine der drei Möglichkeiten überzeugte ihn.

Seine Finger brannten. Der Regen machte alles noch schlimmer, und seine Knie, die in der Luft baumelten, zitterten immer mehr. Ihm taten alle Muskeln weh, und sein Rücken fühlte sich an wie eine Granitmauer kurz vor dem Einsturz.

»Ist es tatsächlich so weit mit mir gekommen?« fragte er sich. »Wer verlangt denn von mir, daß ich Detektiv spiele?«

Estupiñán wollte einfach nicht wahrhaben, daß seine Lage hoffnungslos war, daß er abstürzen würde, daß man am nächsten Tag seine Leiche auf der Straße finden würde und niemand sagen könnte, was mit ihm geschehen war. Er schloß die Augen, und sein letzter Gedanke galt Cora. Während er in die Tiefe stürzte, dachte er, daß Donnerstag war, und daß an einem Donnerstag zu sterben ein schlechtes Zeichen war. Zu dumm, er hätte gerne noch bis Samstag gehabt, dann hätte er noch ein letztes Mal mit seinem Pummelchen vögeln können.

Während er durch die Luft sauste, stockte ihm der Atem. Sein Magen hüpfte ihm hoch bis an den Hals, und er schlug mehrmals gegen die Hausmauer. Als er am zweiten Stock vorüberflog, erblickte er zwei leuchtende Punkte, vielleicht die Augen einer Katze. Er spürte, daß er sich dem Asphalt näherte, ein Aufprall, etwas zerriß, dann noch ein Aufprall. Er öffnete die Augen und sah, daß er auf der Straße lag, umhüllt von einem geblümten Stoff. Vor sich las er: »Koreanische Spezialitäten – *Die Nachtigall von Pjöngjang*«. Er atmete auf: Der Baldachin des Restaurants hatte ihn gerettet.

»Es lebe Ho Chi Minh!« rief er in Gedanken aus, bevor er aufstand und vor zur Straßenecke rannte.

19

»Mit Whisky oder Gin brauchen Sie mir nicht zu kommen«, sagte Tiflis zu Vargas Vicuña. »Das ist nur was für britische Hermaphroditen und schwule *Gringos*... Mir dürfen Sie einen Schnaps servieren, wie man ihn in unserem Land trinkt, möglichst einen doppelten und mit Zitrone.«

»Was immer Sie wünschen, Don Heliodoro. In diesen schwierigen Zeiten tut es gut, jemanden wie Sie zu sehen, der so auf die Tradition unseres Landes setzt.«

»Ich werde Ihnen ein Geheimnis verraten, Doktor Vargas Vicuña ... Jeden Morgen, noch vor dem Frühstück, gehe ich in den Garten und hebe eine Handvoll Erde auf. Ich küsse sie und lasse sie durch meine Finger rieseln. Das ist meine Therapie, um stark zu bleiben.«

»Überall Bomben, überall Korruption, überall Sittenverfall ... Anständige Leute gibt es mit jedem Tag weniger.«

»Und wer ist daran schuld? Ich für meinen Teil bin überzeugt – und damit vertraue ich Ihnen noch etwas an –, daß die Regierung unterwandert ist. Die Liberalen sind doch alle verkappte Säufer.«

»Tja, so sind die Spielregeln, bei uns haben die Urnen das Sagen.«

»Aber Sie wissen, mein Guter, hierzulande ist es einer Urne beschieden, aufgebrochen zu werden.«

Als der Butler mit der Flasche *Cristal* und den Gläsern kam, bedeutete Tiflis ihm, die Getränke auf dem Tisch abzustellen.

»Aber kommen wir zur Sache, Don Heliodoro. Sie können sich denken, daß ich Sie nicht zu mir nach Hause bestellt habe, damit sie sich mein Gejammer anhören.«

»Schießen Sie los, Doktor Vargas Vicuña... Darf ich Ihnen einschenken?«

»Langsam, Don Heliodoro ... Die Vaterlandsliebe ist eine Sache, die Leber eine andere. Ich kann mir so etwas nicht mehr erlauben.«

»Was für ein Leben, nicht wahr? Alles, was gut ist, bringt einen um.«

»Was schlecht ist, bringt einen auch um. Wo liegt der Unterschied?«

»Ich bin ganz Ohr, mein Lieber.«

»Die Angelegenheit ist vertraulich, es geht um ein paar Grundstücke in der Nähe des Sisga-Sees. Exzellente Parzellen, in Ufernähe, die in Besitz des verstorbenen Pereira Antúnez waren.«

»Ich kenne den Fall.«

»Einem Menschen wie Ihnen kann ich nichts verheimlichen.« Er stand auf, trat ans Fenster und schob die Gardine zur Seite. In der Ferne sah man die Stadt als dunklen, mit winzigen Lichtern übersäten Fleck. »Ich bin an diesen Grundstücken interessiert, um dort eine Wochenendsiedlung zu bauen. Wissen Sie, ein Ensemble aus mehreren Landhäusern, einen Rückzugsort für wohlhabende Leute, die dorthin zum Golfspielen kommen können, zum Skifahren oder einfach nur, um die saubere Bergluft zu genießen. Das Konzept ist gut, es könnte ein fettes Geschäft werden.«

»Mit Sicherheit, das Klima dort ist herrlich, und wenn es regnet, setzt man sich mit einem guten Schluck vor den Kamin, und schon ist das Leben wunderbar.«

»Nicht wahr?«

»Ja, mein Lieber, das wird ein Mordsgeschäft. Aber erlauben Sie mir eine Frage… was habe ich mit diesem herausragenden Vorhaben zu tun?«

»Damit kommen wir zum Kern der Sache. Sie haben Pereira Antúnez sehr nahe gestanden, und ich denke, Sie könnten sehr schnell herausfinden, wo sich die Papiere zu diesen Grundstücken auftreiben lassen, sie sind nämlich nirgendwo zu finden, und niemand weiß, wo sie hingekommen sein könnten.«

»Ach ja? Dieser Casiodoro ist doch ein altes Luder… Erlauben Sie, daß ich Ihnen ein Geheimnis anvertraue. Señor Pereira Antúnez war ein Tiger, was Geschäfte anging. Er besaß etwas, das in diesem Land ein Wunder ist: eine Vision für die Zukunft. Als er diese Grundstücke erwarb, waren sie keinen Heller wert, das kann ich

Ihnen sagen. Wer hätte damals im entferntesten vermutet, daß sie fünfzehn Jahre später so viel kosten würden? Aber Sie müssen wissen, daß er so seine Ticks hatte und Anhänger einer Sekte war, deren Leute vorzugsweise nackt gingen ... Wie war noch mal ihr Name?«

»Nudisten.«

»Richtig, Nudisten. Und so kam es, daß er die Grundstücke diesen Kranken zur Nutzung überließ. Können Sie so etwas verstehen? Ausgerechnet ein so ernsthafter, gewichtiger Mann findet Gefallen daran, wie ein gerupftes Huhn herumzulaufen ... Es gibt Dinge, da kann man nur den Kopf schütteln.«

»Diese Nudisten nutzen also weiter das Gelände?«

»Ja, zumindest, bis jemand mit einer Eigentumsurkunde aufkreuzt und sie hinauswirft.«

»Und wissen Sie irgend etwas über den Verbleib dieser Schriftstücke?«

»Ich weiß bloß, daß da ein gutes Geschäft winkt, mein Lieber, allerdings weiß ich nicht, wieviel die Interessenten bereit sind zu zahlen.«

»Die Interessenten? Gibt es mehrere?«

»Demnach, was mir in letzter Zeit so zu Ohren gekommen ist, mein Lieber, sind Sie nicht der einzige.«

Vargas Vicuña füllte sein Glas bis zum Rand mit *Cristal*, erhob es und trank es in einem Zug aus. Er war bleich geworden. Er räusperte sich kräftig, riß die Augen auf und sah wieder zu Tiflis.

»Seien Sie vorsichtig, mein Lieber. Wenn man nicht daran gewöhnt ist, sollte man den Schnaps besser langsam trinken. Es ist wie mit den Frauen: Kaum läßt man die Zügel lockerer, setzen sie einem zu.«

»Ich bin bereit, einen netten Scheck mit mehreren Nullen in die Hände eines Freundes wandern zu lassen, der mir diese Papiere beschafft. Drücke ich mich klar aus, Don Heliodoro?«

»Darf ich Ihnen eine Frage stellen, mein Lieber?«

»Aber sicher doch, Don Heliodoro.«

»Sie haben studiert, habe ich recht?«

»Ja, ich habe einen Doktor aus Stanford und ein paar Postgraduierten-Titel aus London und Paris.«

»Dann sagen Sie mir eine Sache, und nichts für ungut: Hat man Ihnen an diesen Schmieden des Geistes nicht beigebracht, daß es eine Respektlosigkeit ist, in einer Angelegenheit wie dieser mit Geld anzukommen?«

Vargas Vicuña erbleichte erneut.

»Ich dachte, daß ...«

Tiflis, dem der Kamm schwoll, kam jetzt richtig in Fahrt.

»Ich weiß, daß Sie ein gebildeter Mensch sind und mehr zu bieten haben. Mit einer Hütte wie dieser ... laden Sie da nicht gerne auch einmal Freunde zu sich ein?«

»Ich habe meine Partner, Don Heliodoro, Leute, die zu mir halten ... Ich bin nicht allein.«

»Alleinsein hat auch sein Gutes, mein Lieber. Nicht allein zu sein bedeutet manchmal, daß man nicht machen kann, was man will.«

»Reden Sie doch ...«

»Reden ist immer gut.« Tiflis kippte den siebten Schnaps hinunter, warf einen Blick auf seine Uhr und erhob sich. »Oh, wie spät es schon ist.«

»Ich werde überlegen, was ich Ihnen anbieten kann, Don Heliodoro. Ich spreche mit meinen Partnern und rufe Sie an, einverstanden?«

»Aber sicher, für mich ist es immer eine Ehre, mit anständigen Menschen ins Geschäft zu kommen.«

Vargas Vicuña begleitete ihn zur Tür und gab ihm zum Abschied die Hand. Die Bodyguards von Tiflis steckten schnell einen Satz Spielkarten weg, als sie sie herauskommen sahen.

Tiflis stieg in seinen Trooper und betrachtete den vom Scheinwerferlicht beleuchteten Garten. Wenn er wollte, könnte auch er so ein Haus im Norden Bogotás beziehen, doch sein Leben spielte sich anderswo ab. Er war zufrieden: Der Alte hatte seine Lektion bekommen.

Er selbst hatte sein Büro im Penthouse des *Hotel Esmeralda*. Es bestand aus einem rechtwinkligen Raum, dessen Fenster auf den Monserrate reichten, auf die Hochhaussiedlung *Torres del Parque* und die Stierkampfarena. Von seinem Sessel aus konnte er sogar, wenn er sich umdrehte, das *Avianca*-Gebäude sehen und die gespenstischen Türme des heruntergekommenen *Hilton*. An den Wänden hingen überall Stierkampfplakate und Fotos von Revuesängerinnen, und gegenüber dem Schreibtisch, unter der Bar, lief ein Plattenspieler, von dem aus Pedro Infantes Geigen den Raum erfüllten.

Während er auf dem Klo saß und die Öffnung seiner Hose betrachtete, dachte Tiflis über die Gespräche des Tages nach. »Das kann ja lustig werden«, sagte er sich. »Vargas Vicuña ist wild entschlossen, und Esquilache hüpft im Sechseck ...« Er spülte hinunter, knöpfte sich unter seinem Bauch die Hose zu und ging an seinen Schreibtisch zurück. Er öffnete eine der Schubladen und nahm eine graue Aktenmappe heraus, mit der Aufschrift »Papiere Grundstück Sisga-See«. Auf seinem Gesicht machte sich ein Grinsen breit, er biß in eine Zitronenscheibe und machte einen internen Anruf.

»Komm her, Runchito, du mußt mir einen kleinen Gefallen erweisen.«

»Bin sofort da, Chef.«

Er betrat mit einer Verbeugung das Büro.

»Jetzt erkläre mir doch einmal genau, was mit diesem Journalisten los ist. Wie sagtest du noch, heißt er? Silamba?«

»Silanpa, Chef.«

»Genau der, sei so gut, und erzähl mir von ihm.«

»Er ist hinter der Sache mit dem Dicken her, Chef, und das gefällt mir gar nicht, denn Sie wissen ja, was los ist, wenn die Presse ihre Nase in solche Dinge steckt.«

»Ja, den Artikel in *El Observador* habe ich gelesen. Nicht gerade weltbewegend.«

»Aber solche Sachen wecken unnötige Aufmerksamkeit, glauben Sie mir.«

»Was rätst du mir, Runchito?«

»Ihm einen Denkzettel zu verpassen.«

»Soll ich ihm einen Schrecken einjagen oder ihn gleich zum Alteisen befördern?«

»Nein, Chef, nur ein bißchen erschrecken. Noch mehr Ärger brauchen wir uns nicht einzuhandeln. Wir haben schon genug damit, herauszufinden, welches Arschloch uns den Dicken gestohlen und gepfählt hat.«

»Du hast freie Hand, Runchito. Aber überleg es dir gut! Du weißt, ich schlage gerne zwei Fliegen mit einer Klappe. Es muß etwas sein, das allen Angst einjagt, Esquilache genauso wie Vargas Vicuña.«

»An was denken Sie, Chef?«

»Ich kann dir nur Anregungen geben, Runchito, handeln mußt du. Aber mach nicht zu viel Wirbel, das will ich nicht. Und durchsuch die Wohnung dieses Journalisten, es kann ja sein, daß er interessante Dinge hat, von denen wir nichts wissen.«

»Alles klar, ich habe verstanden.«

Runchito verließ das Büro, doch bevor er die Tür schloß, steckte er den Kopf noch einmal herein.

»Sie haben Besuch, Chef.«

»Er soll hereinkommen, Runchito, und sag den anderen, daß sie nach Hause gehen können.«

Susan Caviedes betrat das Büro und steckte sich eine *Pall Mall* an. Sie ging auf Tiflis zu und küßte ihn auf die Stirn. Tiflis hielt die Fernbedienung auf den Plattenspieler, und Pedro Infantes Geigen säuselten von neuem. Ohne aufzustehen strich er der Frau über die Knie und arbeitete sich mit dem Zeigefinger unter ihrem Rock vor.

»Oh, là là, diese Masche von Dir, ohne Slip zu gehen.«

Ohne Zärtlichkeiten zu verschwenden knöpfte Susan ihm die Hose auf, schob sie bis zu den Knien hinunter und setzte sich auf ihn. Während sie auf dem Sessel schaukelten und Tiflis keuchte, suchte sie mit dem Blick ihr Spiegelbild in der Fensterscheibe, aber sie bekam nur die Lichter der benachbarten Gebäude zu sehen.

Als sie fertig waren, erhob Susan sich und verlangte nach einem Whisky.

»Deine Flasche steht dort drüben, hinter den Platten. Mir kannst du einen *guarito* servieren, Mami, in der Schale dort ist Zitrone.«

»Du wirst mit jedem Mal besser, Heliodoro«, log sie. »Als du in mir drinnen warst, habe ich mir vorgestellt, der Straßenlärm wäre nicht Bogotá, sondern Manhattan, und die Lichter der *Torres del Parque* das *Plaza*, und der dunkle Fleck dort der Central Park.«

»Du siehst also alles rosarot, wenn du bei mir bist?«

»Das auch wieder nicht, aber ich sehe Dinge, die gar nicht da sind.«

»Ich verspreche dir, daß wir nächsten Monat, wenn diese ganze Scheiße hier vorbei ist, nach New York fahren. Ich war noch nie dort, aber du hast mir Lust darauf gemacht ... Du kennst mich, ich würde Boyacá gegen keinen Ort der Welt eintauschen, aber wo es doch so viel auf der Welt zu sehen gibt, will ich wenigstens einen guten Begleiter abgeben.«

»Ich werde dir New York zeigen, Heliodoro, ich werde dich zu dem Haus führen, wo John Lennon umgebracht worden ist, und zu dem russischen Dampfbad in Brighton Beach.«

»Wohin du willst, mit dir würde ich bis in die hintere Mongolei gehen.«

»Warum kommst du eigentlich nicht einmal ins *Irdische Paradies*?«

»Ach weißt du, das Ding in meiner Unterhose ist dazu da, um es für jemanden wie dich auszupacken. Alles andere läßt mich kalt.«

»Es würde dir guttun.«

»Mir tut etwas anderes viel besser, Zuckerpuppe ... Komm schon her; zeigst du mir noch mal, was du da Süßes zwischen den Beinen hast?«

20

Um neun Uhr morgens saß Estupiñán wie verabredet in der Bar Calle 60, Ecke Carrera 13. Silanpa sah ihn von weitem und erkannte ihn kaum wieder: Seine Hände zitterten, er bibberte am ganzen Körper.

»Als ich gerade gehen wollte, sind zwei Typen in die Wohnung gekommen«, sagte er. »Ich mußte durchs Fenster fliehen, und da hing ich dann, Chef, und ich kann Ihnen sagen… Na ja, Sie müssen mir noch einmal schwören, daß keine Drogen im Spiel sind. Schwören Sie, aber schauen Sie mir dabei in die Augen!«

»Ich schwöre es Ihnen, aber gehen Sie jetzt trotzdem besser auf der Stelle nach Hause. Ich will nicht, daß Sie sich meinetwegen in Gefahr bringen.«

Estupiñán, der immer noch blaß war, entfernte sich ein paar Meter, um nachzudenken. Er steckte sich eine Zigarette an, spuckte aus, versetzte einer Mandarinenschale einen Fußtritt und ging zurück zu dem Mäuerchen.

»Ich bleibe, Detektiv, auf eigene Verantwortung. Und eines müssen Sie mir erlauben, nämlich, daß ich Ihnen eine schlechte Nachricht überbringe: Ihre Wohnung ist auf den Kopf gestellt, man könnte meinen, sie hätten einen Elefanten als Spürhund eingesetzt. Aus dem Anrufbeantworter waren die Kabel herausgerissen, sämtliche Schubladen standen offen, und alles lag kreuz und quer über den Boden verteilt. Aber hier habe ich Ihnen mitgebracht, was Sie wollten.« Stolz hob er eine Plastiktüte hoch. »Offensichtlich blieb den Schwurbrechern keine Zeit, das Bad zu durchsuchen.«

Silanpa wurde bleich.

»Und haben Sie keine Puppe gesehen?«

»Eine Puppe?«

»Eine Schneiderpuppe mit Hut und einem weiten schwarzen Kleid. Neben dem Sofa.«

»Darauf habe ich wirklich nicht geachtet, gesehen habe ich sie jedenfalls nicht.«

Silanpa mußte schlucken, er fuhr sich mit der Hand über den Kopf und kickte fluchend eine Pepsi-Dose gegen die Mauer.

»Beruhigen Sie sich, Chef, ich konnte doch immerhin meine Mission erfüllen. Schauen Sie.«

Er zog die gelbe Aktenmappe hervor und anschließend, mit einem Lachen, die rote Tube mit dem Plastikdeckel.

»Und das, ist das gegen die Peruanische Pest, oder haben Sie da drinnen einen Mikrofilm versteckt?«

Beim Durchsehen der Aktenmappe stellte Silanpa fest, daß alle seine Notizen da waren. Es war ein Fehler gewesen, Estupiñán für diese paar Sachen in Gefahr zu bringen.

»Vielen Dank, daß Sie das für mich gemacht haben, und bitte, gehen Sie das nächste Mal kein Risiko ein.«

»So etwas macht man nur einmal im Leben, Detektiv. Aber was soll's, Probieren geht über Studieren.«

»Schon gut, zumindest, glaube ich, haben wir dem Feind ins Auge geblickt.«

Plötzlich wurde Silanpa bleich. »Mónica«, murmelte er. Er rannte zu einer Telefonzelle und wählte ihre Nummer in der Arbeit. Es klingelte einmal, zweimal, dreimal, viermal, fünfmal … Fast schon hätte er aufgegeben, doch nach dem siebten Klingeln hörte er ihre Stimme.

»Ja bitte?«

»Mónica. Ich bin's, Víctor.«

»Víctor! Wo um Himmels willen hast du ge … ?«

»Ich kann jetzt nicht viel reden. Ich bin wegen einer Ermittlung in Gefahr, und du auch. Sie haben mein Auto zerstört, sie haben meine Wohnung zerstört … Geh irgendwo hin, wo du sicher bist. Ciao.«

»Aber Víc…!«

Mit bleischwerem Herzen hängte er ein. Beschämt verbarg er seine Tränen vor Estupiñán.

»Jetzt klären wir erst einmal die Sache mit unserer Fahrt«, sagte er.

Estupiñán ging vor zu der Reihe parkender Lastwagen und sprach mit Abuchijá. Eine Viertelstunde später kehrte er zurück zu Silanpa, aus dessen Hand traurig ein durchweichtes Taschentuch schaute.

»Es ist schon alles geklärt, Chef. Abuchijá überläßt seine Kutsche einem Kumpel alias Stachelschwein, der dort drüben.« Er zeigte auf einen Fahrer. »Und wir fahren mit dem Wagen seiner Kumpels. Das alles kostet natürlich ein bißchen, aber immer noch weniger als der Bus hin und zurück für drei.«

Abgemachte Sache. Der Wagen war ein Dodge-Lieferwagen Baujahr 67, 72 überholt. Auf dem Schalthebel steckte ein quietschbunter Käfer, und ein silbernes Pferd ragte von der Motorhaube auf. Über dem Fahrersitz prangten zwei Aufkleber: »Ich Tarzan, Du Jane«, und »Meiner ist 40 Meter lang«.

Aus einem Motorola-Transistorradio, das wie ein Gekreuzigter mit Nägeln an die Decke geschlagen war, dröhnten die Nachrichten. Abuchijá setzte sich hinters Steuer, und die Fahrt ging los.

Estupiñán versuchte krampfhaft, die Stimmung zu heben.

»Singt ihr nicht gerne beim Autofahren? Kommt schon, ein Lied, das jeder von uns kennt!«

Der Vorschlag verhallte. Silanpa starrte wie hypnotisiert auf den Mittelstreifen und zermarterte sich den Kopf, während Abuchijá aus einer Tüte Mandarinenstücke aß.

Um zwei Uhr nachmittags kamen sie nach Tunja. Es war kalt, hin und wieder fiel ein Schauer.

»Eine Pfaffenstadt, heißt es«, sagte Estupiñán und wurde munter. »Da werden wir wohl etwas in den Opferstock werfen müssen, nicht?«

Sie aßen gefüllte Tortillas und gegrillte Maiskolben an einem Platz nahe dem Busbahnhof. Anschließend gingen sie zu Fuß weiter zu der Garage.

»Die dort ist es. Ich erinnere mich genau.«

Sie fanden das Garagentor verschlossen. Da am Eingang des Gebäudes niemand zu sehen war, gingen sie dort hinein.

»Was ist das?« Silanpa betrachtete verwundert eine Tafel, die mitten im Flur hing.

»Anscheinend befinden wir uns in einer Schule. Seht her, zumindest hängt hier eine Liste mit Noten.«

Sie gingen weiter und gelangten in einen Hof, wo sie auf eine weitere, ebenfalls verschlossene Tür stießen, die in die Garage zu führen schien.

»Jetzt ist es soweit, wir müssen uns aufteilen«, ordnete Silanpa an. »Estupiñán und ich bleiben hier und brechen die Tür auf. Lotario, Sie stellen sich draußen an den Eingang und pfeifen, sobald Ihnen etwas merkwürdig vorkommt. Estupiñán, Sie warten hier, während ich hinuntergehe. Verstanden? Wenn ich in zehn Minuten nicht wieder da bin oder Sie Geräusche hören, kommen Sie mir nach, und notfalls holen Sie die Polizei.«

»Verstanden, Señor ...«, erwiderte Abuchijá ängstlich.

»Nur die Ruhe, der Chef und ich, wir sind Profis.«

Die Holztür war morsch, und Silanpa und Estupiñán brachen das Schloß auf. Vor ihnen lag eine Treppe, die nach unten führte.

»Gut, ich steige hinunter«, sagte Silanpa.

»Einen Moment noch.« Estupiñán hob seine Faust auf Höhe der Augen und sagte aufgeregt: »Vergleichen wir unsere Uhren.«

Silanpa stieg mit einem Feuerzeug in der Hand die Treppe hinunter. Vorsichtig bahnte er sich zwischen gestapelten Kisten seinen Weg, bis er auf einen riesigen Berg stieß, der mit einer Plane abgedeckt war. Er hob sie an und erblickte einen Bootskiel.

In sein Notizbüchlein schrieb er den Namen, *Poseidon*, und notierte sich Schiffsnummer und -typ. Weiter hinten, noch immer unter der Plane, erkannte er eine schmale Leiter. Er kletterte in das Steuerhaus, von wo aus zwei Türen in einen Laderaum führten. Er zündete eine Laterne an, die von der Decke hing, und gelangte in eine enge Kajüte, in deren hinterem Teil sich Schlafkojen befanden.

Ansonsten lagen überall Werkzeuge, Kanister, Navigationsgeräte und Taue in verschiedensten Stärken. In einer Ecke fand er, in einer Kiste der Bäckerei Boyacá, einen schwarzen Plastiksack, von dem ein bestialischer Gestank ausging. Als er in die Kiste griff, stellte er fest, daß ihr Boden voller Sand war. Er nahm eine Handvoll und steckte sie in die Tasche, um die Probe bei seiner Rückkehr in Bogotá Piedrahíta geben.

In seiner Versunkenheit hatte er nicht auf Estupiñáns Pfeifen geachtet, und plötzlich hörte er Stimmen, und das Garagentor ging auf. Er stürzte in den vorderen Laderaum und löschte das Licht. Dann schlich er zurück in die Kajüte und versteckte sich hinter einem Stapel Kisten. Da spürte er einen kräftigen Ruck und bemerkte, daß sich das Boot bewegte. Man hatte es an einen Wagen gekuppelt, es wurde abtransportiert. Silanpa überlegte, was zu tun war: Sollte er die Verfolgung aufnehmen oder abspringen? Auf dem Boot zu bleiben, war gefährlich, aber springen war noch gefährlicher, denn sie fuhren trotz des Anhängers ziemlich schnell.

Von der Kajüte aus reckte er seinen Hals hoch zu einem Bullauge. Er sah Häuser, eine breite Straße. Dann erkannte er den Ortsausgang von Tunja. Als er sich noch ein wenig mehr streckte, konnte er auf die Landstraße sehen. Hinter einem Bus erspähte er Stachelschweins Chevrolet, der zu überholen versuchte.

Estupiñán und Abuchijá folgten ihnen also.

Nach einigen Stunden wurde die Straße kurviger, und die Schlaglöcher mehrten sich. Er hätte wetten können, daß sie zu dem Türkischen Bad fuhren, und seine einzige Sorge war, wie zum Teufel er entkommen sollte, wie er abhauen konnte, ohne springen zu müssen. Auf einmal kam das Boot zum Stillstand. Er ging in den Laderaum und verhielt sich mucksmäuschenstill. Sein Herz pochte.

Doch es geschah nichts. Niemand betrat das Boot. Er wartete noch ein Weilchen, ungefähr zwanzig Minuten, und wagte dann den Versuch hinauszugehen.

Als er den Kopf herausstreckte, erblickte er den blauen Mitsubishi. Er sah sich um und erkannte den Getreidespeicher wieder, bei dem er mit Estupiñán gewesen war. *Getreidespeicher La Unión*? Ja. Dort stand es. Er sprang nach draußen und rannte, um sich hinter einem der Mehlberge zu verstecken. Von dort aus belauschte er eine Gruppe Leute, die sich in dem Büro aufhielten.

»Jedenfalls ist alles bereit.« Das war Susans Stimme.

»Susan, ich bitte dich, sei nicht so hart. Manchmal machst du mir richtig Angst.« Eine männliche Stimme.

»Davon kann nicht die Rede sein, wir müssen einfach auf Nummer Sicher gehen.«

»Gut, mach was du willst.«

»Das tun wir doch sowieso schon, oder nicht?«

Sie gingen hinaus. Silanpa verharrte noch ein Weilchen hinter dem Mehlberg, dann ging er zur Tür und trat hinaus auf die Straße. Zwei Kurven weiter stand unter einem Baum der Laster.

»Was für ein Schreck, Silanpa, haben Sie etwas entdeckt?«

»Ja, die Kiste, in der die Leiche transportiert worden ist. Ich habe ein Stückchen von dem Plastik mitgenommen und etwas Sand.«

»Aber damit haben wir immer noch keine Antwort: Wer ist der Dicke mit dem gespickten Hintern? Warum wurde er getötet?« Estupiñán kratzte sich am Kinn.

»Nur die Ruhe.«

21

Ich zählte einundzwanzig Jahre, meine Herrschaften, oder, wie man auch sagt, einundzwanzig Lenze, als mir bewußt wurde, daß das Leben einem sehr wohl die Möglichkeit in die Hand gibt, etwas aufzubauen, und damit meine ich, einen Stein auf den anderen zu setzen, ohne daß die Mauer beim ersten Windstoß in sich zusammenfällt. Mit einem Mal begriff ich, daß aus dem Jungen, der auf der Plaza aufgewachsen war und dessen Körper Honig und Karamelstangen geformt hatten, ein junger Mann geworden war. Meine Großmutter und meine Tante, die sich anfänglich dagegen gesträubt hatten, daß ich mich in die Hände des Gesetzes begab, wenn auch auf die richtige Seite, erfüllte es nun mit Stolz, mich in den Straßen Verbrecher jagen zu sehen, und diese Anerkennung überbrachten sie mir in Form kleiner Leckereien und süßer Grüße, denn über eine andere Möglichkeit, Gefühle auszudrücken, verfügten die beiden alten Damen nicht, Gott möge ihnen verzeihen. Als erstes wurde ich, und damit fahre ich mit meiner Geschichte fort, Ordnungshüter in Barranca, aber sehr bald schon erwirkte ich meine Versetzung in die Hauptstadt, und da wurden die Bilder, die von Kind an wie eine Art Vorahnung in meinem Kopf herumspukten, wenn ich den Zug aus Santa Marta oder die Busse auf der Landstraße vorbeifahren sah, endlich Wirklichkeit. Nun stieg auch ich in den Zug, an einem grauen und verregneten Tag, wie es sich für einen schweren Abschied gehört, und ich mußte mich vom Trittbrett weit hinauslehnen, um den Frauen, die mich großgezogen hatten, unter Seufzern nachzuwinken. Wie traurig ist doch der Abschied von einem geliebten Menschen, auch Sie wissen das, meine Herrschaften, und während der ersten zwei Stunden meiner Reise war ich so traurig, daß ich mit dem Heißhunger eines Torwarts, der vier Tore kassiert hat und eins durch die Beine, die ganze Tasche mit Proviant in mich hineinfraß, die meine fürsorglichen Señoras für mehrere einsame Tage in der Hauptstadt vorgesehen hatten.

Die Ankunft in Bogotá hatte für mich dieselbe Bedeutung wie seiner Zeit mein Fahneneid. Für einen Menschen aus der Provinz ist es ein grundlegendes Ereignis, in die erste Stadt des Landes zu kommen, und mehr noch für jemanden wie mich, der für Vaterlandssymbole außerordentlich empfänglich ist. Alles weckte in mir Bewunderung und Stolz, und während ich gewissenhaft die Vorschriften und Arbeitszeiten der Brigade einhielt, blieb mir noch ausreichend Freizeit, um unsere Hauptstadt zu erkunden, in ihrer Modernität und Erhabenheit zu schwelgen. Doch bald schon bekam ich den ersten Hieb versetzt, nämlich als ich ein Nahrungsmittel kennenlernte, das es in Barranca nicht gab und das wie die Verführung durch die Sünde auf mich wirkte: der Hotdog. Bislang hatte ich nichts dergleichen gekannt, und aus meiner Neugier auf den neuartigen Geschmack wurde bald ein Laster. Vom Hotdog zum Hamburger war es nur ein kleiner Schritt, und damit wurde die Sache wirklich zum Problem. Ich fragte mich: »Wieso lassen sich diese verdammten *Gringos* nur diese Speisen einfallen, denen man so schutzlos ausgeliefert ist?« Ich weiß nicht, ob Sie den Gedanken schon hatten, wenn nicht, überlegen Sie doch: Kinder sind verrückt nach diesem Zeug und strafen unseren guten Reis, Fleisch, Kartoffeln und Salat mit Verachtung. Kinder sind schlechte Esser, das ist bekannt. Aber einen Hotdog, Hamburger oder Brownie verdrücken sie wie nichts. Und hier kehre ich erneut zu meiner Geschichte zurück, um in aller Bescheidenheit zu sagen, daß ich, als ich aus der Provinz in das Getümmel der großen Stadt geworfen wurde, einem Kinde glich. Ich war also ziemlich wehrlos gegen diese Nahrungsmittel und verzehrte einen Hotdog nach dem anderen, zunächst die einfachen mit Senf, später verfiel ich auf Hotdog Hawaii, und es war unausweichlich, daß jede bedrückte Laune, jeder Schreck und jede Freude an einer der Buden im *Parque Lourdes* endeten, wo ich, mir die Finger leckend, zu dem Verkäufer sagte: »Hmm, noch einen mit viel Zwiebeln.«

22

Silanpa rief Piedrahíta an und bat anschließend Abuchijá, ihn zum Untersuchungslabor der Polizei zu fahren.

»Ich weiß, es ist spät, aber die Sache ist sehr ernst«, begann Silanpa.

»Schon gut, dieser Satz ist von Moya.« Piedrahíta knöpfte sich den Kittel zu. »Also, was haben Sie mir mitgebracht?«

Er sah sich das Stück Plastik sorgfältig an und untersuchte den Sand.

»Wie ich erfahren habe, hat man Ihnen letzte Nacht Ihr Auto demoliert. Haben Sie denn einen kritischen Artikel über die Mafia geschrieben?«

»Nein, Piedrahíta. Das kommt aus einer anderen Ecke.«

»Und unser Hauptmann Moya gibt Ihnen keinen Geleitschutz?«

»Er fragt mich, ob es ein wildgewordener Ehemann war.«

Die beiden sahen sich die Proben an, die Silanpa mitgebracht hatte.

»Auf den ersten Blick«, Piedrahíta untersuchte den Sand, »sieht es so aus, als sei es dasselbe Zeug, das dem Dicken vom Sisga-See hinten raushing. Aber geben Sie mir etwas Zeit für eine genaue Analyse.«

An der Carrera 13 hielt Silanpa ein Taxi an und fuhr zu Quica nach Hause. Die Stadt, die ihm so vertraut war, hatte sich auf einmal in einen feindseligen Ort verwandelt. An jeder Ecke konnte Gefahr lauern. Im Kennedy-Viertel angekommen, fühlte er sich hundeelend; der Anblick von Armut machte ihm nichts aus, den Gestank aber, die Müllberge und die Urinschlieren an den Wänden fand er unerträglich. Er steckte sich eine Zigarette an, und während er die Treppen nach oben stieg, beschlich ihn die Angst, sie vielleicht nicht anzutreffen. Er sehnte sich nach ihr. Als er vor ihrer Wohnungstür stand, klopfte er zweimal.

Nichts.

Er klopfte noch einmal, und als er wieder keine Antwort erhielt, öffnete er das Schloß mit seinem Schweizer Messer. Es war stockfinster. Kaum hatte er einen Fuß in die Wohnung gesetzt, spürte er einen Schlag auf dem Kopf und hörte dumpf eine Stimme: »Na warte, du Scheißkerl!« Er sank wie ein Mehlsack zu Boden.

Es war kalt, von irgendwoher zog es eisig herein. Silanpa öffnete vorsichtig die Augen und erkannte Quicas Zimmer. Die mit Stecknadeln an die Wand gehefteten Fotos, die Uniroyal-Plakate. Oberhalb seiner Augenlider tollte eine Horde Schimpansen. Er hob den Arm und ertastete einen Eisbeutel, der die Schuld daran trug, daß ihm sein Gesicht zur Hälfte eingeschlafen war.

»Endlich bist du aufgewacht, Schnuckelchen!« Er hörte Quicas Stimme.

»Was ist passiert?«

»Ich bin zu Tode erschrocken und hab dir die Bratpfanne übergezogen. Du hättest ja sagen können, daß du es bist. Ach du meine Güte, du hast eine riesige Beule. Und grün ist sie.«

»Wieviel Uhr ist es?«

»Drei Uhr morgens.«

Plötzlich wurde ihm beklommen zumute. Er spürte, wie er den Boden unter den Füßen verlor. In seinem Ohr ertönte eine Stimme, die ihm einen Namen zuhauchte: Mónica.

»Hast du Rum?«

»Klar, Schnuckelchen... Damit die Schmerzen vergehen?«

»Ja, damit ...«

Sie schenkte ihm ein Glas ein und setzte sich zu ihm.

»Du bist traurig, stimmt's? Warte nur, wird schon vergehen.«

Sie öffnete den Schrank und kramte in einer Schachtel mit Kassetten. Dann legte sie das ausgewählte Band in den Recorder. Sobald die Musik ertönte, stellte sie sich vor dem Bett in Pose, legte eine Hand an die Taille und begann zu singen: »Meine Aaaugen weinen Traaauer, in meinen Jaaahren, ich bin verliiiebt ...« Als Mikrofon diente ihr eine Dose Mexana-Puder.

»Wer ist das?« fragte er.

»Kennst du sie nicht? Dort, die ist es.« Sie zeigte mit dem Finger auf ein Plakat, und er bemerkte, wie ihre Augen glänzten: »Chavela Vargas.«

Quica spulte die Kassette vor und sang ein weiteres Lied, dann noch zwei. Als sie fertig war, schenkte sie sich auch einen Rum ein und setzte sich zu ihm ans Bett.

»Sie ist mein Idol«, schwärmte sie. »Ich will Sängerin werden. Im *Lolita* arbeite ich nur, um ein bißchen was zu sparen, und später will ich mich ganz der Musik widmen. Mir hat einmal jemand gesagt, daß ich eine gute Stimme habe.«

»Damit hatte er sicher recht.«

»Wirklich?«

»Ja.«

»Aber du bist immer noch traurig. Soll ich noch ein Lied singen? Es sind alles Liebeslieder.«

»Gut. Aber ein richtig schönes.«

Die ganze Nacht lang lag er neben ihr und sah sie an, wie sie schlief, und dabei dachte er, daß sie viel zu jung und schutzlos war, um so viel zu wissen. Wieder stieg die Beklemmung in ihm hoch. Was sollte er tun? Quica war da, aber ihre Zärtlichkeiten und Worte konnten ihm die Angst nicht nehmen.

Als seine Trauer sich irgendwo zwischen Schmerz und Müdigkeit verloren hatte, schlief er ein. Währenddessen dachte er noch, daß es in einer Nacht wie dieser schwierig war, neue Lebenskraft zu schöpfen, etwas zu finden, für das es sich lohnte weiterzumachen. Er bemühte sich, nicht an Mónica zu denken, die vielen Male zu vergessen, die er mit ihr glücklich gewesen war. Er mußte sie vergessen, er mußte dieses Leben hinter sich lassen.

Am nächsten Tag ging er zu der Telefonzelle und rief Estupiñán an.

»Ohne mich aufdrängen zu wollen, Chef… darf ich Ihnen vorschlagen, daß Sie vorübergehend zu mir ziehen? Wo Sie doch keine Bleibe mehr haben.«

»Da hat sich schon etwas gefunden, Emir. Was ich jetzt brauche, ist frische Kleidung.«

Zum ersten Mal, seit er in Bogotá lebte, wußte er nicht, wo er hingehen sollte. Er ging ein Stück weit zur Avenida de las Américas und nahm dann einen Bus ins Zentrum. Wohin jetzt? Er setzte sich in der Avenida Jiménez in ein Café und dachte nach. Während er in der Fensterscheibe sein Spiegelbild betrachtete, mußte er feststellen, daß er ein anderer geworden war. Er spürte einen Druck auf der Brust und kramte nach einer Münze.

Dann betrat er eine Telefonzelle und wählte Mónicas Nummer... Nichts.

Er ging bis zur Avenida Caracas und stieg in einen Bus nach Chía.

Als er vor dem Pflegeheim stand, war er auf einmal unentschlossen, ob er hineingehen sollte. Aber da er schon einmal da war, trat er durch die Tür. Guzmán schien seinen Besuch sehnlich erwartet zu haben, und Silanpa erzählte ihm von dem zerstörten Auto. Guzmán machte sich zu allem Notizen und sagte dann:

»Ich habe ein paar Ideen. Hier sind eine Reihe Skizzen, die ich angefertigt habe.«

Er holte einen Stoß Papier und zeigte ihn ihm. Silanpa sah ein Kreuz vor sich, eine Reihe Linien und viele Namen, die außen herum geschrieben waren.

»Es ist sonnenklar, Víctor, alles dreht sich um diese Grundstücke am See. Wer in diesem Land könnte sich für den Grund interessieren? Bauunternehmer, Stadtplaner, was weiß ich. Das ist das Geschäft des Jahrhunderts, mein Lieber. Direkt bei Bogotá, direkt am See, erste Klasse.«

»Die Nudisten wollen die Grundstücke, um an der frischen Luft sein zu können, um splitternackt über die saftigen Wiesen zu spazieren.« Silanpa blickte Guzmán skeptisch an und sah, daß sein Kiefer zitterte. »Aber das allein scheint mir nicht auszureichen, um so ein barbarisches Verbrechen zu rechtfertigen.«

»Dreh den Spieß doch einmal um, Víctor ... Was wäre, wenn es gar nicht die Nudisten waren, die den Dicken gepfählt haben? Was, wenn der Dicke vielmehr als Drohung gegen sie gemeint ist?«

»Aber ... von wem? Wenn der Dicke ein Zeichen war, um ihnen Angst einzujagen, wer steht dann dahinter?«

»Vergiß das zunächst einmal; derjenige, der ihn gepfählt hat, wird schon dafür gesorgt haben, keine Spuren zu hinterlassen. Wenn du so fragst, wirst du nie ans Ziel kommen, du mußt die ganze Sache anders herum anpacken.«

»Ich weiß, Fernando, aber ich sehe keinen Anfang und kein Ende ...«

»Der Dicke ist einfach ein Körper. Ein Bild des Schreckens, das jemand sehen sollte.«

»Die Grundstücke gehören Tiflis und werden von den Nudisten genutzt. Soweit ist alles klar.«

»Und gehört Tiflis zu den Nudisten?«

»Das weiß ich nicht.«

»Finde es heraus. Wir müssen erfahren, wer dieser Tiflis ist, wie er zu den Grundstücken gekommen ist, und was er gegebenenfalls mit ihnen vorhat. Wir müssen wissen, in wessen Interesse es liegen könnte, den Nudisten, oder Tiflis, einen Schrecken einzujagen. Da liegt der Knackpunkt. Hier steht, daß er in Bogotá ein Hotel besitzt, das *Hotel Esmeralda*, dort wirst du ihn finden. Überwache ihn.«

Sie steckten sich jeder eine Zigarette an und traten ans Fenster. Eine Weile lang sagten sie nichts, bis Guzmán sich zu fragen traute.

»Und Mónica?«

»Keine Neuigkeiten. Ich habe sie angerufen, um ihr zu sagen, daß sie aufpassen soll. Ich glaube, ich habe mit meiner Panik übertrieben, und jetzt komme ich mir lächerlich vor.«

»Das einzig Lächerliche ist, daß du sie nicht zurückrufst, wenn sie dir auf den Anrufbeantworter spricht. Denk darüber nach. Schmerzt es immer noch?«

»Sehr.«

»Ach, weißt du, mit der Zeit wirst du sehen, daß es gut so ist. Es geht uns allen wie Jesus, am Ende erkennt man uns an unseren Wunden.«

»Es schmerzt mich, sie zu verlieren. Eine so warmherzige Frau, liebenswert, gebildet ...«

»Gebildet? Nichts für ungut, Víctor, aber sie ist der einzige Mensch, den ich kenne, der nicht einmal das *Tagebuch der Anne Frank* zu Ende gelesen hat. Das hat sie mir einmal gestanden, als ihr zu Besuch kamt.«

»Ich weiß, es war ein Geschenk von mir.«

Silanpa verließ das Pflegeheim und ging vor zur Carretera de Cota, um auf den Bus zu warten. Nach zwei Zigaretten sah er ihn kommen. Er winkte ihn heran, stieg ein und setzte sich nach hinten, von wo aus er lustlos auf die wenigen Autos starrte, die um diese Uhrzeit auf der Autobahn fuhren.

An der Calle 127 stieg er aus und nahm ohne nachzudenken einen Bus zur Calle Nizza. Er wußte, daß es verrückt war, aber Guzmáns Worte und die Traurigkeit, die sich in den letzten Tagen angestaut hatte, führten ihn unweigerlich zu Mónicas Wohnung. »Wenn ich es nicht tue, wird es mich noch mehr schmerzen«, redete er sich ein. »Guzmán hat recht.« Die Schlüssel hatte er noch in seiner Hosentasche, so daß er hochging in den vierten Stock.

Er schloß auf.

Die Wohnung war leer. Gähnend leer. Keine Möbel, keine Kleidungsstücke, nichts deutete darauf hin, daß hier jemals jemand gewohnt hatte. Sofort schossen ihm mehrere Möglichkeiten durch den Kopf: »Sie wohnt bei Óscar, die beiden sind zusammen, erledigen gerade allen Papierkram und werden bald heiraten.« Das Blut schoß ihm in die Wangen, er fühlte sich der Ohnmacht nahe, und als er sich gerade in eine Ecke kauern wollte, erschien sie in der Tür.

»Ich wußte, daß du kommen würdest, Víctor«, sagte Mónica. »Ich fragte mich nur, wann es soweit sein würde. Ich wohne nicht mehr hier. Ich bin bloß gekommen, um den Stromzähler abzulesen.«

Er war überrumpelt, ein plötzlicher Hoffnungsschimmer rüttelte ihn wach.

»Mónica ...«

»Du selbst hast mir gesagt, ich soll an einen sicheren Ort gehen. Da hast du es, ich habe auf dich gehört.«

»Ich glaubte, du wärst in Gefahr, aber das war Unsinn.«

»Ich war in Gefahr, solange ich jemanden wie dich liebte. Das ist mir jetzt bewußt geworden.«

»Mónica, du weißt ganz genau, wovon ich rede ...«

»Es interessiert mich einen Scheißdreck, wovon du redest. Jedenfalls weiß ich, wovon ich rede: Ich gehe ein für allemal fort. Ich verschwinde von diesem Ort und von allem, was er für dich und für mich bedeutet hat. Ich verschwinde aus deinem Leben, kapiert?«

Silanpa stiegen die Tränen in die Augen, und er dachte, er müßte seine Beschämtheit verbergen.

»Verzeihung, ich gehe wohl besser.« Er kehrte ihr den Rücken zu und ging zur Tür, in dem Glauben, daß sie ihn mit tränenfeuchten Augen zurückhalten würde, daß sie sich küssen würden und sich auf dem Teppich lieben würden, und dann wäre er niemals mehr allein, und die Erde begänne sich nach diesen schrecklichen Tagen des Stillstands wieder zu drehen. Aber er irrte sich. Er erreichte die Wohnungstür, ging hinaus, und auch als er auf den Aufzug zuschritt, spürte er immer noch nicht Mónicas Hand auf der Schulter, die ihn so oft gestreichelt hatte. Er öffnete die Aufzugstür und stieg ein, und als er den Knopf für Erdgeschoß drückte, fühlte er sein Leben zu Ende gehen.

Er gelangte zur Eingangstür, ging hinaus und blickte traurig hoch zu ihrem Fenster. Das Licht brannte, doch dieses Licht bedeutete nicht mehr Liebe. Sein ganzer Körper schmerzte ihn, und in seiner Verzweiflung biß er sich so heftig auf den Ringfinger, daß er sein eigenes Blut schmeckte. Ihn verlangte nach echtem Schmerz, nach irgend etwas, das diesen eingeklemmten Nerv betäuben konnte, der ihm die Tränen in die Augen trieb. Auf einmal sah er sein Leben mit ihr vor sich, und ohne etwas dagegen tun zu können, stieg sein Kummer in ihm hoch und floß in Rinnsalen über seine Wangen. Er ging vor zur Avenida Suba. Als er die Busse sah, die auf der Fahrbahn hielten, dachte er, daß diese ganze Gegend doch ein verfluchter Ort war, der Schauplatz seines Liebeskummers, die Straße, in der er das einzige verloren hatte, was er besaß, das er wie nichts in der Welt liebte. Er verspürte das Bedürfnis zu erbrechen, sich in dem Dreck der Straße zu wälzen, nicht länger dieser in der Nacht umherirrende Mann zu sein, der einer Frau nachweinte, für die er sein Leben geben, für die er jede Erniedrigung erdulden, alles in Kauf nehmen würde. Betäubt von seinem Leid hielt er ein Taxi an und stieg ein, und in einem Moment der Stärke, in dem er seine Würde wiedererlangen wollte, sagte er laut zu sich: »Mein Leben ist viel mehr als das.« Und da brach alles in ihm zusammen, denn er wußte, daß das gelogen war, daß kein Wort in der Lage sein würde, seinen Schmerz auszulöschen, und wieder sah er, wie sein Leben in sich zusammenfiel, wie er sich in seinem Leiden, das alles zudeckte, verlor. Und in dem Augenblick wußte er, daß der Preis dafür, daß er irgendwann einmal glücklich gewesen war, eine Nacht wie diese war, in der das Leben zu Ende ging, denn er konnte sich nicht vorstellen, irgend etwas anderes zu tun als zu dieser kleinen Wohnung zurückzukehren, als sich vor ihr auf die Knie zu werfen und sie anzuflehen, ihn nicht zu verlassen... Aber er wußte genau, daß das seinen Untergang bedeutete, daß er damit endgültig dem Vergessen anheimfiele, einem Ort, von dem niemand, oder fast niemand, jemals wiederkehrt.

23

Emilio Barragán fand keinen Schlaf. Durch die Schlafzimmervorhänge schimmerte das Licht der Lampen im Garten, und in der undurchdringlichen Stille kreisten seine Gedanken. Neben sich hörte er, zwischen den Laken, Catalinas Atem. Sie neben sich zu sehen, beruhigte ihn. Zu wissen, daß sie ihm vertraute und sorglos an seiner Seite schlummerte, gab ihm Kraft. Auch er fühlte sich geborgen durch ihre Anwesenheit, durch ihr vollkommenes Vertrauen in ihn. Er würde alles in der Welt geben, um sie nicht zu verlieren, damit alles so bliebe, wie es war, sie an seiner Seite, die Wärme ihres Atems, das Murmeln, das ihr hin und wieder im Schlaf entfuhr.

Aber wenn das so war … warum betrog er sie dann? Warum jagte er anderen Frauen hinterher? Diese Frage hatte er sich schon Tausende Male gestellt, und jedesmal nagte die Schuld an seinem Gewissen. Es war stärker als er. Ihm gefiel es, Bestätigung bei anderen Frauen zu finden, in unverbindlichen Begegnungen, er mochte das jugendliche Bild, das er von sich hatte: der Playboy, der in seinem Renault 12 bei voll aufgedrehtem Radio die Carrera 15 hinunterfuhr, der unwiderstehliche Siegertyp, der stille Melancholiker, auf den die Frauen fliegen. Aber Catalina gab ihm etwas, das nur sie ihm geben konnte, die Gewißheit, daß er nach Hause kam, ein Blick von ihr oder eine zärtliche Berührung am Arm genügten, und schon waren alle Widrigkeiten des Tages wie weggeblasen. Sobald er sie in seiner Nähe wußte, war keine Aufgabe mehr schwierig und kein Problem unlösbar.

Catalina atmen zu hören gab ihm die Zuversicht, daß wieder bessere Tage kommen würden. Ihn drückten die Schulden, das viele Geld, das er fast täglich bei seinen schwindelerregenden Einsätzen im *Club der Unternehmer* verlor. Noch ein Bild, das ihn an seine Jugend band: der blindwütige Draufgänger, der vor keinem Wagnis zurückschreckt. Das war der Grund, warum ihn Esquilache heute in der Hand hatte. Esquilache war der einzige, der die Wahrheit über seine Finanzen kannte, seinen laufenden Kontostand. Und doch nicht alles, denn die schlimmsten Dinge verbarg er sogar vor ihm. Die Erträge der Kanzlei, das, was er für sich allein erwirtschaftete, reichte nicht aus, um das Leben zu führen, das er lebte, doch bei der Vorstellung, sich einzuschränken, auf den Boden der Realität zurückzukehren, schnürte es ihm vor Angst die Kehle zu. Zum Beispiel wäre er außerstande, Catalina seine finanziellen Nöte zu beichten. Und das machte ihm Angst, weil er spürte, daß er ihr Vertrauen verlieren könnte. Und außerdem... was würde aus Cata und Juanchito? Allein der Gedanke, daß er seine Kinder mit in seine Misere ziehen könnte, verursachte ihm Magenkrämpfe. Immer schon hatte er darauf bestanden, daß sie das Beste bekamen, jeden Sonntag nahm er sie mit in den Club, damit sie Kontakt zu bessergestellten Familien knüpften, er sorgte dafür, daß sie Sprachen lernten, Musikunterricht bekamen, reisten. Catalina erfüllte es mit Stolz zu sehen, wie er sich der Zukunft seiner Kinder annahm, doch er allein wußte, in diesen schlaflosen Nächten, in denen das Schuldgefühl an ihm nagte, daß die Wirklichkeit eine andere war, daß alles wie ein Kartenhaus in sich zusammenfallen würde, wenn Esquilache ihm seine Unterstützung entzöge.

Die Sache mit den Grundstücken am Sisga-See war sein Rettungsanker, und wenn ihn sein Gefühl nicht trog, galt das auch für Esquilache. Er kannte seine finanzielle Lage nicht, aber ihm war klar, daß auch er in Bedrängnis sein mußte. Ansonsten hätte er sich niemals mit jemandem wie Tiflis eingelassen, der ein echter Mafioso war, ein schlecht erzogener und vulgärer Mensch. Aber er brauchte dieses Geld unbedingt, und ohne Esquilache und seine Verbindungen war nicht daran zu denken. Ihm war nicht wohl dabei, so sehr von ihm abhängig zu sein, doch schließlich war es immer so gewesen. Seitdem er seine Kanzlei aufgemacht hatte, verschaffte er ihm immer Arbeit, schlug er für ihn stattliche Provisionen heraus. Ganz am Anfang hätte er noch unabhängig werden können, doch er irrte sich in der Annahme, daß dieser glückliche Zustand immerwährend sein würde.

Als er seine ersten Aufträge in der Tasche hatte, ließ er sich zu ruinösen Investitionen hinreißen; hinzu kam noch, daß er damals der Überzeugung gewesen war, der Umgang mit reichen Leuten würde ihm noch mehr Türen öffnen, wodurch seine Ausgaben ihn an den Rand des Abgrunds trieben: Bei den erfolgreichen Unternehmern mitzuhalten war schwierig; ihnen machte es nichts aus, beim Roulette im Club fünf Millionen Pesos zu verlieren, verdienten sie doch am nächsten Tag zwanzig. Er nicht.

Sein Entschluß stand fest. Er würde diesen letzten Fall für Esquilache abwickeln und sich danach von allen Abhängigkeiten loskaufen. Das Geld, das er ihm versprochen hatte, reichte aus, um seine Schulden zu begleichen und mit seiner Familie nach Europa auszuwandern, zumindest für ein paar Jahre, um zu vergessen und neue Kraft zu schöpfen. Und dann hätte er immer noch ein solides Kapital, um seine Arbeit als Anwalt wieder aufnehmen zu können, vielleicht nicht mehr in einer eigenen Kanzlei, aber auf jeden Fall für irgendeine Firma. Das war die einzige Lösung.

Der Haken war nur, daß er keinen Plan hatte. Nicht, daß er Marco Tulio mißtraut hätte. Seine Verwandtschaft mit Catalina schloß das aus. Der Haken war, daß er die Zügel nicht in der Hand hatte und daß Esquilache seinerseits ihm nicht vertraute. Dann war da noch Vargas Vicuña, der ebenfalls Druck auf ihn ausübte, indem er ihm Vorschüsse gab. Tatsächlich hatte er von ihm bereits zwei nicht unbedeutende Schecks zugesteckt bekommen dafür, daß er ihm die Grundstücke besorgte, und ihm wurde schummrig bei dem Gedanken, daß er sich nicht getraut hatte, das Esquilache zu erzählen, ihm die Wahrheit zu sagen. Sollte Esquilache die Grundstücke GranCapital bereits versprochen haben, würde alles ein böses Ende nehmen, denn er würde Vargas Vicuña Rede und Antwort stehen müssen und nebenbei auch noch diesen hervorragenden Auftrag verlieren. Er hatte keine Ahnung, wieviel Esquilache GranCapital schuldete, aber wenn er das Geschäft zugunsten von Vargas Vicuña abwickelte, würde Esquilache höchstwahrscheinlich bankrott gehen, und dann bekäme er ernsthafte Probleme. Was war zu tun? Er dachte noch eine Weile nach, lauschte leise Catalinas Atem und versuchte, Ordnung in seine Gedanken zu bringen.

Es ist zum Verzweifeln, dachte er. Er machte schon Anstalten aufzustehen, da spürte er Catalinas Hand, die ihn ihm Schlaf zurückhielt. Also lag er weiter still da. Vielleicht war es das beste, zunächst einmal herauszubekommen, welche Abmachung Esquilache mit GranCapital getroffen hatte, und wieviel mehr er an Vargas Vicuña verdienen könnte. Ja, das würde er tun. Er drückte Catalinas Hand, schloß die Augen und schlief endlich ein.

Zweiter Teil

1

Das *Hotel Esmeralda* war ein altes, siebenstöckiges Gebäude, das schon bessere Tage gesehen hatte. Dennoch hatte in der Fassade und den Baldachinen über dem Eingang ein Hauch von Vornehmheit überdauert, etwas von dem Geheimnis, das einige Gebäude im Zentrum Bogotás bis heute ausstrahlen, eine blasse Erinnerung an eine vergangene Epoche. Wenn man es nur lange genug still betrachtete, gelangte man zu der Vorstellung, daß sich in seinem Innern noch immer extravagante Begegnungen zutrugen.

Silanpa blieb vor dem Gebäude stehen und blickte nach oben, um zu erraten, welches der Fenster zum Büro von Heliodoro Tiflis gehören könnte. Wieder einmal hatte Guzmán recht gehabt: Der Knackpunkt waren die Grundstücke, und wenn diese auf den Namen Tiflis liefen, mußte dort alles angefangen haben. Er bekam Zweifel, ob er seine Sache gut machte, doch er tröstete sich mit dem Gedanken, daß man sein Auto wohl kaum zerstört und seine Wohnung nicht durchsucht hätte, wenn nicht irgend etwas von dem, was er tat, ins Schwarze träfe. Ob wirklich der Gepfählte der Grund war? Ihm mißfiel der Gedanke, daß die Schikanen womöglich auch eine Quittung für die Skrupellosigkeit seiner privaten Ermittlungen sein konnten.

Er betrat das Hotel, und während er an der Rezeption vorüberging, hielt er sich die aktuelle Ausgabe von *El Tiempo* vor das Gesicht. Er warf einen kurzen Blick in die Halle, ging zum Aufzug und fuhr in den obersten Stock. Dort gelangte er in einen Gang, von dem mehrere Türen abgingen, so daß er zunächst ratlos dastand. Doch da öffnete sich eine der Türen, und zu seiner Überraschung erschien die elegante Silhouette von Susan Caviedes. Um auf keinen Fall von ihr gesehen zu werden, schlüpfte er zurück in den Aufzug und drückte die Sechs. Was machte sie hier? Für ihn gehörten Susan und Tiflis gegensätzlichen Parteien an, so daß er jetzt die Welt nicht mehr verstand. Was tun? Vielleicht sollte er ihr hinterhergehen, aber das war riskant. Schließlich entschloß er sich dazu und fuhr nach unten.

Susan ging an der Rezeption vorbei, ohne dem Angestellten einen Blick zu gönnen, dann schritt sie energisch auf die Straße, bog an der ersten Ecke ein und verschwand in einer Parkgarage. Silanpa wartete in einigen Metern Entfernung, bis er den blauen Mitsubishi herausfahren sah. Sein Herz sprang in seiner Brust auf und ab. Er hielt ein Taxi an und sagte zu dem Fahrer: »Dort entlang, hinter dem Jeep her.« Der Taxifahrer warf ihm durch den Rückspiegel einen finsteren Blick zu, dem Silanpa beleidigt auswich.

Sie fuhren auf der Avenida Circunvalar bis zur Calle 92. Er hatte Halsschmerzen und ein wenig Fieber, und während sie die Carrera Séptima hinunterfuhren, bekam er einen heftigen Hustenanfall. Das fehlte ihm gerade noch. Im selben Augenblick, als er das Rachenspray aus der Tasche zog, das er sich am Morgen gekauft hatte, machte der Wagen eine Vollbremsung. Als er aufsah, richtete der Fahrer zwei Handbreit vor seiner Nase einen Revolver auf ihn.

»Laß das fallen, du Dreckschwein, laß das fallen, oder ich knall dich ab!!« Silanpas Hand zitterte. Die Autos hinter ihnen begannen ein Hupkonzert.

»Ich weiß nicht, wovon Sie sprechen, Señor.« Ihm versagte die Stimme. »Das ist kein ...«

»Laß das fallen, Dreckschwein, Mega-Arschloch, laß das sofort fallen, oder ich puste dir die Nase weg!«

»Aber das ist für den Hals, sehen Sie doch!« Er sprühte sich die halbe Dose in den Mund. »Hier, sehen Sie doch!«

Das Gesicht des Taxifahrers entspannte sich. Das Funkeln in seinen Augen erlosch. An die Stelle der zornigen Miene trat ein leichter Ausdruck von Überraschung.

»Wie? Das ist kein Tränengas?«

»Wie soll das Gas sein, Mann, haben Sie denn nicht gesehen, wie ich das Zeug gerade geschluckt habe?«

Das Hupkonzert wurde lauter, und der Taxifahrer ließ verwirrt die Waffe sinken.

»Entschuldigen Sie, Señor, ich dachte, das wäre ein Überfall. Ich muß gestehen, schon als Sie eingestiegen sind, mit so einem Gesicht …«

Susans Mitsubishi war verschwunden.

»Fahren Sie weiter, die hinter uns lynchen uns gleich«, sagte Silanpa, immer noch mit zitternder Stimme. »Und halten Sie an der nächsten Bar, ich lade Sie auf ein Bier ein.«

»Gehen Sie zu Fuß, Señor, damit wir uns von dem Schrecken erholen.«

Sie tranken jeder ein Bier und lachten über Geschichten von Taxiüberfällen. Am Ende fragte ihn der Taxifahrer:

»Verzeihen Sie die Frage, waren Sie hinter dem Jeep her?«

»Ja.«

»Ich will ja nichts sagen, aber auch das machte mich stutzig. Heutzutage weiß man nie, und… Ich schwöre Ihnen, ich habe bemerkt, daß da irgend etwas Merkwürdiges läuft, und darum habe ich mich angestrengt, den Mitsubishi und die Frau am Steuer im Auge zu behalten. Und ich dachte: Ist er vielleicht ein betrogener Liebhaber? Spioniert er ihr im Auftrag ihres Ehemanns hinterher?« Der Taxifahrer schrieb mit dem Finger Kreise in die Luft. »Verstehen Sie, was ich meine?«

»Ich bin Journalist.« Er zeigte ihm seinen Presseausweis. »Ich mache eine Untersuchung.«

»Da muß ich mich nochmals bei Ihnen entschuldigen. Aber Sie müssen schon einsehen, so, wie Sie herumlaufen, kommt man auf alle möglichen Gedanken. Normalerweise geht man davon aus, daß ein Journalist genug verdient, um sich zumindest ein Rasiermesser leisten zu können.«

Silanpa strich sich über die Wangen. Er wußte nicht, was er jetzt machen sollte, und ihm fiel nichts Besseres ein, als zum *Hotel Esmeralda* zurückzugehen.

Er sagte sich, daß es nicht weiter schlimm war, Susans Spur verloren zu haben, daß ihre Verfolgung ihn sowieso nicht weitergebracht hätte und daß er schon wieder dabei war, sich zu verzetteln. Entscheidend war doch nur zu erfahren, in welcher Beziehung sie zu Tiflis stand.

»Soll ich mit meinem Taxi hier auf Sie warten? Ich kann solange in der Cafetería einen Kaffee trinken, und wenn Sie länger brauchen, macht das auch nichts, weil sowieso Mittagessenszeit ist, und die Küche hier ist gut.«

»Machen Sie sich wegen mir keine Umstände. Was schulde ich Ihnen?«

»Lassen Sie nur. Ich möchte den Schrecken von vorhin wieder gutmachen.«

Silanpa betrat erneut das Hotel. Während er im Aufzug nach oben fuhr, sah er sich in dem unbarmherzigen Spiegel, der eine der Wände ausfüllte, und strich bei der Gelegenheit sein Sakko glatt, rubbelte mit Spucke die Manschetten ab und richtete sich notdürftig die Haare. Er bot einen jämmerlichen Anblick.

Als er den siebenten Stock erreichte, ging er ohne Umschweife zu der Tür am Ende des Ganges, aus der Susan herausgekommen war. Kein Geräusch war zu hören, kein Licht zu sehen. Er beschloß hineinzugehen. Aus seiner Tasche zog er den Dietrich für die Motels, und nach zwei Drehungen gab das Schloß nach. Er blickte sich um, tat einen Schritt nach vorne, und nachdem er in die Dunkelheit des Raumes vorgedrungen war, schloß er rasch hinter sich die Tür. Er vergewisserte sich, daß niemand da war, zog sich das Sakko aus, legte es an die Türschwelle, um den Spalt zu verdecken, und knipste das Licht an.

Vor seinen Augen erschienen der Plattenspieler, die Stierkampfplakate und die Minibar. Er ging zum Schreibtisch, aber die Schubladen waren abgeschlossen. Ein Glas, eine Schale mit geschmolzenen Eiswürfeln und der ausgedrückte Stummel einer *Pall Mall*, an deren Filter Lippenstift war, zeugten von der Zusammenkunft zwischen Tiflis und Susan. Er sah die Regale durch, entdeckte aber nichts von Interesse, so daß er beschloß, die Schreibtischschubladen zu knacken. Die Unterlagen, die er darin fand, sagten ihm zunächst nichts, doch als er sie Seite für Seite durchblätterte, begriff er, daß er in Händen hielt, was er suchte, die Papiere zu dem Grundstück am Sisga-See. In der zweiten Schublade fand er eine Aktenmappe mit Briefen und Fotos von Tiflis und Pereira Antúnez. Er stopfte alles in eine Tüte, die er unter dem Hosenbund versteckte. Außerdem befanden sich in der Schublade vierhunderttausend Pesos in Scheinen gebündelt, aber auf Geld war er nicht aus. Ohne einen Gedanken daran zu verschwenden, verließ er das Büro.

In der Cafetería saß der Taxifahrer, und als Silanpa den Teller Fleisch mit Bohnen sah, fiel ihm ein, daß er seit dem Morgen nichts mehr gegessen hatte.

»Warten Sie einen Moment auf mich? Lassen mich noch schnell den Mampf hier aufessen.«

»Bestellen Sie mir auch so einen Teller, ich sterbe vor Hunger.«

Der Taxifahrer winkte den Kellner herbei, und Silanpa ging an die Kasse vor zum Telefon.

»Estupiñán am Apparat ...«

»Ich bin's, Silanpa, ich habe gerade ein paar wichtige Sachen gefunden, die ich Ihnen zeigen will. Und morgen brauche ich Abuchijá.«

»Ich werde es ihm auf der Stelle mitteilen, Chef. Wo sind Sie?«

»In einer Cafetería in der Nähe vom Hotel *Esmeralda*.«

»Wo sollen wir uns verabreden?«

»Treffen wir uns in einer Stunde im *El Faisán de Chapinero*, kennen Sie das Lokal?«

»Ja, Chef. Over und Ende.«

»Bis gleich ...«

Die Bohnen und der Guajavensaft stimmten ihn wieder zuversichtlicher. Während er aß, hörte der Taxifahrer nicht auf zu reden:

»Das alles ist noch gar nichts«, erzählte er. »Einmal hatte ich zwei echt heiße Bienen, voll in Schale geworfen. Ich rief Wilber über Funk an, einen Kollegen aus der Zentrale, einen unverbesserlichen Weiberhelden, und schlug ihm vor, daß wir uns irgendwo beim Flughafen treffen. Die Bienen, die volle Wucht, das schwöre ich, aber als wir sie ins Motel einladen wollten, sagten sie, daß wir zahlen müßten, ohne Scheine würde nichts laufen, können Sie sich unsere langen Gesichter vorstellen? Jedenfalls zogen wir mit ihnen ab, und am Ende drückte Wilber doch noch was ab, wenn auch keinen Zaster.«

Er schüttelte sich vor Lachen. Silanpa hörte ihm kaum zu.

»Zu guter Letzt flogen uns die Täubchen doch noch in den Mund…«

Im *El Faisán* wartete Estupiñán an einem Tisch am Eingang. Es war kalt. Mittlerweile war es zehn Uhr abends.

»Ich glaube, diese Unterlagen verraten uns, wer der Tote ist und warum sie ihn umgebracht haben.«

Estupiñán sah sich die Mappe durch.

»Chef, ist das nicht langsam sehr gefährlich? Ich meine, in das Büro eines Mafioso einzudringen… Wenn dieser Typ sein Büro in diesem Hotel hat, dann doch nur, weil er zum *Esmeralda-Ring* gehört.«

»Na ja, aber es war kein Risiko dabei. Ich wußte, daß keiner da war.«

»Der *Esmeralda-Ring* gehört zur Mafia, Chef, auch wenn das heute niemand mehr weiß. Ich habe Ihnen von Anfang an gesagt, daß ich keinen Ärger möchte.«

»Es war doch klar, daß wir mit so einer Sache, einem Gepfählten am Seeufer, früher oder später auf etwas ziemlich Häßliches stoßen würden. Ich wollte Sie nur auf dem laufenden halten, aber wenn Sie aus den Ermittlungen lieber aussteigen, machen Sie das nur. Sie sind für mich schon viel zu viel Risiko eingegangen.«

Estupiñán wurde nachdenklich. Vor dem Eingang der Cafetería hielt ein Bus, und als er wieder anfuhr, legte sich eine schwarze Wolke über den Bürgersteig. Sie mußten husten.

»Verzeihung. Wissen Sie, der Schreck kürzlich hat mir ganz schön zugesetzt. Das ist alles.«

»Gehen Sie besser in aller Ruhe nach Hause, Emir, wenn ich etwas über Ihren Bruder herausbekomme, sage ich Ihnen Bescheid.«

»Bullshit! Wir brauchen auch nicht zu übertreiben, und dann vergessen Sie nicht, daß ich eine Sondererlaubnis habe, nicht arbeiten gehen zu müssen. Erklären Sie mir noch einmal, was wir von Lotario Abuchijá wollen?«

»Also, die Frau aus dem Türkischen Bad hat ihn angesprochen, sie hat ihm den Auftrag gegeben, soweit ist die Sache klar. Aber seit ich sie aus dem *Hotel Esmeralda* habe herausgehen sehen, ist die Sache auf einmal verzwickt, darum will ich sehen, ob Abuchijá Tiflis erkennt.«

»Und der Dicke mit dem gespickten Hintern?«

»Ich glaube, ich weiß, wer er ist.«

»Und ... wer denn?«

»Der hier.« Er zeigte ihm auf dem Foto einen Mann. »Darf ich vorstellen: Casiodoro Pereira Antúnez.«

»Nun, er sieht ihm wirklich ähnlich. Dem Toten, meine ich.«

»Es paßt alles bis auf die Tatsache, daß Pereira Antúnez einen Monat früher gestorben ist, hier haben Sie die Todesanzeige. Außerdem wurde er beerdigt. Es gab ein Begräbnis mit allem Drum und Dran im *Cementerio Central*.«

Sie tranken ihren Kaffee aus, verabredeten sich für den nächsten Tag, und Silanpa ging zu einem Hotel im Zentrum, nahe der Plaza de Bolívar, um dort zu übernachten.

Aber das Verlangen war stärker ...

Beim Betreten des *Lolita* versuchte er unerkannt zu bleiben, und wirklich, dort stand sie und schäkerte mit zwei Kolleginnen. Als Quica ihn sah, wollte sie auf ihn zugehen, doch er machte ihr ein Zeichen, stehenzubleiben. Dann bat er sie, mit auf die Straße zu kommen, ohne daß er wußte, ob seine Vorsichtsmaßnahmen sinnvoll waren. Sie packte ihn am Arm und zischte ihn an:

»Warum legst du mir nicht den Arm um die Schulter? Auch wenn du mich bezahlst, bin ich noch immer eine Frau ...«

Er drückte sie fest an sich, denn er wollte der Unschuld, die er in ihr zu sehen glaubte, ganz nah sein. Aneinandergekauert schliefen sie in dem schmalen Hotelbett, und am Morgen frühstückten sie Rührei mit Tomaten und Zwiebeln. Nachdem sie sich voneinander verabschiedet hatten, rang er sich durch, bei der Zeitung anzurufen.

»Esquível? Silanpa am Apparat...«

»Víctor, mein guter Víctor, wo hast du bloß gesteckt? Der Redaktionsleiter fragt ständig nach dir. Er hat mitbekommen, was passiert ist, und ist sehr in Sorge, er fürchtet, daß die ganze Zeitung bedroht wird.«

»Sag ihm, daß ich untergetaucht bin, daß ich aber mit den Ermittlungen fortfahre.«

»Er hat eine Blankovollmacht ausgestellt und der Buchhaltung angeordnet, für dich ein Sonderkonto einzurichten. Er ist in Sorge, er sagt, daß du am besten das Land verlassen sollst.«

»Mir geht es hier gut, Esquível. Wenn ich etwas brauche, rufe ich euch an. Und danke für das Geld.«

Estupiñán bestätigte ihm das Treffen mit Abuchijá um elf Uhr vormittags, und so hatte er Zeit, noch einmal beim *Hotel Esmeralda* vorbeizuschauen. Er setzte sich in eine Saftbar gegenüber, um den Eingang zu beobachten und nach der dickleibigen Männergestalt von dem Foto Ausschau zu halten. Kurz nach halb fuhren zwei Trooper-Jeeps vor. Tiflis stieg aus einem der Wagen und betrat mit dem sicheren Schritt des Besitzers das Hotel. Silanpa begleitete in Gedanken seinen Weg in den obersten Stock, und als er glaubte, daß er angekommen sein müßte, blickte er hinauf: Das Licht ging an.

Er bestellte noch einen Kaffee, blieb auf Beobachtungsposten und las solange *El Observador*, denn er hatte seit Tagen keinen Blick mehr in eine Zeitung geworfen. Kurze Zeit später aber kam Tiflis mit ein paar seiner Leute zurück. Hatte er den Diebstahl der Schriftstücke entdeckt? Die Männer stiegen in den Jeep, und durch das Wagenfenster hindurch meinte er zu erkennen, wie Tiflis ihnen Anweisungen gab.

Er wartete noch eine ganze Weile, trank zwei weitere Kaffees und rauchte dazu. Um halb elf beschloß er zu zahlen und sich ein wenig die Beine zu vertreten, doch als er gerade aufstehen wollte, kehrten die Männer zurück. Die Türen des Trooper gingen auf, und er sah Susan in Begleitung zweier Bodyguards aussteigen. »Alles im Bereich dessen, was abzusehen war«, sagte er sich. Jetzt konnte er aufbrechen, Estupiñán und Abuchijá warteten auf ihn.

»Detektiv Emir hat mir gesagt, es wäre dringend.«

»Jawohl, kommen Sie, setzen wir uns.«

Er zeigte ihm die Fotos, aber Lotario erkannte den Mann nicht.

»Nie im Leben, der Typ hier sieht aus wie ein Zuckerschneckenbäcker. Mit meinen Auftraggebern hat der nichts gemein.«

»Damit sind wir schon ein Stückchen weiter…«, sagte Silanpa. »Danke, Abuchijá. Estupiñán?«

»Ich habe keine Frage.«

»Dann gehen wir.«

Sie gingen zur Carrera 13 vor.

»Und jetzt?«

»Schauen wir noch einmal zum *Hotel Esmeralda*, dort müßte es jetzt hoch hergehen.«

2

In Tiflis' Büro hing dichter Qualm. Runcho und Camaleón rauchten *Nacionales* und tranken *Cristal*, und Don Heliodoro zündete seine Havanna immer wieder neu an, während er mit jedem Schluck in eine Zitronenscheibe biß und das Glas hob, damit man ihm einen neuen Schnaps einschenkte. In einem Sessel saß Susan und sah ihnen mit verächtlichem Blick zu.

»Ich frage dich zum letzten Mal, Prinzeßchen, und sieh doch, ich bin ganz nett: Wo sind diese Papiere hingekommen?«

»Heliodoro, ich bin den Unsinn leid. Wenn du mit mir reden willst, schick erst mal die Orang-Utans weg.«

»Sie sind wie meine Kinder für mich, Mami«, sagte er und sah sie an. »Sie können ohne Bedenken mithören, was ich sage, und sogar, was ich denke.«

»Für dich, aber nicht für mich.«

»Hör mal gut zu, Mami, ich hab von deinem Theater langsam die Schnauze voll.« Er drückte wütend seine Havanna aus. »Die Schriftstücke zu den Grundstücken sind spurlos verschwunden. Und wer wußte, daß ich sie hatte? Du warst die einzige, Prinzeßchen, na, was sagst du nun ...?«

»Ich habe keine Ahnung, wovon zum Teufel du redest, Heliodoro. Besser gesagt, ich weiß natürlich von den Schriftstücken, aber ... was kann ich dafür, daß du sie jetzt gerade nicht findest?«

»Na, na, Mami ... wie kann man nur so naiv tun. Runchito, bring mir einen Spiegel, ich will sehen, ob ich tatsächlich aussehe wie ein Vollidiot und es nur nicht bemerkt habe.«

»Heliodoro, in diesem Boot sitzen wir zusammen. Nach meinem letzten Besuch bin ich direkt nach Hause gegangen, wenn du mir nicht glaubst, frag meine Hausangestellte.«

»Am besten finde ich, Prinzeßchen, daß wir jetzt noch enger zusammensitzen.«

»Wieso?«

»Ganz einfach, bis die Papiere auftauchen, wirst du schön brav bei mir bleiben.«

»Dazu hast du kein Recht... Das wäre Entführung.«

Susan stand auf und ging in Richtung Tür, aber auf eine Handbewegung von Tiflis hin packte Runcho sie am Arm.

»Laß mich los, du Idiot!«

»Hör auf ihn, Prinzeßchen. Mach die Dinge nicht noch schwieriger. Unten haben wir für dich ein hübsches Zimmer hergerichtet, mit Fernseher und so weiter.«

»Wenn dir die Schriftstücke gestohlen worden sind, dann überleg, wer an den Schriftstücken interessiert ist. Hast du mir nicht erzählt, daß Esquilache und Barragán sie suchen? Und Vargas Vícuña? Abgesehen von diesem Journalisten, der hinter dem Fall her ist.«

»Wir werden ja sehen, welcher Scheißkerl es war, aber bis die Papiere aufgetaucht sind, bewegt sich keiner von hier weg. Runchito, wärest du so freundlich und würdest die Señora auf ihr Zimmer begleiten?«

»Du hast kein Recht ...!« waren Susans letzte Worte, bevor sie von Runcho hinausgeschubst wurde.

Tiflis ging ins Bad und setzte sich aufs Klo. »Bei einem gründlichen und gesunden Schiß hat sich noch für alles eine Lösung gefunden«, sann er und blickte dabei angestrengt auf seine heruntergelassene Hose.

Susan wußte als einzige, daß er im Besitz der Schriftstücke war. Aber es stimmte natürlich, daß Leute wie Vargas Vicuña oder Esquilache dies auch vermuten konnten. Das wäre ein Grund, warum sie ihn anriefen, warum sie das Gespräch mit ihm suchten und ihm Angebote machten.

Pereira Antúnez hatte ihm die Grundstücke vor drei Monaten übertragen, und das war nicht einfach gewesen.

Er erinnerte sich an die Szene, die sich hier in seinem Büro abgespielt hatte:

»Ich will nichts anderes, Doktor Pereira Antúnez, als diesen Flekken Erde. Ihnen bedeuten diese Grundstücke nichts. Aus irgendeinem Grund lassen Sie diese Verrückten dort hausen, für mich aber sind die Grundstücke ein Traum.«

»Heliodoro, diese Leute vertrauen mir. Und um Himmels willen, nennen Sie sie nicht Verrückte, und vergessen Sie nicht, daß auch ich Nudist bin.«

»Verzeihen Sie, Doktor Pereira. Ich rede immer so, das wissen Sie.«

»Ja, ich kenne Sie, Heliodoro.«

»Reden wir ganz offen, Doktor Pereira.« Tiflis' Stimme klang jetzt süßlich. »Ich habe zehn Jahre lang für Sie das Gesicht hingehalten, und am Ende bin ich sogar sieben Monate für Sie in den Knast gewandert, haben Sie das etwa vergessen?«

»Ach, Heliodoro, wozu sollen wir an dieses traurige Kapitel zurückdenken?«

»Ich denke daran zurück, weil ich mir jeden Tag, den ich im Gefängnis saß, sagte: Bleib stark, Doktor Pereira wird sich an dich erinnern. Sagen Sie mir jetzt nicht, Sie hätten vergessen, was ich alles für Sie auf mich genommen habe. Dann gebe ich mir die Kugel.«

»Vergessen habe ich das nicht, aber das Leben ist nun einmal sehr lang, und es wimmelt nur so von hohlen Worten und nichtssagenden Gesichtern, so daß man manchmal nicht weiß, wer wer ist.«

»Ich jedenfalls werde das alles nie vergessen. Sieben Monate Knast, Doktor Pereira, Sie machen sich kein Bild, was ich vollbringen mußte, nur damit sie mir beim Duschen nicht an den Hintern gingen.«

»Wenn man bedenkt, daß manche Leute sogar Geld dafür bezahlen … Wie ungerecht doch die Welt ist.«

»Sie kennen mich von klein auf und wissen, daß ich es nicht ausstehen kann, um den heißen Brei herumzureden.«

»Das ist in der Tat wahr, Heliodoro.«

»Ich sage es ganz offen. Ich will diese Grundstücke unbedingt, sonst werde ich untröstlich sein und wohl oder übel überall herumerzählen müssen, in was für Nöten ich gesteckt habe.«

»Ist das eine Drohung?«

»Neeeiin … Sie sind für mich doch wie ein guter Vater. Das ist einfach eine Anregung.«

»Und wenn wir schon so offen reden, was passiert, wenn ich sie Ihnen nicht gebe?«

»Dann bekommen wir Probleme, Doktor Pereira. Sie, und ich.«

»Und was sollen das für Probleme sein?«

»Sehen Sie, Doktor Pereira, sehen Sie, was ich hier habe.« Er zog ein Blatt hervor und las: »Eidesstattliche Erklärung von Yndamiro Juárez Sanjuán: *Ich, Yndamiro Juárez Sanjuán, geboren in Útica am 15. September 1943, erkläre, daß Doktor Casiodoro Pereira Antúnez, für den ich in der Bar ›El Rey de los Andes‹ arbeite, mir am 28. Juli 1973 aufgetragen hat, Osvaldo Trías Dueñas, den Besitzer der Bar ›La Nariz de Pinocho‹, ausfindig zu machen, ihn nach Mitternacht auf den Cerro zu schleppen und ihm dort eine Kugel in den Kopf zu jagen. Ich sollte folgende Botschaft hinterlassen: Ein Oligarch weniger, hoch lebe Marx! Die Tat beging ich unter der Androhung, selbst liquidiert zu werden. Nach meinem besten Wissen und Gewissen, Yndamiro Juárez Sanjuán.*«

»Na schön, wie soll unser Geschäft aussehen?«

»Ganz einfach, Doktor Pereira. Die Grundstückspapiere auf meinen Namen gegen das Original dieser Erklärung.«

»Das hätte ich nicht von Ihnen erwartet.«

»Sie selbst haben mir gesagt, im Leben wimmle es nur so von nichtssagenden Gesichtern. Genau darum erinnere ich mich an Worte.«

»Sie stellen mich mit dem Rücken an die Wand.«

»So würde ich das nicht nennen, Doktor Pereira, sagen Sie doch lieber, Sie entschädigen mich für alle meine Aufopferungen.«

»Das ist das gleiche.«

Weiter erinnerte sich Tiflis, wie sie zum Grundbuchamt gegangen waren, und wie Don Casiodoro mit demselben Streichholz, mit dem er seine Pfeife angezündet hatte, die Erklärung Yndamiros abfackelte. Aber da war ein Problem, und zwar waren die Schriftstücke nicht von Don Casiodoro selbst beurkundet, und das komplizierte die Dinge, denn somit war die Übertragung juristisch nicht einwandfrei. Darum brauchte er die Originale, um zunächst den formalen Mangel zu umgehen und dann seine Eigentümerschaft sichern zu können. Ob Senator Esquilache diesen Stolperstein kannte? Vielleicht war es ratsam, ihn vor ihrem nächsten Gespräch ein klein wenig zu erschrecken.

Er spülte hinunter, verließ das Badezimmer und rief Runcho zu sich.

»Zu Diensten, Chef.«

»Ich möchte, daß du Senator Esquilache einen kurzen Besuch abstattest. Mach ihm nichts kaputt, aber sorge dafür, daß er handzahm wird, ich habe eine wichtige Unterredung mit ihm vor.«

3

Unmittelbar nach unserer Ankunft in Bogotá, nachdem der Pick-up, der an beiden Türen das Polizeiwappen trug, uns vom Bahnhof abgeholt und uns abgesetzt hatte, fuhr man uns in unser Quartier, in eine am Gebirgsrand gelegene Kaserne an der Grenze zum Nationalpark. Für jemanden wie mich, der aus einem warmen Landstrich kommt, wo einen das allmorgendliche Krähen der Hähne weckt, war das alles nicht einfach. Auf einmal war da keine warme, morgendliche Brise mehr, sondern von den Bergen her wehte ein schneidender Wind, der einem wie ein Messer durch die Knochen fuhr. Wir mußten eiskalt duschen und anschließend beim ersten Trompetenappell in den Hof hinaustreten, wo uns so gut wie jeden Tag ein feiner Sprühregen empfing, der einen bis auf die Haut durchweichte und der für mich mittlerweile, so widersprüchlich ist das Leben, von der Schönheit unserer Hauptstadt nicht mehr wegzudenken ist. Aber für mich Neuankömmling war diese klamme Kälte ein trauriger Empfang.

Zu dieser morgendlichen Stunde, meine Herrschaften, gab es für unser leibliches Wohl lediglich eine kleine Tasse schwarzen Kaffee und ein Stück labberiges Weißbrot, und ohne sonst etwas im Magen erhielten wir erste Einblicke in die öffentliche Ordnung Bogotás, unterrichtete man uns über die gefährlichen Viertel, die Drogenumschlagplätze, Mafiagegenden, über die Steineschmeißer der *Universidad Nacional*, kurzum, über sämtliche Verbrechensherde, die jeder Hüter des öffentlichen Zusammenlebens kennen mußte, um keine unangenehmen Überraschungen zu erleben. Diese Einweisung gab uns ein Oberfeldwebel, der eifrig Skizzen auf eine Tafel malte, und das Ganze fand in einem Raum mit Blick auf den *Monserrate* statt. Im Grunde war es ein Zimmer, typisch für ein altes Haus, mit sehr hoher Decke und morschen Fenstern, durch die der Wind pfiff und der feuchte Odem des Regens sickerte. Sie dürfen mir glauben, daß unter solchen Bedingungen, in ein einfaches Pult gezwängt, wo man sich, Sie verzeihen, meine Damen, den Hintern verkühlte, das Lernen äußerst schwer fiel. Ich strengte mich an, dem zu folgen, was der Oberfeldwebel Chumpitaz uns sagte, aber meine Gedanken probten den Aufstand und führten mir weder Stadtviertel noch Verbrecherbanden vor Augen, sondern eine dampfende heiße Schokolade mit frischem Gebäck und *Buñuelo*-Küchelchen, ein kreolisches Frühstück, das, soweit ich wußte, in einer der umliegenden Kaffeestuben serviert wurde.

Überflüssig zu sagen, daß der hier Anwesende direkt im Anschluß an den Vortrag von Feldwebel Chumpitaz mit heraushängender Zunge in eine der Bars stürzte. Und nachdem ich ein Kreuz geschlagen und dem Herrn für seine Großzügigkeit gedankt hatte, verschlang ich wie ein Löwe das Frühstück mit Schokolade, wie ich es beschrieben habe, und am Ende, als ich ging, hatte die Tochter des Wirts, ein junges Mädchen, das als Bedienung arbeitete, zwei oder drei Tassen abzuräumen, während ich mit wohligem und warmem Bauch zurückkehrte und meine Gedanken auf einmal so hell und klar waren, daß der Unterricht gleich menschlicher wurde und die Worte von Chumpitaz in meinen Kopf nicht nur Eintritt fanden, sondern sich einprägten wie das glühende Eisen in den Nacken des Rindes.

4

Nancy spannte die Muskeln an, biß in das Kissen, um einen Schrei zu unterdrücken, und ein Zucken lief durch ihren Körper. Dann kam sie zu sich, schlug die Augen auf und sah in Barragáns schweißtriefendes Gesicht.

»Ich liebe dich, Emilio. Ich weiß, das zu sagen ist eine Dummheit, aber es ist die Wahrheit.«

Das Zimmer war schwach beleuchtet. Die Wand auf der linken Seite war mit einem Spiegel verkleidet, und gegenüber thronte auf einem Sideboard ein alter Fernsehapparat von Philips.

»Ich dich auch, Nancy, aber es ist besser, sich bei einer solchen Geschichte nicht zu verlieben. Das kann für beide gefährlich werden.«

Sie küßten sich ein paarmal, und Nancy stand auf. Barragán blickte ihr nach, wie sie ins Bad ging, und dachte, daß diese Hüften, die er vor sich sah, schon einen Gewissensbiß wert waren. Er blickte auf die Uhr: zwei Uhr nachmittags.

Sie verließen das Motel und kehrten auf schnellstem Weg zurück in die Kanzlei. Nancy stieg ein paar Häuserblöcke vorher aus und wartete, bis der Peugeot in der Garageneinfahrt verschwand.

Zurück in der Kanzlei ordnete Barragán an, ihn mit Esquilache zu verbinden, während er sich etwas *Obsession* auf die Hand träufelte und damit den Hals betupfte. Er wartete ein paar Sekunden, bis er die Stimme des Senators hörte.

»Hallo, mein Lieber. Hast du etwa zum Nachtisch gute Nachrichten für mich?«

»Nein, Marco Tulio. Noch nicht. Umgekehrt, ich rufe an, um dich zu bitten, mir Näheres über diese Grundstücksangelegenheit zu sagen. Ich brauche genauere Informationen. Ich muß alles wissen.«

»Und was willst du wissen?«

»Welche Abmachung genau du mit GranCapital getroffen hast. Solange du damit nicht rausrückst, weiß ich nicht, was zu machen ist und wie man aus der Geschichte rauskommen kann.«

»Die Sache ist ganz einfach. Ich brauche diese Papiere, um ihnen die Grundstücke zum Schätzwert zuschieben zu können, begreifst du den Kniff? Dann muß man nur noch eine öffentliche Ausschreibung machen, mit geändertem Datum. So tue ich ihnen meinerseits einen Gefallen, und gleichzeitig bekommen sie einen Teil des Geldes zurück, das sie mir vorgeschossen haben.«

»Reden wir Klartext, wieviel meinst du, gewinnst du dabei?«

»Einige hunderttausend werden es schon sein, mein Lieber, und einen Teil bekommst du für deine Unannehmlichkeiten, das ist selbstverständlich. Aber … gehst du nicht ein bißchen zu weit mit deiner Fragerei?«

»Ich habe volles Vertrauen, Marco Tulio, aber ich muß mich einfach vergewissern, daß das Geschäft dick genug ist, um eine mögliche Konfrontation mit Vargas Vicuña in Kauf zu nehmen.«

»Da kannst du beruhigt sein, das Geschäft ist so dick wie zehn Vargas Vicuña zusammen.«

»Noch etwas. Dieser Gepfählte will mir nicht aus dem Kopf gehen, und im Ernst, manchmal schrecke ich nachts mit Herzrasen auf, die Sache raubt mir einfach den Schlaf.«

»Aber was quält dich denn daran so?«

»Tiflis wirkte auf mich überhaupt nicht sauber und … Ich weiß nicht warum, aber seit ich ihn gesehen habe, denke ich, daß er etwas damit zu tun hat.«

»Hör auf mit solchen Mutmaßungen! Es ist noch nicht einmal bekannt, wer die Leiche ist.«

»Sei nicht albern. Du weißt ganz genau, daß es Pereira Antúnez ist, ich habe ihn auf dem Foto sofort erkannt.«

»Jetzt fängst du schon wieder mit diesem Unsinn an … Die Polizei wird schon wissen, was sie tut, kapiert? Kümmere du dich um deine Angelegenheiten, und wenn du nicht schlafen kannst, nimm einen Kräuterbrand, und wenn das immer noch nicht hilft, hol dir einen runter. Das ist die beste Medizin gegen Schlafstörungen.«

Sie legten auf, und Emilio drehte sich mit seinem Sessel um. Jetzt mußte er Vargas Vicuña anrufen. Sein Herz klopfte wild vor Aufregung. Er nahm ein Glas aus der Minibar, schenkte sich einen Whisky mit Eis ein und kehrte in seinen Sessel zurück. Während er nervös an dem Glas nippte, bat er Nacha, die Verbindung herzustellen.

»Doctor Vargas Vicuña? Einen wunderschönen Tag.«

»Emilio, was für eine Überraschung. Es ist mir eine Freude.«

»Gleichfalls, Doktor Vargas Vicuña, wie laufen die Geschäfte?«

»Gut, danke, das Übliche. Gibt es etwas Neues über die Sisga-Grundstücke?«

»Stellen Sie sich vor. Genau deswegen rufe ich Sie an.«

»Ich bin ganz Ohr.«

»Eine Sache muß ich wissen, das sage ich ganz offen. Der Auftrag birgt seine Risiken, und um zum Ziel zu gelangen, werde ich viele Unannehmlichkeiten haben. Verzeihen Sie also, daß ich Sie frage, wieviel bei dieser Geschichte für mich herausspringen wird.«

»Aber nicht doch, Emilio, du brauchst dich nicht zu entschuldigen, deine Frage ist ganz normal. Unser Vorhaben ist eine ziemlich große Sache. Wenn alles geregelt und über den Tisch gegangen ist, kann man mit etwa hundertfünfzig Millionen rechnen. Bist du damit einverstanden?«

Emilio überschlug den Gewinn und begann innerlich zu jauchzen. Er war so elektrisiert, daß ihm die Finger kribbelten und die Schläfen pochten, und im selben Augenblick sah er die Auslagen von Harrods vor sich, über und über voll mit Hemden und Krawatten. Er sah sich als Unternehmer im Exil in einem Pariser Bistro in aller Ungezwungenheit Zeitung lesen, während Cata und Juanchito durch den *Jardin du Luxembourg* tollten.

»Ja, Doktor Vargas Vicuña. Jetzt, wo ich das weiß, bin ich beruhigt.«

»Ich muß dir aber gleich dazu sagen, daß wir keinen Vertrag machen können, verstanden? Bei der ganzen Sache müssen wir uns mit einer mündliche Vereinbarung begnügen.«

»Keine Sorge. Ich habe volles Vertrauen in Ihr Wort.«

»Das ist entscheidend. Und jetzt gestatte mir, daß ich dir eine

Frage stelle: Wann werden wir die Sache denn über die Bühne gebracht haben?«

»Ich werde ein paar Tage brauchen, vielleicht auch ein paar Wochen.«

»Ich brauche dir nicht zu sagen, daß die Zeit drängt. Die Baumaterialien werden mit jedem Tag teurer, wie du weißt, und je eher wir anfangen, desto besser.«

»Lassen Sie mich nur machen. Und bereiten Sie soweit alles vor.«

»Das wollte ich nur hören.«

»Noch eine Sache: Sie wissen, daß diese Nachforschungen nicht umsonst sind, Doktor Vargas Vicuña, das heißt, ich brauche dafür einen Vorschuß.«

»Wieviel willst du?«

»Lächerlich, sagen wir zehn Prozent.«

»Das ist viel Geld, Emilio.«

»Nichts im Vergleich zu dem, was wir gewinnen werden.«

»In Ordnung, heute nachmittag flattert der Scheck bei dir ein, und halte mich auf dem laufenden.«

»Seien Sie unbesorgt.«

Sie legten auf, und Barragán tat einen tiefen Seufzer der Zufriedenheit. Bevor er weiter verhandelte, mußte er nun die Papiere auftreiben. Schritt Nummer eins: ins Grundbuchamt gehen und die Fährte nach den Grundstücken aufnehmen.

5

Der graue Mazda verließ die Garage des Senats von Bogotá und nahm die Calle 26 in Richtung Berge, anschließend die Circunvalar nach Norden. Um sich darauf einzustimmen, nach Hause zu kommen, blätterte Esquilache während der Fahrt ein Buch von Rafael Pombo durch, das er für Emilio Barragáns Kinder gekauft hatte. Er betrachtete die Abbildungen, las gerührt die Titel und Anfänge der Gedichte, und schließlich ließ er sich sogar dazu hinreißen, die Reime seinem Chauffeur auswendig aufzusagen, und dabei wurde ihm bewußt, wie weit seine Kindheit zurücklag.

An der Kreuzung vor dem Nationalpark erschien ein anderer Wagen, ein weißer Trooper voller Aufkleber, und nahm in einiger Entfernung seine Verfolgung auf. Auf Höhe der Calle 67 befand sich der Trooper zwei Wagen hinter dem Mazda, hinter dem Militärkrankenhaus jedoch begann er weiter aufzuholen. In einer engen Straße, die am *Colegio Nueva Granada* vorbei in die Berge hinaufführte, schoß der Trooper nach vorne und zwang den Mazda, in einem hektischen Manöver auszuweichen. Esquilache schrie auf, so daß seine brennende Zigarette auf den Bezug des Autositzes fiel.

»So ein Arschloch …!« konnte er gerade noch sagen, bevor sich sämtliche Türen des Trooper öffneten und das breite und grinsende Gesicht von Runcho zum Vorschein kam.

»Erinnern Sie sich an mich?« sprach Runcho ihn an.

»Sie sind doch … Aber was erlauben Sie sich?«

Ein fetter Mann mit Sonnenbrille und einem Hemd von Valdiri, das ihm über dem Bauch spannte, baute sich vor Esquilaches Chauffeur auf.

»Keine Angst, heute kommen wir in friedlicher Mission«, sagte Runcho weiter. »Ich soll Ihnen von, na ja, Sie wissen schon, etwas ausrichten.«

»Und … das wäre?«

»Ach, nichts Besonderes. Es geht wie immer um diese Grundstücke, Sie wissen schon. Meinem Chef sind ein paar wichtige Papiere abhanden gekommen und er möchte sich mit Ihnen unterhalten.«

»Papiere? Was für Papiere?«

»Wichtige Papiere eben.« Runcho hob bedächtig den Zeigefinger. »Ich habe dem Chef gesagt, bleiben Sie ruhig, Señor Esquilache ist ein ehrenhafter Mann. Daraufhin sagte er, gut, dieses Mal geben wir uns damit zufrieden, daß er uns ein paar Fragen beantwortet.«

»Ich schwöre Ihnen, mein Lieber, ich habe keine Ahnung ...«

Auf einmal trat der Dicke mit dem Valdiri-Hemd an das Wagenfenster und wandte sich mit finsterer Miene an den Chauffeur.

»Was glotzen Sie denn die ganze Zeit so, gefällt Ihnen mein Hemd nicht?«

»Nein, nein«, versicherte der Fahrer, »ganz im Gegenteil, ich finde, es sieht hervorragend aus.«

»Sag ruhig, wenn es dir nicht gefällt, Schwuchtel.«

Er trat gegen die Tür, zog einen Knüppel hervor und schlug den Seitenspiegel ein.

»Wenn ich Ihnen doch sage, daß es wunderschön ist ...«

»Sei ein Mann, du feige Sau. Sag, wenn es dir nicht gefällt!« brüllte er rot vor Zorn und haute ihm mit dem nächsten Schlag den linken Scheinwerfer ein.

»Das Hemd ist ein Traum, es steht Ihnen ausgezeichnet, wo haben Sie es denn ge ... ?«

»Dieses Weichei will sich über mich lustig machen, *carajo*, ich glaub, ich werd nicht mehr ...«

Und in einem Wutanfall zertrümmerte er mit dem Knüppel zuerst den rechten Scheinwerfer, dann die Blinker, die Motorhaube und schließlich die Windschutzscheibe. Jetzt griffen die beiden anderen Männer ein.

»Hör auf, Morsita. Das ist ein Mißverständnis.«

»Der arme Mann möchte doch nur wissen, wo du es gekauft hast, Morsita«, sagte Runcho, »das ist doch nicht so schlimm.«

»Der hat mein Hemd angegafft wie ein Geisteskranker… Und so was kann ich nicht leiden.«

Esquilache schwitzte Blut und Wasser und wußte nicht, was er tun sollte. Schließlich rang er sich dazu durch, das Wort zu ergreifen.

»Also Vladimir, bitte den Herrn gefälligst um Entschuldigung!«

»Verzeihen Sie, Señor. Ich wollte nicht…«

»Das ist das Gute daran, wenn man mit Freunden zu tun hat«, sagte Runcho, »am Ende löst sich alles in Wohlgefallen auf.«

Er winkte die Männer zu sich und ging zu dem Mazda zurück.

»Und denken Sie daran, Señor Esquilache. Seien Sie so gut, und rufen Sie den Chef an. Mit seiner Laune steht es nicht zum besten, aber wenn Sie mit ihm sprechen, wird er sich sicher beruhigen.«

Sie stiegen in den Trooper ein und fuhren weg. Esquilache wischte sich die Stirn ab und sah sich seinen Wagen an: Die gesamte Front war zerstört, und die Windschutzscheibe sah aus wie ein Spinnennetz. Als Vladimir den Motor anließ, war es schon nach sechs Uhr abends.

»Nach Hause, verdammt, schnell!«

Sie fuhren zurück zur Circunvalar. Der Verkehr war eine träge Lichterschlange, die sich nur mühsam, in kleinen Schüben vorwärts bewegte. Als sie in Richtung La Calera hochfuhren, hörten sie das Getöse der Hupen in der Carrera Séptima, die ebenfalls verstopft war. Nichts bewegte sich. Die Autos sahen aus, als wären sie auf die Fahrbahn gemalt. Die Leute in den umstehenden Häusern machten nach und nach das Licht an, und in einem Vorgarten räumte eine Hausangestellte die Plastikstühle hinein, damit sie nicht naß wurden.

Im *Hotel Esmeralda* hielt Tiflis das Warten kaum mehr aus.

»Was ist denn da los, verdammt, die kommen ja überhaupt nicht mehr.«

»Beruhigen Sie sich, Chef. Bei dem Verkehr kommt jeder zu spät«.

»Bring mir das Mädchen! Die Arme langweilt sich ja noch zu Tode, aber so ist das Leben.«

Fünf Minuten später betrat Susan das Büro von Tiflis. Sie knuffte Wilber mit dem Ellenbogen und blickte Heliodoro voller Haß an.

»Wenn du mich noch einmal einem dieser Schlägertypen überläßt, dreh ich dir den Hals um. Sag ihm, er soll abhauen.«

Tiflis, der auf einmal ganz milde gestimmt war, machte seinem Untergebenen ein Zeichen zu gehen. Wilber brachte die Flasche *Cristal* zum Schreibtisch, stellte noch einmal die LP von *Binomio de Oro* an und verließ mit einer Verbeugung das Zimmer.

»Hör gut zu, Mami. Ich will, daß du weißt, daß wir unsere Gefühle hier ganz aus dem Spiel lassen, drücke ich mich klar aus? Das hier ist reines Geschäft, und Geschäft und Weiber soll man auseinanderhalten. Besser gesagt, Geschäft und Liebe ... Ach, ich weiß nicht, wie ich das sagen soll. Du verstehst mich schon.«

»Heliodoro, wie kannst du denken, daß ich gegen dich bin? Hast du denn schon vergessen, was ich alles getan habe, bevor Pereira Antúnez starb? Wir sitzen doch im selben Boot.«

»Wie du meinst, Mami, aber ich muß zunächst einmal jedem mißtrauen. Das hat mir mein Vater eingebleut. Ich befolge nur seinen Rat.«

»Damit vergraulst du doch bloß die Leute, die auf deiner Seite sind.«

»Also, ich habe nachgedacht«, sagte Tiflis unvermittelt, »und ich bin zu dem Schluß gekommen, daß du mit den gestohlenen Papieren vielleicht wirklich nichts zu tun hast. Als ich beim Meditieren war«, sagte er und zeigte auf die Toilette, »ist mir das plötzlich klar geworden. Darum werde ich dir blind vertrauen, Prinzeßchen, vor allem, wenn du mir hilfst zu überlegen, wer es gewesen sein könnte.«

Susans Gesichtsausdruck löste sich, sie setzte den Tonarm des Plattenspielers noch einmal auf den Anfang und schenkte sich einen Whisky ein.

»Ich habe den Eindruck, daß wir uns so langsam verstehen.«

»Bei einer Frau wie dir, nichts leichter als das.«

Susan setzte sich zu ihm, legte die Beine übereinandergeschlagen auf den Schreibtisch und fing an, die Lage zu entwirren. War nicht eine ganze Reihe an Leuten hinter den Grundstücken her? Wer wußte, daß Tiflis die Papiere hatte? Zum Beispiel Esquilache.

»Nur die Ruhe, Mami«, entgegnete Tiflis, »den knöpfe ich mir gerade vor. Ich rechne jeden Moment mit seinem Anruf.«

Weiter führte sie an, daß da noch der andere sei, dieses Weichei, wie hieß er noch einmal? »Barragán«, sagte Tiflis und kippte ein Gläschen *Cristal* hinunter.

»Genau der, Barragán.« Susan zerbiß einen Eiswürfel. »Der hat nicht mehr Saft als eine tote Fliege, aber mehr Schulden als ein Dorfpfarrer von der Küste; und dann ist da noch Vargas Vicuña. Ist es vielleicht möglich, daß er einen der Männer, die für dich arbeiten, gekauft hat?«

»Unmöglich, sie stehen zu mir wie meine eigenen Söhne. Du kennst sie.«

»Und jemand aus dem Hotel? Schließlich hat der Diebstahl hier stattgefunden, nicht wahr? Hier in diesem Büro.«

»Ja, der Haken ist nur, daß sonst nichts gestohlen worden ist. Auf der Aktenmappe mit den Papieren lag ein Bündel Geldscheine, und das ist nicht angetastet worden, hier, sieh! Die Person wußte also genau, was sie wollte.«

Susan nahm einen Schluck Whisky und steckte sich eine *Pall Mall* an. Weiter sagte sie, daß ihr dieser Journalist ein Dorn im Auge sei, aber er beschwichtigte sie. »Sei ganz beruhigt, Mami, dieses Klatschmaul hat auch schon seine Ration bekommen, und außerdem ist er weg vom Fenster, denn Morsitas Bruder hat das Gebäude überwacht, und das As hat sich nicht wieder blicken lassen. Und dann noch der Spaß mit seiner Karre, du kennst doch die Geschichte, Mami? Kurz und gut, das ist ausgeschlossen.«

Susan riß vor Staunen die Augen auf und brach schließlich in Gelächter aus.

»Ist das wahr?«

»Ja, aber na, na ...«

Sie rückte an ihn heran, berührte mit ihren Lippen sein Ohr und hauchte:

»Und was ist mit dem Gepfählten?«

Tiflis nahm die Flasche *Cristal*, schenkte sich ein Glas ein und trank es in einem Zug leer. Dann griff er nach dem Päckchen *Nacional*, kramte in seiner Hosentasche nach einem Feuerzeug und zündete sich paffend eine Zigarette an.

»Den Dicken, den hat uns jemand geraubt. Das ist eine andere Geschichte, die wir bis jetzt nicht herausbekommen konnten. Irgendwer hat ihn uns geraubt, im Ernst, und auf einmal tauchte er dort gepfählt am Seeufer auf.«

»Ich muß dir etwas gestehen, Heliodoro, die ganze Zeit über habe ich vermutet, daß du es gewesen bist.«

»Wir hatten ihn eigentlich an einem sicheren Ort, in einer Lagerhalle hier in Bogotá. Doch als wir eines schönen Tages die Tür aufmachten, war er nicht mehr da. Irgendwer hat ihn mitgenommen.«

Susan sah ihn an und grinste.

»Und wer könnte das getan haben?«

»Keinen blassen Schimmer, der Burro soll es für mich herauskriegen, aber bis jetzt ... Ich habe wirklich keine Ahnung, ich habe dir doch gesagt, daß in letzter Zeit ziemlich merkwürdige Sachen laufen.«

Er schenkte sich noch einen Schnaps ein.

»Aber lassen wir jetzt den Dicken, und kommen wir wieder auf unsere Sache zu sprechen. Also, erzähl mir ganz genau, was in dem Türkischen Bad vor sich gegangen ist. Aber von Anfang an, Mami, und vergiß nichts!«

»Irgendwann bekam Alberto Cassiani, du weißt schon, der Clubvorsitzende, heraus, daß die Grundstücke von Pereira Antúnez, die er uns zur Verfügung gestellt hatte, im Falle seines Todes auf den Distrikt übergehen würden, er hatte nämlich keine Erben. Damit begann die ganze Panik. Als wir uns kundig machten, sagte uns Esquilache, es würde schwierig werden, da die Grundstücke nämlich einem anderen Zuständigkeitsbereich unterlägen, und es würde nicht einfach werden, sie zu behalten. Damals kam Alberto auf die Idee, Pereira Antúnez vorzuschlagen, uns den Grund zu überlassen. Nicht ihm, sondern dem Club.«

»Ich verstehe nur nicht, wieso Esquilache darüber unterrichtet war.«

»Mehr als bloß unterrichtet: Alberto bekam heraus, daß Esquilache die Grundstücke jemandem angeboten hatte, einer Baufirma. Möglicherweise Vargas Vicuña, aber das weiß ich nicht.«

»Schon möglich«, knurrte Tiflis, »jedenfalls ist Vargas Vicuña ebenfalls mit einem riesigen Bauvorhaben hinter diesen Grundstücken her.«

»Genau deshalb beschloß Alberto, den Kampf aufzunehmen, und er erreichte, daß Pereira Antúnez ein Dokument zur Überlassung der Grundstücke unterschrieb.«

»Bis hierher kenne ich die Geschichte.«

»Ab da begannen die Schwierigkeiten, Alberto glaubte nämlich, daß damit alles unter Dach und Fach sei, und begab sich geradewegs zu Esquilache. Der schüchterte ihn ein und sagte ihm, daß das gar nicht legal sei, er müßte beweisen, daß Pereira Antúnez in vollem Besitz seiner geistigen Kräfte gewesen war, als er das Dokument unterschrieb, denn bei all den ganzen Krankheiten, die der Alte habe, würde ihm doch kein Richter mehr Glauben schenken. Schön und gut, Alberto wurde nervös.«

»Nervös?«

Plötzlich klingelte das Telefon. Susan trat ans Fenster, und Tiflis hob den Hörer ab.

»Hallo? Ja? Was für eine Ehre, Herr Senator, wie geht es Ihnen?... Ach ja? So la-la?... Ach so, so erzählen Sie doch, weil ... Runcho? Ja, weiter... Hat er Ihnen denn meine Nachricht überbracht? Aha, hervorragend, Herr Senator, dann rufen Sie mich bestimmt deshalb an ... Ich danke Ihnen.«

Er hielt den Hörer zu. Mit einer Handbewegung deutete er Susan an, sie solle die Musik leiser drehen und ihm einen Schnaps servieren.

»Folgendes, Herr Senator, als ich heute morgen ins Büro komme, stelle ich fest, daß mir wichtige Schriftstücke fehlen, ahnen Sie, wovon ich spreche? Und da habe ich mir gesagt, daß ich mich nicht zu wundern brauche, wo ich doch immer allen vertraue, irgendwann mußte ich ja mal auf die Nase fallen, denn je vertrauensseliger man ist, desto mehr wird man beschissen, nicht wahr? Ich weiß, irren ist menschlich, aber ich hab die Schnauze voll von diesen Typen, die mir ständig vorführen, wie menschlich sie sind, mit diesem Zirkus muß jetzt Schluß sein. Ich weiß, daß Sie ein Mensch mit Niveau sind, und darum ziehe ich es vor, mit Ihnen ganz offen zu reden ... Heute ist Dienstag? Ja, Dienstag. Passen Sie auf, Herr Senator, Samstag mittag erwarte ich Sie hier im Hotel zum Mittagessen, und eine Bitte, bringen Sie mir die Schriftstücke, die ich vermisse, das lege ich Ihnen ans Herz, denn andernfalls wird es mit Runchito durchgehen, und wer weiß, was Ihnen oder Ihren Liebsten dann womöglich zustößt, drücke ich mich deutlich genug aus? Schreiben Sie es sich in Ihren Kalender: Samstag um eins hier im Hotel.«

Mit diesen Worten legte er auf und verzog seine Mundwinkel zu einem Grinsen.

»Dem habe ich aber eingeheizt. Komm, Prinzeßchen, dreh die Musik auf, wir wollen tanzen.«

»Unter einer Bedingung«, entgegnete sie, rabiat und lockend zugleich.

»Welche?«

»Daß du mich hier rausläßt.«

»Kommt überhaupt nicht in Frage, Mami.« Er pfiff Wilber herein, und sie fesselten ihr zu zweit die Hände. »Du kennst doch die Redensart: Was sich liebt, das neckt sich ...«

6

Silanpa sah sie von der Cafetería aus ankommen. Der Trooper fuhr den Bordstein hoch, und drei Männer stiegen unter Gelächter aus. Eine so ausgelassene Stimmung mußte darauf hindeuten, daß gleich etwas geschehen würde.

»Schau mal, die dort«, sagte er zu Estupiñán.

»Eindeutig *Esmeralda-Ring*, Chef. Da ist echt die Kacke am Dampfen.«

Während Estupiñán weiter von der Cafetería aus das Geschehen beobachtete, fuhr Silanpa mit dem Taxi zur Zeitung. Vielleicht würde er in den Archiven irgendeinen Hinweis finden, was es mit der Frau an Tiflis' Seite auf sich hatte.

Auf der Fahrt dorthin quälten ihn Magenschmerzen, als käme er an einen Ort zurück, dem er für immer den Rücken gekehrt zu haben glaubte. Er kam an der Zeitung an, gab sich einen Ruck, betrat das Gebäude und stieg die Treppe hoch in die Redaktion.

»Von den Toten auferstanden«, begrüßte ihn Esquível, als er ihn sah. »Wie geht's, wie steht's, mein Freund?«

»Gut, danke. Ich komme, um etwas nachzusehen.«

Die Redakteure aus der Redaktion Polizeinachrichten und den Redaktionen der angrenzenden Räume umringten ihn. Sie erkundigten sich, wie er sich fühlte, ob er Hilfe brauchte, ob sie etwas für ihn tun konnten, und ob er zum Arbeiten kam? Sie begrüßten ihn überschwenglich, brachten ihm Zuneigung und sogar Bewunderung entgegen, aber für Silanpa waren sie weit weg, wie hinter einer unüberwindbaren Mauer.

Er begann, im Archiv unter »Pereira Antúnez« zu suchen. Er fand die Todesanzeige, die er schon kannte, danach holte er sich verschiedene Zeitungen, die an jenem Tag erschienen waren. Mit dem Stapel setzte er sich an einen Tisch im hinteren Teil des Raumes vor ein Fenster, das auf den Parkplatz zeigte.

Beim Durchblättern sah er das Gesicht von Casiodoro Pereira

Antúnez, einem gutaussehenden Herrn mit Glatze und enormem Doppelkinn, das auf dem Krawattenknoten auflag. Er sah Fotos von der Beerdigung im *Cementerio Central*, doch auf den Schwarzweißaufnahmen waren kaum Gesichter zu erkennen.

»Freunde und Nahestehende überbringen dem Industriellen ihren letzten Gruß«, stand unter dem Foto. Neben einem Herrn mit Schnauzbart sah er Susan. Den Mann aus dem Türkischen Bad erkannte er ebenfalls wieder. Er ging ins Fotoarchiv, um den Originalabzug zu suchen, der um einiges größer war. Darauf erkannte er Heliodoro Tiflis, der in Begleitung von vier Personen die Szene aus dem Hintergrund beobachtete. Von den übrigen Leuten kannte er niemanden, so daß er zu den Redakteuren von »Leute von heute« ging.

»Víctor, was für eine Überraschung, ich wußte gar nicht, daß du in die Zeitung gekommen bist.« Neben Ángela Sanabrias Tastatur stand eine kleine Kaffeetasse. »Schön, dich zu sehen.« »Ich wollte dich um einen Gefallen bitten, sieh her. Ich habe dieses Foto aus dem Archiv bestellt, es gehört zu einem Artikel über die Beisetzung von Pereira Antúnez. Ich würde gerne wissen, wer diese Leute sind.« Er zeigte auf eine Reihe Gesichter. »Kennst du sie?«

»Hmm, laß mal sehen. Ja, der hier ist ein Senator der Konservativen, er heißt Marco Tulio Esquilache. Der da ist auch ein Senator, Carlos Villarín, und die da, keine Ahnung. Diese Señora da ist Susan Caviedes, eine ehemalige Revuedarstellerin, und der im Hintergrund ist Ángel Vargas Vicuña, der Bauunternehmer. Die hier sind die geschäftsführenden Direktoren von Pereira Antúnez' Firma, und das sind die Vertreter von *Hollymoon Inc.*, einem nordamerikanischen Unternehmen, das mit ihm in geschäftlicher Beziehung stand. Die übrigen kenne ich nicht.«

»War die Tänzerin bekannt?«

»Nicht so sehr. Hin und wieder trat sie bei Revues und Chansonabenden im Nachtclub *Los Andes* auf. Ich erinnere mich an sie, weil sie mit Fanny Mikey gearbeitet hat, aber das ist ewig her. Ich glaube, sie hat sich aus dem Geschäft zurückgezogen.«

»Vielen, vielen Dank, Ángela.«

»Du siehst so traurig aus, ist etwas?«

»Ich schlafe nicht besonders, das ist alles.«

»Ruf doch mal an, dann gehen wir einen Kaffee trinken.« Sie sah ihn an. »Víctor, laß dir einen idiotischen Rat geben, bevor du jemanden von der Redaktionsleitung triffst: Zieh dein Jackett aus, und trag es über dem Arm. Der Ärmel ist aufgetrennt, hier, hast du das gar nicht bemerkt?«

»Nein, danke, daß du mir das sagst. Ich ruf dich an. Ciao.«

Mit dem Sakko über dem Arm kehrte er zurück ins Archiv und schaltete den IBM an. Er war sich sicher, den Nachtclub *Los Andes* unter den Besitztümern von Tiflis gesehen zu haben. Richtig, da war er. Jetzt war die Sache schon klarer. Dann setzte er sich in der Nachrichten-Redaktion an seinen Schreibtisch, um einen Artikel ins reine zu bringen, dessen Entwurf mehr oder weniger fertig in seinem Notizbüchlein stand.

Vermögen als Motiv?

Redaktion Bogotá. Die Ermittlungen über den Mord an einem Unbekannten, dessen gepfählte Leiche am 16. Oktober von der Polizei am Ufer des Sisga-Sees gefunden wurde, haben sich zu einer verzwickten Spurensuche entwickelt, bei der selbst die Polizei weiterhin im dunkeln tappt. Eines steht fest, wie Hauptmann Aristófanes Moya, Chef der 40. Brigade der Polizei, erklärte: »Die bislang zusammengetragenen Daten weisen darauf hin, daß wir es hier mit einem Verbrechen einer neuen Kategorie zu tun haben, das in keiner sichtbaren oder unmittelbaren Verbindung zu herkömmlichen, wirtschaftlich oder nationalistisch motivierten Verbrechen steht, also zu Drogenhandel, Paramilitär oder Guerilla.« Gemäß der Erklärung von seiten höchster Autorität kann nicht ausgeschlossen werden, daß hochkarätige Vertreter der Gesellschaft in die rätselhaften Vorgänge verflochten sind. Es handelt sich dabei, um weiter mit Aristófanes Moya zu sprechen, »weniger um untere oder mittlere Gesellschaftsschichten, in denen aus tragischen und allgemein bekannten Gründen häufiger kriminelle Erfahrung vorhanden ist.« Wie obige Erklärung mutmaßen läßt, haben wir es möglicherweise mit einem Fall zu tun, bei dem »ein Privatvermögen als Tatmotiv« in Frage kommt, jedoch kann, wie bereits gesagt, nicht ausgeschlossen werden, daß die Ermittlungen in eine andere Richtung weisen werden. In jedem Fall jedoch verfügt die Polizei bereits über eine Reihe von Namen, die als mögliche Identität der Leiche in Frage kommen. Aus Gründen der Sicherheit und des Respekts gegenüber den Angehörigen werden sie jedoch vorerst geheimgehalten.

Den fertig formatierten Artikel versah er auf dem Bildschirm mit einer Notiz für Esquível: »Für übermorgen.« Dann verließ er die Redaktion, ohne sich von jemandem zu verabschieden, und eilte ins medizinische Labor der Polizei.

»Ja«, sagte Piedrahíta. »Dieser Sand, den Sie mir gebracht haben, ist derselbe, den der Dicke im Darm hatte. Es ist schlicht und ergreifend Meeressand.«

»Kann man herausbekommen, woher?«

»Er trägt Spuren von Erdöl und Benzin. Er könnte aus Barranquilla stammen, aus Santa Marta, irgendwo dort. Das ist schwer zu sagen.«

Anschließend ging er zu Moya ins Kommissariat. Der befand sich in bester Laune, hatte die Ärmel seiner Uniform zurückgeschoben, und vor sich auf dem Schreibtisch lagen unzählige kleine Plastikteile verstreut. Gewissenhaft klebte er die einzelnen Teilchen zusammen, gemäß einer Anleitung, die gegen das Telefon gelehnt war. Es war ein maßstabsgetreues Modell von Revell, ein Panzerkreuzer, der die deutsche Flagge am Mast trug.

»Mein lieber Silanpa«, empfing ihn der Hauptmann, »Sie haben sich ja schon seit Tagen nicht mehr blicken lassen, nicht? Ich muß zugeben, ich habe schon befürchtet, man hätte Sie eingesackt, verstehen Sie das?«

»Aber, aber, hier bin ich doch. Ist das ein Schiff aus dem Zweiten Weltkrieg?«

»Die *Graf Spee*, das Glanzstück der deutschen Kriegsflotte!« schwärmte er mit glänzenden Augen. »Sie erlitt vor Montevideo Schiffbruch, dort torpedierte sie sich selbst, um nicht von den Engländern versenkt zu werden, die am Ausgang zum offenen Meer schon auf sie warteten.«

»Caramba, Hauptmann Moya, ich wußte gar nicht, daß Sie so für Militärgeschichte schwärmen.«

»Ich bin Sammler. Die Schiffe der Alliierten habe ich bereits alle kampfbereit dastehen, jetzt fehlen nur noch die hier, dann kann ich die Schlachten nachstellen.«

Silanpa betrachtete ein Weilchen die Einzelteile des Panzerkreuzers und die kleinen Flaggen und Abzeichen, die Moya ausgeschnitten und aufgeklebt hatte, dann nahm er sich ein Herz und sagte:

»Ich wollte wissen, wie es mit dem Gepfählten steht.«

Moya zog einen Juicy-Fruit-Kaugummi aus der Tasche, steckte ihn sich in den Mund und knüllte das Papier zu einem Bällchen zusammen, das er zielsicher in den Papierkorb warf.

»Die Ermittlungen laufen langsam, aber stetig ...« Er hielt auf einmal inne und blickte ihn verschwörerisch zwinkernd an. »Läuft das Aufnahmegerät?«

»Nein. Im Moment gehe ich dem Fall auf eigene Faust nach, in der Zeitung hat man mich nach dem Vorfall mit meinem Wagen in Urlaub geschickt, damit ich eine Weile wegfahren kann, aber ich habe es vorgezogen weiterzumachen.«

»Sie sind hart im Nehmen, *carajo*, ich wünschte, alle wären so.«

»Danke, Hauptmann. Sie sagten ...?«

»Nun ja, die Ermittlungen laufen langsam. Ich habe drei Mann damit beauftragt, aber bis jetzt ohne Ergebnisse. Die Probleme mit der Informatik halten uns etwas auf, wir haben immer noch nicht die Akten der Vermißten aus den anderen Landesteilen erhalten.«

»Das ist in der Tat ein Problem.«

»Und Sie, mein lieber Silanpa, konnten Sie etwas herausfinden?«

»Auch nicht viel«, log er, verkniff es sich, etwas zu sagen, und räusperte sich. »Um die Wahrheit zu sagen, ich stehe noch ganz am Anfang. Und was ist mit dem Anschlag auf meinen Wagen?«

»Also, hier sind wir sehr wohl weitergekommen. Unsere Ermittlungen sind in vollem Gange, derzeit untersuchen wir die Fingerabdrücke und die Hinterlassenschaft auf dem Fahrersitz. Was für eine Sauerei!«

»Und kann man bereits etwas sagen?«

»Also, ich bin zu dem Schluß gekommen, daß eine Abscheulichkeit diesen Kalibers nur hervorgebracht werden kann, wenn die Verdauung fester Nahrung vorausgegangen ist, und darum habe ich angeordnet, die Substanz im Labor zu analysieren. Meine Mitarbeiter werden mir das mein Lebtag nicht verzeihen, das dürfen Sie mir glauben.«

»Und wie ist das Ergebnis?«

»So einfach ist das nicht; so wie es aussieht, steht die Verdauung einer ganzen Reihe landesüblicher Gerichte außer Frage. Warten Sie, hier habe ich das Gutachten.«

Er zog eine Schublade auf, holte eine Aktenmappe hervor und rückte sich die Brille zurecht.

»Ich lese Ihnen direkt die Liste vor«, sagte Moya. »Bierhefe, Mais, Kartoffel, Fleisch, Tomate … Also, wenn ich mir das recht ansehe, stelle ich folgende Hypothese auf: *Cuchuco*-Eintopf mit Spinat, Linsen und gemischtem Salat, und dazu zwei bis drei *Bavaria.* Was meinen Sie?«

»Das ist unmöglich zu sagen.«

»Der Fall ähnelt sehr den Methoden der Mafia vor fünfzehn Jahren. Heutzutage sind es immer gleich Bomben oder Nackenschüsse. Was für Zeiten!«

»Früher waren das die Methoden?«

»Ja, man traute sich nicht, jemanden umzubringen, es sei denn, für etwas Schwerwiegendes. Heute ist das Leben nichts mehr wert.«

»Das heißt, der Täter könnte jemand von damals sein.«

»Das will ich nicht behaupten«, er räusperte sich, »aber ich streite es auch nicht ab…«

Moya zog einen weiteren Kaugummi heraus und steckte ihn sich nervös in den Mund.

»Ich kaue ständig dieses Zeug, damit ich nicht so viel esse. Verstehen Sie? Ich denke sehr ernsthaft darüber nach, doch diesem Bibelverein zur Gewichtsreduzierung beizutreten. Ich habe erfahren, daß sie das *Jesuskind von Prag* verehren. Anscheinend meint es diese Gruppe wirklich ernst und verfügt über spirituelle Tiefe. Ich sage mir: Wenn ich mich schon auf so eine Sache einlasse, soll es zumindest in mehrerlei Hinsicht etwas bringen, finden Sie nicht?«

»Sie haben ganz recht.«

»Ich habe mich noch nicht fest angemeldet, aber ich habe zur Sicherheit schon ein bißchen geprobt und Entwürfe für meine Aufnahmerede geschrieben. Ich würde gerne etwas Originelles vortragen.«

»Ihre Vorstellung vor den anderen Mitgliedern?«

»Genau. Meine Frau, die Arme, drängt mich so sehr, daß sie mich am Ende wirklich noch überzeugt.«

»Ich glaube schon, daß Ihnen das etwas bringen kann. Wie ich Ihnen schon einmal gesagt habe, eine Menge Leute machen so etwas.«

»Bis ich mich entschieden habe, mache ich jedenfalls schon mal eine neue Diät. Sieht man mir das an?«

»Aber ja, Hauptmann Moya. Auf mich wirken Sie schlanker.«

»Alle sagen das. Diesmal, glaube ich, werde ich wirklich abnehmen.«

»Noch etwas wollte ich Sie fragen, Hauptmann Moya … Was man so sagt, wollen Sie sich zurückziehen, stimmt das?«

»Das wird gesagt?«

»Na ja, Sie wissen schon. Man munkelt …«

»Ich stehe länger als zwanzig Jahre im Dienst unserer Stadt. Wer, bitte, setzt solche Dummheiten in die Welt?«

Der Hauptmann versuchte noch einmal, seine Beine übereinanderzuschlagen. Vergeblich. Er blickte Silanpa an und zwinkerte ihm zu.

»Allerdings ist es richtig, daß ich derzeit einer tiefgreifenden Erfahrung entgegensteuere. Das steht in meinem Horoskop.«

Dann streckte er den Daumen nach oben, holte aus einer Schublade eine Aktenmappe und setzte sich die Brille auf, womit er zu verstehen gab, daß die Unterhaltung beendet war.

Auf der Straße holte Silanpa sein Notizbüchlein heraus und schrieb: »Anschlag auf Wagen kommt von Tiflis.« Dann hielt er ein Taxi an und fuhr zu Estupiñán.

7

Als ich nun den steinigen Weg der Erkenntnis beschritten hatte und dank der Worte und Zeichnungen von Feldwebel Chumpitaz dem Verbrechen ins Gesicht zu sehen bereit war, übergab man mich schließlich der Straße. Auf meiner Streife begleitete mich ein aus Pasto stammender Beamter mit Namen Montezuma, der lang und dünn war wie ein Spaghetti, und das ermunterte unsere Kollegen naheliegenderweise, uns, ipso facto, »Dick und Doof« zu nennen. Montezuma hatte ein großes Herz, obgleich er scheu und zurückhaltend war, doch er litt unter einem Handicap, das für einen Hüter der öffentlichen Ordnung denkbar ungünstig war. Er verfiel in angespannten Situationen regelmäßig ins Stottern. Mir ist immer ein Rätsel geblieben, und verzeihen Sie, daß ich mich hier über jemand anderes auslasse, wie er sein Malheur die ganze Ausbildung hindurch hatte verbergen können, zumal sie fürwahr eine Zeit großer innerer Anspannung ist.

Eines Tages, und damit nehme ich den Faden meiner Geschichte wieder auf, als wir im unteren Teil der Avenida Jiménez gerade ein paar *Buñuelos* aßen und dazu ein spritziges *Popular* tranken, hörten wir auf einmal Schreie. Ich, der ich rundlich, aber flink war, rannte sofort nach draußen in Richtung des Radaus, Montezuma hinterdrein. Und da ging es auch schon los, das erste Geballer, kurz bevor ich ankam, vernahm ich ein Geräusch und anschließend ein hohes Pfeifen, »pfff« in etwa, das seitlich an mir vorbeisauste. Ich duckte mich, um kein so leichtes Ziel abzugeben, und verschanzte mich mit gezückter Pistole hinter einem Pick-up. Ich sah mich um und erblickte Montezuma, der in einem Hauseingang kauerte und den Versuch unternahm zu sagen: »Www– wie… wie viele sind es?«, und ich, der ich Blut und Wasser schwitzte, brüllte bloß, daß ich es nicht wüßte, daß wir uns vorsichtig nähern sollten. Aber kaum hatte ich das gesagt, sauste eine Salve Schüsse über meinen Kopf hinweg, durchschlug die Scheiben des Kleinlasters und blieb im Chassis im hinteren Teil des Wagens stecken. Und gleich darauf noch eine Salve, und vom Boden aus sah ich, wie mehrere Leute aus einer Filiale der *Banco Popular* rannten. Montezuma war weiterhin damit beschäftigt, mir etwas sagen zu wollen, brachte aber kein Wort hervor, so daß ich zu einem Taxi hechtete, das ein Stück weiter vorne stand, und mehrere Schüsse in die Menge abgab. Ich sah überhaupt nichts, und während ich gerade nachlud, kam Montezuma zu mir her und sagte: »Sss… Sie ha… haben ddd… die Autoscheibe ggg… getroffen.« Und tatsächlich, die Bankräuber waren drauf und dran, in einem Alpine zu flüchten, dessen Scheiben zersplittert waren, und da zielte ich einhändig an dem Taxi vorbei und feuerte noch einmal sämtliche Schüsse meiner Pistole auf das Fluchtfahrzeug ab. Gleichzeitig wies ich Montezuma an, die Straße zu überqueren und sie sich von gegenüber vorzunehmen. Er entgegnete: »Gggu… gut« und rannte los, und dann nahmen wir sie ins Kreuzfeuer, bis Verstärkung eintraf und wir ihnen die Handschellen anlegen konnten.

Als die Gefahr vorbei war, waren meine Gliedmaßen wie zu Eis erstarrt, ich spürte den kalten Schweiß unter meinem Uniformhemd, mein Körper fühlte sich hohl an und meine Muskeln wie aus Glas. Zurück auf dem Revier beglückwünschte uns Chumpitaz, und als wir wieder hinausgingen, merkte ich, daß sich meine Muskeln noch immer wie zersplittertes Glas anfühlten. Da faßte ich mir ein Herz und fuhr mit Montezuma mir nichts, dir nichts bis an den Stadtrand zum El-Campín-Stadion, und ich schlug ihm höflich vor anzuhalten, damit wir uns nach dem überstandenen Schrecken etwas gönnten, eine Belohnung für unsere Tapferkeit. Und ach, welche Überraschung: Ich, der ich mich für meinen Vorschlag schämte, mußte ihm am Ende auch noch sagen, jetzt ist es gut, Compañero, wir verderben uns noch den Magen. Montezuma nämlich war zwar zaundürr, entpuppte sich aber als wahrer Scheunendrescher, der ohne mit der Wimper zu zucken vier Portionen Kartoffeln *papa criolla* verdrückte, sechs Stück *Morcilla*-Wurst und zwei Teller Spanferkel.

8

Nancy betrat das Grundbuchamt, und mit der Puderdose in der Hand schob sie Baquetica kokett einen Brief hin. Das Schreiben enthielt eine Anfrage und einen Zehntausend-Pesos-Schein, den Barragán ihr mitgegeben hatte, damit die Sache besser flutschte, und Baquetica ging das Herz auf bei dem Gedanken, was er alles mit dem Geld anfangen konnte, in erster Linie Dinge, die mehr den Unterleib anregten als das Hirn, geschweige denn den Intellekt. Während er die Frau ansah, verbarg er seine Hasenscharte und versuchte sich vorzustellen, wie ihre Hüften nackt aussähen und ihr Hintern, der rund und knackig zu sein versprach. Was für ein Weib, sagte er sich, wer sind die Glücklichen, die solche Exemplare abschleppen? Mit seiner Handprothese grabschte er nach dem Schein und sagte: »Gerne, aber gerne, eine Sekunde bitte, setzen Sie sich doch.«

Nancy blickte auf die Berge gebündelter Akten und spürte Mitleid mit dem Mann, während sie gleichzeitig vor Stolz strahlte, Emilio in einer so bedeutenden Angelegenheit helfen zu können. Vielleicht machte er ihr noch einen Antrag, wenn sie sich weiterhin so gut verstünden. Sie schämte sich bei dem Gedanken und wurde rot. Er war verheiratet, aber man hatte schon alles mögliche gesehen, und außerdem verstanden sie sich tatsächlich mit jedem Tag besser. In der Zwischenzeit hatte Baquetica die Anfrage gelesen, und während er die Dokumente heraussuchte, fragte er sich, was an diesen Papieren nur so interessant sein mochte, daß innerhalb weniger Tage gleich zwei Leute eine Kopie wollten. An sich durfte er diese Art von Auskünften gar nicht erteilen, das verboten die Amtsvorschriften, aber sein Leben war so eintönig und beschaulich, seine Arbeit so geruhsam, daß ihm ein bißchen Abwechslung nicht ungelegen kam. Und wenn er obendrein noch ein paar Pesos zusätzlich verdiente, um so besser, schließlich war noch nie jemand auf die Idee gekommen, seine Arbeit zu kontrollieren, und in der Feuchtigkeit schimmelten die Aktenstapel vor sich hin, angefressen von Mäusen und Termiten.

»Hier, Señorita, haben Sie Ihre Abschrift. Normalerweise können wir so etwas nicht machen, aber da Sie es sind …«

»Besten Dank«, sagte sie in geschäftigem Ernst, griff nach dem Blatt Papier, steckte es in eine Mappe und verließ entschlossenen Schritts das Gebäude, so daß man das Klackern ihre Absätze auf den Fliesen hörte.

In der Kanzlei wartete Emilio sehnsüchtig auf ihre Rückkehr.

»Dann war es also Tiflis«, sagte er und löste sich den Krawattenknoten, während er mit der anderen Hand Nancy unter den Rock fuhr. »*Carajo*, das ist ein starkes Stück, darauf hätte ich von Anfang an kommen können.«

Nancy machte sich fluchend von ihm los und meinte, wenn er so weitermache, würde das ganze Vorzimmer bald Bescheid wissen. Am besten sollte er in seinem Büro gleich einen Frisierspiegel montieren, denn jedesmal, wenn sie bei ihm sei, würde er ihr die Frisur zerdrücken und das Make-up verschmieren.

Ab jetzt würde die Sache einfacher. Jetzt ging es darum, einen netten Besuch bei Tiflis zu machen, die Schriftstücke mitgehen zu lassen und sie Vargas Vicuña auszuhändigen. Ohne das Original könnte Tiflis nichts ausrichten. Er schlüpfte in sein Sakko, rückte sich die Krawatte zurecht und verließ die Kanzlei. An der Ecke Carrera Séptima rief er von einer öffentlichen Telefonzelle aus Élmer an, einen Expolizisten, der Chauffeur seines Papas gewesen war und Kontakte zur Unterwelt pflegte. Barragán erklärte ihm die Sachlage, sagte ihm, wer Tiflis war und um welche Schriftstücke es sich handelte, die er ihm besorgen müßte. Élmer war einverstanden, und sie hängten ein.

Bester Laune kehrte er zurück in die Kanzlei. Nancy saß an ihrem Schreibtisch und sah irgendwelche Unterlagen durch, die den Briefkopf des Grundbuchamts trugen. Er zog sie mit einer Umarmung von ihrem Sessel, streifte ihr die Strümpfe ab und zerrte sie aufs Sofa.

»Ich bin verrückt nach dir.«

»Red keinen Unsinn, Emilio.« Und wieder stieg ihr vor Glück die Schamesröte ins Gesicht, während sie dachte, vielleicht wirklich, warum nicht?

Aus dem Radio in Barragáns Büro kamen Nachrichten. Anschließend Musik und Werbung. Sie hatten es laut gedreht, damit man ihr Stöhnen nicht hörte, und darum bemerkten sie auch zunächst nicht, daß das Telefon klingelte. Es klingelte dreimal, viermal, bis Emilio den Arm ausstreckte, das Radio abstellte und den Hörer abnahm.

»Wir sitzen ganz schön in der Scheiße, mein Lieber.« Esquilaches Stimme bebte. »Mit den Schriftstücken haben wir uns echt in etwas hineingeritten. Ich erwarte dich um acht im Club.«

»Ist es so dringend?«

»Ich hab dir doch gesagt, es geht uns an den Kragen, du Vollidiot, verstehst du denn kein Spanisch? Ich erwarte dich um acht, keine Widerrede.«

Esquilache knallte wutentbrannt den Hörer auf und überlegte: Was für Schriftstücke sollten das sein? Tiflis war jemand, der nicht lange fackelte. Ein gefährlicher Mann. Jetzt mußte er vorsichtig sein. Über seine Lippen traten Schweißperlen. Ungeduldig sah er auf die Uhr. Es war noch eine Stunde hin, ausreichend Zeit, um sich zu rasieren. Das würde ihn ablenken.

»Erkläre mir genau, was Sache ist, Marco Tulio«, sagte Barragán mit seinem Glas Whisky *Old Parr* in der Hand. »Bis jetzt verstehe ich nur Bahnhof.«

»Tiflis hat mir seine Schlägertypen vorbeigeschickt, um mich zu warnen. Sie haben mir den Wagen demoliert. Er sagt, ihm seien irgendwelche Schriftstücke gestohlen worden, und ich soll sie ihm am nächsten Samstag zurückbringen. Ich habe keine Ahnung, was für Schriftstücke er meint, und ich hatte eine solche Angst, daß ich mich nicht traute zu widersprechen. Wir hätten uns niemals mit diesem Kerl einlassen sollen.«

Barragán räusperte sich nervös. Sollte er Esquilache sagen, was er wußte? Jemand mußte ihm zuvorgekommen sein. Schließlich entschloß er sich doch dazu.

»Paß auf, Marco Tulio, ich habe in der Zwischenzeit Nachforschungen angestellt und herausbekommen, daß Pereira Antúnez die Grundstücke auf Tiflis überschrieben hat, als Schenkung.«

»Ach so?«

»Die Papiere, von denen er spricht, sind wohl die Originale dieser Dokumente.«

»Donnerwetter. Und wo verdammt noch mal sollen wir die jetzt auftreiben?«

»Nun, wir müssen herausbekommen, wer sie gestohlen hat.«

»Fällt dir jemand ein?«

»Als erstes denke ich an Vargas Vicuña«, sagte Barragán, »und an die Leute von dem Türkischen Bad. Wer könnte sonst noch Interesse daran haben?«

Esquilache sah Barragáns Gelassenheit und fühlte sich unbehaglich. Wie und warum hatte Emilio diese Nachforschungen unternommen, ohne es ihm zu sagen? Ohne seinen Rat einzufordern? »Anthropomorpher Holzkopf«, sagte er sich.

»Wir haben wenig Zeit, wir müssen schleunigst etwas unternehmen. Und am Samstag kommst du mit mir ins *Hotel Esmeralda*: Das geht uns beide an.«

»In Ordnung, Marco Tulio, ich halte zu dir, aber erinnere dich, daß ich von Anfang an dagegen war, sich mit diesem Mafioso einzulassen.«

»Willst du mir damit nahelegen, daß du nicht mitkommen willst, du Nichtsnutz?«

»Aber nein, Marco Tulio, versteh mich doch, ich finde einfach… «

»Paß bloß auf, was du tust, Emilio, wenn ich verliere, bist du genauso weg vom Fenster.«

»Schon gut, beruhige dich, morgen machen wir uns daran, diese Schriftstücke aufzutreiben, und am Samstag bringen wir sie Tiflis, okay?«

Sie verabschiedeten sich mit einem feindseligen Blickwechsel. Barragán stieg in seinen Peugeot und fuhr ab, ohne sich noch einmal umzusehen. Esquilache sah ihm voller Mißtrauen hinterher und dachte: »Dieser Bursche ist nicht ganz sauber.« Er kehrte zurück in seine Bibliothek und ging zum Telefon. Am besten, er würde mit offenen Karten spielen und alle mit einbeziehen, so würden sich die Dinge von selbst lösen.

»Doktor Vargas Vicuña? Guten Abend, entschuldigen Sie den späten Anruf, störe ich?«

»Aber nein, gar nicht. Worum geht es?«

»Ich wollte Sie bloß etwas fragen, eine Sache, die mir einfach nicht aus dem Kopf geht, und zwar bezüglich dieser Grundstücke am Sisga-See.«

»Ich höre.«

»Haben Sie keine Neuigkeiten?«

»Nein, wirklich nicht, im Gegenteil, ich warte schon die ganze Zeit, daß Sie mir etwas sagen.«

Esquilache wischte sich mit dem Taschentuch den Schweiß von der Stirn. Er durfte jetzt keinen Fehler machen, immerhin sprach er mit einem Feind.

»Nun ja, ich will ja nichts sagen, aber ich habe den Eindruck, daß in letzter Zeit merkwürdige Dinge geschehen. Ich habe soeben ein Gespräch mit Barragán, dem Anwalt, gehabt, und ich habe den Eindruck, daß er Dinge weiß, in die ich nicht eingeweiht bin.«

»Ich verstehe nicht recht, Esquilache, arbeiten Sie denn nicht zusammen?«

»Na ja, im Prinzip schon.«

»Also was?«

»Ich habe den Verdacht, daß sich diese Papiere zu den Grundstücken, die nicht in Pereira Antúnez' Vermögensaufstellung aufgetaucht sind, bereits in seinen Händen befinden. Ich glaube, er hat sie bereits gefunden, aber ich verstehe einfach nicht, was er mit ihnen anfangen will.«

Doktor Vargas Vicuña schreckte zusammen, er bemühte sich jedoch, jetzt keinen Fehler zu machen.

»Meinen Sie das ernst, was Sie da sagen?«

»Das ist nur so eine Eingebung, aber ich habe das Gefühl, daß er etwas vor mir verbirgt.«

»Was genau hat er Ihnen gesagt?«

»Stellen Sie sich vor, er hat herausbekommen, daß die Grundstücke auf Heliodoro Tiflis laufen, und zwar in Form einer Schenkung, die Pereira Antúnez vor seinem Tod getätigt hat.«

»Tiflis?!«

»Ja, stellen Sie sich vor! Wie er das herausbekommen hat, weiß ich nicht, an sich werden über solche Grundbucheintragungen keine Auskünfte erteilt.«

»Und was soll er damit anfangen?«

»So eine Eintragung ist eine Überlassung, die auf einen beliebigen Namen ausgestellt werden kann, aber ohne die Originale des Grundbucheintrags kann Tiflis nicht viel damit anfangen, denn der läuft nicht auf seinen Namen. Das ist in solchen Fällen immer so.«

»Heißt das, daß derjenige, der die Originale hat, machen kann, was er will?«

»So ungefähr, Doktor Vargas Vicuña, sagen wir, das erleichtert ihm vieles.«

»Und meinen Sie nicht, daß Tiflis sie hat? Wenn eine Eintragung auf seinen Namen besteht, müßte er sie normalerweise haben.«

»Ich glaube nicht, Tiflis ist ziemlich nervös.«

Esquilache erwähnte lieber nicht die Drohung, die er erhalten hatte, denn er wußte nicht genau, welche Beziehung Doktor Vargas Vicuña zu Tiflis unterhielt.

»Oh, là là, dann muß Barragán also überwacht werden. Ob er von irgendwem beauftragt ist?«

»Das weiß ich eben nicht. Darum rufe ich Sie an, haben nicht Sie kürzlich mit ihm darüber gesprochen?«

Vargas Vicuña strich sich über seinen Schnauzbart.

»Nein, ich ganz bestimmt nicht.«

»Wenn der mal keinen Fehler begeht. Morgen sehe ich ihn.«

Sie legten auf, und Vargas Vicuña sah sich mit einem kaum merklichen triumphierenden Lächeln im Spiegel an. Barragán war gar nicht so unfähig, wie er gedacht hatte. Möglicherweise hatte er die Schriftstücke bereits und würde sie ihm bald aushändigen. Sollte er ihn anrufen? Er war kurz davor, sein Ziel zu erreichen, und er wollte auf keinen Fall durch überstürztes Verhalten alles zunichte machen. Vielleicht war es das beste, Barragáns Büro zu durchsuchen.

Er rief seinen Chauffeur und seinen Bodyguard.

»Hört zu, für heute nacht habe ich einen besonderen Auftrag für euch.«

Er gab ihnen die Adresse der Kanzlei, wies sie an, sich über den Hintereingang Eintritt zu verschaffen, und drückte ihnen einen Plan in die Hand, was sie zu durchsuchen hatten.

»Sollen wir gleich aufbrechen, Doktor Vargas Vicuña?«

»Nein, bloß keine Hektik. Nach dem Spiel.«

Die ganze Stadt saß wie gebannt vor dem Fernseher und verfolgte ein Spiel der *Copa Libertadores de América.*

Esquilache aber fand keine Ruhe, und bei seinem dritten *Old Parr* kam er auf dieselbe Idee wie Vargas Vicuña: Barragáns Büro zu durchsuchen. Kurz nach neun rief er seinen Chauffeur.

»Wir fahren kurz weg, Vladimir.«

»Aber Doktor Esquilache, *Nacional* hat gerade den Ausgleich erzielt, ist es so dringend?«

»Ja, sehr.«

»Es wird noch zum Elfmeterschießen kommen, Doktor Esquilache.«

»Wir hören uns das auf dem Weg im Radio an.«

Als sie vor Barragáns Kanzlei ankamen, wies Esquilache Vladimir an, die Scheinwerfer zu löschen und auf ihn zu warten.

Er betrat das Gebäude und stieg lautlos und ohne Licht zu machen die Treppe hoch. Nachdem er den Schlüssel umgedreht hatte, öffnete er die Tür zur Kanzlei. Es herrschte vollkommene Stille. Als er sich zu Barragáns Schreibtisch vorgetastet hatte, öffnete er nacheinander die Schubladen und sah mit einer Taschenlampe die Beschriftungen auf den Akten durch. In der ersten Schublade fand er nichts Bemerkenswertes, außer eines Flakons *Obsession* von Calvin Klein, diverser Ausgaben von *Newsweek* und einer Schachtel Kondome.

In der zweiten befanden sich eine Reihe Unterlagen, die unter der Bezeichnung »erstes Halbjahr« geordnet waren: Prozesse, Klagen, Erbsachen. Nichts Bemerkenswertes. Er ging die Ablage im Sekretariat durch, fand aber auch dort nichts. Hatte er die Papiere zu Hause? Er sah weiter die Regale an der Wand durch und entdeckte schließlich auf einem Stoß Unterlagen eine Aktenmappe mit der Aufschrift »Grundstücke Sisga-See«. Beim Aufschlagen fand er die Fotokopie der Eintragung der Grundstücke auf Tiflis. Das war also alles? Ja. Sonst war da nichts. In einer anderen Aktenmappe mit der handschriftlichen Bezeichnung »Zu bezahlende Rechnungen« fand er diverse Rechnungen, die den Briefkopf des Clubs trugen: 6023675, zu zahlen bis zum 15. des kommenden Monats, 3674980, selbiges Datum. Alle Rechnungen stammten aus dem Kasino.

Plötzlich riß ihn das Klirren einer zersplitternden Scheibe aus seinen Nachforschungen. Hinter dem Fenster erblickte er einen Schatten, eine Hand, die in einem Handschuh steckte und versuchte, von außen den Fensterhebel zu öffnen. Die Taschenlampe fiel auf den Boden und erlosch. Er bekam Angst. Hatte man ihn gesehen? Wer mochte das sein? Er schlich leise zur Tür und versteckte sich im Vorzimmer, hinter den Schreibtischen der Sekretärinnen. Es waren zwei Männer. Er hörte, wie sie irgend etwas flüsterten und einen Plan auseinanderfalteten.

»Such du dort, schau her, das muß die Ablage sein, die der Doktor meint.«

Der Doktor? ging es Esquilache durch den Kopf. Vielleicht Vargas

Vicuña? Ja, er kam als einziger in Frage. Und Tiflis? Der wird von seinen Leuten nicht »Doktor« genannt. Nachdenklich trat er auf die Straße hinaus. Wenn Vargas Vicuña jemanden geschickt hatte, hieß das, daß auch er Barragán nicht traute, was wiederum bedeutete, daß zwischen ihnen keine Abmachung bestand. Er seufzte auf, denn er hatte schon befürchtet, Emilio würde für ihn arbeiten. *Carajo*, war das alles verzwickt, wer hatte ihn gezwungen, sich auf so eine Geschichte einzulassen?

9

Als Silanpa ankam, saß Estupiñán noch immer am selben Tisch, neben dem Fenster. Darauf befanden sich mehrere leere Kaffeetassen und drei zerknüllte Päckchen *Chocorramo*. Es war Nacht, und der Verkehr hatte sich etwas gelegt.

»Jetzt haben wir eine knifflige Aufgabe vor uns«, sagte Silanpa zu ihm. »Eine nicht ganz einfache Sache.«

»Was denn, Chef?«

»Wir müssen uns vergewissern, daß die Leiche, die auf dem *Cementerio Central* beerdigt wurde, tatsächlich nicht die von Pereira Antúnez ist.«

»Soll das heißen … wir steigen in den Friedhof ein?«

»Noch heute nacht, los!«

Estupiñán spürte, wie eine Frage in ihm gärte, doch sie wollte ihm nicht über die Lippen kommen. Also schwieg er und starrte leer in die Dunkelheit der Avenida 26, auf die Brücken, die über ihre Köpfen hinwegflogen, und er erschauerte bei dem Anblick der endlos langen Mauer des Friedhofs. Der Taxifahrer sah sie fragend an, als sie an diesem so abweisenden Ort aussteigen wollten, aber sie taten, als ob nichts wäre, und überquerten in großen Sätzen die Avenida. Der Wind blies, und sie schlugen sich die Revers ihrer Jacketts nach oben.

In der Straße mit den Blumenständen war es stockfinster. Zwischen all den Müll- und Schutthaufen war eine Tür mit einer brennenden Laterne das einzige Anzeichen von Leben. Da spürte Estupiñán, wie seine Gedanken sich angesichts der Angst und Kälte klärten, und über seine Lippen kam die Frage:

»Wie sollen wir hineinkommen, Silanpa?«

»Folgen Sie einfach meinen Anweisungen, und holen Sie tief Luft, denn das wird kein Zuckerschlecken.«

Sie öffneten die Tür, und Estupiñán kam aus dem Staunen nicht heraus: Sie befanden sich in der Kantine der Totengräber. An den Wänden hingen überall Grabinschriften und Todesanzeigen, Zeichnungen, auf denen Himmelspforten und Höllenschlunde abgebildet waren. Aus einem alten Plattenspieler dröhnten die schweren Takte von *Das steinerne Bett.* Hinter einer Theke stand in einem auffälligen Schriftzug der Namen des Etablissements: »Bar-Cafetería *Im Diesseits*«.

Von Qualm und surrenden Fliegen umgeben, saßen einige Männer in schwarzen Umhängen auf Barhockern und tranken Bier. Ein strenger Geruch nach Reinigungsmittel und kaltem Fett drehte einem schier den Magen um. Silanpa forderte Estupiñán auf, sich zu setzen, und ging an die Theke, von wo er nach einem kurzen Plausch mit der Wirtin mit zwei *Bavaria* in der Hand zurückkehrte.

»Sie wird uns helfen.«

Estupiñán verschlug es erneut die Sprache. Die Gäste sahen neugierig zu ihnen herüber und sie wagten sich kaum zu rühren. An ihre Ohren drang Gewisper, gedämpftes Lachen.

Nach einer Weile rief die Señora sie zu sich. Sie erhoben sich, ließen ihre fast vollen Biere stehen und traten durch die Hintertür in einen Hof hinaus, in dem überall zerbrochene Grabsteine herumstanden, soweit das in dem schlechten Licht der nackten, von einem Kabel herabhängenden Glühbirne zu erkennen war. Fast hätte Estupiñán einen Schrei ausgestoßen: Ein von Lepra entstellter Mann, mit einem wulstigen Geschwür anstelle der Nase, streckte ihnen die Hand hin. Er trug einen Poncho aus Gummi, der ihm bis zu den Knöcheln reichte, und auf dem Kopf eine Nachthaube, schwarz vor Dreck.

»Erschrecken Sie nicht, Señor«, sagte die Gestalt zu Estupiñán, »Sie können mir ruhig die Hand geben, Lepra ist nicht ansteckend. Außerdem bin ich im *Instituto Federico Lleras* in Behandlung, und, nur damit Sie es wissen, auch ich ekle mich vor meinem Anblick, aber was soll's.«

Silanpa spürte, wie die Gliederstummel sich um seine Hand drückten, und mußte schlucken. Estupiñán war bleich wie Reispapier.

»Er bringt euch hin, macht zehntausend Pesos«, sagte die Señora.

Silanpa griff in die Hosentasche und zog das Geld heraus. Der Mann überquerte mit Spaten und Spitzhacke unter dem Arm die Straße, ohne etwas zu sagen. Sie gingen die Friedhofsmauer entlang, bis sie an einen Holzverschlag kamen, vor dem der Leprakranke stehenblieb, um seinen Schlüsselbund durchzusehen. Nachdem er aufgesperrt hatte, gingen sie hinein. Der Mann griff nach einer Laterne und schob ein paar Kartons beiseite, die einen Durchbruch in der Mauer verdeckten. Er fragte sie nach dem Grab, das sie suchten, und führte den Stummel seines Zeigefingers an den Mund, um ihnen zu signalisieren, daß sie still sein sollten. Dann stiegen sie durch das Loch ein, und das Männchen marschierte los, ohne eine weitere Frage zu stellen.

»Das ist eine Sünde, Chef«, hauchte Estupiñán mit klappernden Zähnen. »Nachts in einen Friedhof einzusteigen ist Ketzerei und außerdem verboten. Wenn man uns erwischt, werden wir festgenommen.«

»Reißen Sie sich zusammen, Estupiñán, wir sind gleich wieder draußen.«

Eine Taube, die durch ihre Schritte aufgeschreckt worden war, flatterte auf. Estupiñán sprang zur Seite.

»Mir dreht es den Magen um, Chef, soll ich nicht besser draußen warten?«

»Einverstanden, aber dann müssen Sie wohl oder übel allein zurückgehen.«

»Vielleicht doch nicht...« Estupiñán faßte sich ein Herz. »Ich muß ständig aufstoßen.«

»Das ist die Angst, versuchen Sie sich zusammenzunehmen.«

Der Mann blieb stehen und begann, mit der Spitzhacke rings um eine prächtige Grabplatte mit der Aufschrift »Casiodoro Pereira Antúnez« die Erde zu lockern. Dann hob er die Platte an, und der modrige Geruch feuchter Erde stieg ihnen durch die Nasenflügel hoch. Er legte die Spitzhacke beiseite und stemmte den Spaten in die Erde, um mit dem Graben zu beginnen.

»Ich kann nicht mehr, Chef.«

Ein dumpfer Schlag verriet, daß der Mann bei dem Sarg angelangt war.

»Soll ich Ihnen die Leiche herausholen, oder wollen Sie sie zuerst ansehen?«

»Ansehen genügt, danke.«

»Ich verzichte«, sagte Estupiñán. »Mir wird schwarz vor den Augen.«

Der Mann zog mit einem Metallhaken die Nägel heraus und öffnete den Deckel. Estupiñán tat einen gellenden Schrei, bekreuzigte sich und zeigte mit dem Finger auf die Leiche.

»Aber ... das ist Ósler!«

Im Schein der Laterne tauchte vor ihnen ein grünliches Gesicht auf. Die Haare des Leichnams waren lang, seine Fingernägel nicht geschnitten. Silanpa fühlte sich hilflos angesichts des Schmerzes, den er in Estupiñáns Gesicht sah.

»Das ist mein Bruder!« sagte er, in Tränen aufgelöst. »Neeiiin ..., das halte ich einfach nicht aus.«

Er wich mit zitterndem Kinn zurück und sackte auf das Mäuerchen des Mausoleums.

Silanpa verhielt sich still, um auf Estupiñáns Andacht Rücksicht zu nehmen. Nach einigen Minuten ging er zu ihm.

»Mein Beileid, Emir. Daß Sie es auch so, auf so brutale Weise erfahren mußten ...«

»Er war der einzige Verwandte, den ich hatte, Chef. Danke für Ihr Beileid.«

»Nun ja, immerhin haben Sie mir erzählt, daß Sie sich kaum gesehen haben.«

»Als Brüder braucht man sich nicht zu sehen. Ich habe mich jedenfalls nie allein gefühlt, solange ich wußte, daß er da war.«

Estupiñán vergrub sein Gesicht in den Händen und hielt sich die Augen zu. Silanpa nahm ihn an seine Schulter, damit er sich geschützt vor dem kalten Blick des Leprakranken ausweinen konnte.

»Verzeihen Sie, Chef.« Estupiñáns Stimme erstickte. »Ich darf nicht weinen, ich weiß, aber es tut mir so leid, daß wir uns nicht öfter gesehen haben.«

»Man muß stark sein, Emir. Solche Dinge geschehen jeden Tag, und manchmal trifft es einen selbst. Weinen Sie nur, erleichtern Sie Ihr Herz. Wenn man einen geliebten Menschen verliert, gehört es sich, daß man weint.«

Die beiden Männer blieben eine Weile lang umarmt in der Dunkelheit stehen. Estupiñán trocknete sich fortlaufend die Tränen, bis er bemerkte, daß er gar nicht mehr weinte und daß die Tropfen, die ihm übers Gesicht rannen, Regen waren.

»Gestatten Sie mir eine Frage, Chef: Sind Sie praktizierender Katholik?«

»Nein, das habe ich nie fertiggebracht.«

»Dann gestatten Sie …«

Er kniete vor dem Grab nieder, faltete die Hände und senkte den Kopf, um zu beten. Silanpa blieb zurück und verhielt sich ruhig, während der Leprakranke, der zunächst verständnislos geglotzt hatte, den Spaten weglegte und sich neben Estupiñán kniete.

Silanpa betrachtete die beiden Gestalten. Er schämte sich, daß er Estupiñán in dieser schmerzlichen Stunde nicht begleiten konnte, und fragte sich, ob es in seinem Leben noch jemanden gab, für den er unverzichtbar war. Wie behaglich wäre es, in diesem Glauben zu leben, mit der Vorstellung, daß er schlicht durch sein Existieren Licht in das Leben eines anderen tragen würde. Mónica war weg, blieb also noch seine Puppe, all die Zettel mit den daraufgekritzelten Zitaten … Ob sie sie mitgenommen hatten? Ihn beruhigte die Vorstellung, daß sie nicht in der Lage war zu leiden. Die Männer erhoben sich.

»Sie können das Grab schließen«, sagte Silanpa zu dem Leprakranken.

»Wollen Sie nicht etwas als Erinnerung mitnehmen?« fragte er, und die entstellte Höhle seines Mundes verzog sich zu einem ansatzweise erkennbaren Lächeln. »Ich wußte nicht, daß er ein Verwandter von Ihnen war.«

»Nein, danke.«

Dann legte Silanpa seinen Arm auf Estupiñáns Schulter und deutete auf das Grab.

»Jetzt beerdigen wir Ihren Bruder. Diese Spaten Erde und dieser Sarg, den wir versenken, gehören ihm.«

»Ja …«, begann er wieder zu schluchzen.

»Und Sie geben ihm sein letztes Geleit …«

»Ja, ja.«

Estupiñán bückte sich, um eine Handvoll Erde aufzunehmen, und warf sie auf den Sarg. Dann ritzte er folgende Worte in den Stein: »Hier ruht Ósler Estupiñán«. Er holte ein paar Blumen von den benachbarten Gräbern, legte sie darunter und ritzte noch ein: »Von seinem Bruder«.

Sie schlüpften durch den Mauerdurchbruch nach draußen, schritten durch die Dunkelheit, durchquerten die Einsamkeit der Nacht. Estupiñán schöpfte Atem.

Auf halbem Weg vernahmen sie die Stimme des Leprakranken.

»Gestatten Sie, daß ich Ihnen etwas sage, geben Sie mir einen Augenblick, bitte …«, sagte er, während er schlurfend auf sie zu kam. »Wer auch immer ich bin, ich habe einen Namen. Wenn Sie mich nicht fragen, muß ich mich wohl oder übel selber vorstellen: Ich heiße Jaime Bengala. Erinnern Sie sich, Jaime Bengala.«

»Bitte verzeihen Sie, Señor Bengala«, sagte Silanpa. »Wissen Sie, wir sind so aufgewühlt, daß wir die entscheidenden Dinge ganz vergessen.«

»Das geht mir immer so, aber bei Ihnen wollte ich es nicht hinnehmen. Sie brauchen sich nicht zu entschuldigen.«

»Ich danke Ihnen, daß Sie mit mir gebetet haben, Señor Bengala«, sagte Estupiñán beschämt. »Ich danke Ihnen von ganzem Herzen. Der Tote ist mein Bruder, und ich habe ihn sehr geliebt. Ihr Beistand hat mir gutgetan.«

»Behalten Sie es in Erinnerung, Jaime Bengala hat Sie begleitet. Die Señora aus der Bar stellt mich nie vor, sie verbietet mir sogar, die Wirtsstube zu betreten, damit sich die Gäste nicht erschrecken. Erinnern Sie sich, Jaime Bengala.«

»Ganz bestimmt.«

Der Leprakranke wandte seinen Blick wieder von ihnen ab, drehte sich um und setzte seinen Weg fort.

Estupiñán und Silanpa sahen sich an. Dann gingen sie weiter, und erst, als sie bei der Avenida angelangt waren, nahmen sie ihre Unterhaltung wieder auf.

»Das heißt also, sie haben anstelle von Pereira Antúnez meinen Bruder begraben«, sagte Estupiñán schließlich. »Jetzt verstehe ich, warum er nicht mehr aufgetaucht ist.«

»Womit sich bestätigt, daß die Leiche am See Pereira ist, stimmt's?«

»Sie sind ein Luchs, Chef.«

»Aber das Schwierigste haben wir noch nicht herausgefunden: wer hinter dem allen steckt.«

»Ja, richtig ... verdammter Mist. Aber eins sage ich Ihnen: Für mich ist das hier ein persönliches Anliegen geworden, für mich heißt es jetzt, den Mörder meines Bruders zu kriegen, so ist es doch? Und wenn ich dafür mit dem Leben bezahlen muß.«

»Natürlich, Estupiñán. Sie werden ihn kriegen und für Gerechtigkeit sorgen. Dieser Gedanke wird Sie anspornen.«

»Wie widersprüchlich das ist, wenn ich das sagen darf. Erst die Tragödie zeigt mir den Weg.«

Wieder gingen sie eine Weile schweigend nebeneinander her. Auf einmal schnippte Estupiñán mit den Fingern und blieb stehen.

»Kümmert Sie das Absolute, Chef?«

»Ich weiß nicht, was Sie meinen.«

»Das weiß ich auch nicht genau«, sagte Estupiñán und ging weiter.

»Nun ja, ich habe einen chinesischen Nachbarn, der öfters einmal meditiert, er heißt Doktor Lung Mo. Vor kurzem habe ich ihn auf der Treppe getroffen, und er fragte mich: ›Kümmelt Sie das Absolute, Señol Estupiñán?‹ Ich wußte nicht, was ich ihm antworten sollte, weil ich keine Ahnung habe, was das Absolute sein soll. Ich dachte, vielleicht wüßten Sie es.«

»Bestimmt etwas sehr Kniffliges. Kommen Sie, wir gehen vor bis zur Carrera Séptima, dort bekommen wir sicher ein Taxi.«

»Das Absolute, das Absolute…«, redete Estupiñán weiter vor sich hin.

Die Schatten der beiden wurden immer länger, bis sie sich in Richtung Zentrum verloren. Hin und wieder fuhr ein Auto vorüber. Eine Bande Straßenjungen stocherte in einem Müllhaufen.

10

Es war nach Mitternacht, als Esquilache die Bar *Condal* betrat und an der Theke einen Whisky sour bestellte. Auf seinen Schläfen perlte der Schweiß, ihm zitterte das Kinn, und sein Herz sprang wie ein Gummiball. Er blickte hoch zur Decke, und es kam ihm vor, als würden die spielenden Schatten sich über ihn lustig machen. Es roch nach Verrat. Er konnte ihn förmlich spüren. Er wußte zu gut, wie das war, nur daß ihm diesmal der Part aufgezwungen worden war, den niemand gerne übernimmt. Der Schlägertrupp eines Mafioso hatte seinen Wagen zerstört, seine politische Karriere war in Gefahr und möglicherweise sogar sein Leben. Ja, das roch nach Verrat. Er hing in der Luft wie klebriger Dunst.

»Was für ein Spiel treibt dieser dumme Hund?« Dieser Gedanke bohrte in ihm, so daß er schon meinte, in dem Glitzern der Gläser die Katzenaugen Barragáns zu sehen. »Ist er denn in der Lage, die Dinge so für sich zu drehen, daß er mich ausbootet? Nein, dafür ist Emilito zu wenig durchtrieben. Besser gesagt, durchtrieben ist er schon, aber viel zu feige, dieser Vollidiot. Er ist immer ein verhätschelter Junge gewesen. Von mir verhätschelt. Aber jetzt liegen die Dinge anders ... Am Samstag muß ich Tiflis diese Papiere bringen, aber wo zum Teufel soll ich sie hernehmen?« Er bestellte noch einen Whisky sour und wies den Barmann an, diesmal *Jack Daniels* zu nehmen. »Vielleicht ist es das beste, Emilito einen kleinen Schrecken einzujagen, zum Beispiel könnte ich ihm sagen, daß Tiflis glaube, er hätte die Schriftstücke. Dann würde er sich vor Angst in die Hosen machen, mich um Hilfe anflehen und mir wimmernd alles beichten und versprechen, so etwas nie wieder zu tun.« Weiter hinten auf einer kleinen Bühne spielte eine Jazzband Melodien von Charlie Parker. »Auf jeden Fall muß ich herausbekommmen, was verdammt noch mal Emilio treibt, mit wem er da etwas aushandelt. Wenn er mich tatsächlich ausbooten will, wird ihn das den Kopf kosten.«

Esquilache schlürfte langsam seinen zweiten Whisky sour, und zwischen jedem Schluck zog er bedächtig an einer *Marlboro*. Barragáns Schulden hatten ihn ziemlich beeindruckt. Er war total bankrott. Daher seine Verzweiflung und seine Dummheiten. Daher, vielleicht, sein Verrat. Man würde sehen. Jedenfalls, dachte er, befand er sich in einer heiklen Lage: Sollte es ihm nicht gelingen, die Grundstücke für GranCapital zu besorgen, müßte er sie mit politischen Zugeständnissen entschädigen, und das machte ihm nun doch Angst, da zur Zeit alles und jeder kontrolliert wurde. Er wußte sehr wohl, wer hinter GranCapital stand, mit denen war besser nicht zu scherzen. Er war wütend auf Tiflis, wütend, daß er erst jetzt erfahren hatte, was er rechtzeitig hätte wissen müssen: daß er die Grundstücke so gut wie in der Tasche hatte. Wenn dieser Schwachkopf von Emilio ihm von Anfang an die Wahrheit gesagt hätte, wäre noch eine Lösung dringewesen. Irgendein Arrangement. Jetzt war alles zu spät.

Am nächsten Tag ließ er sich von seiner Sekretärin zu ihm durchstellen.

»Marco Tulio, um die Uhrzeit rufst du an? Ich wußte gar nicht, daß du schon so früh im Büro bist.« Barragán war gerade dabei, sich zu rasieren. Der Badezimmerspiegel war von dem Dampf aus der Dusche beschlagen.

»Hör mir gut zu, du Schwachmatikus. Eben hat mich Tiflis angerufen und mir gesagt, daß du derjenige bist, der die Schriftstücke gestohlen hat, du wirst dich also sofort hierherbewegen und mir alles erzählen.«

»Was?!«

»Du hast ganz richtig gehört, und du weißt ja, mit Tiflis ist nicht zu spaßen. Da hast du dich ganz schön in was reingeritten, *carajo*, wenn dir also deine Eier lieb und teuer sind, dann leg den Rasierer weg und komm schleunigst her, ich erwarte dich in einer halben Stunde.«

Esquilache legte auf, und Barragán bekam es mit der Angst zu tun: die Eigentumsurkunde? Das war eine glatte Lüge, er hatte lediglich ein paar nutzlose Kopien, wie konnte Tiflis etwas von seinem Gang zum Grundbuchamt erfahren haben? Davon wußten nur er selbst und Nancy, und Nancy war in den Fall nicht eingeweiht. Esquilache mußte gelogen haben. Doch während er sich das sagte, bohrte sich die Angst in seinen Körper wie eine messerscharfe Klinge.

Catalina betrat das Badezimmer, sie trug einen blau-grünen Morgenrock.

»Schatz, das Frühstück ist fertig, die Kleinen packen gerade ihre Schultaschen, damit du sie mitnimmst.«

Sie zog sich aus, während er sich den restlichen Rasierschaum abwusch. Der Spiegel gab ihm ein bleiches Gesicht zurück.

»Ich kann sie nicht mitnehmen, Liebling. Gerade habe ich mit Marco Tulio gesprochen, ich muß gleich los und direkt zu ihm ins Büro fahren.«

»Ihr arbeitet zu viel, warum denn so früh?«, sagte sie, während sie die Dusche aufdrehte. »Macht nichts, Schatz, ich fahre sie. Aber du mußt es ihnen beibringen, du weißt doch, sie fahren so gerne mit dir.«

Barragán ging aus dem Badezimmer, zog sich das Sakko an und sprach noch schnell mit den Kindern.

»Am Samstag fahren wir zur Ranch und mieten Ponys, einverstanden?«

Er stürzte aus dem Haus, setzte alles daran, dem morgendlichen Berufsverkehr auszuweichen, und kam tatsächlich vor neun Uhr in Esquilaches Büro an.

»Morgenstund hat Gold im Mund, kleine Schlafmütze.«

»Erklär mir, was dieser Blödsinn soll, daß ich die Schriftstücke hätte.«

»Das hat mir unser geschätzter Esmeraldo-Mann gesagt. Er hat klipp und klar gesagt: ›Da werden Sie sich schwertun, mein lieber Senator, denn das, was ich vermisse, hat Ihr Schützling.‹ Das waren seine Worte.«

Barragán ging zum Fenster.

»Unmöglich. Das ist eine Lüge. Woher zum Teufel soll ich diese Schriftstücke haben? Wenn ich sie hätte, hätte ich es dir gesagt.«

»Genau darüber will ich mit dir reden. Vor kurzem hast du mich darum gebeten, offen zu sein, und ich bin es gewesen. Jetzt bist du an der Reihe. Laß hören, was treibst du für ein Spiel?«

»Ich bin doch offen zu dir, da ist nichts. Ich bin nur zum Grundbuchamt gegangen, um mich zu erkundigen, auf welchen Namen die Grundstücke laufen. Mehr nicht.«

»Das ist nicht legal, wie bist du an die Information herangekommen?«

»Ich habe da meine Methoden, Marco Tulio, wie wir alle.«

»Gut, schweife nicht ab. Weiter.«

Esquilache zog sich die Hose über den Bauch.

»Das war es, was ich herausbekommen wollte, ich dachte, das sei der erste Schritt. Ich ging davon aus, daß die Grundstücke nach wie vor auf Pereira Antúnez laufen würden, und daß, falls er irgendeine Änderung vorgenommen haben sollte, diese dort verzeichnet wäre. Darum bin ich hingegangen. Diese Information würde das weitere Vorgehen erleichtern, oder nicht?«

»Tja, und da hast du den Salat, mein Lieber … Was wirst du Tiflis jetzt sagen? Ich sage dir noch einmal, der ist nicht zimperlich. Geh raus und schau dir an, was sie mit meinem Wagen gemacht haben.«

»Nun, ich werde ihm die Wahrheit sagen müssen. Ich habe nicht die Originalpapiere, wenn er will, kann er mein Haus und meine Kanzlei durchsuchen lassen. Ich habe nichts zu verbergen.«

»Es würde mich nicht wundern, wenn er das bereits täte.«

Emilio dachte an die Kinder, an Cata. Brachte er sie etwa in Gefahr?

»Sag so etwas nicht, Marco Tulio. Am Samstag werden wir ihm alles fein auseinanderlegen und uns auf seine Seite stellen.«

»Mit ›wir‹, meinst du da uns?«

»Du selbst hast gesagt, daß wir gemeinsam in dieser Sache stekken.«

»Ja, aber ... genau darauf wollte ich hinaus. Wenn du hier auf eigene Faust Dinge einfädelst, ist es vorbei mit der Gemeinsamkeit. Bin ich deutlich genug, mein Herr? Wenn du hier schmutzige Spielchen treibst, brauchst du nicht zu erwarten, daß ich Däumchen drehend zugucke. Neeiiin, mein Lieber.«

»Schmutzige Spielchen? Wovon redest du?«

Emilio kratzte sich am Kopf. Esquilache betrachtete ihn mit einem gewissen Wohlgefallen, mit dem Blick des Jägers auf seine in die Enge getriebene Beute.

»Klar ist hier bloß, daß du in der Scheiße sitzt, mein Lieber. Und zwar gewaltig. Um es noch anschaulicher auszudrükken: Du steckst bis zum Hals in der Scheiße. Ich könnte auch sagen, die Scheiße quillt dir aus den Ohren.«

»Man muß unbedingt herausfinden, Marco Tulio, wer diese Papiere gestohlen hat. Und zwar schnell.«

»Und was schlägst du vor? Für Tiflis ist der Fall klar.«

»Glaubst du Tiflis etwa? Glaubst du wirklich, daß ich Verrat an dir übe?«

»Mein Lieber, die griechischen Philosophen haben gesagt, daß der Verrat ein Attribut der Seele ist, wie die Liebe oder die Freundschaft. Dafür muß man kein Gelehrter sein ... Sieh dir Judas an, jeder Depp kann Verrat üben. Treue zu halten ist viel schwieriger. Und weißt du, was die Philosophen noch sagen?«

»Marco Tulio, ich bitte dich ...«

»Antworte mir, Dummkopf!«

»Ich weiß es nicht.«

»Daß man nur verrät, was einem nahesteht. Das ist die Geschichte von dem Hund, der dem in die Hand beißt, der ihm das Fressen hinhält. Folgst du mir?«

»Ich weiß nicht, worauf du hinauswillst.«

»Mao war zwar ein Idiot, aber er hat sehr richtige Dinge gesagt, zum Beispiel, daß der, der den Kaiser angreift, sich nicht davor fürchten darf, gevierteilt zu werden.«

»Und was hat Mao mit Tiflis zu tun?«

»Daß du nach der Meinung von beiden am Arsch bist. Das haben sie miteinander zu tun.«

»Gehen wir alles der Reihe nach durch. Zunächst müssen wir zum Grundbuchamt gehen und herausfinden, wer sonst noch in dieser Angelegenheit nachgefragt hat, stimmt's? Das ist das erste. Und zweitens mußt du mir glauben! Welche Motive sollte ich denn haben, diese Sache ohne dich anzugehen?«

»Was das angeht, habe ich so ein paar Kleinigkeiten erfahren... Zum Beispiel, daß dir im Club die Schulden über den Kopf wachsen.«

Emilio spürte, wie ihm ein Schwall Blut in den Kopf schoß.

»Das sind private Angelegenheiten, Marco Tulio, bespitzelst du mich etwa?«

»Es ist immer gut zu wissen, wo bei den Freunden der Stachel im Fleisch sitzt, findest du nicht?«

»Diese Unterhaltung bringt uns nicht weiter«, sagte Emilio und zog sich das Sakko an. »Komm, wir gehen ins Grundbuchamt und fangen mit den Nachforschungen an. Das wird uns sehr wohl weiterbringen.«

»Also gut, es gefällt mir, daß deine Mönchsrübe, die du mit so viel Inbrunst kämmst, endlich mal in Gang kommt.«

Sie gingen hinaus. Drei Studentinnen lächelten Emilio im Vorübergehen zu, und er begegnete ihnen mit einem verführerischen Blick.

»Das ist der Grund, warum du am Arsch bist«, sagte Esquilache zu ihm, »du denkst zuviel mit deinem Pipimann.«

Baquetica beendete gerade ein Kreuzworträtsel, als er sie hereinkommen sah. Er stand auf und ging vor an das Schalterfenster, dabei überlegte er: Fluß in Deutschland mit fünf Buchstaben? Esquilache hielt ihm seinen Senatsausweis hin und sprach ihn barsch an.

»Wir haben herausbekommen, daß Sie vertrauliche Informationen an Privatpersonen weitergeben, guter Mann.«

Baquetica wurde bleich. Wer hatte ihn verpfiffen?

»Nein, Señor«, sagte er, »das ist eine Verleumdung.«

Er strich sich den Schnauzbart glatt, der seine Hasenscharte bedeckte, und mied Esquilaches Blick.

»Schauen Sie mich an, die Sache ist ernst!«

»Ich schaue Sie doch an, Señor.«

»Dann schauen Sie mich genauer an, und sagen Sie mir die Wahrheit, wenn Sie nicht morgen die Stellenanzeigen studieren wollen.«

»Was wollen Sie wissen, Señor?«

»Wem haben Sie in den letzten Tagen Auskünfte über Grundbucheintragungen erteilt?«

Baquetica fing an zu stottern, er sah sich bereits auf der Straße. Er hatte verschissen. Sie hatten ihn erwischt.

»Und sei ehrlich, verdammt! Wenn du wenigstens ehrlich bist, können wir die ganze Angelegenheit eventuell vergessen.«

»Nun ja, Señor ...«

»Was, ja!« brüllte Esquilache.

»Ja, nun ja, ich muß ihnen beichten, daß zuletzt eine Señor ... eine Señorita da war.«

»Und wer war diese Señorita!?«

»Nun, um ehrlich zu sein ...«

Barragán kam an Esquilaches Ohr und flüsterte: »Meine Sekretärin, das ist uninteressant.«

»In Ordnung, und wer noch!?«

Baquetica fuhr sich mit der Handprothese über den Schnauzbart. Er blickte zu den Spinnweben an der Decke und begann langsam zu sprechen.

»Also ... vor ein paar Tagen war da so ein junger Mann. Ein Journalist.«

»Wer? Ein Journalist, wovon?«

»Er hatte einen komischen Namen. Er ist bei *El Observador*.«

»Aha, und was wollte der genau von Ihnen?«

»Das gleiche wie die Señorita, eine Kopie von einer Schenkungsurkunde irgendwelcher Grundstücke am Sisga-See.«

»Wie hieß er?«

»Daran erinnere ich mich nicht, Señor, aber wenn ich ihn sehe, erkenne ich ihn wieder.«

»Sie haben drei Sekunden, um sich an den Namen zu erinnern, Sie Vollidiot, sonst können Sie ihre Koffer packen und die Fliege machen!«

»Warten Sie, Señor, ich glaube, es fällt mir wieder ein … Er hieß Silanba.«

»Silanba?«

»Ja, Señor.«

»Hmmm, schreiben Sie mir das auf den Zettel hier.«

Sie gingen hinaus. Baquetica tat einen Seufzer der Erleichterung und ging auf die Toilette, um sich Wasser ins Gesicht zu spritzen. Die Herren waren wieder gegangen, ohne daß er eine Kopie des Dokuments hatte herausgeben müssen, er mußte auch weder ein Geständnis unterschreiben, noch hoch und heilig erklären, daß er sich nie wieder so etwas zu Schulden kommen lassen würde … War es Veruntreuung? Betrug? Wenigstens nicht Verführung von Minderjährigen. War es etwa Annahme von Schmiergeld? Kurz und gut, sein Jurakurs war lange her, aber während er seine Hirnwindungen anstrengte, kam ihm ein anderes Wort in den Sinn: Rhein. Fluß in Deutschland mit fünf Buchstaben. Er trocknete sich das Gesicht ab und beeilte sich, den Namen in das Kreuzworträtsel einzutragen.

11

Es gibt Tage, da ist uns so schwer ums Herz, so schwer ums Herz… wie die Dichter zu sagen pflegen, und mit Verlaub, meine Damen und Herren, was ich Ihnen jetzt erzählen werde, hat sehr wohl etwas mit Poesie zu tun. Während ich, inzwischen zum Hauptmann befördert, weiter meinen Dienst ableistete und mit meinem aus Pasto gebürtigen Kollegen Montezuma auf Streife ging, lernte ich nach und nach die Wirklichkeit dieser Stadt aus ihrem Innern heraus kennen, aus dem Blickwinkel ihrer düsteren und muffigen engen Gassen. Aber kommen wir zur Sache: Mein Kollege Montezuma und ich gingen gerade die Carrera 30 entlang – er schleckte ein Guanabana-Eis, während ich an einem gegrillten Maiskolben knabberte, den ich mir kurz vorher draußen beim Stadion gekauft hatte –, als wir auf einmal Schreie hörten. Unwillkürlich legte ich meine Hand auf den Pistolengürtel und rannte in die Richtung, aus der der Lärm kam, mein Compañero hinterdrein. Am Ort des Geschehens angekommen, erblickten wir einen Chevrolet Sprint, der mitten auf der Avenida stand, und eine kreischende Señora, der man offenbar die Halskette geraubt hatte. Die Señora schrie um Hilfe und zeigte mit dem Finger auf den Dieb, der gerade den Bürgersteig auf der anderen Straßenseite erreichte. Ich machte eine Geste zu Montezuma, und wir rannten hinter ihm her, jeder von uns auf einer Straßenseite, bis wir an der Brücke von der Calle 57 angelangten. Dort versuchte der junge Kerl, ein zerlumpter, barfüßiger Lulatsch, sich hinter einer Betonsäule zu verstecken, doch ich streifte gerade noch einen Zipfel seines Ponchos und rief ihn zurück. Daraufhin zückte ich meinen Revolver und richtete ihn auf ihn, um ihm Angst einzujagen, denn bei diesen Verrückten weiß man ja nie. Montezuma, der gerade von der anderen Straßenseite herüberkam, stellte sich ihm am anderen Ende der Brücke in den Weg. Er versuchte, sich weiter zu verstecken, aber von unten sahen wir seinen Schopf hervorblitzen und spürten förmlich seinen vom Laufen keuchenden Atem. Wieder rief ich, er solle herauskommen, dann begannen wir uns heranzupirschen, aber als wir nur noch einen Schritt von ihm entfernt waren, machte er einen Satz, stieß Montezuma zur Seite und rannte in Richtung Avenida fort. Blitzschnell drehte ich mich um, und da wurde ich Zeuge, wie ein Bus scharf bremste, und sah noch, wie die Lumpen unter die Räder gerieten. Die Einzelheiten werde ich Ihnen ersparen, denn was ich zu Gesicht bekam, war alles andere als schön, aber gestatten Sie mir zu sagen, daß sich über die ganze Fahrbahn ein Blutschwall ergoß, der durch einen Gulli abfloß. Der Busfahrer stieg aus und beteuerte mit käsebleichem Gesicht, daß er einfach nicht mehr hatte bremsen können, daß der junge Mann ihm vor die Räder gelaufen war, und nein, wie fürchterlich. Montezuma und mir hingegen blieb nichts anderes übrig, als unter das Chassis zu klettern, um das, was von dem Langfinger übriggeblieben war, hervorzuziehen. Was nicht viel war, nun ja. Sein Kopf und ein Arm waren von dem Rad zermalmt worden. Als wir ihn Stück für Stück hervorzogen, kam die andere Hand zum Vorschein, und in ihr befand sich die Halskette der Señora. Eine Perlenkette. Sogar ein hübsches Stück. Montezuma enthedderte sie aus der Hand und gab sie der Señora zurück, die herbeigelaufen war und sich vor Entsetzen über das Geschehene die Hand vor den Mund hielt. Der Dieb war ein junger Kerl von zwanzig Jahren gewesen. Sein Kopf war völlig zermatscht, wie ein zu Boden gefallenes Ei, mir wurde kotzübel. Die Leiche wurde abtransportiert, und Montezuma, weiß im Gesicht, fing an, in einem fort zu plappern. Der Arme hörte gar nicht mehr auf, erzählte mir alles mögliche Zeug, ohne daß ich etwas verstanden hätte. Von einem Bäcker in der Nähe von Tulcán, bei dem es unvergleichliche gefüllte Zuckerschnecken gab, über eine frühere Geliebte aus dem Llano, bis zu dem Hund seines Großvaters, und so weiter... Und zugegeben, während wir unsere Patrouille fortsetzten, fragte ich mich sogar: »Hat der nicht sonst immer gestottert?« Der Vorfall mußte irgend etwas in ihm ausgelöst haben, irgendein Kabel mußte in ihm durchgebrannt sein. Auch ich fühlte mich schlecht. Ich hatte einen schalen

Geschmack im Mund, ein Gefühl fortwährender Übelkeit, und als wir zum Bahnhof kamen und ich aus dem Wagen stieg, um in der Bar ein Täßchen Schokolade mit Salzgebäck zu mir zu nehmen, da bekam ich auf einmal keinen Bissen hinunter, ich brauchte die Tasse nur hochzunehmen, da erschien vor meinen Augen das Bild des blutenden, jungen Halunken mit dem zermatschten Kopf. Und da erinnerte ich mich an meine Kindheit und sagte mir: »Schon wieder ist mein Magen blockiert, ach herrje!«

12

Sie kamen bei Estupiñán zu Hause an, und Silanpa blieb auf den Stufen vor dem Gebäude stehen.

»Kommen Sie, Chef. Ich bitte Sie. Es ist bescheiden, aber anständig.«

Silanpa schüttelte den Kopf. Auf der Straße waren sie zusammen, aber hinter dieser Tür befand sich das andere Leben von Estupiñán, hier mußten sie sich trennen.

»Danke, Emir, aber ich kann nicht.«

»Überwinden Sie Ihren Stolz, wo werden Sie schlafen?«

»Machen Sie sich darum keine Gedanken, gute Nacht.«

Er ging zur Straßenecke vor, hielt ein Taxi an und bat den Fahrer, Richtung Norden weiterzufahren. In der Zwischenzeit suchte er in seinem Kalender eine Adresse: Óscar Quintas. Da stand sie, in Mónicas Handschrift.

»Zur Calle 19, Ecke 106, bitte.«

»Na klar.«

Er wollte sie sehen, wenn auch nur von weitem. Er würde nicht zur Ruhe kommen, bevor er sich nicht vergewisserte, daß es sie weiter gab, daß das Bild, das er von ihr im Kopf hatte und das sein Leiden immer wieder von neuem schürte, auch außerhalb seiner Wehmut und Sehnsucht lebendig war. Ihm wurde bang, als sie sich näherten, und er sagte sich, daß er vielleicht, mit ein bißchen Glück, an sie ein paar aufrichtige Worte würde richten können. Schließlich und endlich waren die Worte doch da, um ihm zu helfen.

Er stieg an der Ecke aus und ging den gegenüberliegenden Gehweg entlang. Hier und da sah er Lichter und ein paar geparkte Autos. Ein kleiner Garten verdeckte die Fenster im ersten Stock, so daß er sich an ein Fenster heranschleichen konnte, das ins Wohnzimmer zeigte.

Da war sie. Sie trug ein schwarzes schulterfreies Kleid und ein traumhaft schönes Collier. Neben ihr schürte Óscar die Glut im

Kamin, und weiter drüben saß ein Mann, der gestikulierend etwas erzählte, bestimmt einen fantastischen Witz. Die anderen lachten.

Ein leichter Regen setzte ein und drang durch die Blätter, aber Silanpa bewegte sich nicht. Durchnäßt klebte er mit dem Gesicht an der Scheibe, da sah er, wie sie aufstand und in die Küche ging und eine Minute später mit einem Tablett voller Häppchen und einer neuen Flasche Wein wieder auftauchte. Wohnte sie bei ihm?

Es war spät. Sein Jackett war durchnäßt, und die Beine waren ihm eingeschlafen. Der Regen hatte die Erde aufgeweicht, so daß seine Schuhe im Schlamm versanken. Sollte er klingeln und versuchen, mit ihr zu reden? Ihm drehte sich der Kopf. Mit einemmal kam ihm der Gedanke, daß sie ihn vielleicht nicht zurückweisen würde, daß er ihr in die Augen sehen könnte, die strahlen würden wie früher, und dann wäre alles möglich. Doch er spürte, wie weit er von diesen Gestalten entfernt war, die dort beim Wein saßen. Er sah zu ihnen, wie man aus der Dunkelheit eines Kinos heraus auf das fremde Glück blickt. Mit schleppendem Schritt ging er zur Tür und hob träge den Arm. Das Schellen der Klingel zersprengte ihm das Trommelfell. Eine Sekunde später tauchte ein Schatten auf und stand vor ihm.

Óscars Gesicht verfinsterte sich, und Silanpa hielt seinem Blick kaum stand. Er brachte kein Wort heraus. Verschämt senkte er die Augen, und als er wieder aufsah, war Óscar nicht mehr da. Er hörte Musik, und als er das Klappern von Absätzen vernahm, hüpfte sein Herz. Das war sie.

»Víctor, was ist los?«

Er sah ihr in die Augen, brachte aber immer noch kein Wort hervor.

»Du bist klitschnaß und voller Schlamm, wo bist du denn gewesen? Du siehst aus wie ein Penner.«

Wortlos und niedergeschlagen wischte er sich mit dem Ärmel seines Jacketts die Tränen ab.

»Nun rede schon, sag etwas … Was ist los?«

Wassertropfen rannen ihm den Kopf hinunter in seinen Hemdkragen und unterstrichen das klamme Gefühl, verlassen zu sein. Er sammelte alle seine Kräfte um zu sprechen.

»Verzeih mir. Ich weiß nicht, warum ich hier bin.«

Er drehte sich um und ging zur Straße vor, nur daß ihn diesmal Mónicas Hand an der Schulter zurückhielt.

»Mit dir ist irgend etwas... Komm, du weichst doch völlig durch.«

»Ich wollte dich nur sehen, ich gehe schon.«

»Du gehst von hier nicht fort, bis du mir nicht gesagt hast, was mit dir los ist.«

»Nein, laß mich. Ich hätte nicht einfach so hier auftauchen sollen.«

»Wir waren doch zusammen, Víctor, red keinen Unsinn. Warte kurz, ich hol die Autoschlüssel, dann können wir ungestört reden.«

Wie er sie in dem Flur verschwinden sah, überkam ihn der Drang, der unaufhaltsame Wunsch, weit weg zu sein, abzuhauen von diesem fremden Haus, in dem Mónica ihre Freunde empfing, in dem sie schlief und arbeitete und vielleicht auch lebte. Er ging drei Schritte zurück, gelangte an die Gartentür, und als er auf dem Bürgersteig war, rannte er, so schnell er konnte, fort. Bei der Calle 19 angekommen schöpfte er Luft und hielt Ausschau nach einem Taxi. Es war Zeit, an das andere Ende Bogotás zurückzufahren, zurückzukehren in dieses andere Leben, in dem die Dinge bitter und wirklich waren. Er suchte in seinen Taschen nach den Zigaretten und sah, daß das Päckchen naß geworden war. Er zog eine heraus und versuchte sie anzuzünden. Weit und breit kein Taxi, es war fast Mitternacht. Was nun? Er überlegte, ob er Quica abholen sollte, mit ihr in irgendeinem Hotel im Zentrum übernachten, um anschließend zu seinen Ermittlungen zurückzukehren, zu seinem Beobachtungsposten gegenüber dem *Hotel Esmeralda* und zu seinen Unterhaltungen mit Estupiñán. Er wäre jetzt gerne bei ihm gewesen, um ihn über den Tod seines Bruders hinwegzutrösten und gleichzeitig selbst, im stillen, Trost zu finden.

Plötzlich bremste neben ihm ein Renault 12. Eine Gestalt stürzte heraus und warf sich ihm in die Arme. Es war Mónica.

»Mich läßt du nicht noch einmal mit den Schlüsseln in der Hand stehen. Sei doch nicht so feige!«

Lange weinte er an ihrer Schulter. Als er aufblickte, sah er, daß auch sie weinte.

»Fahren wir in meine Wohnung«, sagte sie und drängte ihn in ihr Auto. »Irgend etwas von dir wird schon noch dort sein, ein paar Sachen, die ich nicht in den Müll geworfen habe. Du siehst wirklich erbärmlich aus. Außerdem mußt du mir endlich erklären, wie und warum du in Lebensgefahr gewesen bist.«

»Ich glaube, ich habe übertrieben.«

»Los, komm. Dann kannst du mir alles erzählen.«

In der Wohnung angekommen, ging Mónica als erstes ins Bad und drehte den Hahn über der Badewanne auf.

»Nimm ein heißes Bad, sonst wirst du dich noch erkälten. Du bist ja völlig durchnäßt. Ich mache dir inzwischen eine heiße *agua de panela.*«

Der frische Duft der Obstschalen, das Licht und die Ordnung in der Wohnung ließen seinen jämmerlichen Zustand noch deutlicher hervortreten. Er stieg in das kochend heiße Wasser und fühlte sich wie neu geboren.

Als Mónica unvermittelt hereinkam, bedeckte er sich instinktiv mit der Hand.

»Sei nicht albern, Víctor. Ich kenne deinen Körper besser als du, also nimm die Hand weg.«

»Danke für alles.«

»Hör auf, so herumzudrucksen. Du sprichst, als hätten wir uns gerade erst kennengelernt.«

Sie legte ihm eine frische Hose und ein Hemd hin. Mónica hatte sich umgezogen und trug jetzt ein T-Shirt, das ihr bis zu den Knien reichte.

»Nimm das Handtuch hier, wenn du aus der Wanne steigst. Und

laß dir ruhig Zeit, ich weiß doch, wie gerne du badest. Versuch dich zu entspannen, wer weiß, was du alles hinter dir hast.«

»Nichts Übersinnliches.«

»Das kann ich mir denken. Und eins sage ich dir gleich: Wenn da irgendwelche Frauengeschichten laufen, erzähl mir besser nichts davon. Ich warte draußen auf dich, ich muß noch einen Anruf erledigen.«

Zum ersten Mal seit Tagen sah es so aus, als sei die Wirklichkeit auf seiner Seite, aber er stellte lieber keine Fragen, aus Angst vor der Wahrheit und vor der bitteren Erfahrung, alleingelassen zu werden.

Er beendete sein Bad, kleidete sich an und trat ins Wohnzimmer. Mónica reichte ihm einen wollenen Poncho.

»Gleich bekommst du deine *agua de panela.*«

Auch sie war nervös. Dennoch fühlte er sich umsorgt, und die schrecklichen, von Schmerz und Zweifel gezeichneten Augenblicke waren weit weg.

Mónica brachte ihm die Tasse und setzte sich neben ihn.

»Warum machst du das?« fragte Silanpa zaghaft.

»Hast du dich nicht im Spiegel angeschaut? Du bist doch nur noch Haut und Knochen. Möchtest du etwas essen?«

»Nein, danke.«

»Wann hast du zum letzten Mal etwas gegessen?«

»Bevor ich zu dir fuhr«, log er.

»Ja, dann ... arbeitest du denn viel?«

»Wie immer, aber du hast mir noch nicht geantwortet, warum du das machst.«

»Ich mache es, weil ich es will, und frag nicht weiter so dumm! Morgen reden wir.«

Als Silanpa das hörte, nahm er an, daß sie gemeinsam schlafen würden. Doch er blieb sitzen, wo er saß, und traute sich nicht sie anzublicken.

»Du hast entsetzlich lange Haare, hat dir das in der Zeitung noch niemand gesagt?«

»Ich bin schon länger nicht mehr in der Redaktion gewesen. Ich bin ständig unterwegs.«

»Erzähl mir das ein andermal. Möchtest du schlafen gehen?«

»Gut.«

»Also komm.«

Sie legten sich nebeneinander ins Bett, und Mónica löschte das Licht.

»Stell mir keine Fragen«, sagte sie, »aber du hast mir gefehlt.«

»Du mir auch.«

»Morgen stehe ich früh auf, du kannst so lange bleiben, wie du willst.«

»Ich muß am Vormittag ein paar Dinge erledigen.«

»Kommst du mittags her?«

»Weiß ich noch nicht.«

»Ich gebe dir auf jeden Fall einen Schlüssel, ich komme erst am Nachmittag.«

»Möchtest du, daß ich komme?«

»Natürlich, mein Dummchen. Oder denkst du vielleicht, wir werden nicht reden?«

Silanpa lag weiter angespannt neben ihr, er wagte nicht, auch nur einen Finger zu bewegen, aus Furcht, sie zu berühren.

»Bis morgen«, sagten sie zueinander.

13

Susan stieg aus der Dusche, steckte den Fön ein und fing an, sich vor dem Spiegel die Haare zu bürsten. Durch den Dampf hindurch konnte sie nicht sehen, daß Runcho sie von der Tür aus beobachtete und ihre nackten Pobacken begaffte. Langsam schlich er sich heran und öffnete sich dabei den Hosenschlitz, und plötzlich spürte sie eine Hand, die ihr den Mund zuhielt, und eine andere, die ihr gewaltsam zwischen die Beine fuhr. Sie schrie und biß in diese kräftigen Finger, wobei ihr die Spucke aus dem Mund lief, doch dann spürte sie, wie etwas Kaltes beinahe in sie eindrang. Sie versuchte sich zu befreien, und er säuselte ihr ins Ohr: »Strample nur, Mami«, aber in diesem Augenblick packte Susan eine Flasche Kölnischwasser und schmetterte sie ihm an den Kopf.

»Hier, du Drecksau!«

Runchos Lider klappten zu wie zwei metallene Jalousien, und sein Körper sackte auf den Kachelboden. Susan ging aus dem Bad, zog sich an und haute ab.

Als sie auf die Straße trat, regnete es in Strömen. Sie hielt ein Taxi an und nannte die Adresse ihrer Wohnung, aber dann überlegte sie es sich anders und fragte den Fahrer: »Fahren Sie auch aus Bogotá raus?«

»Immer doch, vorausgesetzt, Sie zahlen mir doppelt so viel, wie das Taximeter anzeigt, plus eine Kommission für das Verlassen des Stadtgebiets, zuzüglich einer Entschädigung für die Entfernung von den Liebsten und einen Verpflegungszuschlag. Dazu kommt noch eine kleinere Summe als Versicherungsbeitrag im Fall von Unfall oder Krankheit, und schließlich ein Risikoaufschlag, falls in der Gegend Guerilleros oder Paramilitärs sind.«

»Es ist beim Sisga-See.«

»Lassen Sie mich kurz überlegen. Irgendwo dort gibt es doch Denguefieber, und … ist dort nicht auch eine Front von den Streitkräften der FARC?«

»Ich zahle Ihnen, was Sie wollen, aber fahren Sie endlich!«

»Ich muß Sie darauf hinweisen, Señora, daß Sie die Gebühr für Entfernung von den Liebsten leisten müssen. Der Sisga-See ist zwar nicht weit weg, aber wissen Sie, ich habe einen sehr stark ausgeprägten Familiensinn.«

»Ich habe Ihnen doch gesagt, ich zahle Ihnen, was Sie wollen.«

Susan sah die schiefen Gebäude an der Carrera 15 vorüberziehen und danach die Wohnsiedlungen und Baustellen neben der Autobahn.

»Würde es Ihnen etwas ausmachen, ein bißchen Musik anzumachen?«

»Nein, gar nicht, und es ist meine Pflicht, Ihnen mitzuteilen, daß dieser Service in der Grundgebühr enthalten ist. Haben Sie eine Vorliebe für einen bestimmten Sender?«

»Nein, was Sie wollen.«

Hinter Ihnen fuhr ein weiteres Taxi, in dem Silanpa auf den Fahrer einredete.

»Mann, ich weiß nicht, wohin sie fahren, aber wir dürfen sie auf keinen Fall aus den Augen verlieren.«

»Leidenschaft?«

»Ja, eine private Angelegenheit. Fahren Sie schön hinterher, und verlieren Sie sie ja nicht!«

Susan saß während der ganzen Fahrt zurückgelehnt da und rauchte eine Zigarette nach der anderen. Kurz vor dem Ziel gab sie dem Fahrer genaue Anweisungen und stieg am Eingang zum *Irdischen Paradies* aus.

»Es war mir ein Vergnügen, Señora, Quittung gefällig?«

»Nein, schon gut so.«

Sie trat durch das Gartentor und verschwand zwischen den Büschen, hinter denen die Anlage verborgen lag. Eine Minute später kam Silanpas Taxi am selben Ort an.

»Hier ist es, Chef, was macht das?«

Der Fahrer rechnete auf einem Stück Papier hoch und runter, bevor er ihm einen Betrag nannte.

»Und dabei berechne ich Ihnen noch nicht einmal die Fahrt auf unbefestigter Fahrbahn.«

»Zu liebenswürdig.«

Silanpa holte seine vorläufige Mitgliedskarte heraus und drückte das Gartentor auf. Es war fast Mittag, und vor dem Gebäude parkten nur zwei Wagen.

Er ging zu den Umkleideräumen und holte sich einen Schlüssel mit der Schließfachnummer. Während er sich auszog, fragte er sich, was er machen würde, wenn er Susan träfe. Dann ging er in eines der Dampfbäder. In den dichten Schwaden mit Geruch nach Eukalyptus brannten ihm die Augen, und er brauchte eine Weile, bis er sie öffnen konnte. Weiter hinten lag Susan auf einem Handtuch.

»Sie gibt es immer noch? Nicht zu glauben«, sagte sie zu ihm, ohne ihn anzusehen. »Sie müssen ja ganz schön am Leben hängen.«

»Das ist momentan das einzige, was ich habe.« Er setzte sich neben sie. »Ich habe sieben Leben, wie eine Katze, darum haben meine Feinde Achtung vor mir.«

»Nicht daß Sie denken, ich hätte etwas mit …«

»Mit dem Anschlag auf meinen Wagen zu tun? Oh doch, das denke ich, aber darüber wollte ich gar nicht mit Ihnen reden.«

»Da täuschen Sie sich aber, ich habe es in der Zeitung gelesen und vermutet, Sie stecken ihre Nase in gefährliche Dinge. Anscheinend machen Sie sich gerne das Leben schwer.« Susan stützte das Gesicht in ihre Hände. »Sie wissen überhaupt nichts über uns, weil Sie in Wirklichkeit gar kein Nudist sind. Wenn Sie unsere Philosophie kennen würden, wüßten Sie, daß Gewalt und Intrige unserer Weltanschauung vollkommen zuwiderlaufen.«

»Als ich Sie das letzte Mal gesehen haben, trugen Sie einen Revolver bei sich und zielten mir damit auf die Brust. Das soll keine Gewalt sein?«

»Das war eine besondere Situation, da stand unser Frieden, den wir mit so viel Mühe errungen hatten, auf dem Spiel. Wissen Sie, manchmal muß der Hase zum Panther werden, damit er Hase bleiben kann.«

»Aber ein Hase mit blutigen Reißzähnen ist kein Hase mehr, er wird für immer zum Panther.« Er blickte ihr in die Augen. »Auch ich habe etwas für Metaphern übrig.«

»Mit der Pistole wollte ich Sie nur einschüchtern, ich hätte niemals geschossen.«

»Sie meinen, Sie wollten mich erniedrigen, erinnern Sie sich nicht mehr?«

»Ich bitte Sie um Entschuldigung.«

»Ich würde mir wünschen, daß die, die mein Auto zerstört haben, mich ebenfalls um Entschuldigung bäten. Und was für ein Zufall: Es geschah genau in der Nacht, in der Sie kamen, um mir zu drohen.«

»Wir sind es nicht gewesen. Glauben Sie mir, auch ohne Beweise. Glauben Sie mir, weil ich es sage. Wir haben damit nichts zu tun.«

»Ich glaube Ihnen«, sagte Silanpa, »aber ich vermute, Heliodoro Tiflis hat Ihnen etwas erzählt.«

Susan sprang auf. Sie riß die Augen auf und starrte ihn an, zuerst aggressiv, dann nahm ihr Blick einen eher flehenden Ausdruck an.

»Das meinen Sie doch nicht im Ernst…«

»Ich verstehe Sie nicht, Susan.«

»Sie bringen mich mit diesem Kerl in Verbindung?«

Silanpa machte eine Kunstpause.

»Ja.«

»Und wie kommen Sie darauf, daß…«

»Sie wissen, wovon ich spreche. Ich bin Journalist, ich habe meine Methoden.«

»Schon gut. Aber ich bleibe dabei, von Ihrem Auto weiß ich nichts.«

»In Wirklichkeit spielt das für mich auch keine Rolle mehr. Ich möchte weiterkommen.«

»Der Gepfählte?«

»Richtig. Und die Grundstücke von Pereira Antúnez.«

Susan signalisierte ihm, daß er warten solle. Sie verließ das Dampfbad, duschte sich ab und kehrte zurück.

»Sagen Sie mir zuerst, was Sie alles wissen«, forderte Susan ihn auf.

»Ich weiß kaum etwas.«

»Raus mit der Sprache, ich höre.«

Silanpa wischte sich mit dem Handtuch den Schweiß vom Gesicht.

»Ich weiß, daß Sie und Tiflis ein Verhältnis haben. Ich weiß, daß Tiflis von Pereira Antúnez die Grundstücke bekommen hat, die Sie derzeit nutzen. Ich weiß, daß der Gepfählte Pereira Antúnez ist.«

»Nun, was wollen Sie dann noch wissen?«

»Wer Pereira Antúnez umgebracht hat. Wer Ósler Estupiñán umgebracht hat, um seine Leiche zu benutzen, und wer über die Grundstücke, auf denen wir uns gerade aufhalten, von nun an verfügen wird.«

»Sie machen das alles, um Zeitungsartikel zu schreiben?«

»Ich recherchiere nur ein wenig.«

»Wollen Sie sich einen Namen machen, suchen Sie Anerkennung?«

»Ich mache meine Arbeit. Damit ich in Ruhe schlafen kann.«

»Und wie kommen Sie darauf, daß Sie zu diesem Zweck ausgerechnet diesen Fall lösen müssen?«

»Ganz einfach: Seit ich damit zu tun habe, finde ich keinen Schlaf mehr. Das macht mich wütend.«

»Leute, die in fremden Angelegenheiten herumschnüffeln, waren mir schon immer suspekt«, sagte Susan. »Señor Silanpa, es gibt Wahrheiten, die richten Schaden an.«

»Der Motor meines Renault 6 sieht aus wie eine aufgeschlitzte Stoffpuppe, in meiner Wohnung ist alles kurz und klein gehauen, und ich darf mich nicht in die Nähe wagen … Sind Sie der Meinung, das ist für mich eine fremde Angelegenheit?«

»Niemand hat Sie gebeten, sich einzumischen.«

»Das Böse besitzt die Anziehungskraft eines Magneten, man kann sich dagegen nicht wehren. Anders das Gute: Es zerrinnt einem ständig zwischen den Fingern.«

»Sind Sie hergekommen, um zu philosophieren? Wie ich sehe, tut Ihnen das Dampfbad gut.«

»Ich bin gekommen, um mit Ihnen zu reden, weil ich weiß, daß Sie in Gefahr sind. Darum ist es besser, Sie erzählen mir, was Sie wissen. Ich kann Ihnen helfen.«

Sie verließen den Ruheraum, und Susan war verstummt. Mit ihrem in der Taille verknoteten Handtuch trat sie ans Fenster und blickte in Richtung Straße. Es hatte aufgehört zu regnen, und in der Ferne war der Himmel aufgerissen. Auf einmal sah sie, wie das Gartentor mit einem Ruck aufgestoßen wurde. Zwei Trooper-Jeeps rasten mit vollem Tempo herein.

»Kommen Sie«, forderte sie Silanpa mit nervöser Stimme auf, »wir müssen hier weg.«

Sie rannten zu der Treppe, die in die Garage hinunterführte. Silanpa erkannte den schmalen Gang wieder und die Tür zu dem Büro. Susan schlitterte hinein, riß eine Schublade auf und nahm Schlüssel und einen Revolver heraus.

Oben hörte man Geschrei. Susan erkannte Runchos Stimme und den Pförtner, der sich zur Wehr setzte. Dann übergab sie Silanpa die Waffe.

»Hier, Sie können bestimmt damit umgehen.«

Mit nichts außer den Handtüchern bekleidet, die gerade einmal das Nötigste bedeckten, stiegen sie in den Mitsubishi. Mit einem Kavalierstart fuhren sie los.

»Nehmen wir den Hinterausgang.«

Susan trat aufs Gas und raste den Hügel hoch, während Silanpa überwachte, ob ihnen jemand folgte. Alles ging gut, bis hinter ihnen, zwischen dem ausladenden Gestrüpp und den Büschen, die kastenförmigen Umrisse der Trooper auftauchten. Sie folgten ihnen.

»Sie haben uns gesehen«, sagte Silanpa.

»Halten Sie sich gut fest! Ich kenne die Berge hier gut. Sie werden uns nicht kriegen.«

»Was soll ich machen, wenn sie näher kommen?«

»Ich habe Ihnen doch die Pistole gegeben.«

Silanpa hatte noch nie von einer Feuerwaffe Gebrauch gemacht und betrachtete ungläubig den Revolver in seiner Hand, als handelte es sich um ein fremdartiges Insekt.

»Schneller, Susan!«

Plötzlich hatte sich die Heckscheibe in ein Spinnennetz verwandelt. Sie hörten zwei weitere harte Schüsse, die ins Chassis einschlugen.

»Schießen Sie, ich kann erst beschleunigen, wenn ich am Gipfel angekommen bin.«

Silanpa packte den Revolver mit beiden Händen, steckte den Kopf durch das Seitenfenster, zielte auf einen der Jeeps und drückte ab. Reflexartig schloß er die Augen, doch als er sie wieder öffnete, sah er, daß nichts geschehen war. Die Trooper fuhren weiter hinter ihnen her, in vierzig Metern Entfernung. Wieder legte er den Finger an den Abzug.

»Schießen Sie auf den Motor, in die Reifen. Machen Sie etwas, daß wir es bis zum Gipfel schaffen.«

»Und was wird am Gipfel passieren?«

»Dahinter befindet sich ein Abgrund, den man von dieser Seite aus nicht sieht. Sie werden nicht rechtzeitig bremsen können.«

Silanpa fühlte sich auf einmal verwundbar. Das Handtuch, das ihn eigentlich schützen sollte, lag auf dem Boden.

»Machen Sie sich bereit, gleich sind wir da.«

Die Trooper kamen näher, und Silanpa drückte erneut ab. Die Windschutzscheibe eines der Trooper zersprang in tausend Stücke.

»Jetzt! Halten Sie sich fest!«

Susan riß das Steuer nach rechts, und der Mitsubishi hob auf einer Seite ab. Vor Panik erstarrt sah er zwei Zentimeter von dem Fenster entfernt den Rand des Abgrunds, dann setzte sein Atem aus, denn sie hatten den Boden unter sich verloren und landeten mit voller Wucht im Gestrüpp. Direkt darauf hörte er es krachen und wagte einen Blick nach hinten: Der vordere Jeep versuchte zu bremsen, doch der andere raste von hinten in ihn hinein, und beide stürzten in die Tiefe.

Susan wendete, trat aufs Gas, und sie überquerten den Gipfel der Anhöhe. Dann fuhren sie den See entlang und erreichten über einen schmalen, zwischen den Binsen verlaufenden Weg wieder die Landstraße.

»Wir sind um ein Haar davongekommen«, sagte Silanpa mit zitternder Stimme. »Und jetzt?«

»Jetzt fahren wir nach Bogotá. Wir müssen einen Ort finden, wo wir uns verstecken können. Und etwas zum Anziehen besorgen. Vergessen Sie nicht, in unserem Aufzug herumzufahren ist eine Ordnungswidrigkeit.«

»Wir haben ja die Handtücher. Und jetzt, wollen Sie nicht endlich sprechen?«

»Erst sollten wir das hier lösen. Dann werden wir sehen.«

Kurz vor Bogotá hielten sie an einer Telefonzelle. Silanpa erwog, Mónica anzurufen, aber schließlich wählte er die Nummer von Estupiñán.

»Kleider für Sie und eine Dame? Gerne doch, aber … Warum nehmen Sie mich eigentlich nie zu diesen Unternehmungen mit? Sie sind ein ganz schöner Schweinehund, Chef, das Beste heben Sie immer für sich auf.«

»In einer halben Stunde, Estupiñán. Wir sind auf Sie angewiesen.«

»Und wer ist die Glückliche?«

»Das werden Sie schon sehen, machen Sie sich auf eine Überraschung gefaßt.«

Als er zurück zu dem Wagen kam, sah er, daß Susan völlig am Ende war. Zum ersten Mal bemerkte er die Angst, die in ihrem Gesicht stand, die Beklemmung, nicht weiterzuwissen.

»Mein Kumpel erwartet uns beim *Centro Granahorrar* im Parkhaus, er bringt für uns beide etwas zum Anziehen. Seien Sie unbesorgt. Ich habe alles im Griff.«

»Sie haben mir immer noch nicht auf meine Frage geantwortet«, sagte Susan zu ihm.

»Welche Frage?«

»Warum Sie das tun.«

»Wenn ich es weiß, sage ich es Ihnen. Los, fahren wir.«

14

Der Anblick dieses jungen Halunken, dessen Kopf wie ein ausgelaufenes Ei aussah, machte mich fix und fertig. Im Lauf meiner Geschichte wird Ihnen bereits aufgefallen sein, daß ich sehr mitfühlend bin, daß ich zu denjenigen Menschen gehöre, die sich der Wirklichkeit als erstes mit dem Herzen nähern, auch wenn das ein Zeichen von Schwäche sein mag. Aber eins müssen Sie wissen: Nur weil man mit dem Verbrechermilieu zu tun hat oder eine Waffe trägt, vergißt man nicht diese andere Seite des Lebens, die nach Philosophenmeinung so wichtig ist, verzeihen Sie, daß ich Sie damit belästige. Ich schweife schon wieder ab. Ich erzählte Ihnen gerade, wie ich, ein ausgesprochen mitfühlender und feinsinniger Mensch, wie ich wohl ohne zu übertreiben behaupten kann, wieder einmal bemerkte, daß sich mir der Magen zusammenkrampfte. Kaum führte ich eine Gabel feiner Kartöffelchen oder ein Stück Spanferkel zum Mund, kaum streckte ich beim Nachtisch meinen Finger in Richtung Milchpudding aus, da erschien mir prompt die vom Schmerz verzerrte Fratze dieses armseligen, vom rechten Weg abgekommenen Asozialen. Anfangs verbarg ich mein kleines Malheur, denn ich gehöre nicht zu den Leuten, die bei dem geringsten Anlaß losjammern, aber nach vier Tagen wurde ich dann doch unruhig. Und damit stand ich nicht allein da, denn auch Montezuma war nicht aus Stein und hatte sich mit einemmal in eine wahrhaftige Plaudertasche verwandelt, so daß ich ihn in all den Tagen nicht ein einziges Mal stottern hörte. Schließlich nahm ich Oberstleutnant Chumpitaz beiseite und erzählte ihm, was los war, und da riet er mir, den Revierarzt aufzusuchen. Kurz und gut: Nach einer Woche hatte sich mein Zustand immer noch nicht gebessert, weshalb ich schließlich ins Krankenhaus mußte, wo man mir sogleich Schläuche anlegte, die mir den Unterarm durchbohrten. Täglich kam eine Señora mit Namen Carmencita zur Visite, eine Psychologin, jawohl, meine Damen und Herren, Sie hören richtig: eine Psychologin. Um ehrlich zu sein, wirkte diese Carmencita auf mich etwas sehr jung, um ein gestandenes Mannsbild wie mich zu behandeln, doch sie forderte mich auf, ihr zu erzählen, was vorgefallen war. Also erzählte ich ihr, was nach meinem bescheidenen Verständnis die Blockade ausgelöst hatte, und sie meinte, ich hätte in der Tat einen Schock erlitten. Na ja, irgendwie schämte ich mich und wollte gegenüber meinen Kollegen, die mich in brüderlicher Kameradschaft besuchen kamen, mit der Wahrheit nicht herausrücken. Ich erzählte ihnen, daß ich eine Vergiftung erlitten hätte; in Wirklichkeit aber verging die Zeit, und an meinem Zustand änderte sich nichts. Die Schälchen mit Kartoffelbrei und Gemüsebrühe, die man mir im Krankenhaus vorsetzte, wurden vor meiner Nase kalt, und eines Tages hörte ich den Arzt einen Satz sagen, der mich aufhorchen ließ: »Wie geht es meinem Anorektiker heute morgen?« Wem, bitte schön? Da erklärte er mir, daß das die Bezeichnung für jemanden sei, der nicht essen könne, und in dem Moment dachte ich, daß das Leben doch wirklich ganz schön seltsam ist. Aber das Wissen um die Wahrheit änderte nichts an den Tatsachen, denn ich lag weiter allein in meinem Krankenzimmer, mehr verkabelt als die Computer auf dem Revier, und so schwach, daß ich noch nicht einmal aufstehen konnte, um auf die Toilette zu gehen.

Drei Wochen dauerte diesmal die Blockade, was tun? Ich rief mir das vorherige Mal in Erinnerung und versuchte herauszubekommen, wie ich den Knoten lösen könnte, ohne die Tabletten von Carmencita schlucken zu müssen, mit der ich mich mittlerweile richtig angefreundet hatte. Und genauso wie beim vorherigen Mal, meine Damen und Herren, war die Lösung zutiefst menschlich. Dank der Infusionen und Pillen konnte ich ab und zu aufstehen, und bei einem dieser kleinen Spaziergänge im Flur des Krankenhauses wurde ich Zeuge einer jener zutiefst ernsten und unverrückbaren Szenen, die sich zum großen Leid unseres Volkes von Tag zu Tag häufiger zutragen: In einem Sessel im Wartezimmer saß eine junge Frau, sagen wir Mitte dreißig, in Tränen aufgelöst. Es mußte ungefähr acht Uhr abends gewesen sein, und ich wunderte mich, da die Besuchszeit zu dieser Stunde schon vorüber war. Während ich mich fragte, was wohl geschehen sein mochte, ging ich auf sie zu, und es stellte sich heraus, daß sie die Frau eines Mechanikers war, der bei einer Schlägerei in einer Bar angeschossen worden war. Wie häßlich, dachte ich, denn die junge Frau hatte den Schwerverletzten aus dem Gefecht zerren und den röchelnden Körper ins Krankenhaus bringen müssen, um schließlich dort auszuharren, bis der Arzt ihr verkündete, daß die Operation abgebrochen worden sei, weil der Patient den Weg alles Irdischen gegangen sei. Aber sie hatte nicht gehen wollen, bis man ihn ihr zeigte, und als ich ihr begegnete, wartete sie gerade darauf, daß man ihn ihr aus dem Operationssaal bringen würde. Da mich, wie ich hier stehe, mein täglicher Einsatz für die öffentliche Ordnung und militärische Disziplin im Umgang mit derlei Dramen geschult haben, ging ich schnurstracks auf die Frau zu. Ich setzte mich zu ihr, stellte mich ihr vor und erzählte ihr von allerlei bestandenen Mutproben, mit dem Ziel, ihr etwas zu erklären, worüber Montezuma und ich uns manchmal unterhalten, denn auch er ist der geistigen Erbauung zugetan. Ich erklärte ihr also, daß im Leben, seltsam wie es nun einmal ist, häßliche Dinge passieren müssen, damit es auch die gute Seite geben kann. Und weiter sagte ich der jungen Frau, die so in Tränen aufgelöst noch jünger wirkte – Sie gestatten, daß ich so ins Detail gehe –, also gut, ich versuchte ihr zu erklären, daß kein Schicksalsschlag umsonst sei, sondern daß, wenn ihr heute ein Unglück widerfahren sei, sich das Blatt morgen wieder wenden würde, und spätestens dann würde sie das Warum begreifen, denn der da oben brächte einen zwar in Not, aber nicht zu Fall, und alles habe eine Bedeutung, und wenn einem so etwas Tragisches widerfahre, dann nur, damit danach wieder eine Glückssträhne käme, mein Wort. Und während die Frau mir zuhörte, schien sie sich allmählich zu beruhigen, schien der Schmerz von ihr abzufallen, und sie hörte zu weinen auf und fragte mich nach meinem Namen. Ich hingegen erklärte ihr weiter, daß alles im Leben seine Ordnung besäße, und daß man es mit einem Restaurant vergleichen könne, denn man bekommt genau die Gerichte, für die man auch bezahlt hat, und wenn man mehr bezahlt, bekommt man auch mehr, und so sei es im Leben auch, und wenn sie am heutigen Abend so sehr gelitten habe, dann stehe der da oben jetzt bei ihr in der Schuld. Und er, fuhr ich fort, bezahle immer. Schließlich beruhigte sich die Señora, und als der Arzt kam, um ihr zu sagen, daß sie nun mitkommen könne und daß er ihren Schmerz teile, da erhob sich die Señora und ging in aller Ruhe fort, mit einer Würde, die mich, wie ich hier vor Ihnen stehe, zutiefst beeindruckte. Und auch ich ging fort, und als ich mein Krankenzimmer betrat, sah ich das Tablett, und nach einem Stoßseufzer verzehrte ich den Kartoffelbrei und die Suppe, und ehe ich mich's versah, betätigte ich die Klingel am Bett und verlangte nach mehr.

15

Barragán sah sie hereinkommen und signalisierte ihr mit einer Handbewegung, die Tür zu schließen. Nancy trat erregt mit glühenden Wangen zu ihm. Ihre Augen glänzten vor Verlangen.

»Sie werden noch etwas merken«, sagte sie und küßte ihn.

»Und wenn schon, dafür bezahle ich sie.«

»Nacha und Trini tuscheln schon ständig, und vor kurzem haben sie mich sogar gefragt, wann ich Chefin werden würde.«

»Laß sie doch.«

Er schob langsam ihren Rock nach oben, bis er zu sehen bekam, was er so sehr begehrte: ihren schönen, wohlgeformten Po, ihre festen, von Nylonstrümpfen umschlossenen Schenkel. Er streckte sie auf das Sofa, streifte ihren Slip hinunter und legte sich über sie.

»Im Hotel finde ich es schöner«, sagte Nancy, erregt keuchend, »dort kann ich schreien.«

»Schrei mir ins Ohr.«

Nancy schrie, in ungenierter Lautstärke, sabberte ihm das Ohr voll und biß ihm in den Hals, leckte sogar noch den Rest des Rasierwassers auf.

Als sie fertig waren, rückte Barragán seine Hose zurecht und kehrte an seinen Schreibtisch zurück.

»Nancy, ich möchte Sie um etwas bitten.« Er nahm das Blatt, auf dem der Name stand, den er auf dem Grundbuchamt erfahren hatte. »Suchen Sie diesen Herrn, er ist Journalist und arbeitet bei *El Observador*. Ich brauche seine Adresse, Telefonnummer, alles. Und wenn möglich, will ich auch mit ihm sprechen. Sollten Sie ihn erreichen, stellen Sie ihn mir durch.«

»Sofort.«

Nancy ging hinaus, atmete tief durch und sah auf die Uhr. Sie war eine Viertelstunde drinnen gewesen.

Jetzt auf einmal fiel Barragán sein Gespräch mit Esquilache wieder ein, und ihm wurde heiß und kalt. Das war unmöglich, das konnte nicht die Wahrheit sein. Tiflis kannte ihn nicht, wie sollte er auf die Idee gekommen sein, ihn zu beschuldigen? Er sah sein Geschäft mit Vargas Vicuña in Gefahr und wußte nicht, was er tun sollte. Schließlich beschloß er, mit ihm zu reden.

»Verbinden Sie mich mit Doktor Vargas Vicuña«, trug er Nacha über die interne Leitung auf.

Eine Minute später vernahm er die ruhige Stimme von Doktor Vargas Vicuña.

»Wie schön dich zu hören, Emilio, hast du gute Nachrichten?«

»Konkret nicht, Doktor Vargas Vicuña, ich will ganz offen sein. Bei der Grundstücksangelegenheit mischt Heliodoro Tiflis mit, Sie kennen ihn vielleicht. Ein ehemaliger Geschäftspartner von Pereira Antúnez. Stellen Sie sich vor, er hat herausbekommen, daß ich auf der Suche nach den Grundstückspapieren bin, und jetzt kommt er mir mit Drohungen.«

»Drohungen? Aber das darf doch nicht...«

»Sie haben ganz richtig gehört, Doktor Vargas Vicuña. Deswegen rufe ich Sie an. Ich möchte mich versichern, daß ich mich auf Sie verlassen kann, ich brauche Ihren Schutz.«

»Gar keine Frage, Emilio, du bist mein Anwalt, du arbeitest für mich. Aber sag doch endlich, bist du schon ein Stück weitergekommen?«

»Es sieht alles sehr vielversprechend aus, Doktor Vargas Vicuña, aber je mehr ich bei meinen Nachforschungen in die Sache eindringe, desto gefährlicher wird es.«

»Du hast meinen Beistand, und zwar nicht nur finanziell, sondern auch physisch. Geld hast du schon bekommen, willst du Geleitschutz?«

»Für mich derzeit nicht, aber es wäre schön, wenn Sie meine Kinder und meine Frau schützen könnten. Natürlich unauffällig, damit sie nichts davon mitbekommen.«

»Du kannst ganz beruhigt sein, ich werde sofort jemanden beauftragen. Du konzentriere dich darauf, diese Schriftstücke zu besorgen, um den Rest kümmere ich mich, verstanden?«

»Verstanden, und vielen Dank.«

Sie wollten sich gerade voneinander verabschieden, als Emilio noch einmal zu sprechen ansetzte.

»Eine letzte Sache…«

»Nur zu.«

»Sagen Sie Esquilache nichts von alledem. Ich habe ihn ein wenig aus der Nähe verfolgt, und, ich weiß nicht, ich traue ihm nicht recht.«

»Ich würde Esquilache niemals etwas erzählen, Emilio, sei ganz beruhigt, auch ich kenne ihn.«

Barragán legte auf, holte den Flakon *Obsession* aus der Schublade und parfümierte sich die Schläfen. Eine Sekunde später klingelte schon wieder das Telefon.

»Ich habe bereits die Informationen, um die Sie mich gebeten haben, Doktor Barragán.« Es war Nancys Stimme. »Aber in der Zeitung hat man mir gesagt, daß er Urlaub hat.«

»Können Sie kurz in mein Büro kommen?«

Nancy kam herein und blickte ihn mit einem Lächeln an.

»Nein, nicht was Sie denken… Ich hätte gerne, daß Sie mit diesem Journalisten reden, bitten Sie ihn um ein Treffen, sagen Sie ihm, daß ich ihn in einer wichtigen Angelegenheit sprechen möchte. Haben Sie seine Privatadresse?«

»Ja.«

Nancy nahm ihren Blazer und bestellte ein Taxi.

»Schon wieder weg?« fragte Nacha und warf Trini einen Seitenblick zu.

»Ja, ich habe etwas zu erledigen. Falls jemand für mich anruft, ich bin um fünf wieder da.«

»Immer zu Diensten. Sonst noch etwas?«

Sie gab dem Taxifahrer die Adresse und fühlte sich glücklich: Emilio vertraute ihr von Tag zu Tag mehr an. Er forderte sie von Tag zu Tag mehr. Wer weiß, vielleicht hatte er sich in sie verliebt, vielleicht hatte ihre Freundin Ángela recht: »Wenn du ihn kriegen willst, mach ihn zuerst heiß, und laß ihn dann abblitzen, bis er verrückt nach dir wird, und dann verweigerst du dich ihm, bis er dir die Heirat verspricht.« Sie mußte lachen, und während ihr die Röte ins Gesicht stieg, nahm sie sich vor, sich den Unsinn aus dem Kopf zu schlagen.

Sie stieg aus dem Taxi, und beim Betreten des Gebäudes sah sie, daß der Pförtner nicht da war. Dann ging sie zum Aufzug und fuhr in den vierten Stock: Appartement 405. Sie klingelte an der Tür. Zunächst hörte sie nichts, aber schließlich machte jemand auf, und sie blickte in das Gesicht eines kleinwüchsigen Mannes.

»Víctor Silanpa?«

»Treten Sie bitte ein.«

Sie betrat die Wohnung und sah zwei weitere Männer, die vor dem Fernseher saßen. Die Sofakissen waren aufgeschlitzt. Alles lag auf dem Boden verstreut.

»Das muß ein Irrtum sein ...«, sagte sie ein wenig ängstlich, als sie hörte, wie die Wohnungstür ins Schloß fiel.

»Von wegen, Zuckerpüppchen«, sagte einer von Tiflis' Männern. »Das ist Silanpas Wohnung, und wir warten auch auf ihn.«

»Wenn er nicht da ist, gehe ich lieber wieder.« Sie ging zur Tür, aber der Mann versperrte ihr den Weg.

»Wohin so eilig? Warten wir doch zusammen auf ihn, das ist doch viel netter, stimmt's?«

Die anderen lachten, als der Mann ihr den Mund zuhielt. Vergeblich wehrte sie sich.

»So, Mami, und wenn du dich beruhigt hast, erzählst du uns, wer du bist und wozu du hierhergekommen bist, okay?«

Endlich nahm der Mann seine Hand von ihrem Mund, und Nancy konnte etwas sagen.

»Wer sind Sie?«

»Wir sind Freunde, du kannst ganz beruhigt sein.«

Auf einmal ging ihr in ihrer Panik ein Licht auf.

»Sind Sie die Russen? Wenn ja, dann muß ich Ihnen sagen, daß ich nichts damit zu tun habe, daß ich eine einfache Sekretärin bin.«

»So so, Zuckerpüppchen. Setz dich zu uns, und erzähl uns das genau.«

Senator Esquilache saß in seinem Büro und blickte von seinem Fenster aus auf die Berge. Monserrate, Guadalupe. Die rote Kabine der Seilbahn fuhr hoch und hinunter. Er hatte vorhin mit einem der Anwälte von GranCapital gesprochen und war sehr nervös. Wie immer wollten sie von ihm wissen, wann sie auf den Grundstücken am Sisga-See zu bauen beginnen könnten. Und er mußte ihnen ausweichend antworten und sagen, daß es Schwierigkeiten gab.

»Sie bekommen erst recht Schwierigkeiten, wenn wir nicht schleunigst anfangen können, Señor Esquilache«, mahnte ihn der Anwalt mit ernster Stimme. »Meine Kunden sehen es nicht allzu gerne, wenn sie auf den Arm genommen werden, zumal sie so auf Sie gesetzt haben.«

Er wußte, daß mit diesen Leuten nicht zu scherzen war, und darum atmete er fast erleichtert auf, als seine Sekretärin ihm mitteilte, daß Heliodoro Tiflis in der Leitung war …

»Guten Tag, Don Heliodoro.«

»Mein lieber Senator, ich rufe an, um mich nach Ihnen zu erkundigen. Sie haben doch nicht vergessen, daß wir für Samstag verabredet sind?«

»Nein, aber eines möchte ich Ihnen sagen: Wenn Sie mir mißtrauen, liegen Sie völlig falsch. Ich tue alles Menschenmögliche, um an diese Papiere zu kommen, aber einfach ist das nicht, das können Sie mir glauben.«

»Sie ahnen ja nicht, was es für Zufälle gibt. Ich war mit meinen Gedanken gerade bei Ihnen, versuchte zu begreifen, was geschehen war, da ruft mich auf einmal einer meiner Männer an und sagt mir, er hätte die Sekretärin Ihres Partners getroffen, wissen Sie, von wem ich spreche?«

»Die Sekretärin von Rechtsanwalt Barragán?«

»Ja genau, ist das nicht ein Zufall?«

»Und wo hat er sie getroffen?«

»In der Wohnung des Journalisten, stellen Sie sich vor. Die Kleine ist vor Angst fast gestorben und hat meine Jungs gefragt, ob sie die Russen seien, sagt Ihnen das etwas?«

Die Russen? Esquilache fühlte sich erneut verraten: Was zum Teufel heckte dieser Emilio da aus? Dann faßte er sich ein Herz.

»Keine Ahnung, Señor Tiflis, aber gut, daß Sie mir das sagen, denn sehen Sie mal, so wie die Dinge liegen, werde ich Ihnen wohl ein Geheimnis verraten müssen.«

»Und das wäre? Ich bin versessen auf Geheimnisse.«

»Nun, Barragán und ich sind keine Partner mehr. Der Grund ist, und darum erzähle ich es Ihnen, daß Barragán irgendwann angefangen hat, auf eigene Faust zu handeln. Und ich sage Ihnen noch etwas: Ich glaube, daß er die Schriftstücke hat, die Sie suchen, aber das ist nur eine Vermutung.«

»Ach ja?«

Esquilache mußte schwer schlucken, aber jetzt war es raus. Jetzt gab es kein Zurück mehr.

»So, jetzt wissen Sie es, daher der ganze Ärger.«

»Das erklärt die Sache mit der Sekretärin natürlich, mein lieber Esquilache. Jetzt hängt es also an mir, das Mädchen so lange bei mir zu behalten, bis alles ans Licht kommt. So ein Ärger, nicht wahr?«

»Dennoch würde ich Sie bitten, Don Heliodoro, die Sache mit Diskretion anzugehen. Lassen Sie in erster Instanz einmal mich sehen, ob ich die Sache nicht im Guten regeln kann.«

»Das hoffe ich sehr, diese ganze Angelegenheit hat mir schon genug Kopfschmerzen bereitet.«

Esquilache legte auf und rief seinen Chauffeur.

»Holen Sie den Wagen aus der Garage.«

»Wohin fahren wir?«

»Wir fahren zu Barragáns Kanzlei.« Er blickte auf die Uhr und sah, daß es schon fast fünf war.

Im *Hotel Esmeralda* kippte Tiflis einen Schnaps nach dem anderen hinunter, während Runcho ihm seine Erklärung ablieferte.

»Diese Frau ist ein wildes Tier, Chef, das müssen Sie einsehen. Ich bin zu ihr gegangen, um, wie Sie mir angeordnet haben, nachzusehen, ob man ihr etwas bringen könnte. Ich dachte an nichts Böses, und plötzlich schlug sie mir eine Flasche auf den Kopf und rannte hinaus. Schauen Sie, was sie mit meiner Augenbraue gemacht hat.« Er zeigte ihm einen blutigen Verband. »Da hat wenig gefehlt und ich hätte genäht werden müssen.«

»Ja, diese Frau ist eine Gefahr. Aber so mag ich die Frauen. Jetzt erzähl mir, was im Türkischen Bad passiert ist.«

»Wir fuhren hin, um sie zu schnappen, aber sie entwischte uns in einem Jeep«, erklärte Runcho. »Wir sind ihr eine Weile durch die Berge hinterhergejagt, aber sie stellte uns eine Falle, und wir landeten in der Schlucht. Die Jungs sind noch dort und versuchen, die Wagen herauszuziehen.«

Tiflis erhob sich lächelnd von seinem Schreibtisch, trat zu Runcho und fragte ihn:

»Willst du ein Gläschen mit mir trinken?«

»Da habe ich nichts dagegen, Chef, nach dem ganzen Streß.«

Tiflis griff nach der Flasche und schenkte ihm ein. Zitternd trank Runcho das Glas in einem Zug aus, ohne es zu wagen, Tiflis in die Augen zu sehen. Plötzlich holte Tiflis mit dem ganzen Körper aus, ballte die Faust und schlug Runcho mit voller Wucht die Nase ein. Der Mann stürzte rücklings zu Boden und knallte mit dem Kopf gegen das Plattenregal. Aus seinen Nasenlöchern rannen zwei Fäden Blut.

»Verzeih mir, Runchito«, sagte Tiflis zu ihm, während er ihm beim Aufstehen half, »verzeih mir, daß ich das gemacht habe, aber so etwas bringt mich einfach in Rage.«

»Schon gut, Chef. Ich hätte das gleiche gemacht. Das geschieht mir Waschlappen ganz recht.«

»Mann oh Mann, wenn ich gewußt hätte, daß ich mit diesen Grundstücken so viel Ärger bekomme, hätte ich von Pereira Antúnez etwas anderes verlangt«, klagte Tiflis. »Und dabei weißt du noch nicht das Neueste … So wie es aussieht, haben die Kommunisten ihre Hände im Spiel.«

»Kommunisten?«

»Stell dir vor, Russen. Habe ich es nicht immer gesagt? Dieses Land ist unterwandert.«

16

Es begann zu dämmern, als der Mitsubishi in die Tiefgarage des *Centro Granahorrar* einfuhr. Susan drehte mehrere Runden und fuhr langsam die Reihen der geparkten Autos ab, bis sie eine vom Echo verzerrte Stimme hörten: »Hier, Chef!« Das war Estupiñán. Sie blieben stehen, und er kam aus seinem Versteck hervor. Er hielt eine Plastiktüte in der Hand und winkte sie zu sich.

»Kann man ihm trauen?« fragte Susan.

»Ja.«

Estupiñán trat an das Wagenfenster und blickte sie verdutzt an. »Chef, Sie sind vielleicht ein Aufreißer?! Echt ein scharfer Zahn, den Sie da mitbringen.«

»Kommen Sie, geben Sie mir die Kleider.«

Er machte die Tüte auf und holte eine Jeans, ein Hemd und ein Paar Turnschuhe heraus. Der Rest war für Susan.

Sie zogen sich rasch an, stellten den Wagen in der Tiefgarage ab und fuhren mit der Rolltreppe nach oben ins Einkaufszentrum: Die Hose war ihm zu kurz, und die Turnschuhe drückten ihn. Susan trug ein grauenhaftes, kunterbunt geblümtes Kleid.

In der obersten Etage des Kaufhauses kleideten sie sich ein, und als sie herauskamen, wurde es bereits dunkel. Silanpa blickte auf die Uhr und dachte an Mónica. Es war sechs Uhr abends. Er mußte sie anrufen, doch er hatte ihre neue Nummer nicht. Wohin nun?

»Zu mir auf keinen Fall«, sagte Susan, »Tiflis' Männer überwachen mit Sicherheit das Gebäude.«

»Dann bleibt als einzige Lösung, in ein Hotel zu gehen.«

Sie gingen ins *Residencial Nueva York*, nahe der Plaza de Lourdes, und gaben Estupiñáns Namen und Adresse an. Sie bekamen eine Suite zugeteilt, mit drei Betten und einem kleinen Salon. Gleich nachdem sie angekommen waren, verschwand Susan in die Dusche.

»Raus mit der Sprache, Chef, hat sie die Beine breitgemacht?« Während Estupiñán das sagte, biß er sich auf die Lippen. »Durch das Blümchenkleid sah man fast alles durch. Zugegeben, ich konnte mich gar nicht sattsehen. Wie würden wir bei uns im Büro sagen: Sie ist gut ausgebaut, mit scharfen Kurven, und die nasse Fahrbahn kann einen schon ins Schleudern bringen …«

»Sie ist die Frau aus dem Türkischen Bad. Ich werde mich jetzt mit ihr unterhalten; man darf gespannt sein, ob sie mir erzählt, was sie weiß. Sie gehen dann besser.«

Estupiñán ging zur Tür und drehte sich zu ihm um.

»Wenn Sie meinen, daß man sie beobachten soll, sagen Sie mir dann Bescheid? Da hätte ich nichts dagegen.«

Kurz darauf kam Susan heraus und setzte sich aufs Bett.

»Jetzt müssen wir aber wirklich reden.«

»Also, Víctor, ohne Sie enttäuschen zu wollen, über den Gepfählten kann ich nur wiedergeben, was Tiflis selbst mir gesagt hat, mehr weiß ich auch nicht. Der Gepfählte ist in der Tat Pereira Antúnez, das wissen wir alle; hingegen kann sich niemand erklären, wie er an das Ufer des Sees gekommen ist. Tiflis hatte ihn in einer Lagerhalle in Bogotá versteckt. Aber irgendwer hat ihn geraubt, oder er ist entkommen, und dann verliert sich jede Spur.«

»Er hatte ihn entführt?«

»Ja, wegen dieser Grundstücke. Pereira Antúnez hatte sie auf ihn überschrieben, aber Tiflis hatte Angst, er könnte seine Meinung ändern, und darum entschloß er sich, ihn einzusperren. Das ist Tiflis' Art, er wollte ihn einfach ein wenig einschüchtern.«

»Und wer könnte ihn dort rausgeholt haben?«

»Möglicherweise Vargas Vicuña, der Bauunternehmer. Oder Marco Tulio Esquilache, ein korrupter Senator, der mit Grundstücken des Distrikts und herrenlosem Besitz Geschäfte macht. Sie wissen doch, Víctor, das Baugeschäft ist hier eine Goldmine.«

»Was hatte Tiflis mit den Grundstücken vor?«

»Sie zu verkaufen. An wen, weiß ich nicht genau.«

»Und Sie, die *Kinder der Sonne*?«

»Wir wollten sie natürlich behalten. Der Vorsitzende der *Kinder*

der Sonne bemühte sich, Pereira Antúnez zu überzeugen, aber dann verschwand er auf einmal.«

»Und Sie, Susan, auf welcher Seite sind Sie?«

»Wenn ich das jetzt wüßte ... Ich habe Angst.«

»Sie unterhielten Kontakt zu Tiflis. Ich habe Sie im *Hotel Esmeralda* gesehen.«

»Er drohte uns, und ich wollte eine Regelung herbeiführen. Aber er ist schwierig. Unberechenbar.«

»Das ist mir bekannt. Warum hat man den Anschlag auf meinen Wagen verübt?«

»Als er Ihre Artikel in *El Observador* las, erschrak er, er wollte Ihnen Angst machen. Er wollte Ihnen nichts antun, er wollte Sie nur rechtzeitig warnen.«

»Ich will nicht hart sein, Susan, aber das hier ist keine Bagatelle. Sollten Sie eine Komplizin sein, kann ich veranlassen, daß man Ihnen mildernde Umstände zugesteht. Hier dreht es sich um einen Toten und um ein ziemlich schmutziges Geschäft. Die Polizei ist auf der Spur und kann jeden Moment alles aufdecken. Darum ist es besser, auf der Seite der Guten zu sein.«

»Und wer sind die Guten?«

»Das weiß ich noch nicht, aber Tiflis mit Sicherheit nicht, und dieser Senator, von dem Sie mir erzählt haben, auch nicht.«

»Darf ich Sie etwas fragen?« Susan stand auf, um sich eine Zigarette anzuzünden.

»Selbstverständlich.«

»Sind Sie derjenige, der die Schriftstücke gestohlen hat?«

»Gestohlen ist das falsche Wort. Die Polizei hat sie«, log er, und in dem Moment fiel ihm ein, daß er sie immer noch in Quicas Wohnung versteckt hatte und daß er sie holen mußte, um sie zu Mónica zu bringen. Dort würden sie sicherer sein.

»Also, wenn Sie sie der Polizei übergeben haben, dann haben Sie einen Fehler begangen. Mit diesen Schriftstücken hätten Sie viel Geld verdienen können.«

»Ich mache keine krummen Geschäfte, Susan, ich bin Journalist.«

»Ein Dummkopf, das sind Sie. Ein Dummkopf. So etwas darf man sich auf keinen Fall entgehen lassen. Haben Sie eine Ahnung, was so mancher bereit wäre, dafür zu bezahlen?«

»Ich kann es mir vorstellen.« Silanpa trat ans Fenster und sah auf die Straße hinunter. Weit und breit war kein Auto zu sehen, nur ein schütterer Baum, der direkt aus dem Müll auf dem Bürgersteig herauszuwachsen schien. In der Ferne, hinter einer Reihe von Dächern, ragten die Türme der Lourdes-Kirche empor. Er dachte an Mónica wie an jemanden, der zu einem gehört. Er mußte jetzt stark sein.

»Erzählen Sie mir, was mit Tiflis vorgefallen ist. Was wollten sie von Ihnen im Türkischen Bad?«

Susan hatte sich wieder gefaßt. Sie wirkte aufgeräumt.

»Er glaubt, ich hätte die Schriftstücke gestohlen. Darum hatte er mich in seinem Hotel festgehalten, aber heute morgen konnte ich entkommen.«

»Warum sind Sie ins Türkische Bad gefahren?«

»Ich wußte nicht, wohin ich gehen sollte. Es ging alles so schnell, und ich dachte, dort wäre ich sicher. Das war ein Fehler.«

»Sagen Sie mir noch einmal den Namen des Senators?«

»Marco Tulio Esquilache.«

Silanpa schrieb ihn in sein Notizbüchlein und dachte, daß er am nächsten Tag Estupiñán bitten würde, seine Spur aufzunehmen. Dann zog er sein Sweatshirt an und ging zur Tür.

»Machen Sie niemandem auf, und warten Sie, bis ich zurückkomme. Morgen hole ich Sie ab.«

»Sie gehen? Ich dachte, Sie würden zu meinem Schutz bei mir bleiben.«

»Ich kann nicht.«

»Bitte bleiben Sie doch!«

Silanpa sah sie an und dachte, daß das jetzt nicht sein mußte. Mónica wartete auf ihn.

»Wir sehen uns morgen«, sagte er und ging hinaus.

Als er zu Mónicas Wohnung kam, fühlte er sich stark; seine neue Kleidung gab ihm Selbstvertrauen, und er dachte, wie gut es ihm tat, einen Ort zu haben, wo er am Ende des Tages hingehen konnte. In diesem Moment freute er sich über das, was vielen im Leben Überdruß und Unglück bescherte.

Mónica lächelte, als sie ihn hereinkommen sah.

»Ich dachte, du würdest früher kommen.«

»Die Ermittlungen sind äußerst verzwickt, ich habe jeden Tag das Gefühl, wieder bei Null anzufangen.«

»Komm, wir müssen reden.«

Sie blickte ihm in die Augen und sah seine Angst.

»Wir können nicht so tun, als ob nichts gewesen wäre, Víctor.«

»Ich fürchte mich vor dem, was du mir sagen wirst, bist du mit Óscar zusammen?«

»Darum geht es nicht.«

»Ich will es wissen.«

Mónica steckte sich eine Zigarette an. Sie stieß kräftig den Rauch aus und sah ihn an.

»Ja.«

Ihr Schweigen betonte lediglich sein tief sitzendes Gefühl der Übelkeit. Er wollte verstehen.

»Warum bist du mir gestern nachgefahren, warum hast du eure Feier verlassen und bist mit mir hierhergegangen?«

»Es ist besser, eine Sache zum Abschluß zu bringen.« Sie rauchte, und während sie sprach, zerkrümelte sie beiläufig ein Stück Papier. »Ich dachte, unsere Beziehung sollte nicht einfach im Sand verlaufen. Findest du nicht? Wir sind erwachsene Leute, wir haben einen Teil unserer Zeit gemeinsam verbracht ...«

Schmerz ist egoistisch. Wer leidet, fühlt sich einzig und denkt, die Welt schulde ihm etwas. Er wollte jetzt allein sein und weit weg, allein mit dem, was er sich alles ausgemalt hatte.

»Ich habe geglaubt, wir würden es noch einmal versuchen. Ich habe mich getäuscht.«

»Du hast dich nicht getäuscht. Ich mag dich, aber wir haben doch gesehen, daß es nicht geht ...«

»Sag jetzt nichts mehr.«

Silanpa stand auf, trottete zur Tür und dachte, daß diesmal wirklich Schluß sein würde.

»Geh nicht, Víctor. Du kannst jetzt nicht einfach gehen. Ich bin bereit, so lange mit dir zu reden, bis alles in Ordnung ist.«

»Du meinst, damit wir als Freunde auseinandergehen.«

»Ja.«

»Das ist unmöglich.«

Mónicas Augen wurden feucht. Víctor steckte sich eine Zigarette an und trat schweigend ans Fenster. Endlich sprach er:

»Was hast du Óscar gesagt?«

»Daß ich mit dir reden müßte.«

»Weiß er, daß wir zusammen hier geschlafen haben?«

»Nein.«

»Dann ist es besser, wenn ich gehe. Wegen mir sollst du nicht anfangen, ihn zu belügen.«

»Sei nicht albern und setz dich. Óscar tut jetzt nichts zur Sache, das weißt du nur zu gut.«

»Und ob. Du hast mich wegen ihm verlassen.«

»Ich habe dich verlassen, weil zwischen uns überhaupt nichts geklappt hat. Óscar hat damit nichts zu tun.«

»Als ich euch das letzte Mal gesehen habe, hatte ich sehr wohl den Eindruck, daß er etwas damit zu tun hatte.«

Mónica errötete. Er zog es vor wegzusehen.

»Es war zu dumm, daß du ihn gesehen hast, mir ging es danach dermaßen ...«

»Mir ging es schlimmer.«

Mónica umarmte ihn, in Tränen aufgelöst, aber er fühlte sich weit weg von ihr und von allem, was sie zusammen erlebt hatten.

»Verzeih mir. Ich war zum Kotzen.«

»Beruhige dich.« Silanpa fühlte sich stark. »Laß mich eine Sache verstehen: Wir sitzen hier und reden, um reinen Tisch zu machen und damit du mit ruhigem Gewissen fortgehen kannst, habe ich recht?«

»Sei nicht zynisch. Es wird schon einen Grund geben, daß ich dir hier meine Zeit opfere, oder?«

»Und der wäre?«

»Weiß ich nicht.«

»Dann denk nach.«

»Ich bin durcheinander ...«

»Gestern abend hast du mir gesagt, ich habe dir gefehlt.«

»Drei Jahre lassen sich nicht so einfach auslöschen.«

»So geht es mir auch. Ich war auch dabei.«

Er wandte sich von ihr ab und machte erneut Anstalten aufzustehen. Jetzt mußte er stark sein.

»Geh nicht, bitte!«

»Du bist nicht mehr die Mónica, die ich einmal geliebt habe. Wir spielen doch miteinander, das tut mir weh.«

»Komm, bleib bei mir.«

Sie sahen sich an, und Silanpa hatte den Eindruck, er könnte sie küssen. Er tat es nicht.

»Das Bild, als du an jenem Tag hier... Du nackt auf dem Bett, und Óscar, der aus dem Badezimmer kam.«

Wieder stiegen Mónica die Tränen in die Augen.

»Hör auf, vergiß das, denk nicht mehr daran.«

»Ich muß aber jedesmal daran denken, wenn ich dich sehe.«

»Und du? Bist du denn in der Zwischenzeit nicht mit anderen Frauen zusammengewesen?«

Silanpa blickte ihr in die Augen.

»Das ist etwas anderes. Du hast angefangen.«

Mónicas Wangen färbten sich in tiefem Scharlachrot. Sie stand auf und ging ans Fenster. Er trat neben sie und legte ihr eine Hand auf die Schulter. Mit einem Ruck machte sie sich los.

»Der heilige Apostel Víctor und sein Martyrium, hä? Los, wie viele hast du flachgelegt, darf man das erfahren?«

Er versuchte, sie zu beruhigen, aber vergeblich. Mónica baute sich in der Mitte des Zimmers auf, packte einen Schuh und feuerte ihn ihm mitten ins Gesicht.

»Was bildest du dir ein? Ich vergehe hier vor Sorgen, und du ... Raus hier, verpiß dich!«

Er befand sich schon im Treppenhaus, als der zweite Schuh gegen die Wand knallte, um Haaresbreite an seinem Kopf vorbei. Er hörte sie kreischen: »Na warte, du ...!«, aber noch bevor er den Aufzug erreichte, war sie zu ihm gerannt und umarmte ihn stürmisch. Silanpa spürte, daß ihn eine Hand aus dem Wasser zog, daß alles für kurze Zeit seinen Sinn zurückbekam.

17

Kaum hatte mein Magen den Schrecken verwunden und war mein Appetit wiederhergestellt, stürzte ich mich mit Leib und Seele ins Leben, wo ich hingehörte: auf die Straße mit all ihren Gefahren. Na wartet, ihr Halunken, sagte ich mir, jetzt könnt ihr was erleben! Da bin ich wieder! Als Montezuma und ich eines Tages in der Nähe von San Andresito waren, schlug ich ihm vor – mein Magen konnte nämlich schon wieder einiges vertragen –, Fernsehgeräte anschauen zu gehen, wobei ich mich von dem Hintergedanken leiten ließ, daß gegenüber dem Hi-Fi-Laden an der Straße wahrhaft göttliches Spanferkel, *lechona*, zu bekommen war. Und stellen Sie sich vor, nicht daß Sie nachher behaupten, das Leben sei nicht voller Zeichen, kaum ist unsere Entscheidung gefallen, wird unser Streifenwagen auch schon prompt über Funk gerufen. Als wir uns bei der Zentrale melden, teilt man uns mit, daß in San Andresito eine Geiselnahme stattgefunden habe und daß eine Gruppe Entführer die ganze Belegschaft einer Lagerhalle gefangengenommen habe, wodurch die Lage äußerst angespannt sei. Montezuma und ich machten uns also auf den Weg, und bei unserer Ankunft standen vor dem Gebäude bereits um die fünfzehn Polizeiwagen. Die Lagerhalle war umstellt, und ein Hauptmann gab durch ein Megaphon Anweisungen. Die Drecksäcke, Sie verzeihen, verlangten fünfzig Millionen Pesos Lösegeld und ein Flugzeug, um das Land zu verlassen, ansonsten würden sie die Lagerhalle, in der sich um die zweihundert Personen befanden, in die Luft sprengen. Montezuma und ich unterstellten uns dem Befehl des Hauptmanns, der uns auftrug, einen der Seiteneingänge zu bewachen. Ich hatte noch nie an einem Großeinsatz teilgenommen und war hoch zufrieden, damit meine Ausbildung vervollkommnen zu können, wobei ich selbstverständlich das öffentliche Interesse dem didaktischen Nutzen voranstellte. Schade um die köstliche *lechona*, dachte ich, aber so ist eben das Leben eines Ordnungshüters: unvorhersehbar und voller Opfer. Unterdessen verhandelten die Geiselnehmer weiter mit der Polizei. Sie wollten jetzt noch mehr Zaster, sechzig Millionen Pesos oder so, und Montezuma sagte zu mir mit dem Spürsinn des Mannes aus dem Süden, der von den Kordilleren herab übers Land blickt: »Das sind keine gewöhnlichen Verbrecher, die sind von der Guerilla.« Die Spezialeinheiten trafen ein, und wir sahen sie auf die Dächer steigen, mit ihren Ohrenschützern, ihren Präzisionsgewehren und dunklen Uniformen, alles Dinge, die ich in meinem Wissensdurst aufmerksam betrachtete. Ich sagte mir: »Das wird noch ein Mordsspektakel geben«, und so war es auch, denn kaum hatte ich meinen Gedanken zu Ende geführt, erhielt ich per Funk den Befehl, in die Lagerhalle einzudringen, sobald ich die ersten Schüsse hörte. Ich gab die Losung an Montezuma weiter, der ebenso wie ich in der Zwischenzeit seine alte Verfassung wiedererlangt hatte und erneut ins Stottern verfallen war. Wir verabschiedeten uns für den Fall der Fälle, und ich bekreuzigte mich, da es sich empfiehlt, sich nur mit Gottes Segen in solche Unternehmungen zu stürzen. Da ging es auch schon richtig los. Schüsse krachten, Maschinengewehrsalven und vereinzelte Explosionen waren zu hören, und ich ermunterte mich mit meiner Angriffsparole: »Nur Mut, Aristófanes, für den Verteidiger des Gesetzes sind die Kugeln der Gauner Zuckerwatte!« Und dann stürmte ich eine der Türen, Montezuma mir dicht auf den Fersen. Drinnen trafen wir auf einen Haufen Leute, die mitten in dem Qualm auf dem Boden lagen, und auf der Stelle ballerte ich los. Die Sache muß eine halbe Stunde gedauert haben, bis plötzlich gespenstische Stille eintrat. Lassen Sie es sich gesagt sein, meine geschätzten Compañeros, für einen Mann an der Waffe sind das die Momente tiefster geistiger Versunkenheit: Sobald die Kanonen verstummen, kommen die Gedanken, und das hat etwas Beklemmendes, denn in dem Moment wird einem erst bewußt, was gerade vor sich geht. Es ist, als würde Gott den Finger erheben und Stille gebietend an die Lippen führen. Und wie ging die Sache weiter? Die Gauner ergaben sich. Einer von ihnen lag blutend auf dem Boden. Zwei weitere waren verletzt, und die restlichen hatten die Waffen heruntergenommen und verließen mit erhobenen Händen das Gebäude. Ich marschierte durch die Leute hindurch an den Geschäften hinter der Lagerhalle vorbei, und als ich an einer Parfümerie vorbeikam, hörte ich ein Wimmern. Ich bückte mich, um hineinsehen zu können, und erblickte eine junge Frau, die gerade aus einer Ohnmacht erwachte. Ich trat ein, und als ich sie fragte, wie sie sich fühle, schlug sie die Augen auf und sah mich an, und nach einem kurzen Moment der Verwunderung faßte sie Vertrauen und fragte: »Was ist passiert?« Da erklärte ich ihr, daß die Lage unter Kontrolle sei und die Ganoven sich ergeben hätten, und half ihr auf. Als wir ins Tageslicht auf die Straße hinaustraten, sie auf meinen Arm gestützt, sah ich sie an: weiße Stirn, kohlrabenschwarze Augen, krauses Haar … Und auch auf die Gefahr hin, mich in Einzelheiten zu verlieren, muß ich Ihnen noch eines erzählen: Als ich sie nach ihrem Namen fragte, antwortete sie mir mit kokettem Augenaufschlag: »Ich heiße Matilde, sehr erfreut.«

18

Nancy starb fast vor Angst. Es war acht Uhr abends, und die Männer ließen sie noch immer nicht gehen. Bis jetzt hatten sie Anstand bewahrt, aber vorhin hatte einer von ihnen eine Flasche Schnaps hervorgeholt, und seitdem tranken sie und erzählten Witze. Erst recht nervös wurde sie, als sie einen der Männer am Telefon von ihr sprechen hörte, und auch nachdem er aufgelegt hatte, sagte ihr keiner, wie es weitergehen würde und wie lange sie bleiben müßte.

»Trinkst du ein Schlückchen mit uns, Mami?« Camaleóns Augen glänzten.

»Nein, ich trinke keinen Schnaps, danke.«

»Oho, so etepetete…«, spöttelte ein anderer, »wünscht die Dame Champagner oder Whisky?«

»Nein, auch nicht.«

»Das habe ich an den Frauen nie verstanden«, jetzt hatte der Jüngste von ihnen das Wort ergriffen. »Wo doch so ein Gläschen das Leben erst lebenswert macht. Ein bißchen Musik? Los, Camaleón, leg was auf, wir wollen mit unserer Dame tanzen.«

In der Kanzlei blickte Barragán besorgt auf die Uhr. Warum kam Nancy nicht zurück? War sie etwa in Schwierigkeiten geraten? Er beschloß, zu Hause anzurufen und Catalina Bescheid zu geben, daß es später werden würde. Als sie ihm sagte, daß sie gerade mit den Kindern *Scrabble* spiele, war er beruhigt.

»Wird es sehr spät werden, Liebling?«

»So wie es aussieht, schon, ich weiß es nicht. Ich warte auf einen wichtigen Anruf aus New York.«

»Soll ich das Essen für dich warm halten?«

»Nein, Cata, danke. Ich werde hier irgendwo etwas essen.«

Er sprach noch mit Juanchito und danach mit der Kleinen, und als er auflegte, dachte er, daß sich die Lage allmählich zuspitzte. Wenn Tiflis der Ansicht war, er hätte die Schriftstücke gestohlen, durfte er das nicht unterschätzen. Vielleicht hätte er Vargas Vicuñas

Angebot, ihm Geleitschutz zu stellen, besser doch angenommen. Er wählte Nancys Telefonnummer, und eine ältere Señora meldete sich.

»Ja bitte?«

»Ich würde gerne Nancy sprechen.«

»Sie ist noch nicht zu Hause. Hat es mit der Arbeit zu tun?«

»Ja, Señora … Nichts Wichtiges.«

»Rufen Sie doch später noch einmal an.«

Er ging zum Schreibtisch der Sekretärin und suchte aus ihrem Kalender Adresse und Telefonnummer des Journalisten heraus. Nervös wählte er die Nummer. Er ließ es eine ganze Weile klingeln, aber niemand hob ab. Mit der Adresse in der Hand beschloß er, nachsehen zu gehen, was passiert war.

Als er vor dem Gebäude stand, blickte er nach oben, um durch die Äste der Bäume hindurch den vierten Stock ausfindig zu machen. Dann ging er hinein und dachte, daß er vorsichtig handeln mußte. An Silanpas Tür hörte er Musik.

»Komm schon, Mami, heb deinen süßen Rock ein bißchen, ja? Werd nicht gleich böse!« Camaleón hatte von dem Schnaps und dem Tanzen ein erhitztes Gesicht. Er umarmte sie, während sie sich loszumachen versuchte.

Auf einmal hörte er Nancy schreien und bekam es mit der Angst zu tun. Er stürmte die Treppen hinunter, indem er jeweils eine Stufe übersprang, doch in dem Moment, als er seinen Wagen erreichte, stellten sich ihm zwei bewaffnete Typen in den Weg.

»Emilio Barragán?« Runchos Stimme zerfetzte ihm das Trommelfell.

Er versuchte abzuhauen, aber eine Hand hielt ihn zurück, und jemand hielt ihm eine Waffe unter die Nase.

»An deiner Stelle wäre ich vorsichtig, sie ist frisch eingefettet und geht bei der kleinsten Berührung los«, hörte er denjenigen sagen. »Am besten gehen wir hoch, da können wir reden, ohne diesen Regen.«

Die Männer wollten gerade das Gebäude betreten, als zwei Chevrolet-Transporter scharf bremsten und eine Reihe bewaffneter Männer mit gezückten Kanonen heraussprangen. Dann hörte man einen Schuß, und Barragán, von Panik ergriffen, spürte, wie die Hand, die ihn festhielt, langsam nachgab und ihn schließlich losließ. Runcho ließ seine Pistole fallen und hob die Arme.

»Nur die Ruhe, Señor Barragán, wir kommen von Doktor Vargas Vicuña. Er schickt uns, damit wir Ihnen helfen.«

Barragán tat einen Seufzer und trug ihnen auf, in den vierten Stock hochzugehen. Linke Tür.

»Seien Sie vorsichtig«, mahnte er, »dort drinnen befindet sich meine Sekretärin. Man hat sie entführt.«

Zwei der Männer schlugen den leblosen Körper Morsitas in eine Decke ein und legten ihn hinten in den Chevrolet. Dann stießen sie Runcho mit auf dem Rücken gefesselten Händen hinterher.

Barragán hatte sich in seinen Wagen gesetzt und wartete ab, währenddessen rauchte er pausenlos und sagte sich, daß nach dieser Nacht nichts mehr in seinem Leben so sein würde, wie es war. Er hörte Schüsse fallen und startete den Motor. Dann sah er Vargas Vicuñas Bodyguards aus dem Gebäude laufen. Bei sich hatten sie Nancy, die vor Angst zitterte.

»Sie haben mich fast...« Sie brach in Tränen aus. »...fast vergewaltigt, Emilio. Als die Polizei kam, waren sie schon dabei ...«

Er nahm sie in den Arm. Einer der Männer kam auf ihn zu.

»Fahren Sie besser von hier weg, Doktor Barragán. Folgen Sie uns!«

Er fuhr hinter den beiden Transportern her, bis zu einem Haus in der Nähe vom *Unicentro*.

»Diese Leute sind nicht von der Polizei, Nancy. Das sind Freunde, sie sind gekommen, um uns zu beschützen.«

Sie traten in das Haus ein. Nancy wartete im Wohnzimmer, und Barragán und einer der Männer gingen in den Keller hinunter. Auf dem Fliesenboden lag Runcho, mit aufgeplatzten Lippen und blutender Nase.

»Wir dachten, Sie würden ihm vielleicht gerne ein paar Fragen stellen«, sagten die Männer zu Barragán.

»Aber ja«, antwortete er. »Nun, mein Freundchen, wer bitte schön hat Tiflis den Floh ins Ohr gesetzt, ich hätte die Schriftstücke gestohlen, hä?«

Runcho sagte nichts, sondern er spuckte und traf einen der Männer am Revers. Da holte der Killer mit der Faust aus und schlug ihm die Nase ein. Die anderen fingen an, ihm Fußtritte zu versetzen, und einer schmetterte einen Stuhl gegen seinen Rücken.

»Blut sollst du spucken, du Drecksau.«

Barragán behagte die Szene gar nicht.

»Ich will nicht, daß Sie ihn schlagen«, sagte er und steckte sich eine Zigarette an. »Aber er soll mir trotzdem sagen, wie sein Chef auf die Idee kommt, ich hätte die Schriftstücke, ja?«

Runcho hob den Kopf, und Barragán blickte in seine eingeschlagene Visage. Die Augenbrauen schwollen bereits an.

»Es war Esquilache. Er rief gestern abend den Chef an und sagte ihm, daß Sie sie haben, daß Sie sie gestohlen haben und sie ins Ausland verkaufen wollen. Daß Sie mit irgendwelchen Russen verhandeln. Deshalb haben wir den Auftrag bekommen, Sie zu verfolgen.«

»Russen? Das ist nicht möglich.«

Ein Stoß in die Magengrube bewirkte, daß Runcho zusammenbrach.

»Sag die Wahrheit, du elende Drecksau, wenn du nicht heute nacht mit offenen Augen schlafen willst.«

»Es war Senator Esquilache, wenn ich es doch sage. Er selbst hat uns Ihre Adresse gegeben. Schauen Sie, hier ist der Zettel.«

Emilio sah die Adresse seiner Kanzlei und seine Privatadresse und marschierte bebend vor Zorn zurück zur Treppe. Oben angekommen stürzte er wutentbrannt zum Telefon. Er wählte die Nummer von Esquilaches Büro, aber niemand antwortete. Im Club würde er ihn bestimmt antreffen. Bevor er das Haus verließ, sprach er mit Nancy.

»Du brauchst dir keine Sorgen zu machen, Nancy. Was heute abend passiert ist, hat mit dem zu tun, was ich dir vor einigen Wochen erzählt habe, erinnerst du dich? Die Lage ist schon wieder unter Kontrolle.«

»Danke, Emilio, du hast mich gerettet.«

»Komm morgen nicht in die Kanzlei. Ruf gleich in der Früh an und sag Nacha, daß du krank bist. Mach ein paar Tage Urlaub, auf meine Kosten, und ruh dich aus, während ich hier alles in Ordnung bringe.«

»Aber Emilio, ich möchte bei dir sein. Bei dir fühle ich mich am sichersten.«

»Nancy, bitte, es ist besser, du gehst jetzt für eine Weile und ruhst dich aus. Das hast du dir verdient. Wenn du willst, wird dich einer der Señores hier nach Hause bringen. Ich habe Bescheid gesagt.«

Im Gehen erblickte Emilio einen Revolver, der auf dem Wohnzimmertisch lag. Eilig ließ er ihn in seiner Tasche verschwinden und ging hinaus auf die Straße.

Es regnete. Die Straßen waren kaum beleuchtet, so daß er mitten durch die Pfützen preschte, während er zur Carrera Séptima raste. Kurze Zeit später erblickte er die Lichter des Clubs. Er stellte seinen Wagen bei dem gegenüberliegenden Häuserblock ab und ging hinein.

Esquilache saß an der Bar und trank einen Whisky sour. Als er ihn eintreten sah, machte er große Augen.

»Mein lieber Emilio, ich hoffe doch, du willst nicht schon wieder deine Ersparnisse im Kasino verschleudern.«

»Ich muß mit dir sprechen, Marco Tulio, es ist sehr dringend.«

»Ach nein, dringend?«

»Jawohl.«

»Dann geht es wohl um Tiflis' Schriftstücke, sind sie aufgetaucht?«

»Gehen wir zu dir ins Büro. Ich möchte dir etwas zeigen.«

Esquilache nahm an, sein kleiner Winkelzug mit Tiflis zeitige Wirkung. Ob er die Schriftstücke bei sich hatte? Er würde ja sehen.

»Nehmen wir meinen Wagen«, sagte Emilio. »Er steht um die Ecke.«

»Was soll die Geheimniskrämerei? Kannst du nicht hier mit mir reden, meinetwegen im Billardzimmer, wo wir ungestört sind?«

»Nein, ich erkläre dir gleich, warum.«

Sie fuhren zu Esquilaches Büro, ohne ein Wort zu wechseln. Barragán drehte die Musik auf und fuhr sehr schnell. Er schwitzte.

»Du bist nervös, die Sache muß ziemlich ernst sein.«

»Ziemlich ernst, jawohl.«

Das Gebäude lag im Dunkeln. Beim Betreten des Büros knipste Esquilache das Licht an und holte eine Flasche Whisky hervor.

»Einen Whisky?« fragte er ihn. »Du siehst aus, als könntest du einen gebrauchen.«

»Ja, einen doppelten.«

»So, jetzt erzähl, was passiert ist.«

Als Esquilache die Gläser eingeschenkt hatte und sich umdrehte, erblickte er in Barragáns Hand den Revolver.

»*Carajo*, was ist das? Laß das Ding los!«

»Kannst du noch einmal wiederholen, was du mir vor ein paar Tagen über den Verrat gesagt hast?«

»Nimm die Pistole runter, du Vollidiot! Das Ding kann losgehen …«

»Vor allem dieses Zitat von Mao. Das hat mir gefallen.«

»Ich weiß nicht, von was zum Teufel du da redest.«

»Spiel nicht den Dummen! Du hast zehn Sekunden, um mir zu erklären, warum du Tiflis gesagt hast, ich hätte die Schriftstücke gestohlen.«

Er hielt die Waffe noch ein Stück höher und zielte ihm auf den Kopf. Esquilache schenkte sich noch einen Whisky ein, setzte sich und blickte ihm in die Augen.

»Willst du die Wahrheit wissen? Nun, da hast du sie.« Er nahm einen langen Schluck, zerbiß einen Eiswürfel und fuhr fort. »Gran-Capital hat mich an der Angel. Ich verdanke ihnen meine Stellung als Senator, und jetzt verlangen sie von mir als Gegenleistung diese Grundstücke. Ich weiß nicht, ob du im Bilde bist, wer hinter Gran-Capital steht, aber neben denen ist Tiflis so harmlos wie die kleine Lulú, okay? Sie ziehen allmählich die Daumenschrauben an, und ich wußte nicht mehr, was ich tun sollte. Als ich von dir erfuhr, daß Pereira Antúnez die Grundstücke Tiflis als Schenkung vermacht hatte, dachte ich, daß es ein leichtes sein würde, an sie heranzukommen, indem man ihm zunächst die Zusammenarbeit anbieten und ihn danach über irgendeine juristische Fußangel stolpern lassen würde.«

Esquilache schenkte sich nach, steckte sich eine Zigarette an und fuhr fort.

»Dann ist da noch Vargas Vicuña. Er steht im Schutz von gefährlichen Leuten. Ein skrupelloser Typ, eine schmutzige Person. Von Anfang an, nachdem ich erfahren hatte, daß er hinter den Grundstücken her ist, habe ich versucht ihn auszuschalten, indem ich ihn für den Tod von Pereira Antúnez verantwortlich erklärt habe, aber ich hatte keine Chance ...«

»Das heißt, der Gepfählte ist doch Pereira.«

»Ja, du Schnellspanner, aber das konnte ich dir nicht sagen. In deinem Alter solltest du bereits wissen, daß man sich über den Tisch hinweg zulächelt, während man unter der Tischdecke Fußtritte austeilt. Vargas Vicuña kann an mir nicht vorbei, denn ich bin derjenige, der seine Bauvorhaben für den Distrikt absegnet. Das Problem ist nur, daß die Leute, die hinter ihm stehen, und die, die hinter Gran-Capital stehen, verfeindet sind, kommst du mit?«

Barragán betrachtete ihn mit einer Mischung aus Aufmerksamkeit und Wut.

»Und genau da wird die Sache knifflig. Die Schriftstücke verschwinden, und keiner weiß etwas. Ich bemerke nach und nach, daß du merkwürdige Dinge treibst, daß du auf eigene Faust aktiv wirst und Informationen hast, die du nicht an mich weitergibst. Ich dachte, und sag mir, wenn ich mich täusche, daß Vargas Vicuña dich auf seine Seite gezogen hat und daß du gegen meine Interessen handelst. Ich habe Tiflis gesagt, daß du die Papiere hast, weil ich es wirklich glaubte.«

»Du hast mein Leben aufs Spiel gesetzt, du Zyniker. Mein Leben und das von Catalina, von den Kindern ganz zu schweigen.«

»Täusche dich nicht. Ich habe Tiflis gesagt, er solle die Sache sachte angehen.«

»Sie haben eine meiner Sekretärinnen entführt und beinahe vergewaltigt: Das nennst du also, die Sache sachte angehen?«

»Du willst mir doch nicht etwa Nachhilfe in Spanisch erteilen, du Vollidiot. Ohne mich wärst du ein armseliges Würstchen. Ich brauche bloß mit dem Finger zu schnippen, und schon bist du am Arsch. Glaubst du, ich weiß nichts von deinen Schulden? Glaubst du, ich bin nicht darüber unterrichtet, daß man dich im Kasino, wenn man nur wollte, bis auf die Unterhosen ausziehen könnte, und selbst die sind vermutlich leer? Allein bist du eine Null, du hängst von mir ab. Und was bildest du dir ein, auch nur mit einem Wort die arme Catalina zu erwähnen? Hängst du dein Ding nicht in jedes Loch, das dir vor die Linse kommt? Weiß sie denn, wo das ganze Geld verschwindet, das du verdienst? Sei bloß vorsichtig mit mir, du elender Wicht, ich weiß zu viel über dein Leben, als daß du mir jetzt blöd kommen könntest ...«

Emilio durchbohrte ihn mit einem Blick, getränkt von jahrelangem Haß: wie ein Waisenkind, das dem Mörder seiner Eltern gegenübersteht.

»Paß auf, was du tust, Freund. Gib die Pistole her!«

Ein Schuß krachte. Die Kugel durchschoß die Finger der Hand, die gerade noch in beschwichtigender Absicht hochgenommen worden war, und bohrte sich dann in die Stirn des Senators. Esquilache taumelte, während seine Augen noch offen waren, schlug durch die Fensterscheibe und stürzte in die Tiefe.

»Dir schulde ich nichts mehr«, sagte Barragán.

Esquilaches Körper, ein formloser Haufen aus Knochen und Fleisch, war zwei Stockwerke in die Tiefe gestürzt, bevor er auf das Dach eines alten Toyota flatschte.

19

Als er aufwachte, war Mónica schon weg. Sie hatte für ihn Frühstück gemacht, und an der Kaffeetasse lehnte ein Zettel. »Komm heute abend. Wir müssen reden, ob du willst oder nicht.« Und unten: »PS … Letzte Nacht warst du wunderbar.«

Er zog sich schnell an, ging hinunter auf die Straße und hielt ein Taxi an.

Das Gebäude, in dem Quica wohnte, wirkte auf ihn so zeitig am Morgen noch älter und heruntergekommener als sonst, ein trostloser grauer Betonklotz, dreckig und verwahrlost. Im unteren Stockwerk war die Hauswand mit Kreide vollgekritzelt, und die kaputten Fensterscheiben waren durch Plastikfolie ersetzt worden. Er stieg die Treppen hoch, umgeben von einem starken Geruch nach Gas, und klopfte mehrmals an die Tür. Nach einer Weile hörte er eine schwache Stimme.

»Quica, ich bin's, mach mir auf!«

Sie trug ein kurzes T-Shirt, und ihre Augen waren vom Schlaf verquollen. Sie sagte: »Komm rein«, und schlüpfte zurück ins Bett.

»Wieviel Uhr ist es?« fragte sie gähnend.

»Kurz vor acht.«

»Laß mich schlafen.«

»Wie läuft's im *Lolita*?«

»Wie immer.«

Silanpa zog einen der Vorhänge auf. Ein Lichtstrahl erhellte das Zimmer, und Quica vergrub ihren Kopf in den Kissen.

»Mach den Vorhang zu!«

»Nur kurz.«

Er suchte in der Küchenschublade nach der Tüte mit den Schriftstücken, fand sie aber nicht.

»Quica, ich hatte hier eine Tüte hineingelegt …«

»Deine war das? Ich wußte nicht, wem sie gehörte, und hab sie in die Schublade im Schrank gelegt. Sei froh, daß ich sie nicht weggeworfen habe.«

Zwischen der Schmutzwäsche fand er seine Tüte und tat einen Seufzer.

»Jetzt hast du mich aber erschreckt. Ich muß gleich wieder weg.«

Quica stand aus dem Bett auf und rannte zu ihm.

»Bleib nicht wieder so lange fort«, flehte sie ihn an. »Ich übe gerade neue Lieder ein, wirst du mir wirklich helfen?«

»Ja, ich werde heute in der Zeitung mal mit denen vom Veranstaltungskalender reden.«

Quicas Gesicht begann zu strahlen. Ihre Augen leuchteten, und sie drückte ihm einen Kuß auf die Wange. Dann öffnete sie den Kleiderschrank.

»Leider habe ich nichts zum Anziehen, um vor einem Publikum aufzutreten. Ich hätte gerne etwas in der Art, schau.«

Sie zeigte ihm ein Foto, das aus einer Zeitschrift ausgeschnitten war: ein orangefarbenes Trägerkleid.

»Weiß wäre besser«, sagte Silanpa. »Weiß steht dir gut.«

Das junge Mädchen fing an, vor dem Spiegel zu tanzen, als sie aber mit ihrem Gesicht dichter an ihn herankam, sah sie ihre Augenringe und stieß einen Schrei aus.

»Huch! Du darfst mich nicht anschauen, ich sehe schrecklich aus.«

Sie schloß die Augen, verdeckte ihr Gesicht mit den Händen und brach in Tränen aus. Silanpa dachte, daß sie doch immer noch ein Kind war.

»Du hast einfach schlecht geschlafen, Quica, sobald du ganz wach bist, verschwinden sie von alleine.«

Er wollte sie in den Arm nehmen, aber sie bat ihn, sie in Ruhe zu lassen.

»Das ist es gar nicht … Ich habe einen schrecklichen Traum gehabt. Einen Traum, den ich immer wieder habe.«

Die Wörter sprudelten nur so aus ihr heraus. Sie blickte ihm in die Augen, als täte es ihr leid, das alles gesagt zu haben, dennoch sprach sie immer weiter.

»Es ist schrecklich … Ich bin im *Lolita*, und da kommt jemand und bezahlt mich, damit ich mit einem Mann schlafe. Man bringt mich in ein düsteres Haus, weit weg von Bogotá, und bevor man mich ins Schlafzimmer vorläßt, befiehlt man mir, mich auszuziehen und ein Bad zu nehmen, da ich mich frisch parfümieren und schminken soll. Nachdem ich aus der Dusche gestiegen bin und mich vor dem Spiegel zurechtmache, sagt mir dieselbe Stimme ins Ohr: ›Mach ihn glücklich, Kleine, morgen bringen wir ihn nämlich um.‹ Dann werde ich in einen dunklen Gang geführt, an dessen Ende ich einen Mann sehe, der mir den Rücken zukehrt. Als er sich umdreht, sehe ich, daß es mein Bruder ist …«

Quica fiel ihm um den Hals und brach erneut in heftiges Schluchzen aus.

»Aber … warum träumst du denn auch so häßliche Dinge?«

»Er wurde umgebracht. Das habe ich dir doch erzählt.«

»Wer hat ihn umgebracht?«

»Irgendwelche Mafiosi. Eine verfeindete Bande. Keine Ahnung.«

Er versuchte sie zu beruhigen, kochte Kaffee und brachte ihn ihr ans Bett. Dann strich er ihr übers Haar und deckte sie zu, bis sie schließlich dabei war einzuschlafen.

»Geh nicht fort«, sagte sie, die Augen bereits geschlossen.

Er verließ die Wohnung und ging zu der Telefonzelle, und dabei dachte er an Quicas Worte. Es tat ihm gut, daß er für jemanden Mitgefühl verspürte, zu wissen, daß in seinem Kopf noch Platz war für die Schmerzen anderer. Er nahm den Hörer ab und wählte die Nummer von Estupiñán.

»Guten Morgen, Chef, over und Ende, wie sind Sie aus den Federn gekommen?«

»Gut, Estupiñán. Ich wollte Sie um einen kleinen Gefallen bitten.«

»Zuerst sagen Sie mir, wie die Nacht gestern mit unserer heißen

Biene war. Ihren Phallus hat sie doch sicher zu Gruyère-Käse verarbeitet, ja oder nein?«

»Ich habe nicht mit ihr geschlafen.«

»Haha! Ihnen ist wirklich nicht mehr zu helfen.«

»Das ist wahr. Ich rufe Sie aber wegen etwas anderem an: Ich habe einen besonderen Auftrag an Sie. Haben Sie etwas zu schreiben?«

Er gab ihm alle Angaben zu Senator Marco Tulio Esquilache und trug ihm auf, ihn zu beobachten.

»Ganz zu Ihren Diensten, Chef, noch etwas?«

»Sonst nichts. Um drei rufe ich Sie in der Cafetería *La Pasarela* an, das ist dort in der Nähe.«

»Alles klar.«

Er blickte auf die Uhr und sah, daß ihm noch Zeit blieb. Seit Tagen schon wollte er bei Guzmán vorbeischauen. Inzwischen gab es allerhand Neues, und er wollte seine Meinung erfahren.

Das Zimmer war leer, und eine Nonne meinte, er würde ihn irgendwo in den Gemeinschaftsräumen finden. Er durchquerte den großen Aufenthaltsraum, wo eine Reihe alter Leute Zeitschriften lasen oder Schach oder Dame spielten. Andere verfolgten mit leerem Blick die Bilder, die auf dem Bildschirm eines alten Telefunken-Fernsehers flimmerten. Eine Nonne war damit beschäftigt, einem von ihnen einen Teller Kartoffelbrei, der kalt zu sein schien, einzuflößen. In einer Ecke kauerte ein Mann mit dem Gesicht zur Wand und stöhnte, während ihn zwei andere Patienten anbrüllten, er solle ruhig sein. Silanpa fühlte sich auf eine eigenartige Weise ungerührt.

»Víctor, altes Haus! Ich dachte schon, du hättest mich vergessen.«

Guzmán saß im Garten an einem der Tische. Er trug einen Frotteebademantel und Hausschuhe, bei deren Anblick einem das Gruseln kam. Guzmán hatte schon vor langer Zeit aufgehört, ein normaler Mensch zu sein, ein Mensch wie jeder andere, der abends ins Kino ging und Fußballspiele ansah, der manchmal traurig und manchmal fröhlich war und hin und wieder Trost brauchte.

»Wie gut, daß du gekommen bist. Ich glaube, ich habe die Lösung.«

»Hmmm ...«

»Wer ist hinter den Grundstücken her? Viele. Aber da ist eine Partei, der geht es nicht um Geschäfte, sondern um eine Lebensgrundlage, und das sind die Leute von dem Türkischen Bad. Nur sie sind zu einer solchen Tat fähig, zu solch unnötiger Grausamkeit, zu solch willkürlicher Brutalität. Dieses Verbrechen hat etwas von einem Ritual. Überlege doch: eine Leiche auf Holzpfählen zu befestigen ist im Grunde ein Akt der Barmherzigkeit. Ich habe ein wenig in der Bibliothek der Nonnen nachgelesen und bin auf die Pfählung Asdrúbals gestoßen, der sich schließlich in einen Baum verwandelte. Das hat viel mit dem Märtyrertod Christi zu tun. Und was ist der letztendlich? Ein Schrei. Der Tod eines Unschuldigen für die Schöpfung, dafür, daß die Natur sich weiter fortpflanzt. Du weißt, Gläubige sind mit Symbolen sehr vertraut.«

»Aber die Leute von dem Türkischen Bad haben doch die Grundstücke bereits.«

»Wir müssen uns in den Kopf eines Verbrechers hineinversetzen. Wir müssen denken wie er, ihm seine Vorstellungen rauben, seine Beweggründe und Überzeugungen. Unsere Logik taugt zum Linsen kochen, nicht aber, um Verbrecher zu stellen. Man löscht einen Feind nur dann auf solche Weise aus, wenn die Erlösung auf dem Spiel steht.«

»Aber Pereira Antúnez war nicht ihr Feind.«

»Die Leute, in deren Händen er sich befand, waren es aber. Er wurde zum Symbol, und immerhin lag es an ihm, was mit den Grundstücken geschehen würde.«

»Bis du sicher?«

»Absolut sicher. Dieser Tod ist ein Schild. Die gekreuzten Finger: Früher galten sie als Abwehr gegen Plagen und Pest. Das ist die einzige mögliche Erklärung ... Wollen wir wetten?«

»Wetten wir.«

»Ein komplettes Fest, wenn ich hier rauskomme.«

»Abgemacht.«

Silanpas Stimme klang gedämpft. Guzmán bemerkte es.

»Irgendwas stimmt nicht. Ich habe den Eindruck, die Geschichte läßt dich mittlerweile kalt.«

»Ich habe noch zu viele offene Fragen.« Silanpa räusperte sich. »Es kommt mir vor, als käme ich nicht weiter, als würde ich um etwas kreisen, das ich nicht sehe.«

»Jeder Rat ist umsonst, wenn man keine echte Leidenschaft für die Wahrheit empfindet, sie ist das wirkliche Zentrum«, sagte Guzmán. »Wenn ich mir dich so ansehe, habe ich den Eindruck, du brennst gar nicht mehr darauf, unbedingt herauszubekommen, wer den Gepfählten aufgespießt hat. Du bist wie diese Vögel, die den ganzen Tag lang zu einem Baum fliegen, und sobald sie ihn berührt haben, wieder kehrtmachen.«

Silanpa sagte nichts. Guzmán beäugte ihn argwöhnisch.

»Du suchst nach etwas, das mit dem Verbrechen nicht eigentlich etwas zu tun hat, sondern, glaube ich, mit deinem Leben. Wie sieht es in der anderen Sache aus?«

»Besser«, antwortete Silanpa. »Ich glaube, es ist noch nicht alles vertan. Mónica ist voller Zweifel, aber ich weiß, daß sie mich noch liebt.«

Er erzählte ihm von ihrem Treffen. Die gemeinsame Nacht, was sie zu ihm gesagt hatte, ihre Fürsorglichkeit. Er kam sich dumm vor.

»Mach dir nicht zu große Hoffnungen, mein Lieber«, sprach Guzmán belehrend. »Wenn jemand geht, dann, weil er schon gegangen ist … Ich erinnere mich nicht, wer das gesagt hat.«

»Zumindest habe ich jetzt etwas zur Ruhe gefunden. Wenn man den ganzen Tag an eine Frau denkt, sollte man in der Nacht nicht auch noch von ihr träumen. So ist es mir ergangen.«

»Und was ist, wenn sie dich wieder sitzenläßt?«

»Dann lasse ich mir die Hämorrhoiden operieren, kündige bei der Zeitung und wandere aus nach Ecuador.«

»Das klingt gut, aber vergiß deinen Freund nicht«, sagte Guzmán. »Meine Familie hat sich immer noch nicht von der Schmach erholt. Du bist der einzige, der mich besuchen kommt.«

»Keine Sorge. Ich lasse dich nicht im Stich.«

»Sei vorsichtig mit Mónica. Die Sache riecht nicht gut, und ich will dich nicht in noch schlechterer Verfassung sehen.«

»Es ist noch nichts entschieden. Und bei dir? Wie steht's mit deiner Zeitungslektüre?«

»Ich habe damit aufgehört«, sagte er in resigniertem Ton. »Irgendwann fand ich es langweilig, über Dinge zu lesen, nach denen kein Hahn mehr kräht. Doch, die Comicstrips schaue ich weiter durch, vor allem ›Wie ich Papa erziehe‹.«

Silanpa verabschiedete sich. Während er zur Hauptstraße vorging, war er überzeugt, daß Guzmán sich irrte, was den Gepfählten anging. Das schmerzte ihn mehr als sein eigenes Scheitern.

Als er in dem Bus nach Bogotá saß, schloß er die Augen und versuchte, an nichts zu denken. Er ließ sich von der Musik im Radio berieseln, aber es war sinnlos. Die Nacht mit Mónica spukte durch seinen Körper. In hauchzarten Schwaden erreichte ihn ihr Duft, und auf einmal, als er fast eingeschlafen war, dachte er, daß er neue Kraft schöpfen mußte, daß er an irgendeinem verschwiegenen Ort Trost suchen sollte.

Als er im Zentrum ankam, ging er die Carrera Séptima entlang bis zum *Centro Internacional*, wo er, zum ersten Mal in seinem Leben, die San-Diego-Kirche betrat. Es war sechs Uhr nachmittags, als auf einmal die Glocken läuteten und die Tauben aufscheuchten, hinauf in einen bleiernen, von Feuchtigkeit und Smog schweren Himmel. Eine Ansammlung von Bettlern und Lotterieverkäufern machten sich die Stufen am Eingang streitig, und kaum hatte er die Gittertür durchschritten, fiel eine Gruppe Frauen mit einer Pappschachtel über ihn her.

»Wir sind Verehrerinnen von Pater Almansa, lieber Mann«, sagte eine Frau, die am ganzen Körper Heiligenbildchen trug. »Wir sammeln, um für ihn eine neue Nische im Altarraum zu errichten, unterstützen Sie uns?«

Silanpa zückte einen Geldschein und steckte ihn in die Schachtel. Daraufhin hielt ihm eine andere Frau eine Liste hin.

»Ihr Name und eine Unterschrift, bitte. Wir erbitten gerade zum dritten Mal seine Heiligsprechung. Wußten Sie, daß letzte Woche aus dem Bildnis schon wieder Tränen hervortraten? Diesmal müssen sie uns einfach erhören.«

Er betrat den Altarraum, betrachtete die Nische mit dem Bildnis der *Virgen del Campo* und nahm dann auf einer der Bänke, inmitten der Leute, Platz. Er achtete zwar nicht auf das Gebet, doch er sagte sich, daß wenigstens an diesem Ort sein Inneres nicht mehr ihm gehörte.

Im *Nueva York* saß Susan und wartete, und während sie eine Zigarette nach der anderen rauchte, reifte in ihr eine Idee. Nachdem sie mehrere Male aus dem Fenster geblickt hatte und jedesmal zur Tür schlich, wenn sie Geräusche im Treppenhaus hörte, faßte sie sich ein Herz. Sie hob den Hörer ab und wählte eine Nummer.

»Verbinden Sie mich bitte mit Heliodoro Tiflis.«

»Prinzeßchen? Jetzt bist du ganz schön angeschmiert, was? Einfach so abzuhauen, das hast du davon.«

»Du hast mir keine Wahl gelassen, Heliodoro.«

»Wo bist du?«

»An einem sicheren Ort. Deine Killertypen sind doch nicht so vertrauenswürdig, wie du behauptest. Runcho wollte mich vergewaltigen. Darum bin ich abgehauen.«

»Armer Runchito, man muß ihn verstehen. Sieh doch, ich überlasse ihm die Braut, ist doch klar, daß er eine Dummheit nach der anderen macht. Er ist wie ein Kind.«

»Kratzt es dich gar nicht, daß er versucht hat, mich zu vergewaltigen?«

»Ganz ruhig, Mami, er hat seine Strafe schon bekommen.«

»Ich will mit dir reden … Ich weiß, wer deine begehrten Schriftstücke hat.«

»Das weiß ich auch, Prinzessin. Erzähl mir lieber etwas, was ich nicht weiß.«

»Ich will, daß wir wieder Partner sind.«

»Prinzessin, aber das will ich doch auch. Erzähl mir erst einmal, was du weißt.«

»Silanpa, dieser Journalist. Er hat sie. Da ist nur ein Haken: Er behauptet, er hätte sie der Polizei gegeben.«

»Ich höre und staune. Und wo kann ich diesen Journalisten auftreiben?«

»Ich bin nachher mit ihm verabredet, sobald ich weiß, was er vorhat, rufe ich dich an, okay?«

»Alles klar, Mamita. Und wenn du willst, stelle ich schon mal einen netten Scheck aus.«

»Darüber reden wir später.«

Susan hörte Schritte im Gang.

»Ich muß jetzt auflegen, ciao.«

Es klopfte zweimal an der Tür, und Susan öffnete.

»Guten Tag«, begrüßte sie Silanpa.

»Víctor, bin ich froh, daß Sie gekommen sind.« Sie nahm ihn am Arm und zog ihn ins Zimmer. »Ich sterbe vor Angst. Jedesmal wenn ich Schritte im Gang höre, denke ich, es sind die Männer von Tiflis.«

»Hier sind Sie sicher, Susan. Seien Sie ganz beruhigt!«

»Wie lange muß ich hier im Hotel bleiben?«

»Das weiß ich noch nicht, am besten bleiben Sie so lange hier, bis alles vorbei ist. Heute nachmittag werde ich mit der Polizei sprechen.«

»Das macht alles womöglich nur schlimmer.«

»So, wie die Sache steht, ist jetzt die Polizei dran, ich bin nur Journalist.«

»Aber die Grundstücke gehören doch schließlich Tiflis, warum soll man sie ihm wegnehmen? Da fängt das Problem doch an.«

»Vergessen Sie nicht, daß es zwei Tote gegeben hat.«

»Tote gibt es überall, Víctor. Wo auch immer man hinsieht, stößt man auf Leichen.«

»Aber man kann sich aussuchen, auf welcher Seite man steht.«

»Ich stehe auf Seite der Lebenden. Darum möchte ich mich nicht mit jemandem wie Tiflis anlegen.«

»Wir kämpfen um zwei ganz unterschiedliche Dinge«, sagte Silanpa, während er sich eine Zigarette ansteckte.

»Schon klar, aber meinen Kampf kann man gewinnen.«

»Gewinnen ist nicht immer das Richtige.«

»Wenn es ums Überleben geht, schon.«

»Wir sind doch alle am Leben, machen Sie sich darum keine Sorgen.«

»Und wie lange noch?«

»Das weiß niemand.«

Susan näherte sich ihm.

»Ich schlage Ihnen etwas vor, Víctor. Sie haben die Schriftstücke, und ich weiß ein paar Dinge, die Ihnen von Nutzen sein können. Was mit den Grundstücken passiert, ist Ihnen nicht wichtig, Sie wollen wissen, wer Pereira Antúnez umgebracht hat, wer ihn am Ufer des Sees gepfählt hat und warum. Habe ich recht?«

»Reden Sie weiter. Was schlagen Sie mir vor?«

»Geben Sie mir die Schriftstücke, und ich helfe Ihnen, den Fall zu lösen. Wenn ich Tiflis die Schriftstücke bringe, wird er mir vertrauen, und dann kann ich für Sie etwas über den Mord herausbekommen. Sie veröffentlichen die Ergebnisse Ihrer Ermittlungen in der Zeitung, werden berühmt, und ich bekomme meine Freiheit wieder, wie finden Sie das?«

»Ich habe nicht das Anliegen, berühmt zu werden.«

»Kommen Sie mir nicht mit Albernheiten, Víctor. In so einer Geschichte hat man immer ein Anliegen.«

Silanpa steckte sich eine Zigarette an.

»Ich möchte das wissen, was Sie mir immer noch nicht gesagt haben. Erzählen Sie mir von Pereira Antúnez.«

»Ich habe Ihnen einen Vorschlag gemacht.«

»Ihren Vorschlag weise ich zurück.«

»Und ich soll Ihnen trotzdem sagen, was ich weiß?«

»Ja, sonst werde ich wohl oder übel die Polizei rufen müssen, und wenn die Sie befragen, könnte das unangenehm für Sie werden.«

Susan steckte sich eine *Pall Mall* an und setzte sich murrend ihm gegenüber.

»Pereira Antúnez war eine gute Seele, ein untadeliger Mensch, der zu seinem Unglück die Neigung besaß, sich mit üblem Pack einzulassen. Er war schwerreich, ständig mit irgendwelchen Geschäften zugange, aber im Grunde war er einer von uns, ein friedlicher, naturverbundener Mensch. Darum ist er immer ausgenutzt worden.«

»Also hat Tiflis ihn entführt, um ihn umzubringen und die Grundstücke zu behalten?«

»Ich habe Ihnen bereits gesagt, daß er ihn nicht entführt hat, um ihn umzubringen. Soweit ich weiß, hatte er ihn betäubt. Irgend jemand raubte ihn und hat ihn umgebracht.«

»Wer?«

»Vielleicht Esquilache, oder Vargas Vicuña. Wir stoßen immer wieder auf dieselben Namen. Das ist alles, was ich Ihnen derzeit sagen kann.«

Silanpa griff nach seinem Jackett und trat zur Tür. Bevor er hinausging, zeigte er ihr einen Umschlag, der in einer seiner Taschen steckte.

»Das hier sind die Schriftstücke, die Sie so verzweifelt suchen. Denken Sie noch einmal scharf nach, vielleicht können wir dann heute nachmittag über Ihren Vorschlag reden.«

Er schloß die Tür und verließ das Gebäude.

An der Plaza de Lourdes betrat er die Cafetería *San Fermín*, bestellte eine *tortilla* mit Fleischfüllung und ging zum Telefon.

»Guten Tag, ich würde gerne einen Herrn sprechen, der bei Ihnen ist, er heißt Estupiñán«, sagte er in die Sprechmuschel. »Ein etwas rundlicher Herr, mittelgroß …«

»Warten Sie, ich frage nach…«

»Auftrag ausgeführt, Chef.«

»Erzählen Sie mir, was Sie herausgefunden haben.«

»Sitzen Sie?«

»Nein, aber ich stehe nahe einer Wand.«

»Dann halten Sie sich fest.«

»Was ist passiert?«

»Marco Tulio Esquilache ist heute nacht umgebracht worden, man hat ihm in seinem eigenen Büro eine Kugel in den Kopf gejagt.«

»Neeiiin!«

»Wie ich Ihnen sage, die Sache wird gefährlich.«

»Und weiß man, wer ihn getötet hat?«

»Keine Spur. Als ich ankam, schön früh am Morgen, stand eine Polizeipatrouille vor der Tür. Die Leiche war schon weggeschafft worden, aber sie nahmen immer noch weitere Zeugenaussagen auf.«

»Treffen wir uns auf dem Kommissariat. In zehn Minuten.«

»In Ordnung.«

In der Caracas nahm er einen Bus. Ein Krüppel fuchtelte ihm mit einem Armstumpf vor dem Gesicht herum und bat ihn um eine Münze, und Silanpa streckte ihm von Entsetzen gepackt einen Fünfhundert-Pesos-Schein hin. »Wie sehr du mir fehlst«, sagte er zu sich, »was hättest du mir nicht alles sagen können, heute, da ich dich so sehr brauche.« Bei dem Anblick des verstümmelten Mannes war ihm seine Puppe in den Sinn gekommen.

Estupiñán stand bereits vor der Tür des Kommissariats, unter dem Wappen und Banner der Nation, und erwartete ihn sehnsüchtig.

»Der Senator hat dran glauben müssen«, empfing er ihn. »Eine flüchtige Sache, das Leben, finden Sie nicht?«

»Kommen Sie, ich bin gespannt, was man uns hier sagen wird.«

Polizeihauptmann Moya stopfte wie ehedem Juicy-Fruit-Kaugummis in sich hinein. Als er sie hereinkommen sah, erhob er sich von seinem Schreibtisch und empfing sie mit einem Lächeln. Neben dem Schreibtisch erblickte Silanpa zu seiner Verwunderung ein Bildnis des Jesuskindes und zwei brennende Talglichter.

»Das ist nicht einfach das Jesuskind, Silanpita, das ist das *Jesuskind von Prag*. Und der hier ist Pater Almansa, haben Sie schon gehört? Das Bild hat wieder geweint, in der ganzen Stadt spricht man über nichts anderes.« Moya ging vor ans Fenster und sprach mit dem Rücken zu ihnen weiter. »Aber ... was sagt mein geschätzter Meister der Feder dazu?«

»Ich staune, Hauptmann Moya«, antwortete Silanpa.

»Meine Abmagerungskur zeigt schon Wirkung, nicht wahr? Wenn ich so weitermache, kann ich noch im Russischen Zirkus als Akrobat auftreten.«

»Nun, um ehrlich zu sein, ich habe die Ermordung des Senators gemeint.«

»Ach so, natürlich ...«

»Aber jetzt, da Sie mich darauf hinweisen, muß ich schon sagen: Sie sind geradezu mager.«

»Alle sagen das ...« Er zog ein Bonbon *Bon Bon Bum* hervor und steckte es sich in den Mund. »Schon eine verdammte Scheiße, die Sache mit diesem Esquilache.«

»Sie werden mir nicht glauben, Hauptmann Moya, aber ich glaube, daß der Mord mit dem Gepfählten zu tun hat.«

»Mit dem Gepfählten?«

»Ja.«

»Die Ermittlungen stocken noch immer, mein lieber Silanpa. Läuft das Aufnahmegerät?«

Silanpa schüttelte den Kopf.

»Gut, ich habe gesagt, die Ermittlungen stocken, weil wir bislang überhaupt nichts wissen, noch nicht einmal, wer zum Teufel dieser arme Mann ist.«

»Was Sie nicht sagen.«

»So ist es.«

»Und was weiß man über den Senator?«

»Bis jetzt nichts Näheres. Daß er kerngesund war, ohne Vorstrafen. Ein Ehrenmann.«

»Gibt es einen Verdächtigen?«

»Nein, aber wir haben seinen Chauffeur befragt.«

»Und was hat der gesagt?«

»Nichts von Belang: daß sein Chef ein vielbeschäftigter Man war.«

»Können Sie mir seine Adresse geben? Ich will sehen, was ich aus ihm herausbekomme.«

»Er heißt Vladimir Osasuna Rivas, warten Sie, hier ist seine Adresse, notieren Sie sie sich.«

Silanpa bedankte sich, und als er schon am Hinausgehen war, hörte er die Stimme des Polizeihauptmanns.

»Eine Sache noch, wenn ich Ihnen nicht lästig falle: Haben Sie etwas über *Das letzte Abendmahl* herausgefunden?«

»Um ehrlich zu sein, nein«, antwortete Silanpa. »Ich war in den letzten Tagen nicht viel in der Zeitung.«

Moya zwinkerte ihm komplizenhaft zu, und Silanpa begriff, daß er gleich eine Vertraulichkeit zu hören bekäme.

»Ich glaube, ich habe mich entschieden. Jetzt, da ich am Abnehmen bin, spüre ich eine Art frischen Wind, etwas im Nacken, das mir eine große Veränderung ankündigt.«

»Dann stimmt es also, was die Leute sagen. Sie verlassen die Polizei.«

»Gemach, gemach. Ich spreche von einer innerlichen Veränderung… Mir gefällt das Moralische und das Religiöse an dem Verein, na ja. Sie können das nicht verstehen, Sie sind jung, aber in meinem Alter verlieren die irdischen Dinge an Bedeutung.«

»Auf jeden Fall haben Sie sich etwas Erholung verdient«, sagte Silanpa und verabschiedete sich.

In der Amtsstube im Erdgeschoß vertrieb sich der wartende Estupiñán die Zeit damit, einem Polizisten Witze zu erzählen. Der Beamte krümmte sich vor Lachen, während sich Estupiñán, stolz auf seine Geschichte, den Bauch hielt. Als er Silanpa hereinkommen sah, gab er dem Uniformierten die Hand und ging mit Silanpa hinaus. »Jetzt erzähl ich Ihnen, was passiert ist, Chef.« Silanpa zeigte ihm den Zettel mit der Adresse von Esquilaches Chauffeur. Es war ein Haus in Usaquén, nicht weit von den Bergen.

»Ja?« ertönte eine Frauenstimme hinter der Tür.

»Wir möchten mit Señor Osasuna sprechen.«

»Wer schickt Sie?«

»Die Polizei.«

»Er ist schon befragt worden.«

»Es ist ganz harmlos, Señora, wir haben noch ein paar Fragen und wollen ihn dafür nicht nochmal ins Kommissariat bitten. Würden Sie jetzt bitte die Tür öffnen?«

»Zuerst Ihre Ausweise.«

Silanpa streckte ihr einen seiner Ausweise hin.

»Gut, treten Sie ein.«

Die Frau öffnete.

Von hinten tauchte der Chauffeur auf, er machte ein erschrockenes Gesicht.

»Verzeihen Sie, daß wir Sie noch einmal belästigen, Señor Osasuna, aber da sind noch ein paar Dinge, die wir klären müssen.«

Osasuna bat sie, am Küchentisch Platz zu nehmen, und deutete seiner Frau an, sie allein zu lassen.

»Wen alles hat der Abgeordnete in der Woche vor seinem Tod aufgesucht?«

»Hmmm ... ziemlich viele, Herr Detektiv. Er war ein gefragter Mann.«

»Nennen Sie uns Namen, Adressen«, sagte Estupiñán.

»Hmmm... Señor Emilio Barragán, zum Beispiel, der ist auch ein Verwandter von Doktor Esquilache.«

»Wen noch?«

Vladimir strich sich übers Kinn.

»Ich erinnere Sie daran, daß in diesem Land das Zurückhalten von

Informationen strafbar ist«, sagte Silanpa. »Mein Kollege und ich haben keine Eile, und wir sind hier, um Ihnen die Dinge zu erleichtern, also lassen Sie sich Zeit.«

»Gut, er hat eine Reihe Abgeordnete aus dem Senat von Bogotá gesehen … Herrn aus dem Club …«

»Zufällig auch Señor Heliodoro Tiflis?«

Vladimir wurde bleich. Er bekam einen Hustenanfall, darum stand er auf, ging zum Wasserhahn und schenkte sich ein Glas Wasser ein.

»Ja.«

»In welchem Zusammenhang?«

»Er hat sich vergangene Woche mit ihm getroffen. Doktor Esquilache befand sich in Begleitung von Anwalt Barragán. Sie trafen sich im Hotel *Bacatá* in der Cafetería.«

»Und war das das einzige Zusammentreffen der beiden mit Tiflis?«

»Na ja …« Er blickte sie an und sah dann nach unten. »Können Sie mir versichern, daß Sie das, was ich Ihnen jetzt sage, mit Diskretion behandeln?«

»Voll und ganz.«

»Letzten Dienstag hat Tiflis uns seine Schläger vorbeigeschickt. Sie schnitten uns auf der Circunvalar den Weg ab und haben uns den Wagen demoliert.«

»Und warum das?«

»Der Anführer dieser Mörderbande sagte, Tiflis seien irgendwelche Schriftstücke verlorengegangen. Ich habe keine Ahnung, über was für Schriftstücke sie sprachen, jedenfalls wurde Doktor Esquilache sehr nervös.«

Silanpa nickte und blickte zu Estupiñán.

»Und von dem Tag an änderte der Herr Senator seine Gewohnheiten, seinen Tagesablauf, und suchte Schutz?«

»So ungefähr. Noch am selben Abend mußte ich ihn zu Barragáns Kanzlei fahren. Und zwar ziemlich spät.«

»Wann genau?«

»Am Dienstag, ich erinnere mich genau, weil an dem Abend *Nacional* in der *Copa Libertadores* spielte.«

»Aha ...«

»Außerdem ging er jeden Abend in den Club. Gestern auch. Bevor er umgebracht wurde, ließ er sich von mir dort absetzen.«

»Haben Sie ihn dort zum letzten Mal gesehen?«

»Ja.«

»Das war's ... Estupiñán?«

»Ja.« Er stand von dem Stuhl auf und ging um den Chauffeur herum. »Sie haben gesagt, Sie fuhren an dem Tag in die Kanzlei, als das Fußballspiel stattfand. Das Spiel ging bis zum Elfmeterschießen, waren Sie vorher oder nachher dort?«

»Die reguläre Spielzeit war bereits abgelaufen. Ich hörte das Elfmeterschießen im Radio, während ich auf ihn wartete.«

»Das heißt also, es war ungefähr zehn.«

»Genau.«

»Und als Sie zu der Kanzlei kamen, erwartete ihn da jemand?«

»Nein. Ich hatte den Eindruck, das Gebäude war leer.«

»Nur noch eine Kleinigkeit... Wer schoß den letzten Elfmeter von *Nacional*?«

»Leonel Álvarez.«

»Das ist alles, danke.«

Silanpa und Estupiñán gingen hinaus. Sie gingen die Carrera Séptima hinunter und nahmen ein Taxi zu Esquilaches Büro. Vor dem Eingang stand ein junger Polizist. Die Türen waren abgeriegelt.

»Silanpa, Presse.«

»Ach Sie sind es, Herr Journalist, wie geht es Ihnen? Immer gleich zur Stelle, wie?«

Silanpa sah ihn perplex an: ein gedrungener Mann mit knapp sitzender Uniform, an deren Jacke zwei Knöpfe fehlten.

»Sie erinnern sich bestimmt nicht mehr an mich, ich bin der, der Ihnen den Dicken am See gezeigt hat. Haben Sie das schon vergessen?«

»Natürlich erinnere ich mich, Señor.«

»Werden Sie hierüber auch schreiben?«

»Unverzüglich. Das ist alles äußerst merkwürdig, finden Sie nicht?«

»Und wie. Aber gehen Sie ruhig hinein, und schauen Sie sich um. Vielleicht finden Sie ja etwas.«

»Danke, Señor.«

Er sah eine Flasche Whisky und zwei Gläser. Einen vollen Aschenbecher. Er trat ans Fenster und blickte nach unten. Der Toyota war bereits weggeschafft worden, aber man sah das Kreidekreuz auf dem leeren Parkplatz.

Dann durchsuchte er die Ablagen. Er fand eine Kopie des Schriftstückes, wie er auch eine hatte, aus dem Grundbuchamt. Des weiteren fand er Aktenmappen mit den Bezeichnungen: »Unterlagen Vargas Vicuña«, »Unterlagen Gesellschaft *Kinder der Sonne*«, »Unterlagen GranCapital«, die er in seinen Aktenkoffer steckte, dazu ein gerahmtes Foto, auf dem Esquilache im Smoking jemandem zuprostete.

»Von meiner Seite ist das alles. Danke«, sagte Silanpa zu dem Polizisten.

»Also dann, bis zum nächsten Toten. Haben Sie etwas gefunden?«

»Ich habe den Tatort gesehen, das reicht aus.«

Sie verabschiedeten sich. Unten wartete Estupiñán auf ihn.

»Wie ist die Beute, Chef?«

»Gut. Schauen Sie doch, was dieser Anwalt Emilio Barragán so treibt, den alle immer erwähnen. Ich werde derweil dieses ganze Zeug hier verstauen und Tiflis' Bewegungen überwachen.«

»In Ordnung. Wo und wann ist Treffpunkt?«

»In der Cafetería gegenüber dem *Hotel Esmeralda.* Um acht Uhr abends.«

»Over und Ende, Chef.« Estupiñán blickte auf die Faust seiner linken Hand. »Uhrenvergleich?«

»Auf die Sekunde.«

Silanpa machte sich auf den Weg zu Mónicas Wohnung, und als er sich dem Gebäude näherte, spürte er, daß er neutralen Boden betrat.

Der Anblick des Hauses mit seinen Blumentöpfen überall an den Fenstern berührte ihn zwar nicht mehr, doch immerhin war dies der Ort, wo sie in einer einzigen Nacht alles wieder zum alten gebracht hatten.

Während er im Aufzug nach oben fuhr, blätterte er flüchtig die Papiere durch, und als er die Wohnung betrat, sah er sie im Wohnzimmer sitzen.

»Víctor…« Sie küßte ihn lange auf den Mund. »Ich habe solche Sehnsucht nach dir gehabt.«

»Ich weiß«, hörte er sich sagen. »Ich wollte bloß ein paar Unterlagen hierherbringen.«

»Ich hoffe, es ist nichts Gefährliches.«

»Sie dürfen auf keinen Fall verlorengehen.«

»Ich möchte, daß wir reden…«

»Ich höre dir zu.«

»So etwas wie gestern abend darf nicht wieder vorkommen.«

Sie war wunderschön: offenes Haar, knackige Jeans und ein Rautenpulli.

»Ich weiß schon.«

»So werden wir es nie schaffen, voneinander loszukommen.«

»Bereust du es?«

»Natürlich nicht.«

»Und?«

»Ich bin mit Óscar zusammen, ich kann nicht einfach mit dir ins Bett gehen.«

»Du bist doch auch mit ihm ins Bett gegangen, als du mit mir zusammen warst.«

»Das war etwas anderes, da lief es zwischen uns schon nicht mehr.«

Sie legte eine Supertramp-CD ein. Sie sagte, bei dieser Musik könne man wunderbar nachdenken.

»Das darf nicht noch einmal vorkommen, versprichst du mir das?«

»Du hast doch angefangen.«

»Ich weiß schon. Nächstes Mal darfst du das nicht zulassen.«

»Es reicht, wenn du nicht willst.«

»Das ist es ja.«

»Was?«

»Daß ich will.« Sie steckte sich eine Zigarette an und drückte sie abrupt wieder aus. »Wir reden besser nicht, ich bin total durcheinander.«

»Sollen wir es noch einmal probieren?«

»Stell mir nicht so eine Frage.«

»Bist du in Óscar verliebt?«

»Ich glaube schon.«

Silanpa spürte, wie ihm wieder mulmig wurde, wie sein Magen sich verkrampfte. Er öffnete die Augen, und die Worte waren immer noch da.

»Ich verstehe. Ich packe meine Sachen und gehe.«

»Nein, bitte bleib. Weißt du, ich liebe dich.«

»Du kannst nicht mit uns beiden gleichzeitig zusammensein. Weiß er davon? Hast du es ihm erzählt?«

»Nein.«

»Ich muß gehen.«

Er machte Anstalten zu gehen, aber sie hielt ihn zurück. »Faß mich an! Schau, was du mit mir machst.« Sie schubste ihn zum Sofa, und er ließ sich gehen, aus Mitleid mit diesem anderen Bild von sich, das für ihn jetzt so weit weg war: das des einsamen Mannes, der sie für immer verlor.

Die Abendsonne durchflutete den Raum. Der Wind bewegte die Vorhänge, und weit in der Ferne, von dem Rauschen des Verkehrs überlagert, hörte man einen Preßlufthammer.

»Du bist ungeheuerlich, warum hast du das zugelassen?«

Mónica ging nackt zum Badezimmer, und er sah ihr nach: Er liebte sie, und noch dazu gefiel sie ihm.

»Das war das letzte Mal, verstanden?«

»Ja.«

Als Mónica zurückkam, suchte er seine Armbanduhr. Er mußte gehen.

»Heute abend komme ich spät«, sagte er ihr, während er sich die Socken anzog. »Aber du bleibst am besten zu Hause.«

An der Tür verabschiedeten sie sich.

»Mit dieser halben Nummer muß ein für allemal Schluß sein.«

Mónica fing wieder an, ihn zu küssen.

»Überleg dir, was du willst, und sag es mir heute abend«, sagte Silanpa.

»Du bringst mich total durcheinander … Aber keine Sorgen, heute abend gebe ich dir eine Antwort.«

20

Wenn die Liebe zuschlägt, geht eine alte Weise, ist alle Wehr vergeblich… Besagte Matilde nämlich, müssen Sie wissen, entpuppte sich bereits bei unserer ersten Verabredung als eine Köchin allerersten Ranges. Nachdem wir den einen oder anderen Plausch in den Kinos in der Carrera 13 und so manchen Schwof im Polizeiclub hinter uns gebracht hatten, öffnete mir Matilde die Pforten ihres Heims in Suba, einem ehemaligen Dorf, das heutzutage ein lebhaftes Stadtviertel von Bogotá ist. Dort kam ich in ein Haus, aus dessen Wänden, Sie erlauben mir meine Ausdrucksweise, die Fröhlichkeit nur so quoll. Sie wohnte mit ihrem Papa und ihrer Mama, dazu drei Schwestern und zwei jüngere Cousinen, die aus Chiquinquirá in die Hauptstadt gekommen waren, um hier ihren Schulabschluß zu machen. Kochen konnten sie alle, aber Matilde war es, die in den *Sancocho*-Eintopf was weiß ich für spezielle Zutaten rührte, so daß daraus eine Delikatesse für Fürsten und Könige wurde. Gar nicht zu reden von ihren Süßspeisen und Fruchtsäften oder von den schnapsgetränkten Desserts und Wackelpuddings, die ihr so auf den Punkt gelangen, daß sie auf dem Teller zitterten wie eine eben erst erfundene Köstlichkeit. Und ausgerechnet beim Essen entfachten die Funken in unseren Blicken das Feuer. »Aristófanes, noch ein bißchen Hühnchen? Ein bißchen Kartoffeln, *papita en chupe*?«, und natürlich kostete ich all die Leckerbissen, und dabei war mir, Sie gestatten, meine Damen, als würde sie mir mit den Speisen noch ganz andere Dinge einflößen, in poetischem Sinn, versteht sich, und so beschritten wir mir nichts, dir nichts den Weg zum Altar. Mit einer schlichten Zeremonie in der Kirche von Suba schlossen wir unsere Ehe. Der Pfarrer gab uns den Segen, und als Trauzeugen brachte ich den stotternden Montezuma und sie eine ihrer Cousinen. Anschließend fuhren wir zum Hochzeitsschmaus in den Garten meiner Schwiegereltern, wo wir tafelten, wie ich es in meinen achtunddreißig glücklichen und leichtlebigen Jahren als Junggeselle nicht erlebt hatte, eine Völlerei ohnegleichen: gegrilltes Fleisch, Salzkartoffeln, Lammkoteletts, Avocadosalat, Hähnchenbrust in scharfer Sauce, alles, was an Eßbarem so herumlief, landete im Topf und anschließend, der Lustbarkeit wegen, in den Bäuchen der glücklichen Gäste, die Bier und Schnaps nur so fließen ließen, begleitet von einem Trio aus Boyacá, der Heimat des Bräutigams, meiner Familie. Matilde, die zwar noch jung war, aber bereits einiges auf den Hüften hatte, blieb nicht hinter meiner Wenigkeit zurück, was das Abknabbern der Schweinsfüße anging, und am Ende machten wir uns mit glückseligen Mägen und erfüllten Herzen auf den Weg nach Anapoima zu unserem dreitägigen Honigmond, in ein Hotel mit Swimmingpool und Zugang zum Fluß. Von diesem Augenblick an, meine verehrten Vereinsmitglieder, veränderte sich mein Leben radikal, denn mein Pflichtbewußtsein als Ehemann und die ersehnte Häuslichkeit des Familienlebens machten einen anderen Menschen aus mir. Keine Kneipentouren mehr mit den Revierkollegen nach Dienstschluß, keine Billardpartien mehr und auch keine Schnäpse mehr mit Montezuma, die uns immer zum Nachdenken und Sinnieren über das Leben angeregt hatten. Adiós, ihr verpönten Freudenmädchen, die ihr im Leben eines Junggesellen noch ganz normal und sogar von der Kirche geduldet wurdet. Zum Ausgleich erfuhr ich das Glück des gedeckten Tisches, die Behaglichkeit, gemeinsam vor dem Fernseher Löffel für Löffel den Nachtisch zu genießen, und die Liebe, die aus den vorzüglich zubereiteten *Buñuelo*-Küchelchen sprach.

21

Barragán saß zurückgelehnt am Rand des Swimmingpools im Club, in der Hand ein Glas Planter's Punch, und betrachtete den schlanken Körper einer hübschen jungen Frau, die, ohne ihn zu beachten, auf und ab ging. Er war schon den ganzen Morgen hier, selbst überrascht von seiner inneren Ruhe, von seiner Gelassenheit. Ihn plagten nicht die geringsten Gewissensbisse. Im Gegenteil: Er fühlte sich erleichtert, befreit von einer drückenden Last. Nachdem er geschossen hatte, war er nach Hause gegangen und hatte an Catalinas Seite tief und glücklich geschlafen.

»Ein dringender Anruf, Doktor Barragán.«

Ein Kellner reichte ihm einen schnurloses Telefon.

»Doktor Barragán, es ist etwas Schreckliches geschehen!« Er erkannte Nachas Stimme.

»Was denn?«

»Doktor Esquilache ist umgebracht worden.«

»Das darf nicht wahr sein!«

»Doch, Doktor Barragán, heute nacht.«

»Ich komme sofort in die Kanzlei.«

Er rief Catalina an und überbrachte ihr die Nachricht.

»Wie konnte das passieren?« Er spürte die Beklemmung in ihrer Stimme.

»Keine Ahnung, ich bin gerade im Club. Ich werde sofort in die Kanzlei fahren und sehen, was ich von dort aus herausbekommen kann. Sobald ich etwas weiß, rufe ich dich an.«

Er zog sich an und raste in die Kanzlei. Am Eingang der Garage rempelte er beinahe einen kleinen, gedrungenen Mann an, der auf dem Mäuerchen saß und seelenruhig *El Espacio* las. Es war Emir Estupiñán. Er machte ein paar Anrufe, sah ein paar für ihn hinterlassene Notizen durch und machte sich dann auf den Weg ins Leichenschauhaus des Krankenhauses *San Ignacio*. Als er beim Verlassen der Garage über den Bürgersteig fuhr, war der kleine Mann verschwunden, aber das schien Barragán nicht weiter seltsam.

»Ein Verwandter?« fragte ein Gerichtsarzt.

»Ja. Er war der Onkel meiner Frau.«

»Kommen Sie.«

Man führte ihm den Leichnam vor, und er betrachtete Esquilaches fahles Gesicht wie etwas aus seiner Vergangenheit. Das Einschußloch der Kugel war schwarz geworden und bildete ein verkrustetes Gerinnsel.

»Ein Verwandter?« Ein weiterer Mann trat zu ihm.

»Ja, das habe ich dem Gerichtsarzt schon gesagt.«

»Gestatten Sie mir ein paar Fragen ... Polizei.«

»Selbstverständlich.«

»Wissen Sie etwas über die Todesumstände?«

»Ich weiß ein bißchen von meiner Sekretärin, es ist gestern nacht im Büro passiert, nicht wahr?«

»Ja.«

»Ich kann es einfach nicht fassen ...«

»Wissen Sie, heutzutage ist niemand mehr sicher.«

Sie nahmen an einem der Tische in dem Hörsaal Platz. Barragán fröstelte, er war etwas nervös.

»Haben Sie sich oft gesehen?«

»Ja, wir haben in ein paar Projekten zusammengearbeitet, außerdem ist er fast jeden Sonntag zu uns zum Mittagessen gekommen.«

»Haben Sie eine Vorstellung, wer ihn umgebracht haben könnte?«

»Nein, spontan fällt mir niemand ein. Aber Sie müssen verzeihen, ich bin sehr mitgenommen.«

»Wann haben Sie ihn zum letzten Mal gesehen?«

»Vor zwei Tagen.«

»Machte er einen nervösen Eindruck, sagte er irgend etwas, das auf eine Drohung schließen lassen könnte?«

»Marco Tulio war aus Granit. Man merkte ihm nie an, wenn er Probleme hatte, außer er sprach über sie.«

»In welchem Projekt haben Sie zuletzt zusammengearbeitet?«

»Erbschaftsangelegenheiten, wie immer.«

»Ein konkreter Fall?«

»Ja, ein Wohnhaus. Die Eigentümerin starb ohne Erben, so daß ihm der Fall übertragen wurde. Ich war sein Berater.«

»Sonst nichts?«

»Noch ein paar andere Sachen. Sie können gerne bei mir in der Kanzlei vorbeikommen, dann zeige ich Ihnen alles im einzelnen.«

Er überreichte ihm seine Karte und stand auf.

»Sie entschuldigen, ich muß jetzt meine Frau abholen.«

»Bitte.«

Die Nachmittagsluft strömte ihm in die Nase. Jetzt stand seinen Vorhaben ein Hindernis weniger im Weg, dennoch mußte er aufpassen, denn wie bei jedem Geschäft war die letzte Phase die kritischste. Er rauschte mit seinem Peugeot die Carrera Séptima entlang und pfiff *I Will Survive*, das gerade auf *Caracol Stereo* lief, und klopfte dazu im Takt aufs Lenkrad. Hinter ihm, in einer uralten Rostlaube, die als Taxi diente, folgte Estupiñán.

»Wenn wir schon hinten liegen, warum dann auch noch der Pfosten?« Der Taxifahrer blickte ihn durch den Rückspiegel wild gestikulierend an. »Ich hab das gesehen und sage, verdammte Scheiße, Tor! Der war doch drinnen, oder? Und dann prallt er ab, verdammte Scheiße, zum Ausflippen ...«

»Das ist unser ständiges Problem, habe ich recht?« erwiderte Estupiñán, ohne den Peugeot aus den Augen zu lassen. »Dieses Land ist ein Land der Pfostenschüsse. Und wissen Sie was? Ich sage immer, den Pfosten zu treffen ist schwieriger, als ins Tor zu schießen, habe ich recht?«

»Ja doch, wenn Sie meinen.«

»Chef, geben Sie Gas, er haut uns ab.«

»Keine Panik, dort bei der Ampel an der Calle 57 holen wir ihn ein. Um die Uhrzeit müßte es dort schon dicht sein. Darf ich Ihnen eine Frage stellen?«

»Klar, wenn sie nicht zu schwierig ist.«

»Sind Sie von der Polizei?«

»Nein, ich bin Detektiv.«

»Verarschen Sie mich nicht. Wirklich?«

»Ja, ich beschatte einen Verdächtigen.«

»Magerret ...«

»Wie?«

»Magerret, der aus *Hawaii 5-0.*«

»Ja, genau so.«

Auf der Stelle gab der Taxifahrer Gas.

»Und, dieser Typ ist also ein Mörder? Den schnappen wir uns.«

»Nein, nein.« Estupiñán mußte lachen.

»Was ist er denn dann? Drogenhändler? Jagen Sie mir keinen Schrecken ein.«

»Wenn wir es schon so weit gebracht hätten, Drogenhändler mit dem Taxi zu verfolgen, könnten wir wirklich einpacken.«

»Schon gut, ich stelle Ihnen keine Fragen mehr, nicht daß ich und meine Liebsten da noch mit hineingezogen werden.«

»Genau, besser so. Und schauen Sie nach vorne, Sie machen mich nervös.«

Im *Hotel Esmeralda* hatte Tiflis vor sich auf dem Schreibtisch die aktuelle Ausgabe von *El Bogotano*, auf der der durchschossene Kopf von Senator Esquilache abgebildet war. Die riesige Schlagzeile lautete: »Ihm blieb keine Zeit, die Augen zu schließen. Wen blickten sie an?«

»Irgendwer hat uns den Krieg erklärt, verdammt«, sagte er zu Camaleón. »Zuerst versohlen sie zwei unserer Jungs bei dem Journalisten in der Wohnung, dann verschwindet Runcho, und jetzt das.«

»In der Tat. Es ist eine verdammte Scheiße, Chef.«

»Ich meine, wir müssen jetzt aufpassen wie die Luchse und herausbekommen, aus welcher Ecke die Schüsse gekommen sind. Ja?«

»In der Tat. Es ist eine verdammte Scheiße, Chef.«

»Auf jeden Fall müssen wir uns diesen Señorito Barragán mal vorknöpfen, das steht fest, denn irgendwer hier versucht, uns ein Tor durch die Beine reinzuknallen, aber so blöd sind wir nicht ...«

»In der Tat. Es ist eine verdammte Scheiße, Ch…«

»Etwas anderes kannst du wohl nicht sagen, du blöde Schwuchtel!?«

»Schon gut… Es ist wirklich eine… Verzeihung…«

»Auweia, Camaleoncito, auweia, aber wenn du reden könntest, hätte ich dich nicht als Chauffeur. Entschuldige, mein Herz, aber bei diesen Hiobsbotschaften habe ich hundsmiserable Laune.«

»In der Tat…«

»Schnapp dir zwei Jungs und bring mir Barragán, bevor der vor Schreck vergeht, alles klar?«

»Zu Befehl, Chef.«

Silanpa sah sie in einem Renault 18 wegfahren und beschloß, ihnen zu folgen. Ob Tiflis der Mörder war? Der Wagen bog an der Avenida Jiménez in die Calle Circunvalar ein, wo er eine Menschenmenge auseinanderscheuchte, die zu Fuß zum *Cerro de Monserrate* unterwegs war, auf der Höhe der Seilbahnen schließlich bog er nach Norden ab.

Er fuhr ein paar Meter hinter ihm in einem Taxi, einem Fiat Mirafiori. Es machte ihn nervös, daß die Dinge eine so überraschende Wende nahmen. Dann dachte er an Mónica: Wie würde sie sich entscheiden? Bestimmt liebte sie ihn noch, sonst hätte sie ihn schon längst sitzengelassen. Schließlich täte man sonst so etwas nicht.

Der Renault hielt im Norden der Stadt vor einem Gebäude an, und Silanpa stieg an der Straßenecke aus dem Taxi. Von weitem sah er die Männer in eines der eleganten Wohnhäuser hineingehen, dann näherte er sich unauffällig, um die Schilder und Namen an der Tür zu lesen. Kurz bevor er den Eingang erreichte, meinte er plötzlich hinter einem Busch eine gedrungene Figur auszumachen, die ihm bekannt vorkam.

»Estupiñán?«

»Chef, was machen Sie denn hier?«

Beim Anblick seines Kompagnons begriff er, was vor sich ging.

»Ich bin gerade den Männern von Tiflis vom Hotel aus gefolgt. Ist das Barragáns Kanzlei?«

»Ja, außerdem wird es gleich Blei hageln, denn vorhin sind schon drei andere Herrn hineingegangen. Sie sahen aus wie Bodyguards.«

Silanpa nahm die Unterlagen zur Hand, die er aus dem Büro des verschiedenen Esquilache geschleust hatte, und klappte die Mappe mit der Aufschrift »Fall Pereira Antúnez« auf. Er überflog den Inhalt und sah Briefe, Rechnungen, Fahrplanzettel und Kopien von Schecks. Eine handgeschriebene Notiz auf Faxpapier ließ ihn aufmerken. Sie trug weder Unterschrift noch Datum: »Die Sache an der Küste ist für den Arsch, der Dok kommt nicht mehr. In drei Tagen fährt er nach Pasto, ein Hotel einzuweihen. Was machen wir mit unserem Baby?« Er dachte, er würde die Nachricht heute abend entschlüsseln, während er auf Mónicas Antwort wartete.

Auf einmal hörte man aus dem Gebäude mehrere Schüsse. Silanpa stürzte zu einer Telefonzelle.

»Hauptmann Moya? Silanpa am Apparat, schicken Sie auf der Stelle eine Patrouille an folgende Adresse, notieren Sie sich«, er diktierte. »Die Sache hier kocht hoch.«

»Wie gut, daß Sie mich anrufen, mein geschätzter Meister der Feder, stellen Sie sich vor, meine Beamten haben heute nachmittag in Ihrer Wohnung ein paar hübsche Leichen gefunden, durchlöchert wie ein Sieb.«

»In meiner Wohnung?«

»Ja, es ist nicht lange her, da haben uns Ihre Nachbarn alarmiert und von der Pförtnerloge aus angerufen. Haben Sie schon mal vom Roten Meer gehört?«

»Ja.«

»Nun, der Boden Ihrer Wohnung sieht aus wie das Rote Meer, begreifen Sie?«

»Darüber reden wir gleich, Señor Moya, schicken Sie schnell jemanden her, die Sache hier beginnt unschön zu werden. Es hat mit dem Gepfählten zu tun, und möglicherweise mit dem Mord an dem Senator.«

»Sie sind schon unterwegs.«

Während sie sprachen, sah er die Umrisse eines Mannes, der durch ein seitliches Fenster in den Vorgarten sprang. Estupiñán erkannte ihn sofort: Es war Barragán.

»Folgen Sie ihm, Estupiñán, und verlieren Sie ihn nicht aus den Augen. Wir sehen uns nachher auf dem Kommissariat, und wenn Sie nicht von ihm weg können, rufen Sie an.«

»Alles klar, Chef, over und Ende.«

In dem Augenblick hörte Silanpa die Polizeisirene. Er sah sie auf der Straße hinter dem Gebäude vorbeifahren und versuchte ihnen Zeichen zu machen, aber sie rasten in voller Geschwindigkeit weiter in Richtung Berge. Kurz darauf fuhren sie wieder herunter, und die Sirene ertönte hinter den gegenüberliegenden Gebäuden, dann zwei Häuserblöcke weiter südlich und schließlich in einer Calle, die von der Séptima nach oben führte. »Sie haben sich verfahren«, dachte er und rannte zur Kreuzung. Dort sah er sie: Einer der Polizisten zeigte einem Wachmann einen Zettel, der ihm schließlich den Weg zeigte.

»Silanpa mein Name, Presse, es ist dort.«

»In dieser Gegend eine Adresse zu suchen ist einfach das Letzte«, fluchte der Beamte. »Wie viele sind es?«

»Es dürften ungefähr sechs sein. Sie jagen sich gegenseitig Blei in den Kopf. Passen Sie auf sich auf!«

Vier Polizisten betraten das Gebäude durch den Vordereingang, und weitere vier gingen um das Haus herum zur Rückseite. Silanpa kauerte sich hinter die parkenden Autos. Schaulustige traten an die Fenster, und zwei Männer stellten sich an die Straßenecke, um den Verkehr umzuleiten.

Man hörte Schüsse krachen, Schreie ertönten, Scheiben klirrten. Dann kamen zwei weitere Polizeipatrouillen und sperrten die Straße ab. Mit einemmal aber war es still, und kurz darauf kamen die Polizisten heraus und führten vier Mann in Handschellen ab zu ihren

Wagen. Die restlichen Körper trugen sie in graue Decken gehüllt heraus. Silanpa fuhr mit der Polizei aufs Kommissariat. Es war fünf Uhr nachmittags.

»Einige der Männer gehören zu Heliodoro Tiflis, Hauptmann, dem Mafioso aus dem *Hotel Esmeralda.*«

»Was Sie nicht sagen…« Moya nahm in seinem Sessel Platz und bemühte sich, wenn auch vergeblich, die Beine übereinanderzuschlagen.

»Sie können mir glauben, ich habe sie von dort bis zu Barragáns Kanzlei verfolgt.«

»Und wo ist unser lieber Anwalt abgeblieben?«

»Mein Kompagnon hat seine Verfolgung aufgenommen.«

»Und was wollte Tiflis' Schlägerbande in Barragáns Kanzlei?«

»Sie suchten ihn wegen einer Grundstücksangelegenheit.«

»Aha… Die Sache wird allmählich interessant«, sagte Moya. »Aber vorher lassen Sie mich den Vorfall in Ihrer Wohnung erzählen.«

»Hat man sie heute nachmittag gefunden?«

»Ja, aber den Hausbewohnern zufolge hat sich die Geschichte gestern nacht ereignet.«

»Und wer sind die Toten?«

»Das weiß man noch nicht. Gegenüber dem Haus haben wir einen Jeep Trooper entdeckt, der ihnen gehört hatte.«

»Einen Trooper? Dann gehören sie mit Sicherheit auch zu Tiflis.«

»Und was wollten die bei Ihnen zu Hause?«

»Sie suchten dieselben Schriftstücke, die sie heute bei Barragán gesucht haben.«

Moya verschränkte die Hände, knackte mit den Fingergelenken und sah ihn an.

»Hmmm, und was sind das für Schriftstücke?«

Silanpa erzählte ihm Schritt für Schritt die ganze Geschichte: die Grundstücke, die Gesellschaft *Kinder der Sonne*, Esquilache, Susan.

»Und diese Frau sitzt in dem Hotel und wartet, daß Sie sie anrufen?« fragte der Polizeihauptmann stirnrunzelnd nach.

»Ja, ich bin mit ihr so verblieben, daß ich über ihren Vorschlag nachdenken würde.«

»Also, dann wollen wir sehen, was unser Engelchen auf Lager hat.« Er reichte ihm das Telefon. »Rufen Sie sie an und schlagen Sie ihr ein Treffen vor, sagen Sie, Sie würden ihren Vorschlag annehmen. Wenn die Dinge so liegen, wie Sie sagen, wird sie Tiflis anrufen, und man wird über Sie herfallen, ist es nicht so?«

»Haargenau, so langsam begreifen Sie, Hauptmann.«

»Dann legen Sie los, und sobald Tiflis' Männer über Sie herfallen, komme ich mit den meinen und sacke sie ein.«

»Lassen Sie zur Sicherheit Tiflis im Hotel überwachen, falls er etwas riecht.«

»Abgemacht... Sie sind ein Tiger, mein Journalist.«

Silanpa rief Susan an und sagte ihr, daß er einwillige. Daß er sie in einer Stunde in der Cafetería *San Fermín* erwarte.

Es wurde Abend. Die Straßen füllten sich mit Hupkonzerten, Bremsmanövern und Autoabgasen. Barragán hatte seine Haustür erreicht. In seinen Augen stand der Schrecken.

»Was ist los, Schatz?« Catalina öffnete ihm die Tür und warf sich ihm in die Arme.

»Wir müssen fort von hier. Nimm deine Jacke, hol unsere Pässe, und mach die Kinder fertig!«

»Aber ... wohin sollen wir denn gehen? Was ist los? Die Kinder sind gerade in der Englischstunde.«

»Dann holen wir sie eben dort ab. Pack deinen Schmuck ein und auch die übrigen Wertsachen, meine Liebe, wir sind in Gefahr. Ich erkläre es dir später.«

Catalina brach in Tränen aus und blickte ihn mit angsterfüllten Augen an.

»Wo hast du dich da hineingeritten? Hat es mit Marco Tulios Tod zu tun?«

»Wir haben jetzt keine Zeit, Catalina, Himmel noch einmal ...«

Er packte einige Sachen zusammen. Bevor sie das Haus verließen, rief er die Fluggesellschaft *Avianca* an und buchte für denselben Abend vier Flüge nach Miami.

»Und dein Peugeot?«

»Den mußte ich im Büro lassen. Nehmen wir deinen.«

Catalina fuhr den Chevrolet Sprint heraus, und sie machten sich auf den Weg zu dem Sprachenlehrer. Als die Kinder eingestiegen waren, rasten sie hinaus zum Flughafen, Terminal *Puente Aéreo*. Bei ihrer Ankunft schoß Emilio das Blut in den Kopf: »Meine Karten!«, aber dann sah er seine Brieftasche durch, und da waren sie: *MasterCard Oro*, *Visa Preferred*, *American Express Gold*. Einen Augenblick lang hatte er gedacht, er hätte sie im Büro liegengelassen.

In einer Telefonzelle hinter dem Wartesaal stand Estupiñán und sprach, ohne den Blick von ihnen abzuwenden.

22

Silanpa holte die Schriftstücke aus Mónicas Wohnung und versteckte sorgfältig Esquilaches Unterlagen. Bevor er ging, atmete er tief durch. Noch gehörte diese reine Atmosphäre ihm.

Dann nahm er einen Bus, um zu dem Café zu fahren. Sein Magen fing wieder an zu rebellieren, und ihm wurde mulmig, aber immerhin taten ihm seine Hämorrhoiden nicht mehr weh. Die Aufregung der letzten Tage hatte seinen Körper betäubt. Nur seine Seele schmerzte.

Am *Parque de Lourdes* stieg er aus und fragte sich, wo Moyas Beamten wohl waren. Ihn kümmerte nicht, was alles passieren konnte: Er wußte, daß das Unternehmen gefährlich sein würde, aber er war der Ansicht, daß die Zeit gekommen war, etwas zu riskieren. Er mischte sich unter die Passanten und setzte seinen Weg zu dem Café fort. Die Kirche, an der er vorbeikam, war geschlossen, und auf den Treppenstufen tollten die Jungen, die auf die am Rand des Parks abgestellten Autos aufpaßten.

»Sie haben sich verspätet, Víctor.«

Er bestellte einen Milchkaffee und eine *tortilla* mit Hühnchenfüllung. Susan trank Tee.

»Und jetzt? Wer fängt an?« Er blickte ihr in die Augen.

»Fangen Sie an, Sie sind der Mann.«

Er öffnete sein Jackett und holte das Päckchen mit den Schriftstücken heraus.

»Hier sind sie ... Sie können sie durchsehen.«

Susan ging die Seiten durch. Für Silanpa sah es so aus, als zählte sie die Blätter, kontrollierte die Stempel mit dem Amtssiegel und prüfte die Unterschriften.

»Darf ich Sie fragen, wie Sie an die Papiere gekommen sind?«

»Durch Zufall.«

»Sie Glückspilz.«

»Und nun? Jetzt fehlt uns nur noch Ihr Beitrag.«

»Ja, und der ist der weitaus schwierigere …«

Er schaute auf. Da sah er sie. Die beiden Männer setzten sich neben ihn, und einer von ihnen drückte ihm einen kalten Gegenstand in die Magengrube.

»Bleiben Sie ganz ruhig und lächeln Sie«, sagte ein dritter, der auf sie zukam. »Alles in allem sind wir doch unter Freunden … nicht wahr?«

Heliodoro Tiflis verbeugte sich vor Susan und nahm Platz. Sein Atem roch nach Anis.

»Ich wollte Sie die ganze Zeit schon kennenlernen, Sie tüchtiger Journalist.«

»Da bin ich.«

»Nun trinken Sie Ihren Kaffee schon aus, er wird noch kalt.«

Plötzlich nahm einer von Tiflis' Männern einfach Silanpas *tortilla* und biß kräftig hinein.

»Was sind denn das für Manieren, *carajo*! Wirst du wohl die feine *tortilla* stehenlassen? Was soll denn das! Jetzt müssen wir sie aber wenigstens einladen. Komm, Celestino, sei so gut und geh zahlen.«

Susan sah ihn mit tiefem Bedauern an. Sie wurde wieder nervös.

»Was für ein schöner Abend«, sagte Tiflis, »wir sollten nach draußen gehen.«

Sie standen auf, und Silanpa dachte an Moyas Leute. Draußen war es kalt. Ein leichter Regen setzte ein, als sie auf einmal von der Polizei umstellt wurden.

Tiflis wurde nervös und zerrte an etwas, das vor seinem Bauch steckte. Doch dann gab er anscheinend auf. Einer der Männer, der die ganze Zeit schon neben Silanpa ging, zückte seine Pistole und hielt sie ihm an den Kopf.

»Ganz ruhig, Celestino, ganz ruhig«, redete Tiflis auf ihn ein. »Wir wollen nicht noch mehr Ärger, verstanden?«

»So, jetzt hebt mal schön brav die Hände«, befahl der Polizeihauptmann.

Moyas Leute führten jeweils zu zweit die Männer ab. Silanpa atmete auf, als er spürte, daß die Waffe nicht mehr gegen seine Schläfe drückte.

Am anderen Ende der Stadt, am Flughafen, hielt Barragán das Warten kaum mehr aus. Eine Stimme rief über Lautsprecher seinen Flug auf, doch als er aufstand, trat ein Unbekannter auf ihn zu.

»Doktor Emilio Barragán? Kommen Sie bitte einen Augenblick mit.«

»Sehen Sie nicht, daß ich abreise? Wenn Sie sonst noch etwas wissen wollen, rufen Sie in meiner Kanzlei an, meine Sekretärin kann Ihnen für kommende Woche einen Termin geben.«

»Nun, wir haben den Befehl, Sie nicht abreisen zu lassen, Doktor Barragán. Entschuldigen Sie, aber kommen Sie jetzt bitte mit.«

»Unmöglich, ich bin mit meiner Familie unterwegs, wir verreisen zusammen. Nächste Woche bin ich wieder da, dann stehe ich Ihnen zur Verfügung.«

Der Beamte wurde ungeduldig.

»Na schön, Schluß mit dem Theater ...« Er drehte sich um und sagte zu einer Gruppe von Männern: »Nehmt ihn fest!«

Barragán versuchte sich zu widersetzen, aber die Beamten legten ihm die Hände auf den Rücken.

»Was ist denn los, mein Schatz?«

»Nichts, Liebling. Ich werde nicht mitkommen können, aber flieg du nur mit den Kindern. Ich komme morgen nach, zu deiner Tante.«

»Aber ...«

»Tu mir den Gefallen, Liebling, ich bringe das hier in Ordnung und komme morgen nach ... Und daß die Kinder nichts davon erfahren, hörst du? Vertrau mir.«

Er wurde abgeführt. Bevor er den Terminal *Puente Aéreo* verließ, kam Juanchito angerannt und umarmte ihn.

»Kommst du nicht mit uns, Papi?«

»Nein, *Captain Hook*. Ich muß hier noch etwas klären, aber dann komme ich nach, versprochen.«

Er hob ihn hoch und gab ihm einen Stups mit der Nase.

»Paß gut auf deine Mama und deine Schwester auf. Du mußt dich um sie kümmern, bis ich komme, ja?«

»Ja, Papi.«

Der Junge blickte ängstlich zu den Beamten und rannte zurück in die Schlange. Estupiñán, der ein Stück weiter hinten stand, wischte sich eine Träne ab und ging zum Ausgang, um ein Taxi zu nehmen. Die Männer stiegen in zwei Toyotas mit Polizeiplaketten ein und nahmen die Avenida El Dorado in Richtung Zentrum. Eine halbe Stunde später waren alle auf dem Kommissariat.

»Sehr gut, mein Lieber«, sagte Moya und blickte zu Silanpa. »Außerdem muß ich Ihren Kompagnon, Señor Estupiñán, beglückwünschen. Ihm haben wir es zu verdanken, daß der Anwalt Barragán Kolumbien nicht verlassen hat, und so kann der uns jetzt erklären, was die ganze Ballerei in seiner Kanzlei sollte.«

Moya nahm ein Bonbon aus seiner Tasche, steckte es sich in den Mund und sprach weiter.

»Was die Herren in Ihrer Wohnung angeht, Señor Silanpa, hatten Sie ganz recht. Wir haben sie inzwischen identifiziert, sie arbeiteten beide für Tiflis. Leider muß ich Ihnen sagen, daß Ihre Wohnung ein einziges Schlachtfeld ist. Bevor Sie dorthin gehen, bestellen Sie am besten Ihre Mama und ein paar nette Tanten her und sagen ihnen, sie sollen gleich den Müllmann mitbringen.«

»Wo ist Estupiñán?«

»Im Nebenzimmer, er macht seine Aussage.«

Silanpa ging hinüber und fand ihn auf einem Bürohocker sitzend, wie er seine Geschichte einem uniformierten Beamten vortrug, der seinen Bericht in eine alte *Remington* hackte.

»Und dann wurde mir kalt, aber ich sagte mir, daß ich ihn nicht entkommen lassen dürfte, da sonst ein entscheidender Punkt in den Ermittlungen fehlen würde. Der Verkehr ließ allmählich nach, und die Avenida Pepe Sierra war ein dunkler Schlund, wie ein endloser Tunnel …«

»Wie ein was?«

»Ein endloser Tunnel. Ich meine das im poetischen Sinn ...«

Der Beamte schrieb den Satz zu Ende und forderte Estupiñán auf fortzufahren.

»Dann hielt der Wagen von Emilio Barragán vor einem Gebäude, und ein Mann, der auf ihn zu warten schien, trat ans Fenster, um mit ihm zu sprechen.«

»Können Sie diesen Mann beschreiben?« fragte der Uniformierte nach.

»Er war etwas über fünfzig, trug einen karierten Anzug und Krawatte. Eins fünfundsiebzig groß. Helle Haut, ergrautes Haar, auf dem Haupt eher schütter, dafür aber an den Seiten dicht, typische Hauptstädter-Glatze. Er bewegte sich wie jemand mit Benehmen, mit Erziehung ...«

Silanpa lauschte gebannt Estupiñáns Worten und dachte, derjenige mußte ein Partner von Barragán sein, der ihm helfen wollte, das Land zu verlassen.

»Genügt das, oder soll ich ihn noch näher beschreiben?« fragte Estupiñán.

»Das genügt vollkommen«, sagte der Schreiber, »ich sehe diesen Kerl buchstäblich vor mir ... Gracielita, komm mal kurz her!«

Eine der Sekretärinnen des Kommissariats trat zu ihnen.

»Schauen Sie, lesen Sie diese hervorragende Beschreibung. Sie ist von diesem Señor.«

Die Sekretärin nahm das Blatt und begann zu lesen. Estupiñán wurde rot, er versuchte in ihren Augen Zustimmung oder Ablehnung zu lesen, dann blickte er bang auf seine Schuhspitzen, bis Graciela endlich von dem Papier aufsah.

»Das ist wirklich hervorragend. Besonders schön finde ich die Stelle, an der er sagt, ›diese Sorte Leute, die man eher in einem Club an der Bar antreffen würde als auf einer einsamen Straße‹. Was für ein herrlicher Satz. Hauptmann Moya, haben Sie den Bericht schon gelesen?«

»Nein. Das werde ich aber gleich tun.«

»Ich beglückwünsche Sie, wirklich.«

Estupiñán strahlte, seine Wangen waren hochrot.

Als sie das Kommissariat verließen, war es fast neun. Silanpa fiel das Gespräch ein, das ihn an diesem Abend erwartete, und er wollte noch ein bißchen Zeit schinden.

»Erinnern Sie sich, wo genau Barragán gehalten hat?«

»Ja, sicher doch, Chef, haben Sie meinen Bericht nicht angehört? Alle waren sehr angetan davon.«

»Kommen Sie, fahren wir doch zusammen hin und sehen nach, wer der Mann war.«

Sie nahmen ein Taxi in der Carrera 13 und führten ihre Unterhaltung während der Fahrt fort. Estupiñán erzählte ihm, daß ihm das Herz gebrochen sei, als er mit ansehen mußte, wie der Anwalt am Flughafen festgenommen wurde.

»Als sie schon fast draußen waren, kam der Sohn angerannt, Chef, und er hob ihn mit Tränen in den Augen hoch ...«

Als sie in die Avenida Pepe Sierra einbogen, baten sie den Taxifahrer, langsam zu fahren.

»Hier«, sagte Estupiñán. »Hier ist es.«

Sie stiegen aus. Sie standen vor einem Bürogebäude, in dem es stockfinster war. Silanpa ging zum Eingang, um die Firmenschilder zu lesen, und eines davon weckte seine Aufmerksamkeit: ›Vargas Vicuña & Partner‹. Er war es, ohne Zweifel.

Sie schlenderten zur Carrera 15 vor, mit den Händen in den Taschen. Unvermittelt brach Estupiñán das Schweigen.

»Darf ich Sie etwas fragen, Chef? Eine Sache nämlich habe ich nie verstanden.«

»Ja bitte.«

»Was ist der Unterschied zwischen Alarmstufe drei und Ausnahmezustand?«

Silanpa blickte ihn ungläubig an.

»Verzeihung«, entschuldigte sich Estupiñán. »Ich dachte nur, weil wir so schweigsam waren … Ich habe Ihnen doch schon gesagt, daß ich gerne jeden Tag etwas dazulernen möchte.«

Silanpa erklärte es ihm, so gut er konnte.

»Ich Esel, ich dummer«, ulkte Estupiñán. »Und ich dachte immer, Ausnahmezustand sei die amtliche Bezeichnung für ›ledig‹.«

Bei der Carrera 15 verabschiedeten sie sich.

»Morgen erwarte ich Sie schon früh in der Kanzlei von Barragán, vielleicht finden wir ja etwas, das uns Hinweise auf seine Verbindung mit Vargas Vicuña gibt.«

»Alles klar, Chef. Wir sehen uns um zehn. Over und Ende.«

Silanpa ging zu Fuß bis zum *Unicentro*. Der Regen hatte nachgelassen, und der Abend war frisch geworden. Er überlegte, ob er nicht etwas trinken sollte, vielleicht ein Bier in der *Taberna Alemana*. Er war sehr nervös; sein Magen rumorte, und er fragte sich, ob Óscar über alles Bescheid wußte.

Er ging weiter, und auf einmal überfiel ihn eine starke Sehnsucht nach der Zeitung. An Abenden wie diesem, wenn er nichts Rechtes mit sich anzufangen wußte, ging er oft einfach in die Redaktion und blieb bis spät in die Nacht, spielte mit den Setzern *Monopoly* oder zechte mit seinen Kollegen aus der Lokalredaktion. Er wäre am liebsten hingegangen, doch er wollte sich nicht so weit entfernen, da schließlich die Unterlagen von Esquilache auf ihn warteten. Er betrat einen Spirituosenladen und kaufte eine Flasche Rum *Tres Esquinas*, dann nahm er ein Taxi und fuhr in Mónicas Wohnung, um auf sie zu warten.

Als er ankam, legte er Musik auf und holte die Unterlagen. Während er die Papiere durchsah, trank er einen Schluck Rum nach dem anderen, rauchte pausenlos und machte sich Notizen. Schließlich setzte er sich hin und schrieb seine Erkenntnisse systematisch auf, um zu klaren Gedanken zu kommen.

1)

Der Körper von Pereira Antúnez wurde in einem Lieferwagen der Eisdiele *Yupi* aus Bogotá weggefahren, in Richtung Santa Marta, nachdem Esquilache ihn aus einem alten Fabrikgebäude im Quinta-Paredes-Viertel »gestohlen« hatte, wo Tiflis ihn versteckt hielt. Susan Caviedes behauptet, Pereira Antúnez sei während seiner Gefangenschaft am Leben gewesen, wenn auch im Zustand der Bewußtlosigkeit, da man ihm ein starkes Betäubungsmittel verabreicht habe... War das vielleicht die Todesursache? Das mußte er Piedrahíta fragen. Esquilache stahl ihn (tot?) und brachte ihn nach Santa Marta in einem Wagen mit Kühlung, der Grund, warum er auf der achtzehnstündigen Fahrt nicht faulig wurde. Bei der Ankunft aber mußten sie ihn für drei Tage ins Meer hängen, weil ein Berechnungsfehler dazu geführt hatte, daß die »Ladung« (Esquilaches Männer sprachen auch von dem »Baby«) angekommen war, bevor an der Küste die Luft rein war, das heißt, bevor das Wachpersonal des Schuppens, wo sie ihn aufbewahren wollten, sich für den Karneval freigenommen hatte.

2)

Esquilache wurde wütend wegen des Fehlers, aber nach drei Tagen konnten sie die Leiche herausholen, die sie vorsichtshalber in einen Sack voller Eis gesteckt hatten. Sie fingen an, den Warnschuß gegen Ángel Vargas Vicuña in die Wege zu leiten, einen Baukonstrukteur (Freund von Barragán), dem Esquilache einen Schrecken einjagen wollte, um ihn von den Grundstücken am Sisga-See zu vertreiben. Und wie wollte er das anstellen? Vargas Vicuña mußte einigen Aktionären und Journalisten einen Hotelkomplex in der Nähe des Rodadero vorführen. Esquilaches Idee bestand darin, die Leiche genau dort aufzustellen, wo sie vor aller Augen in Erscheinung treten sollte, im Beisein der Fotografen und Journalisten.

3)

Aber Vargas Vicuña änderte seine Pläne und fuhr nach Pasto, um dort ein preiswertes Drei-Sterne-Hotel für kleinere Geschäftsleute, die regelmäßig aus Ecuador kommen, einzuweihen. Also befahl Esquilache, die »Statue«, wie er sie schließlich nannte, nach Pasto zu bringen, um dasselbe Spielchen dort zu treiben. Aber wie? Das war alles andere als einfach, denn seine Leute sind zwar hart im Nehmen, aber vor so etwas ekelt sich jeder, abgesehen davon, daß es einem Angst macht: Was soll man sagen, wenn man mit der Leiche eines Fettsacks erwischt wird, die zu Eis erstarrt ist und zudem an die dreihundert Kilo wiegt? Dennoch befahl Esquilache, den Transport durchzuführen, und derselbe Lieferwagen von *Yupi*, der die Leiche nach Santa Marta gebracht hatte, wurde beauftragt, die Reise nach Pasto zu unternehmen, über die Route Ventanas–Medellín–Cali–Popayán. Die Fahrer hatten eine Adresse von einer Lagerhalle in der Nähe von Tulcán, fast an der Grenze zu Ecuador, wo sie die Leiche bis zu dem geplanten Anschlag zwischenlagern konnten.

4)

Vargas Vicuña sicherte die gesamte Zone ab (ahnte er etwas?). Und das mit Erfolg, denn er konnte die Leiche abfangen, bevor Esquilache sie ihm vorsetzen konnte. Allerdings verdankte er den Fund nicht seinem Geheimdienst, sondern einem Zufall: In der Lagerhalle *Ibarra*, dem einzigen großen Gebäude dieser Art in der ganzen Gegend, lagerte er Baumaterial zwischen, das er in Ecuador zu günstigem Preis erworben hatte. Einer seiner Männer, ein Typ mit Namen Contreras (laut Angabe in Esquilaches Notizen), mogelte in jede Fuhre Baumaterial zwei oder drei Pakete mit kunsthandwerklichem Nippes, womit er hinter dem Rücken seines Chefs Geschäfte trieb. Als der Lieferwagen von *Yupi* bei der Lagerhalle ankam, hatte dieser Contreras gerade eine Kiste mit Alpacaponchos herausgeholt und sah ihn hineinfahren. Das Nummernschild aus Bogotá ließ ihn aufmerken, er hörte die Unterhaltung der Fahrer, und das alles kam ihm merkwürdig vor. Contreras teilte seinen Verdacht einem Angestellten der Lagerhalle mit, und um vor Vargas Vicuña gut dazustehen, er dachte nämlich, es könnte sich um ein geplantes Attentat handeln, beschloß er, den Lieferwagen noch am selben Abend zu stehlen, wobei er die Gelegenheit nutzte, daß einer der Fahrer telefonieren und der andere pinkeln gegangen war (so die Erklärung der beiden, die sie Esquilache gaben).

5)

Ab hier verliert sich der Faden. Dank der Nachforschungen von Esquilache weiß man, daß Vargas Vicuña die Leiche in einem seiner Sportflugzeuge aus Pasto wegschaffte und sie fast eine Woche lang in einer Finca in der Umgebung von Popayán versteckt hielt. Esquilache wußte nicht, was Vargas Vicuña mit der Leiche vorhatte, und fürchtete einen Gegenschlag, so daß er verstärkte Anstrengungen unternahm und sie, seinen Angaben zufolge, eine Woche später tatsächlich wieder auftrieb, und zwar in einem Schuppen eines Blumengroßhandels in der Nähe von Cali. Seine Männer drangen in das Gebäude ein und schafften die Leiche heraus, wobei es offensichtlich zu einem Schußwechsel gekommen ist, da von zwei Verletzten die Rede ist und von einer Pistole und einem Gewehr, die unterwegs verlorengegangen sind. Esquilache brachte die Leiche zurück nach Bogotá.

6)

Aber in Bogotá war alles nicht so einfach, und Tiflis, den die ganze Sache sehr besorgte, wäre fast wieder an die Leiche herangekommen, dank der Indiskretion eines Sekretärs von Esquilache, der auf der Stelle seinen Posten zurückgab und sich ins Ausland absetzte. Nachdem er den Schrecken überwunden hatte, beschloß Esquilache, die Leiche aus Tiflis' Reichweite zu entfernen, und brachte sie nach Tunja, wo es jedoch den *Kindern der Sonne* gelang (sie hatten durch Susan vom Verschwinden von Pereira Antúnez erfahren und fürchteten nun, das Nutzungsrecht an den Grundstücken zu verlieren), den Leichnam in ihre Gewalt zu bringen, sie wollten ihn nämlich beerdigen, um »Gras über die Sache wachsen zu lassen«. Wie? Das wird man nie genau erfahren, jedoch ist anzunehmen, daß sie an die Leiche nur herankamen, weil sie abgesehen von ihren eigenen Nachforschungen über Informationen verfügten, die Susan aus Tiflis herausbekommen hatte. Sobald sie den Leichnam bei sich hatten, versteckten sie ihn in Tunja in der Kajüte eines Bootes. Das war zu dem Zeitpunkt, als Tiflis beschloß, Pereira Antúnez' Beisetzung zu »organisieren«, mit Hilfe seiner Geschäftspartner und Susan Caviedes (die allerdings Tiflis hinters Licht führte, indem sie ihm die Wahrheit über die Leiche verschwieg: Tiflis glaubte, daß Esquilache sie hatte; und Esquilache, allem Anschein nach, daß Vargas Vicuña sie zurückgestohlen hatte). Für die Beerdigung ließ man verlauten, Pereira Antúnez hätte sich aufgrund einer rätselhaften Krankheit zurückgezogen und sei an einem geheimen Ort verstorben. Tiflis' Männer kümmerten sich darum, einen ähnlichen Körper herbeizuschaffen, der dann eben der Taxifahrer Ósler Estupiñán war.

7)

Über den Fortgang der Dinge in Sorge, beschlossen die *Kinder der Sonne*, die Leiche in die Nähe des Türkischen Bades zu bringen, wofür Susan den Transportunternehmer Lotario Abuchijá ausfindig machte und ihn beauftragte, die Leiche zu einem Getreidespeicher außerhalb Chocontás zu bringen, wo man sie sicher glaubte, da der Betreiber Mitglied im Nudistenclub ist. Doch die Sache ging nach hinten los, weil der *Getreidespeicher La Unión* in letzter Instanz Doktor Vargas Vicuña gehörte, der Wind von der Sache bekam. Da veranlaßte Vargas Vicuña, die Leiche am Seeufer zu pfählen, um den *Kindern der Sonne* Angst zu machen und um Tiflis und Esquilache vorzuführen, wer der Stärkere war..

23

Als Mónica nach Hause kam, hatte er die Rumflasche zu mehr als der Hälfte leer getrunken. Er hatte einen beachtlichen Rausch.

»Víctor, bist du noch wach?«

»Ich habe die ganze Zeit auf dich gewartet.«

»Bist du betrunken?«

»Ich habe die ganze Zeit auf dich gewartet.«

»Das ist nicht gerade komisch ...« sagte sie, und er sah, wie das Blut in ihre Wangen schoß.

»Was ist nicht komisch?«

»Um zwei Uhr morgens nach Hause zu kommen und einen Besoffenen vorzufinden, eine verqualmte Bude und überquellende Aschenbecher, den Tisch zugemüllt mit Papier.«

»Du hast gesagt, wir würden reden, darum habe ich auf dich gewartet.«

»Du hast sie wohl nicht alle.« Ihre zuvor dunkelvioletten Wangen färbten sich feuerrot. »Du glaubst doch wohl nicht, daß man so eine Entscheidung an einem Nachmittag fällt?«

»Aber du hast doch ...«

»Ich glaub, du hast sie nicht mehr alle!«

Sie drehte sich um, feuerte wutentbrannt ihre Aktentasche aufs Sofa und baute sich vor ihm auf.

»Jetzt ist es gut, Víctor. Willst du eine Antwort? Da hast du sie: Ich bleibe allein, hörst du?, *al-lein*. Nicht mit dir, und nicht mit Óscar. Allein.«

»Du brauchst keine Antwort abzuliefern, wenn du keine hast.«

»Nicht doch...« Sie versuchte sich zu beruhigen, aber ihr Zorn sagte alles. »Ich merke einfach, daß dir das nicht guttut. Schau dich doch an. Du siehst erbärmlich aus. Man könnte meinen, ich hätte dich auf der Straße aufgegabelt.«

»Du hast mich auf der Straße aufgegabelt...«

»Óscar hat keine Ahnung von dem, was zwischen dir und mir

läuft, trotzdem, er ist auch noch da, oder? Wir können nicht einfach so tun, als gäbe es ihn nicht. Ich weiß, daß dich das alles ziemlich mitnimmt, mich doch genauso, glaubst du etwa, ich leide nicht?«

»Ich glaube gar nichts.«

»Ja, ja, für dich ist alles einfach. Du kommst hierher, besäufst dich und wartest darauf, daß ich für euch alle Probleme löse.«

»Weißt du, am besten vergessen wir das alles. Du gehst wieder zu Óscar und erzählst ihm erst gar nichts von uns.«

»Was ich mit Óscar mache, ist meine Angelegenheit, kapiert?«

»Beruhige dich doch…«

»Dann hör verdammt noch mal auf, mich zu nerven.«

»Na dann, ich packe meine Sachen.«

Er ordnete die herumliegenden Papiere zu einem Stapel und steckte sie in seine Mappe. Dann stellte er das Glas und die Flasche weg, leerte vor Mónicas eisigem Blick den Aschenbecher und zog sich das Jackett an.

»Ich gehe.«

Bebend vor Wut begleitete sie ihn zur Tür und schloß sie hinter ihm, ohne ein letztes tröstendes Wort. Als er auf der Straße stand, überkam Silanpa ein Gefühl der Scham. Er war froh, daß er bei dieser Niederlage keine Zeugen hatte. Ziellos strich er eine Weile durch die Straßen, er fühlte sich leer, spürte noch nicht einmal Schmerz. Er schlenderte, die Zigarette in der Hand, und sein Schritt erinnerte an jemanden, der selbstzufrieden etwas entgegensah, oder der einfach eine Dose kickte.

Er hielt ein Taxi an und nannte dem Fahrer lustlos die Adresse vom *Lolita.* Beim Betreten des Lokals blickte er in dieselben Gesichter wie bei seinem ersten Besuch. Es hatte sich nichts verändert.

Quica saß bei einem Freier und bat ihn zu warten. Er setzte sich an einen Tisch und bestellte einen Rum, von dem sehnlichen Wunsch durchdrungen, mit ihr in ihre Wohnung im Kennedy-Viertel zu gehen. Er sah auf die Uhr, es war drei. Um zehn Uhr morgens war er mit Estupiñán verabredet.

»Du siehst müde aus, Papito, wir gehen gleich nach Hause, und dann mache ich dir eine *Agua de Panela*«, sagte sie im Vorübergehen zu ihm.

Der Schlag, Mónica verloren zu haben, war noch nicht bis in sein Bewußtsein vorgedrungen, und er dachte, daß ihm noch ein paar unbeschwerte Stunden blieben. Es kam vor allem darauf an, gut vorbereitet zu sein, und so ging er zur Bar und bestellte einen weiteren Rum ohne Eis; »Ex!«, sagte er sich und leerte das Glas. Dann hielt er das Glas dem Barmann hin und blickte auf den herausfließenden Rum; »Ex«, und das wiederholte er noch zwei, drei Mal, bis seine Augen glänzten und er sich weit genug erstarkt fühlte, um an seinen Tisch zurückzukehren. Dort aber wurde er von seinen Gedanken eingeholt, denn das, was er in den letzten Tagen gelebt hatte, war nur das Vorspiel von etwas, das viel trauriger war. Dann erinnerte er sich mit Bitterkeit an die schrecklichen Dinge, die Mónica ihm von Óscar erzählte: »Er ist knausrig und voller Komplexe. Das wird sich auch nicht ändern, weil er sich für seinen Körper schämt.«

Eine Stunde später sah er Quica in Jeans und einem fürchterlichen roten Mantel herauskommen.

»Los, Schnuckel. Der Abend heute war fantastisch. Schau, was ich alles geschenkt bekommen habe ...«

Sie zeigte ihm einen grünen Plastikring, eine rosa Halskette und ein Plüschbärchen.

»Wie das?«

»Heute ist doch der Tag der Liebe und Freundschaft.«

»Ah so ...«

In der Carrera Séptima hielten sie ein Taxi an, um ins Kennedy-Viertel zu fahren, und Silanpa blickte auf die Lichter der Stadt, ohne ein Wort zu sagen, denn er dachte an die Abende mit Mónica zurück, an denen ihr beider Schweigen der ungetrübte Beweis ihrer Zuneigung gewesen war. Der Rum hinderte ihn daran zu weinen, aber ihm wurde klar, daß von dieser Nacht an alles anders sein würde: die Stadt, die Zeit, die vielen Stunden in der Redaktion, die in endlose einsame und schlaflose Nächte münden würden. Er blickte aus dem Fenster und fühlte sich weit weg, fremd in dieser Stadt, die ihn, so wie es aussah, einmal mehr im Stich ließ. Warum liebte er sie so sehr? Inmitten der Dunkelheit begriff er, daß Mónica einen Teil von ihm mit sich nahm, einen Teil von seiner Vergangenheit, von seinem Leben.

Mit einemmal empfand er Quicas Gesellschaft als unerträglich. Er haßte ihren Geruch nach billigem Parfüm, das sanfte Streichen ihres Haares an seinem Hals.

Als sie bei ihr zu Hause ankamen, vergrub er sich sofort in den Kissen.

»So, Papito, jetzt schlaf erst mal, und morgen mache ich dir ein schönes Frühstück.«

Er wäre am liebsten nicht dagewesen. Er zwang sich, zärtlich zu sein, unter den Laken ihre Beine zu suchen, aber er schaffte es einfach nicht. Er wäre am liebsten in ein Hotel gegangen, um allein auf den Tag zu warten.

Als es hell wurde, stand er leise auf, schlüpfte in seine Kleider und ging fort. Bevor er die Tür hinter sich zuzog, hinterließ er einen Zettel und ein paar Geldscheine: »Danke für alles.«

Es war so früh am Morgen, daß noch kaum Busse fuhren. Ein Taxifahrer weigerte sich, nach Norden hinauszufahren, und schließlich einigten sie sich aufs Zentrum.

»Ich würde Sie schon hinfahren, aber ich hab noch eine Lieferung ...«

Er frühstückte in der Nähe des *Centro Internacional* und dachte daran, was Quica beim Aufstehen für eine Enttäuschung erleben würde. Und Mónica? Ob sie schon wach war? Er biß sich auf die Finger, um sie nicht anzurufen.

Um zehn erwartete ihn Estupiñán bereits, er saß auf einem Mäuerchen vor Barragáns Kanzlei.

»Ich habe eine Überraschung, Chef.«

»Die wäre?«

»Ich habe mit Esquilaches Chauffeur gesprochen, diesem Vladimir, erinnern Sie sich?«

»Ja.«

»Er hat mir gesagt, daß er mir ein paar Dinge erzählen möchte«, sagte er mit Stolz. »Entschuldigen Sie, daß ich das ohne Absprache getan habe, aber Sie dürfen nicht vergessen, daß mein Bruder darin verwickelt ist, er ruhe in Frieden.«

»Das habe ich nicht vergessen, Estupiñán. Und was hat er gesagt?«

»Wir sollen am Mittag zu ihm kommen. Ich habe ihm ein bißchen eingeheizt und ihn gewarnt, daß wir ihn der Polizei übergeben werden, wenn er nicht die Wahrheit sagt.«

Vor Barragáns Kanzlei standen drei Polizisten, die sich unterhielten. Silanpa zeigte seinen Ausweis, und sie gingen beide hinein.

»Wir suchen nach allem, wo ›Vargas Vicuña‹ draufsteht, haben Sie gehört?«

»Ja, Chef.«

Estupiñán nahm sich die Ablagen im Sekretariat vor, während Silanpa Barragáns Büro durchsuchte. Er zog die Schreibtischschubladen auf, sah die Regale durch, aber er fand nichts. Plötzlich ertönte ein schrilles Klingeln, es kam aus einem Handy, das in der oberen Schublade lag. Silanpa zögerte einen Augenblick, dann nahm er den Anruf entgegen.

»Ja bitte?«

»Doktor Barragán?« Es war eine Frauenstimme.

»Ja, am Apparat«, hörte er sich sagen.

»Ich rufe im Auftrag von Élmer an. Entschuldigen Sie, daß ich Sie übers Handy anrufe, aber er hat mir gesagt, daß es wichtig für Sie wäre.«

»Warum ruft er mich nicht selbst an?«

»Stellen Sie sich vor, Doktor Barragán, er hat doch diese kleine Sache da für Sie erledigt, und da ist er in Schwierigkeiten geraten und wurde festgenommen.«

»Und wer sind Sie?«

»Ich bin Élmers Frau, Doktor Barragán.« Eine lange Pause trat ein. »Ich soll Ihnen etwas von ihm ausrichten, etwas sehr Wichtiges. Aber er hat mir eingeschärft, es Ihnen nicht am Telefon zu sagen. Können wir uns treffen?«

»Ja, wenn es dringend ist. Sicher.«

»Ich erwarte Sie in einer halben Stunde im *La Golondrina*.«

Silanpa stutzte, wo war das bloß?

»Warten Sie, Señora. Meinen Sie das *La Golondrina* in Suba oder das in …«

»Nein, hier in Chapinero, Calle 57, Ecke 13.«

Er legte auf und rannte hinaus.

»Es ist etwas Merkwürdiges geschehen, Estupiñán, gehen Sie allein zu Vladimir. Sollte ich mich verspäten, warten Sie im Einkaufszentrum *Hacienda Santa Bárbara* in der Cafetería auf mich.«

»Klar, Chef, over und Ende.«

Er eilte zu dem Treffpunkt und besetzte einen Tisch. Dann versuchte er, so gut es ging, sich herzurichten, und wartete. Schließlich trat eine gutmütig aussehende Dame durch die Tür und sah sich um. Er winkte sie zu sich.

»Der kleine Barragán, was für eine Freude, Sie wiederzusehen!«

Silanpa wurde nervös.

»Sie werden sich nicht an mich erinnern, weil Sie noch ganz klein waren, aber ich schon.«

»Nehmen Sie doch bitte Platz.«

»Doktor Barragán, Sie sind in Gefahr … Élmer hat mir aufgetragen, Ihnen diese Notiz zu übergeben. Er befindet sich nämlich im Gefängnis, man hat ihn gestern festgenommen. Er sagte, beeil dich, bring das Doktor Barragán.«

Silanpa faltete das Blatt auseinander. Mit Bleistift und zittriger Hand hatte der Festgenommene darauf folgende Zeilen geschrieben:

»Paß mit Vargas Vicuña auf, mein Lieber. Er weiß, daß deine Exzellenz auf Don Esquilache geschossen hat, und er wird dich anzeigen. Außerdem hat er sich mit Tiflis zusammengetan, er hat ihm Runcho zurückgebracht, den er entführt hatte, um aus ihm die Zusage herauszupressen, gemeinsam über die Grundstücke zu verhandeln. Tiflis sagte ihm, er würde gestern abend die Schriftstücke zurückbekommen, und daß sie sich am Abend treffen sollten, um zu verhandeln. Hau ab, mein Lieber, denn ich kann dich nicht mehr schützen.«

Silanpa blickte auf und sah, daß der Frau Tränen in den Augen standen.

»Was wird mit Élmer passieren, Doktor Barragán?«

»Nichts, Señora. Ich werde mich noch heute nachmittag darum kümmern. Sie können beruhigt nach Hause gehen.«

»Danke, Doktor Barragán.« Sie tupfte sich mit dem Ärmel die Augen ab.

»Eine Frage, Señora, Élmer schreibt nicht, warum er festgenommen worden ist.«

»Wegen einer Kleinigkeit, aber dann fanden sie in der Akte noch etwas vom vergangenen Jahr. Gehen Sie zu ihm, er wird es Ihnen erklären.«

Silanpa steckte den Brief ein und trat, nachdem er sich von der Señora verabschiedet hatte, aus dem Lokal. Er ging die Calle 57 vor bis zur Carrera Séptima, und während er auf ein Taxi wartete, dachte er, daß zumindest das Treffen zwischen Tiflis und Vargas Vicuña nicht hatte zustande kommen können.

Er kam zum Einkaufszentrum *Hacienda Santa Bárbara* und sah von weitem Estupiñán.

»Und wie war's?«

»Vladimir hat gesungen, Chef. Er hat mir erzählt, daß Esquilache und Tiflis beschlossen hatten, eine Beisetzung für Pereira Antúnez zu organisieren, um Schurkereien mit dem wirklichen Leichnam zu vermeiden. Aber da sie keine Leiche hatten, mußten sie sich nach jemandem mit einer ähnlichen Statur auf die Suche machen. Seiner

Aussage zufolge waren es die Männer von Tiflis, die auf meinen Bruder gestoßen sind.«

»Rückte er Namen heraus?«

»Nein.«

»Gut, dann auf zum Kommissariat, und dort erzählen Sie das alles Hauptmann Moya.«

»Los.«

Hauptmann Moya hörte aufmerksam zu, mit weit geöffneten Augen, während sein Bauch bequem auf seinen Schenkeln ruhte. Als sie geendet hatten, bat er Silanpa, ihn unter vier Augen zu sprechen, und Estupiñán mußte hinausgehen.

»Nun, erlauchter Vertreter der schreibenden Zunft.« Er führte ihn zum Fenster. »Bis hierher reichen Ihre Ermittlungen, das übrige überlassen Sie bitte der Polizei. Und das sage ich Ihnen deshalb, weil die Angelegenheit wirrer ist als der Kopf eines Boxers aus Tuluá.«

»Wieso denn wirr?«

»Bei uns sind Beweise für Barragáns Täterschaft eingegangen. Der Revolver ist aufgetaucht, belastende Zeugenaussagen, alles mögliche. Es sieht so aus, als hätte der Gute wirklich den Senator getötet, wie Sie sagen.«

»Und was ist dann bitteschön wirr?«

»Die Sache mit Tiflis, mein Lieber. Es sieht so aus, als gäbe es keine ausreichenden Beweise, und er wird morgen früh gegen Kaution auf freien Fuß gesetzt, solange das Verfahren läuft.«

»Sind denn Tiflis' Revolverhelden nicht Beweis genug?«

»Sie haben allesamt ausgesagt, in Eigenverantwortung gehandelt zu haben. Selbst der aus der Cafetería sagt, daß er Tiflis mit derselben Pistole bedroht hat, die er auch gegen Sie gerichtet hat, sehen Sie die Verwicklung?«

»Tja ...«

Der Polizeihauptmann sah ihm in die Augen.

»Fest steht lediglich, daß Esquilache den Dicken auf den Pfahl gespießt hat und daß Barragán Esquilache umgelegt hat. Alle anderen, ab nach Hause. Und Punkt.«

»Nein, Hauptmann Moya, es war nicht Esquilache. Es war doch Vargas Vicuña ...«

»Aber, aber, mein lieber Journalist, Sie wollen mir doch nicht noch mehr Verwirrung stiften, rede ich Ihnen etwa beim Verfassen Ihrer so vorzüglichen Artikel drein? Vargas Vicuña ist sauber, es gibt keinen einzigen Beweis.«

»Aber aus den Unterlagen von Esquilache, die ich Ihnen gegeben habe, geht eindeutig hervor, daß es Vargas Vicuña war, das ist ein Beweis.«

»Schauen Sie, mein lieber Silanpa«, sagte Moya und wich seinem Blick aus, »wir werden hier sämtliches Material sorgfältig aufarbeiten, und wenn es notwendig sein wird, unseren Herrn Jesus Christus festzunehmen und ins Gefängnis zu stecken, dann werden wir das auch tun, verstanden? Aber überlassen Sie das bitteschön uns.«

»Ich verstehe.«

»Darum sage ich es Ihnen doch, Señor Silanpa. Ihre Arbeit ist beendet. Gehen Sie am besten nach Hause und fangen Sie an aufzuräumen, damit haben Sie in den nächsten Tagen genug zu tun. Oder Sie nehmen sich Urlaub.«

»Und was haben Sie mit Susan Caviedes gemacht?«

»Wir haben Sie gestern abend freigelassen; am Ende hat sie sich entschlossen, gegen niemanden Belastungen vorzubringen.«

Er verließ das Büro und traf wieder mit Estupiñán zusammen. Sie gingen schweigend nebeneinanderher bis zur Carrera Séptima, wo sie ein Taxi nahmen, um zu seiner Wohnung zu fahren.

Als er die Tür aufstieß, war er auf einmal mit sich selbst konfrontiert: Er kam zu sich nach Hause und fühlte sich leer. Ihm fiel ein, daß er gegen Gúzman ein Fest gewonnen hatte, aber er hätte die Wette tausendmal lieber verloren. Da war seine Schneiderpuppe, auf den Boden geworfen. Silanpa lächelte, als er sie sah: »Hast du gedacht, ich hätte dich vergessen?«

»Wo sollen wir anfangen, Chef?« fragte Estupiñán beim Anblick des Durcheinanders. »Soll ich mein Pummelchen anrufen, daß sie uns beim Putzen hilft?«

»Nein, Estupiñán, danke. Kommen Sie, wir fangen hier an.« Er griff nach einer Flasche Rum, die auf dem Regal überlebt hatte. »Endlich ist der Moment gekommen, an dem wir uns ein Schlückchen genehmigen können.«

»Mit Ihnen ist irgend etwas, Chef, Hand aufs Herz, geht es um eine Verflossene?«

Silanpa blickte auf das Telefon und wußte in dem Moment, daß ihm nun bevorstand, tagelang davorzusitzen und auf einen Anruf zu warten, der wahrscheinlich nie kommen würde. Daß die Nächte von Alkohol und Schmerz bestimmt sein würden, er auf dem Teppich, mit dem Telefon auf dem Schoß, das er flehend mit einem Satz beschwören würde, den er sich jetzt schon ausmalte und den er später auf seiner *Underwood* aufschreiben wollte, um ihn in der Puppe aufzubewahren: »Lieber Gott, nie habe ich dich um etwas gebeten. Aber bitte mach, daß es klingelt und daß sie es ist.« Er ging zu der Schneiderpuppe und zog aus ihrer Tasche einen Zettel: Er las: »Gute Zeit vorbei. Jetzt eine Menge Scheiße. Von einem amerikanischen Indio.«

»Ja, Estupiñán, sehen Sie, das ist sie ...«

Er zeigte ihm ein Foto. Darauf war Mónica zu sehen, die am Strand lag und sich sonnte.

»Oh, là là, da muß es ganz schön heiß gewesen sein ...«

»Sie hat mich verlassen. Ich bin immer zu spät zu unseren Verabredungen gekommen.«

»O je, Chef, in der Liebe ist Pünktlichkeit unerläßlich.«

»Es war meine eigene Schuld.«

»Das war weder Ihre Schuld noch die von sonst jemandem. Die schönen Mädchen sind nur in der Disco eine Wucht, zu Hause kommandieren sie einen nur herum.«

»Vielleicht haben Sie recht.«

»Frauen sind wie Lederjacken: am Anfang schön und teuer. Dann werden sie häßlich und halten ein Leben lang. Von wegen, Sie sind schuld. Schließlich kenne ich Sie, und Sie sind ein feiner Kerl.«

»Danke, Estupiñán.«

Silanpa schenkte sich einen zweiten Rum ein und trank ihn in einem Zug.

»Kopf hoch, Chef, wenn Sie Ihre Trauer überwunden haben, werden Sie mich verstehen. Schauen Sie, ich habe mein Pummelchen und lebe wie ein König. Sie ist nicht gerade eine überirdische Schönheit, nein, aber sie macht eben alles mit, und wenn man sich braucht, ist man füreinander da.«

Plötzlich ertönte wieder das merkwürdige Piepsen. Silanpa fiel ein, daß er Barragáns Handy in der Jackentasche hatte.

»Hallo?«

»Emilio?« Es war eine Frauenstimme.

Er wußte nicht, was er sagen sollte.

»Emilio, ich bin's, Catalina, bist du es?«

»Nein, Señora, ich bin ein Mitarbeiter in der Kanzlei, kann ich etwas für Sie tun?«

»Ich würde gerne mit meinem Mann sprechen…«

In ihrer Stimme schwang Angst mit. Das Zittern von jemandem, der etwas fürchtet, das nicht mehr zu verhindern ist.

»Ihr Mann ist gerade nicht da. Rufen Sie morgen wieder an.« Er beschloß, daß er zum Kommissariat gehen würde, um das Telefon Hauptmann Moya zu übergeben. »Sie entschuldigen, aber das ist alles, was ich Ihnen sagen kann.«

Sie legten auf, er erzählte Estupiñán, wer das gewesen war, und servierte eine weitere Runde. Einmal mehr berührte ihn das Leid der anderen. Er dachte, das Schicksal dürfe eigentlich nicht mehr als zwei Tragödien zur gleichen Zeit zulassen. Da fiel er in seine Traurigkeit zurück.

»Machen Sie nicht so ein Gesicht, Chef, denken Sie daran, daß unser Vorhaben gelungen ist und daß es für etwas gut war. So etwas richtet einen auf.«

»Ja, Sie haben recht.«

»Wie merkwürdig doch das Leben ist, nicht wahr? Auf einmal eröffnet sich einem etwas, obwohl man überhaupt nicht darauf hingewirkt hat. Denken Sie nur an die Sache mit Ósler ... Wären wir nicht in jener Nacht auf den Friedhof gegangen, wüßte ich gar nicht, daß er tot ist. Haben Sie *Flashdance* gesehen, Chef?«

»Ja.«

»Dieser Film hat mein Leben verändert. Da habe ich gelernt, daß das Schicksal einem nichts schenkt. Daß man dafür arbeiten, dafür kämpfen muß. Wenn man sich nicht nach ihm reckt, kommt es auch nicht zu einem, aber wenn es zu einem kommt, dann bleibt es auch.«

»Ich wußte gar nicht, daß Sie sich für Philosophie interessieren, Estupiñán.«

»Das hat nichts mit Philosophie zu tun, das ist reine Logik. Vergessen Sie nicht, daß Sie sich mit einem Buchhalter unterhalten. Es gibt nichts im Universum, das sich nicht mit Hilfe von Berechnungen lösen ließe.«

»Und die Gefühle?«

»O je, Chef, man sieht, daß Sie verliebt sind. Die gibt es im Universum nicht.« Er mußte kichern und verschluckte sich. »Die gibt es hier, im Kopf drinnen. Kann ich mir noch einen einschenken?«

Silanpa lehnte sich wieder in die aufgeschlitzten Kissen zurück, steckte sich eine Zigarette an und betrachtete die befleckten Wände, die auf den Boden geworfenen Regale und zertrümmerten Möbel. Er dachte, vielleicht würde er bei der Zeitung die Versetzung in ein anderes Ressort beantragen, dann könnte er sein Leben von Grund auf ändern.

»Kommen Sie, Estupiñán, stoßen wir an.«

»Auf was wollen wir anstoßen?«

»Auf die *Copa Libertadores*, *Nacional* hat gewonnen, stimmt's?«

»Ja, Chef, wir haben gewonnen.«

»Na dann, auf den Sieg.«

24

Ich komme nun zum Ende dieser bescheidenen Geschichte, in der ich, ohne überheblich sein zu wollen, die Hauptperson spiele, denn diese Geschichte ist mein Leben, und wenn ich vieles übersprungen habe, dann einerseits aus Zeitmangel, andererseits, weil man, so meine Großmutter, jeder Geschichte ihr kleines Geheimnis lassen sollte. Es ist ein wahrhaftiges Ende, wie Sie gleich sehen werden, denn zum Abschluß meiner Rede berichte ich Ihnen von einer tiefgreifenden Erfahrung. Bislang habe ich Ihnen von meiner Berufung erzählt, für den Schutz unserer Bevölkerung einzutreten, für eine Gesellschaft ohne Elend und mit mehr Wohlstand zu kämpfen, eine Berufung, für die ich rund siebenundzwanzig Jahre meines Lebens geopfert habe. Da wurde es Zeit für etwas Neues, für die tiefgreifende Erfahrung, von der ich vorhin sprach. Und ich muß noch einmal ausholen, um noch überzeugter zu dem Schluß zu gelangen, daß die Welt heute eine andere ist als damals, als ich in das Polizeicorps eintrat. Heutzutage, mit Verlaub, entgeht sogar jemandem wie mir, der mit seiner bescheidenen Schulbildung gerade einmal kein Analphabet mehr ist, nicht der Sieg des Privaten über das, was einige »den öffentlichen Raum« nennen, wenn wir eine moralische Entsprechung anführen wollen, über die Vormacht des Innerlichen über das Äußere. Ich bin immer auf der Höhe der Zeit, wie ich Ihnen bereits gesagt habe, und daher beschloß auch ich, zugunsten des Privaten den öffentlichen Raum zu verlassen, was in meinem Fall bedeutete, aus dem Polizeicorps auszutreten und, wie man auf gut Kreolisch sagt, fortan auf »eigene Rechnung« zu arbeiten. Sie werden sich denken, in harten Zeiten wie diesen ist doch keiner so dumm, das schützende Heim zu verlassen, will sagen, das feste Gehalt einer staatlichen Anstellung gegen ein verrücktes Abenteuer einzutauschen. Natürlich nicht. Aber so wie ich hier stehe, und das sage ich ohne jede Spur von Eitelkeit, boten sich mir, wie das bei meiner Stellung nur normal ist, gleich mehrere verlockende Angebote. Und so entschied ich mich für die Arbeit, die mir weiterhin erlauben würde, einer guten Sache zu dienen, und mir gleichzeitig mehr Verantwortung für das Vaterland übertragen würde, worauf es schließlich und endlich ankommt. Das sind die Gründe, warum ich dieser Tage, nachdem ich pünktlich meine Rente und andere Vergütungen eingestrichen habe, die in einem vorbildlichen Arbeitsleben zusammenkommen, einen neuen Anfang mache, und zwar als Leiter der Sicherheitsabteilung bei einem der schlagkräftigsten und bedeutendsten Unternehmer unseres ehrwürdigen Vaterlandes: bei keinem anderen als dem Bauunternehmer Ángel Vargas Vicuña, der Ihnen gewiß aufgrund seiner Verdienste auf nationalem wie internationalem Gebiet bekannt ist.

Nun, selbstredend beruht eine solche Entscheidung nicht allein auf politischen und, mit Verlaub, moralischen Überlegungen über die Welt, den Anstoß gab mir vielmehr eine letzte dienstliche Erfahrung, die weniger physische Spuren bei mir hinterließ, als mir eine metaphysische Lektion erteilte. Ich erzähle sie Ihnen zum Abschluß:

Seitdem ich zum Hauptmann befördert worden war und eines der angesehensten Reviere der Hauptstadt befehligte, bekam ich natürlich allerhand häßliche Dinge zu sehen. Es ist noch nicht allzulange her, und vielleicht erinnert sich der eine oder andere an den Fall dieses fettleibigen und nie identifizierten Gepfählten, der in der Nähe des Sisga-Sees gefunden worden war. Dort hatten ihn meine Männer entdeckt, ganz in der Nähe der Grundstücke am See, wo diese hochelegante, mit allen Schikanen ausgestattete Siedlung entsteht, wissen Sie, wo? Also gut, der Fall dieses fettleibigen Herrn, dessen Anblick man sich besser erspart hat, war schließlich eine der Ermittlungen geworden, in der ich – Sie verzeihen meine ausführlichen Worte – meine Kompetenz unter Beweis stellen konnte. Zugleich aber war dieser Fall derjenige, der mich, bei aller Bescheidenheit, die meisten Lektionen über das Leben lehrte. Rätsel über Rätsel, weder konnten wir herausfinden, wer er war, noch, wie er dorthin gelangt war. Und ich muß Ihnen sagen, daß das alles nicht einfach war, denn wir mußten dunkle Fährten aufnehmen, wir mußten unsere Nasen in schmutzige Milieus stecken, mußten den Wundschorf dort abheben, wo der Eiter hervorbrach – verzeihen Sie den medizinischen Vergleich, meine Damen –, aber nach und nach deckten wir auf, daß hinter jenem Fall eine kriminelle Organisation stand, in der vom gemeinen Gauner von der Straße bis zum feinen Herrn in Anzug und Krawatte alles vertreten war. Meine Damen und Herrn, Blut fließen zu sehen ist schrecklich, doch mit meinen fünfundfünfzig Jahren mußte ich entdecken, daß das moralische Elend weitaus schlimmer ist, da man mit keinem Desinfektionsmittel dagegen ankämpfen kann, und in dem Fall des unbekannten Mannes, der sich am Ende als unschuldiges Opfer herausstellte, mußte ich gegen eine Art von Verbrechertum vorgehen, das einem zwar nicht tagtäglich auf der Straße begegnet, dafür aber in den feinen Häusern gang und gäbe ist. Meine Damen und Herren, ich will hier nicht in eine Predigt verfallen, denn wir alle wissen um die moralischen Werte Bescheid, aber zum Abschluß muß ich Ihnen doch sagen, daß man sich als Polizist mit den Jahren sehr wohl an Verbrechen und Gaunereien gewöhnt, dennoch bestürzt mich mit dem Sprießen der ersten grauen Haare die moralische Verdorbenheit der echten Ganoven wie nie zuvor. Und damit kehre ich zurück an meinen Platz, denn ich weiß gar nicht, ob ich mich verständlich mache, aber jedenfalls hat sich für mich, wie ich Ihnen am Anfang gesagt habe, dieser häßliche und schmerzliche Kampf, der uns alle hier zusammenbringt, als äußerst schwierig erwiesen, solange ich der Verbrecherwelt ausgesetzt gewesen bin. Ich hoffe nun, im Umgang mit der Heiligen Schrift, unter ihrer heilbringenden und beschützenden Nähe, die Kraft zu finden, die ich brauche, um mich ein für alle Mal aus der Tyrannei des Fleisches befreien zu können. Und jetzt setze ich mich wirklich. Vergelt's Gott!

Epilog

Anders als in den Büchern, dachte Silanpa, gehen die Geschichten im Leben immer weiter. »Am nächsten Tag ist man immer noch derselbe«, hatte er seiner Schneiderpuppe geschrieben, »dasselbe Gesicht, das einen aus dem Spiegel angähnt, dieselben Augen, die einen gelangweilt anblicken.« Er war schon den ganzen Morgen in *El Observador* und hatte eine Meldung über Steuerhinterziehung geschrieben, und jetzt verspürte er Hunger und das Bedürfnis, daß sich nichts Außergewöhnliches ereignen möge. Er wünschte sich ganz einfach, daß die Stunden dahinplätscherten, daß der Tag ohne besondere Vorkommnisse verstrich, damit er abends mit Ángela zusammen aus der Zeitung gehen konnte, um zum Planetarium zu spazieren und von dort aus hinauf zu den *Torres del Parque*, und anschließend würden sie zu Hause eine Kleinigkeit zu sich zu nehmen, aus dem Fenster in der Ferne die rote Kabine der Monserrate-Seilbahn sehen und ein wenig Musik hören, ungeachtet des Feierabendverkehrs, der draußen vorbeirauschte.

Von seinem IBM aus überblickte er die Redaktion und sah, daß alle sich nacheinander von ihren Plätzen erhoben und ihre Sakkos und Jacketts anzogen, um zum Mittagessen hinunterzugehen, und da langte er unweigerlich an seine Brusttasche, um sie nach einer Zigarette abzutasten. Ángela hatte immer noch den Telefonhörer am Ohr, so daß er beschloß zu warten, denn er wollte nicht mit dem Schlüsselbund in der Hand vor ihr stehenbleiben müssen. Durch das Fenster sah er, daß der Himmel noch immer verhangen war, von schmutzigen grauen Wolken, die ein kalter und regnerischer Wind vor sich her trieb.

Es machte ihm nichts aus zu wissen, daß Mónica mit Óscar zusammenlebte – das hatte ihm ein Freund erzählt –, aber als er sie eines Tages von weitem sah, wie sie gerade das *Astor Plaza* betrat, um *Batman II* zu sehen, gab es ihm dennoch einen Stich. Da versteckte er sich in der Menge, wandte seinen Blick zu Boden und ging vor bis zur Calle 13, und in jenem Moment empfand er die Stadt wie einen dieser Landstriche, in dem eine plötzliche Entdeckung inmitten einer wunderschönen Umgebung daran erinnert, daß sich früher einmal an derselben Stelle eine Tragödie zugetragen hat. In Wirklichkeit ging es ihm schon wieder besser, seit er herausgefunden hatte, zu welchem Zeitpunkt genau er sie verloren hatte. Einmal hatte sie zu ihm gesagt: »Mach mir ein Kind«, doch er stieg nicht darauf ein, sondern blieb in sein Schweigen versunken, das sie so sehr haßte. Damals verlor er sie, in jener Nacht, die mehrere Monate zurücklag. Er schlief weiterhin mit ihr, aber alles andere war der langsame, stetig voranschreitende Verfall einer schwachen Konstruktion. »Es gibt Fragen, auf die muß man eine Antwort geben, denn sie werden einem nur ein einziges Mal gestellt«, sagte er sich. Ihm hatte der Mut dazu gefehlt, und nun war er allein.

Endlich hörte Ángela auf zu sprechen, und er ging lächelnd auf sie zu.

»Du hast zugenommen«, sagte sie, als sie ihn sah, »ich bin gespannt, ob du jetzt weniger Rum trinkst und mehr Tomaten und Karotten ißt.«

»Immerhin schlucke ich kein Aspirin mehr. Nur nichts überstürzen.«

Ángela machte sich Sorgen um ihn. Er hatte ihr die Geschichte mit Mónica erzählt, trotz seiner Befürchtung, sich mit seinem Geständnis lächerlich zu machen. Jedenfalls hatte sie ihm sehr geholfen und ihn sogar in einen, wie sie fand, attraktiven Mann verwandelt. Er dachte, daß nichts zwei Menschen so sehr zusammenschweißte wie die vermeintliche Bosheit eines Dritten, der einen noch immer bedrohte, obwohl er nicht mehr da war, und der einem noch immer Qualen bereitete, wenn man an ihn zurückdachte. Ángela wollte alles genau wissen, und als er sah, wie sie sich in sein Leiden hineinversetzte, sich vorstellte, wie sie an Mónicas Stelle gehandelt hätte und auch an seiner, da merkte er ihr eine gewisse Bewunderung an. Er glaubte, daß sie ihn mochte. Noch wußte er nicht, warum.

Sie verließen die Redaktion, gingen die Treppen hinunter und traten auf die Straße. Während sie die Carrera Séptima entlangspazierten, überlegte Silanpa, ob Ángela vielleicht am Samstag mit zu Estupiñán und Cora kommen könnte, wo er zu dem berühmten *ajiaco*, einem auf Holzfeuer zubereiteten Kartoffeltopf eingeladen war. Später würde er es ihr vorschlagen. Das war eine gute Idee.

Santiago Gamboa

Santiago Gamboa wurde 1965 in Bogotá, Kolumbien geboren. Er studierte dort spanische Philologie und promovierte mit einer Arbeit über kubanische Literatur. Bis 1997 arbeitete er als Korrespondent für den »Servicio América Latina de Radio Francia Internacional« in Paris, dann ging er für die Zeitung »El Tiempo de Bogotá« nach Rom, wo er noch heute lebt. Gleichzeitig ist Gamboa noch Kolumnist für die beiden kolumbianischen Zeitungen »Cronos« und »Cambio«.

Foto Ekko von Schwichow

Santiago Gamboa gehört zu einer neuen Generation kolumbianischer Schriftsteller, die im Unterschied zu Gabriel García Márquez die Großstadt zum Thema macht. Gamboa hat immer in Städten gelebt: »Meine Welt ist die Stadt. Das ist keine ästhetische Wahl, sondern eine Lebenserfahrung.«

»Verlieren ist eine Frage der Methode« wird zurzeit von Gerardo Herrero in Spanien verfilmt.

Bibliographie

Páginas de vuelte (1997)
Perder es cuestión de método (1997, dt: *Verlieren ist eine Frage der Methode*. Berlin: Verlag Klaus Wagenbach, 2000; Taschenbuchausgabe: Zürich: Unionsverlag, UT *metro* 2001)
Jaque Mate (Biografie, zusammen mit General Rosso José Serrano, 1999)
Vida feliz de un joven llamado Esteban (2000)

Mehr über Santiago Gamboa unter
www.unionsverlag.ch

Kleiner diskutierender Pressespiegel zu »Verlieren ist eine Frage der Methode«

Gamboas Blick auf Bogotá ist böse. Die Recherchen seines geplagten Reporters führen den Leser zwischen die Fronten eines Mehrparteienkriegs aus korrupten Politikern, Baulöwen, Mafiosi und fanatischen Nudisten, hinein in das muntere Treten und Treiben dieser hässlichen Steinwüste im ständig dampfenden Hochkessel in den Anden.

Die Geschichte, die Gamboa erzählt, ist ohne Moral, außer vielleicht der, die seinem Roman den Titel gibt: »Verlieren ist eine Frage der Methode«. Tatsächlich sind selbst die Tagesgewinner letztlich Verlierer. Es ist wie mit dem lokalen Fußballteam, das im entscheidenden Spiel immer nur den Pfosten trifft. Aber auch darin liegt Trost: »Dieses Land«, philosophiert ein Taxifahrer, »ist ein Land der Pfostenschüsse. Und wissen Sie was? Ich sage immer, den Pfosten zu treffen ist schwieriger, als ins Tor zu schießen, habe ich Recht?»

In seinem raffinierten Großstadt-Krimi entwirft Gamboa die zynische Gegenwelt zur opulenten Dschungel-Magie seines Landsmanns García Márquez – spannend bis zur letzten Seite.

Der Spiegel

Santiago Gamboa ist ein ebenso strenger wie humorvoller Kritiker der kolumbianischen Gesellschaft und der in diesem Land omnipräsenten Korruption. Mit kleinen Einsprengseln über das Leben in der ausufernden Metropole Bogotá unterbricht er die amüsante Handlung seines Krimis und liefert so nebenbei Mosaiksteine, die sich zu einem eindrucksvollen Stadtporträt zusammensetzen. Mit »Verlieren ist eine Frage der Methode« ist Santiago Gamboa ein literarisch-journalistischer Krimi der Extraklasse gelungen. Stefanie Gerhold hat den Roman behutsam ins Deutsche übertragen.

Manfred Kronsteiner, ORF »Ex libris«

Alle lateinamerikanischen Erzähler haben es schwer, sich gegen den Weltruhm des Verfassers von »Hundert Jahre Einsamkeit« durchzusetzen. Besonders die

Schriftsteller seines Heimatlandes stehen im Schatten des berühmten Kolumbianers. Der entscheidende Unterschied, der zwischen dem Werk von García Márquez und – beispielsweise – dem von Santiago Gamboa besteht, ist die Verlagerung des geografischen wie des soziokulturellen Standorts. García Márquez schilderte das Kolumbien der tropischen Niederungen, eine fast archaische Welt, die, ungeachtet aller Armut und gesellschaftlichen Fäulnis, noch abenteuerlich und, auf bizarre Weise, »wunderbar wirklich« war.

Gamboa hingegen ist der Großstadt verhaftet – eben der rund 5 Millionen Einwohner zählenden Kapitale seines Landes. Er ist ein Autor, der die unglaublichen gesellschaftlichen Missstände mit emotionsloser Intellektualität analysiert.

An die Stelle des »magischen Realismus« ist eine andere Erzähltechnik getreten: eine kühle Distanziertheit, die jedoch über eine solche instrumentelle Sehschärfe verfügt, dass ihr nichts Menschliches verborgen bleibt. Und da das Ensemble ein einziges Panoptikum raffgieriger Politiker, durchtriebener Geschäftsleute, erbarmungsloser Mafiosi, nuttiger Frauen und durchgeknallter Journalisten ist, entsteht der Eindruck, dass es kaum solide Zeitgenossen gibt. Mit äusserstem Geschick werden falsche Fährten gelegt, Tatsachen verdreht und Vorgänge so undurchschaubar gemacht, wie sie im wirklichen Leben gemeinhin sind.

Hans-Jürgen Heise, Der Tagesspiegel

Santiago Gamboa hat das klassische Inventar der Kriminalgeschichte souverän genutzt. Ein sozialkritisches Potenzial hat man in dem Roman erkennen wollen – vor allem wohl, weil man dem blossen Unterhaltungskrimi nach wie vor nicht trauen möchte. Aber genau den hat Gamboa in erster Linie geschrieben. Und so ist auch der im Handumdrehen herbeibemühte Vergleich mit García Márquez reichlich überzogen. Mit dem »klassischen« García Márquez, dem Biographen des ländlich-mythologischen Kolumbiens, hat Gamboas metropolitane Literatur schlechterdings nichts zu tun. Gamboa inszeniert die Mythen der Grossstadt. Und die sind nicht nur international, sondern auch hochgradig unterhaltsam – selbst vor der Folie des gewaltgeplagten Kolumbiens.

Kersten Knipp, NZZ

Die Übersetzerin

Stefanie Gerhold, 1967 in München geboren, lebt in Berlin. Sie übersetzt Literatur aus dem Spanischen, unter anderem die Werkausgabe von Max Aub, Gustavo Martin Garzo und Manuel Vázquez Montalbán. 1999 erhielt sie den Übersetzerpreis der Spanischen Botschaft in der Kategorie junge Übersetzer.

UT *metro*

»Die metro-Bände gehören auf jeden Fall zum Besten, was derzeit an so genannter Spannungsliteratur zu haben ist.«
Michaela Grohm, Südwestrundfunk

Jean-Claude Izzo
Die Marseille-Trilogie:
Total Cheops; Chourmo; Solea

»Izzo besingt die Stadt Marseille, ihre Schönheit im frühen Sonnenlicht, ihre unverfälschte Lebensfreude, aber er zeigt auch das tödliche Gift, das in ihr steckt.« *Die Welt, Berlin*

Chourmo wurde mit dem Deutschen Krimipreis 2001 ausgezeichnet

Helen Zahavi *Donna und der Fettsack*

Walter Mosley *Socrates in Watts*

Stan Jones *Weißer Himmel, Schwarzes Eis*

Christopher G. Moore
Haus der Geister; Nana Plaza

R. Bradley, S. Sloan *Temutma*

Chester Himes *Die Geldmacher von Harlem; Lauf Mann, lauf!; Der Traum vom großen Geld; Fenstersturz in Harlem; Heiße Nacht für kühle Killer; Plan B*

Jon Ewo *Torpedo*

Mongo Beti *Sonne, Liebe, Tod*

Jerry Raine *Frankie Bosser kommt heim*

Jerome Charyn *Der Tod des Tango-Königs*

Celil Oker *Schnee am Bosporus*

Brian Lecomber *Letzter Looping*

Pierre Bourgeade *Das rosa Telefon*

Blue Lightning (hg. von John Harvey)

William Marshall *Manila Bay*

Alicia Giménez-Bartlett *Hundstage*

Bill Moody *Solo Hand*

Noch mehr Spannung im Unionsverlag

Guillermo Arriaga *Der süße Duft des Todes*
In einem kleinen Dorf in Mexiko entsteht aus Lügen eine Wahrheit, von der niemand verschon bleibt. »Voll versteckter Poesie, die der Hemingway'schen Prosa nahe kommt.«
Semanario Siempre

Pablo De Santis *Die Übersetzung*
»Die Gratwanderung zwischen Fiktion und Krimi stellt die Sprache in den Mittelpunkt, gibt das Rätsel auf, löst es, fesselt die Leser bis zum Ende.« *Lateinamerika Nachrichten*

Leigh Brackett *Raubtiere unter uns*
Walter Sherris geht nachts allein spazieren. Er wird überfallen und beginnt einen Rachefeldzug. Bis er merkt, dass die Jugendbande aus den besten Familien stammt.

Dolores Hitchens *Wer mit Fremden schläft*
Long Beach, California – die Grundstückpreise explodieren, die Ölquellen sprudeln. Felicia Wanderley wird tot im Ölsumpf gefunden. Wem stand sie im Wege?

Dorothy Hughes *Einsamer Ort*
Dix Steele besitzt, was man in Hollywood braucht, und er zieht Frauen magisch an. Doch Dix hat ein böses Geheimnis. Dieser Thriller machte Hughes zu einer Pionierin des Genres.

Friedrich Glauser *Schlumpf Erwin Mord; Matto regiert; Die Fieberkurve; Der Chinese; Die Speiche; Der Tee der drei Damen*
»Der Glauser mit dem gläsernen Herzen – noch heute sieht man beim Lesen seiner Kriminalgeschichten ungehindert in diesen klaren, wahren Kern hinein.« *Vogue*

David Goodis *Schießen Sie auf den Pianisten; Die Nacht bricht an*
»Nach und nach baut sich eine ungeheuerliche Spannung auf, trotz oder gerade wegen der unterkühlten Erzählweise von David Goodis, einem der Säulenheiligen des ganz hart gesottenen schwarzen Krimis.« *Ticket*